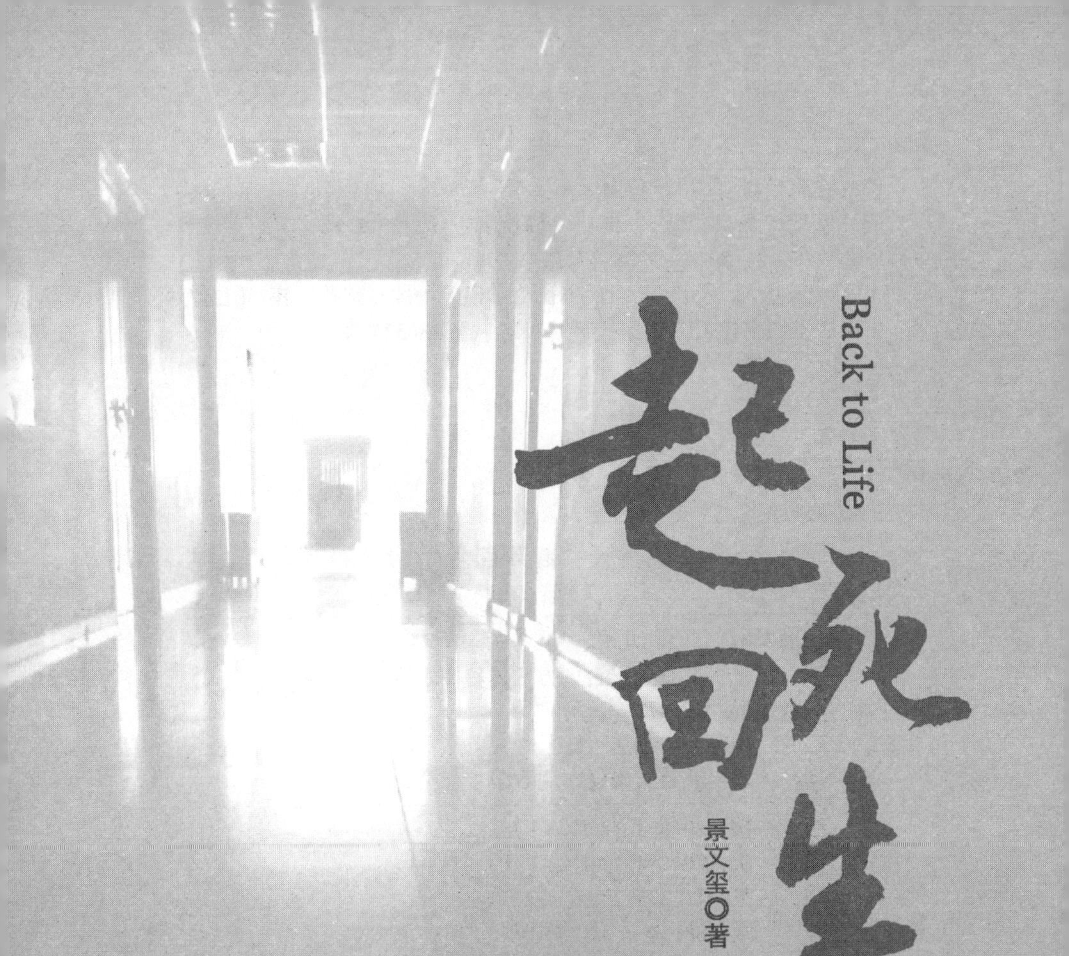

起死回生

Back to Life

景文玺◎著

群众出版社

图书在版编目（CIP）数据
起死回生／景文玺著．—北京：群众出版社，2018.12
ISBN 978－7－5014－5908－7
Ⅰ．①起…　Ⅱ．①景…　Ⅲ．①长篇小说—中国—当代　Ⅳ．①I247.5
中国版本图书馆 CIP 数据核字（2018）第 286325 号

起死回生

景文玺　著

出版发行：群众出版社
地　　址：北京市丰台区方庄芳星园三区 15 号楼
邮政编码：100078
经　　销：新华书店
印　　刷：北京市泰锐印刷有限责任公司

版　　次：2018 年 12 月第 1 版
印　　次：2018 年 12 月第 1 次
印　　张：11.375
开　　本：880 毫米×1230 毫米　1/32
字　　数：303 千字

书　　号：ISBN 978－7－5014－5908－7
定　　价：39.00 元

网　　址：www.qzcbs.com
电子邮箱：qzcbs@sohu.com

营销中心电话：010－83903254
读者服务部电话（门市）：010－83903257
警官读者俱乐部电话（网购、邮购）：010－83903253
文艺分社电话：010－83903973

目录

目录

引　子

原以为改革开放没啥可写的，可是，当我触摸这段历史时，陡然发现，那时的故事波澜壮阔、色彩纷呈、惊心动魄，让我看到了阳光与阴影、正义与邪恶，看到了先进理念与僵化思想的碰撞，也看到了大潮之下人性的光辉与丑恶。每个人似乎都是时代的主角，在各自扮演着不同的角色……

第一章　至高荣誉

这次省里的劳模指标全市共有八人，外加一个先进集体，其中企业领导占了六人。这样的劳模比例构成，以前是不被允许的，也是前所未有的。

因为处于特殊时期，这六位都是企业的改革先锋，所以市五大班子领导非常重视，都是“一把手”亲自参加送行。

按照市委、市政府的安排：下午 3 点在市宾馆会议室召开劳模欢送座谈会。会议由市长主持，市委书记讲话，市五大班子主要领导和组织部、宣传部、总工会、工业局等单位参加。5 点举办送行晚宴。8 点送劳模到火车站。

下午 2 点 50 分，市宾馆会议室，市五大班子主要领导和七名劳模均已到齐，只缺丰润包装彩印有限公司董事长兼总经理陈尔力一人。因为陈尔力没到，吴市长让工作人员再催一下。

就在这时，宾馆会议室的门“砰”的一下被推开，只见一位个头矮小、头发蓬乱、身穿脏兮兮工作服、手提旅行包的人闯了进来。大家回头一看，进来的人走路一瘸一拐，加之这身打扮近乎滑稽，不由得“哄”的一声大笑起来，继而鼓起掌来。

来人一看这个场面，不好意思地说：“对不起，我有事来晚了。”

齐书记一看，笑着说：“我说陈尔力，这是弄得哪一出啊？你就穿这身工作服去参加劳模表彰会呀？”

吴市长一看陈尔力的狼狈相，也说：“陈尔力，你这是从战场上刚下来呀？就算被评上了省劳模和先进集体，你也用不着这么保持劳动人民的本色吧？”

陈尔力脸一红，说：“啥保持劳动人民的本色呀，我们厂刚进口一套德国彩印设备，在安装调试中出了问题，结果德国技术人员来了脾气，昨晚说啥都要走，我好说歹说，老外总算留了下来。本来昨晚就应当调试完毕，可是这个德国佬说啥也不干，他说七小时之外不工作，这是德国法律规定的。没办法，我们只能等到早上八点才开始调试，这不，直到现在总算调试完了。”

“我看你还是回家换一身西服吧，下午5点开饭前回来就行。”齐书记重复了一句。

“齐书记，不用回去换衣服，我让人把西服领带拿来了，等开完会，我在宾馆洗个澡，把衣服换上就行。”说着，陈尔力还举起旅行包给齐书记看。

“我说陈大厂长，不对，应当叫你陈总经理，看来你才真够省劳模的资格，我们这些人都不够格呀！”三江纸业的陶经理说。

听了陶经理的话，陈尔力冲他笑了一下。

“是呀，我觉得陶经理说得有道理。”电机厂有限公司的蒋经理跟着溜缝儿。

“我说老邻居，你这个打扮不是为了作秀吧？咋弄得跟破烂王似的？”锻压机床有限公司的魏经理调侃道。

“这叫啥？这就叫猪鼻子里面插大葱——装象。”铝塑制品有限公司的段经理讽刺道。

段经理是个黑白两道都通的人物，陈尔力平时都不用正眼瞧他。

一个外县的企业经理因为与陈尔力不熟，只是跟着傻笑。

陈尔力说："我说各位兄弟，这是啥意思？咱们可是一个战壕里的战友啊，别埋汰我了，行吗？"说着，他向各位抱拳作揖。本来就是一身乞丐打扮，再加上抱拳作揖，怎么看都不伦不类，大家"哄"的一声又笑了。

本来一个庄严而隆重的送行会，却被陈尔力给搅和了。

在计划经济时期，这些支柱企业的厂长经理可都是市里的香饽饽，不然他们怎敢在市五大班子领导面前这样放肆。

还是吴市长有主持会议的经验，他说："同志们，大家肃静一下，我们现在开会。"

他停顿了一下："同志们，今天我们在这里隆重召开欢送劳模座谈会，就是要让全市人民向你们这些新时期的改革者和建设者们学习和致敬，学习你们的改革创新精神，学习你们的忘我工作精神，学习你们的无私奉献精神！新时期、新任务、新使命，希望在座的劳模们，特别是企业的改革者们，要发扬成绩、戒骄戒躁、不辱使命，为我市的改革开放、经济发展、财政收入，做出自己应有的贡献……"

吴市长继续说："下面进行会议的第二项内容，请各位劳模分别发言。"接着，他又说："陈尔力，你虽然是最后一个到的，但你得第一个发言，这次参加省劳模表彰会，你可是个人、集体双丰收啊。"

陈尔力点了点头，刚想站起来，吴市长用手示意他坐下来发言。而大家理解成陈尔力站着和坐着一般高，还站起来干啥，不觉"哄"的一声又笑了。

各位领导、各位同仁：

今天能够前去参加省劳模表彰大会本人深感荣幸。正如吴市长所说，我们丰润包装彩印有限公司能够在全市众多企业中脱颖而出，被评为全省先进集体实属难得，也是我们企业在市委、市政府以及组织部、宣传部、总工会和工业局等有关部门领导的大力支持下取得的。这一成绩的取得，得力于党的十一届三中全会改革开放的政策，得力于小平同志高瞻远瞩的胆识，得力于市委、市政府加大改革力度的英明决策，得力于工业局果断推行改革方案，才使我们这些企业起死回生，有了今天的成就。

众所周知，在改革之前，我市的大部分企业都是负债前行，给我市造成了前所未有的经济压力。就拿我们丰润包装彩印有限公司来说，改革前负债78万元，年缴利税8000元。可是改革之后，以去年为例，年缴利税87.2万元，是以前的109倍，位列全市第一。固定资产由原来的82万元猛增到203万元，增幅2.5倍。

借改革开放的东风，加之南方开放城市不断加大出口力度，包装印刷产业呈现出前所未有的大好前景。今年在完成生产计划的同时，我们将加大生产力度，预计计划外生产包装箱110万件、彩印商标150万件，加价30%卖给出口企业，有望突破产值400万元、上缴利税100万元的目标。

今后，我们决心将改革进行到底……

陈尔力的发言，让在场的人都感到震惊，就连号称亚洲第一大造纸厂的陶经理都目瞪口呆，更不用说其他企业了。

市里五大班子领导，一听陈尔力的包装彩印有限公司能够上缴利税100万元都感到吃惊，因为20世纪80年代末，全市的财政总支出还不到4600万元，而陈尔力的千人企业竟能上缴利税100万元，简直就是天文数字。更让市五大班子领导震惊的是，陈尔力不拿发言稿，就对企业的发展前景、上缴利税、固定资产、生产数字烂熟于胸，而且口若悬河、侃侃而谈，简直就像一场精彩的专题报告。当然在陈尔力发言后，市五大班子领导也对丰润包装彩印有限公司的其他情况，如扩大生产、工人队伍、改革前景等进行了询问，陈尔力都对答如流。

可是轮到其他劳模经理表态发言时，大都吭哧瘪肚，连发言稿都念得结结巴巴。最有意思的是，当市五大班子领导插话问起当年生产、利润、改革前景时，有的还得翻笔记本，有的根本就回答不上来，只能胡乱编个数字。

按照会议程序，市五大班子领导发言，对劳模们寄予希望，希望作为劳模的企业经理们要加强管理、多出产品、多缴利税，为三江市经济发展做出更大贡献。会议拖拖拉拉开了近两个小时才算结束。

晚饭前，陈尔力急忙在宾馆房间洗了个热水澡，换上带来的西装。常言道：人靠衣装马靠鞍。经过这么一捯饬，陈尔力像变了一个人似的，浓眉大眼，鼻直口方，嘴上一缕小胡子，显得英俊潇洒、风度翩翩。要不是因为个矮腿瘸，他还真是个标准的英俊小生呢。

按照事先的安排，晚上8点欢送仪式在火车站举行。此前，市政府办就安排了教育局从各学校抽调鼓乐队、彩旗队、鲜花队列阵站台。按照事先彩排程序，当市长简短讲话后，由市五大班子领导为劳模披红戴花，由少先队员向劳模献花，在鼓乐声响起时，鲜花队手持红花，边跳边喊："向劳模学习，向劳模致敬！"然后送劳模上火车。

晚8点，站台上灯光闪耀，彩旗飘舞，人头攒动。市长手持喇叭："欢送省劳模仪式现在开始……"

还没等市长正式讲话呢，送行的人群外面一群下岗职工突然拉起一道横幅，上面写着"我们要养家，我们要吃饭，我们不要下岗"。接着一群人喊了起来："我们要吃饭，我们要吃饭！"

不明真相的鲜花队的学生们还以为欢送词改了，也跟着喊了起来："我们要吃饭，我们要吃饭！"

接着，彩旗队、鼓乐队的人，从下午一直排练到现在正饿着肚子，以为市里领导管饭呢，立即跟着喊了起来："我们要吃饭，我们要吃饭！"

这下可把带队的老师吓坏了，赶紧告诉学生们不要喊。可是，有几个学生没有听清老师的口令，又喊了几声"我们要吃饭，我们要吃饭"。老师吓得赶紧呵斥："你们要吃什么饭？都给我闭嘴！"

因为老师喊的声音比较大，被示威的下岗职工听见了："那个女的是干什么的，你凭什么让我们闭嘴?"

听到下岗工人的问话，那个女教师吓得一伸舌头，再也不敢出声了。

齐书记一看，这还了得，如果这样闹下去那就是政治事件了，要是传出去会让全省人民都笑掉大牙的。他对吴市长说："这是怎么回事儿，你快去看看!"说完，他又对身边的工作人员说："快给公安局局长打电话，让他们派人来维持秩序!"

这边领导和劳模乱了套，那边示威的群众则把吴市长和工作人员团团围住。这些闹事的人中，有劳模所在单位的精减人员，也有早已下岗的商业、二轻、物资等部门的职工。

"同志们，同志们！闹事不能解决问题，有什么诉求明天可以选派几个代表到市政府跟我谈，只要大家要求合理，我们会想办法给大家解决的。"吴市长对大家喊着。

"站着说话不腰疼，我们这些人有的刚刚下岗，有的都下岗好几年了，你们都给解决什么了?"一个工人喊道。

"要解决现在就解决。我们要工作、要工资、要养家，市长你给解决吧!"另一个下岗工人喊着。

"大家听我说！大家听我说！今天是欢送省劳模的日子，有问题明天解决好不好?"

"什么省劳模，都是骑在工人头上的官老爷，用我们的下岗来换取他们的政绩，你让他们也下岗试试!"一个下岗工人也拿着喇叭喊了起来。

这时，几个企业劳模一看市长受到了围攻，再也站不住了，都想过去解围，可是齐书记说："都给我站着别动……"他的话还没说完，火车就拉着汽笛驶进车站。于是，劳模们急匆匆地上了火车。火车刚开动，就听到车站广场响起了警笛声，公安局局长带着警察来了……

火车开动后，陈尔力和几个劳模找到自己的铺位，把东西放在了行李架上。坐下半天，谁都不说话，就这样闷着，大家都为今天的突发事件感到不悦。

“别蔫头耷脑像死了爹似的，下岗的工人多了，没有饭吃的多了，这是大势所趋，我们能解决得了吗？来，都过来喝酒！”纸业公司的陶经理招呼大家。

“这帮工人就是欠揍，依我说，找几个黑社会一顿棍棒把他们打散，看他们还敢不敢示威了。”听了铝塑制品有限公司段经理的话，大家都没吱声。陈尔力蔑视地看了他一眼，然后把脸转到窗外。

“都过来喝酒呀，还在那愣着干啥？都给我过来！”纸业公司的陶经理又在催促大家。

纸业公司在三江市是龙头老大，人家陶经理是副厅级，与市领导平起平坐，所以说话就是这么霸道。别看纺织厂也是万人企业，可是在市里的地位远没有纸业公司高。

陈尔力跟着大家心事重重地喝了几杯，可是怎么也提不起兴致。要知道，那个年代能当上企业领导的都不是一般人，六十度白酒要是不能喝上一两瓶的，都对不起“厂长”、“经理”的称号。可是今天，大家都觉得如鲠在喉，怎么也喝不下去这杯酒，只得草草收场。

陈尔力躺在卧铺上，翻来覆去地睡不着。他想起火车站上示威群众的愤怒，想起包装彩印公司在企业改革时工人们骂自己“不得好死”的狠话，他突然感到这个劳模的荣誉似乎是建立在工人的痛苦之上，带有一股血腥味儿。

本来，他这次被评选为省劳模和先进集体就不顺利，而且内外都是矛盾重重。大企业互相竞争省级先进集体，中等企业厂长、经理争抢省级劳模指标。因为省级劳模有待遇，不仅每月有50元津贴，还可以安排一个子女就业，大家能不眼红吗？最后，还是市委、市政府领导力排众议，才从众多的企业中把陈尔力和丰润包装彩印有限公司推选出来。

一看丰润包装彩印有限公司被评为了省级先进集体，一向反对企业改革的公司党委书记李继财突然活跃起来，他找到陈尔力说：“你应当参加省级劳模个人领奖，我这个党委书记应当代表先进集体领奖，这次改革中我是做出了贡献的，你应当去跟市委、市政府领导说说。”

陈尔力说：“领奖人员都是市委、市政府决定的，事先我也不知道。”

“那你就不能争取一下呀？”

“怎么争取？难道让我去跟市里领导讲条件？我可舍不出那个大脸来。”陈尔力有些不屑地说。他心想，当初改革时你李书记处处作梗，把得罪人的事情都让我干了，可今天获得了先进，你又想出头露脸，这是什么人哪。

李书记一气之下摔门走出经理办公室，然后给工业局、市委和市政府分别打了电话，闹腾了几天，到处碰钉子，这才消停下来。后来他把怨气全部撒在了陈尔力身上，并在厂里到处散布说陈尔力忘恩负义，就是要把工人往死里整。

可是大多数工人都了解李继财的德行，没人相信他的鬼话。一些肯出力的工人在企业改革后得到了实惠，他们的奖金是以前工资的六倍。

那时的工资普遍很低，一般工人的月工资都在六七十元，可是现在有些工人工资加奖金却能开到四百多元。一个刚入厂不久的小姑娘曾经在社会上显摆：“我一个月工资加奖金，能顶五个处级干部，气死他们。”

因为包装彩印有限公司的工资高，这帮新招收的女工整天打扮得花枝招展，小脸搽得香喷喷的，走起路来昂首挺胸，所以招来社会上许多小伙子的羡慕，都为能娶到包装彩印公司的姑娘而感到自豪。

第二天早上到达省城，陈尔力一行人来到省委招待所报到。这里虽然称为招待所，但比新建的宾馆要高级得多。因为是召开全省劳模表彰大会，所以选派的服务员不但年轻漂亮而且素质非常高，她们把每一位劳模都护送到自己的房间，服务得细心又周到。

早上7点，服务员来叫劳模们用早餐。8点，劳模们到省政府礼堂准备开会。

陈尔力第一次去这么高级的礼堂，里面是欧式风格，装潢豪华，里面的灯光让他眼花缭乱。

看得出这次劳模表彰会举办得非常隆重。刚入会场，就能听到轻音乐声，一开始陈尔力还以为是扩音器里播放的，可是后来仔细一听不是，而是在会场二楼由省轻音乐团演奏的。每个劳模签到后均由身穿旗袍的礼仪小姐引路，直到他们落座。

见到这个场面，陈尔力有点儿发蒙，觉得自己像个木偶一样任人摆布。劳模全部落座后，由礼仪小姐为他们披上“省级劳动模范”的绶带，又由少先队员为他们戴上大红花。这时主席台上的领导还没入座，台下已是井然有序。

有位工作人员再三嘱咐陈尔力，等到颁完先进集体奖项后，让他再到个人领奖席就座，等待下一拨个人颁奖。因为陈尔力没有见过这种阵势，说了半天也没明白，后来工作人员给了他一张座位图，这下陈尔力看明白了。原来座位图上写着两个陈尔力，一个在先进集体领奖组，一个在劳模个人领奖组。

上午9点，劳模表彰大会正式开始，台上的省领导全部就座。会议由省委副书记、省长主持：“各位劳模，同志们：今天我们在这里隆重召开全省先进集体和省级劳模表彰大会，其目的就是表彰先进、激励后进，促进我省的全面改革开放，为夺取新时期的全面胜利再立新功……”

省长又说：“下面我向大家隆重介绍今天参加会议的省领导……”他依次介绍了省委书记、人大常委会主任、政协主席、纪委书记、常务副书记、常务副省长、组织部部长、宣传部部长等。

听到这里，陈尔力想，要是不参加省劳模表彰大会，这些省里的大领导恐怕一辈子都别想见到。

“大会进行第一项内容：全体起立，奏国歌。”

随着主持人的话语，二楼轻音乐团的位置响起国歌声……

“大会进行第二项内容：由常务副省长……宣读省政府的表彰决定。”

常务副省长宣读完表彰先进集体和劳模名单后，会场突然响起鼓乐声“嘀嘀嘀嗒，嘀嘀嘀嗒，嘀嘀嘀嘀，嘀嘀嘀嗒……”

陈尔力一愣，这不是学生时代熟悉的旋律吗？他回头一看，过道处不知道什么时候进来一帮少儿鼓乐队，让他又一次感到惊讶。

说来也巧，在颁奖仪式上，陈尔力两次上台领奖，两次都是省委书记为他颁的奖，两次和他亲切握手，这让陈尔力激动不已。

接下来省委书记代表五大班子领导讲话，对先进集体和劳模们提出殷切期望。

在会议结束奏响国际歌后，全体劳模与省领导合影留念。接下来就是一场精彩演出，还请来一些全国著名的歌唱家。

面对这场隆重而又热烈的会议，陈尔力想，有生之年能够参加这样一次盛会，值了！特别是在被表彰的劳模中，只有陈尔力年纪最轻，这更让他感到无比自豪和光荣。

也许是受到大会气氛的渲染，直到吃午饭时，陈尔力的心情还久久不能平静。

“喝酒啊，陈总经理。怎么，一个劳模会就把你开傻了？真没见过大世面。”陈尔力抬头一看，原来是铝塑制品有限公司的段经理。

“哦，喝酒，喝酒。”陈尔力急忙说。

这顿饭刚吃一半，省委书记和省长就来敬酒，大家急忙站起来。

“这小伙子我记得，他是两次上台领奖的。”省委书记对省长说。

听了省委书记的话，陈尔力激动得心都要跳出来了。但激动归激动，他脑子一转，便说：“谢谢书记，谢谢省长！今后我要加倍努力工作，为我省的改革开放和经济建设贡献力量。”听了陈尔力的话，省委书记还拍了拍他的肩膀说：“小伙子，好样的。”

省委书记和省长敬完酒后，又到其他桌敬酒去了。

“我说尔力，你小子行啊，全省二百多个劳模省委书记只记得你，我看你快要升市委书记、市长了。要是你提升了，将来请多多关照，可别给我们这些小厂长小鞋穿哪！”锻压机床有限公司的魏经理说。

“别瞎说，你没看到这是什么场合。”

铝塑制品有限公司的段经理一听，便说："哎哟，我说陈尔力，什么场合还不许开玩笑了？假正经。"

陈尔力怕邻桌外市县人听见笑话，就没与他们争辩。

劳模会结束的当天，劳模们都没走，这是大会安排的，下午在短暂参观省历史博物馆后，可以自由活动。目的是让劳模们轻松一下，缓解工作中的压力。

晚饭后，纸业公司的陶经理说要带几位企业经理见见世面。陈尔力不知道什么叫见世面，便问魏经理。魏经理一看陈尔力什么也不懂，便告诉他，省城有家大夜总会，老陶他们经常来，今晚他想带大家去放松放松。

因为陈尔力去南方考察过，听说过夜总会是干什么的，可是他万万没想到，北方也有了夜总会。他想，深圳速度、深圳管理、深圳的先进经验没学来，而这些乌七八糟的东西倒是学得挺快。

一看陈尔力的表情，魏经理说："走，去见识见识，不然枉过一生。"

"还是你们去吧，我有点儿头疼。"陈尔力推托说。

正在这时，纸业公司的陶经理走进房间，说："怎么，不去呀？"

"尔力说他头疼，不去了。"魏经理跟陶经理说。

陶经理一听陈尔力不去，便说："不去拉倒，人家年轻有为，还正统，咱们几个走。"

陈尔力想：这都是什么先进人物，白天是人晚上是鬼。

几个经理走后，陈尔力便拿出金庸的《射雕英雄传》看，他越看越痴迷，被那种爱国情怀和民族气节所吸引。正好魏经理没回来，他开着灯越看越起劲儿，一直看到下半夜凌晨两点多钟。

就在这时，魏经理回到房间，因为陈尔力看得痴迷，也没跟魏经理打招呼。魏经理显然没有过去那股兴奋劲儿，在屋里转了一圈就去洗漱。回来一看，陈尔力还是两眼盯着书。

"你看什么呢，这么着迷？"

“《射雕英雄传》。”陈尔力头也不抬地说。

“看那玩意儿有啥意思？哪有夜总会有意思！”魏经理说完，一看陈尔力还没反应，就走到他的床前一把夺下了小说，“别看了，听我给你讲讲有意思的。”

陈尔力抬头一看，魏经理一脸兴奋。他眨了眨眼，没出声。

“哎！尔力，你今天没去可亏大了，那个夜总会可好玩儿了。”魏经理兴奋地说。

陈尔力没听懂魏经理的话：“我亏啥了，难道你们都捡到钱了？”

“捡钱算什么，这比捡钱还有意思呢。你看人家夜总会那个灯光，朦朦胧胧的可迷人了。你看人家夜总会里的小姐，个个穿得敞胸露背，都是俄罗斯妞，真迷人哪。”

陈尔力看了魏经理一眼，心想，好像比自己今天参加劳模表彰会、比跟省委书记握手、比省委书记夸赞自己还要激动。他便说：“看来你们今天都玩得很开心喽。”

“开心，相当开心。就算多花点儿钱，也不冤枉，太值了！”魏经理说得眉飞色舞。

“你今晚花了多少钱？”陈尔力淡淡地问。

“五百。”

“什么，五百？你都干啥了花五百元？”陈尔力想，一个月标准工资才六七十元，五百元快赶上大半年工资了。

“这还多呀，老陶和段经理到现在都没回来，这一夜得一千。”

“一千？”陈尔力听后，惊讶得嘴都合不拢。

魏经理笑着说：“服务不同，价格不同嘛。我跟你说说，让你也长长见识。陪酒摸摸三百，打一炮五百，包一夜一千。”

“你们哪来的那么多钱？”

“傻呀，自己掏钱。这些人可都是厂长、经理，用国家的钱呗，不干白不干。”

听了魏经理的话，陈尔力彻底沉默了。这些国有企业的领导，简直是无法无天了，这要是不改革、不惩治，国家就是有金山银海，也会被这帮人败光的，这也太可怕了。

至于后来魏经理又说了什么，陈尔力根本没有听见。魏经理一看陈尔力不搭腔，也觉得没趣，于是脱了衣服躺在床上呼呼大睡。

熄灯后，陈尔力躺在床上却怎么也睡不着。

第二章　铁腕改革

陈尔力和他所在的企业，能够双双被评为省劳模和先进集体实属不易。就全市而言，加上所属的十三个县（市），大、中、小国有企业几百家，仅中华人民共和国成立初期建立的老工业企业就有十二家，与丰润包装彩印有限公司同等规模的企业就有近百家，能在这些国有企业中脱颖而出，确实有与众不同的地方。

因为这次评选省级劳模和先进集体，主要看几个硬性条件：一看企业是否顺应改革形势，对企业人事制度和管理方式等方面进行了有效改革；二看企业是否有发展前景，适应市场经济的需求；三看向本市财政上缴利税，是否多缴、超缴；四看劳模对企业和社会的贡献。陈尔力和他的企业，就是因为改革得较早，市场发展前景好，所以占了先机。

早在 1979 年，有一位老人在南海画了一个圈。因此深圳、厦门、珠海、汕头被划为四个特区。那时还不叫经济特区，而叫试办出口特区。因为产品要出口，就得讲究包装，如果产品包装得不精美，即使产品再好，外国人也不要。

在改革开放初期，南方没有雄厚的工业基础，所以特区的外贸出口企业纷纷北上，到东北老工业基地寻找加工出口商品包装。那时的三江印刷厂，不仅能够印刷教科书，还能生产包装箱和印刷一些彩色商标。靠一台德国“海德堡”设备，还能印刷彩色产品说明书。那时中国人还没有广告概念，只有中央电视台推出不久的广告语“燕舞、燕舞、一曲歌来一片情”火遍大江南北。即使这样，上级下达的生产计划任务，三江印刷厂开足马力、工人三班倒也难以完成。印刷厂突然火了，这是三江市各级领导都没有想到的，也给印刷厂生产造成了前所未有的压力。

怎么办？印刷厂设备陈旧，工人年龄偏大，生产规模小，要解决这些问题，只能按照计划经济模式向上级层层打报告，要求扩大生产规模，增加设备，招收工人。可是这个报告打上去半年了，也没有批下来。

特区的外贸部门，整天派人到工厂催要产品。外贸业务可不像国内，即使按照计划生产，拖延一个月半个月的都属正常，可是他们不行，如果拖延十天半个月的，按照出口合同规定就得赔款。据深圳外贸的业务员楚天霖说，他们蓝天国际贸易有限公司因为产品拖延了十八天到货，就被罚了582万元。天哪，582万元，在20世纪80年代可是个天文数字。这么大的数字，就算把三江印刷厂卖了，也不值这么多钱哪！因此陈尔力整天跑工业局、市政府和省计委，催促尽快把计划批下来。

一天，楚天霖来找陈尔力，他因为包装箱和商标发不出去急得火上房。他说：“陈厂长赶紧帮帮忙吧，要是包装箱和商标发不回去耽误了出口，外国人又该罚款了，那时我就要倒霉了，轻者扣发奖金，重者就得被开除。”

陈尔力说：“什么原因发不出去货，现在车皮这么紧张吗？”

“听你们供销科的苏玉民说，一个中央领导的儿子向三江市要了一专列上等红松圆木，车皮都被他占用了。”楚天霖急切地说。

陈尔力一听也很着急，便打电话把苏玉民叫来，一问还真是那么回事儿。陈尔力对苏玉民说："你不是铁路有亲属吗？赶紧去省铁路局帮助想想办法，延误发货时间那可不是闹着玩儿的。"

苏玉民说："去省城办这些事儿，那得挺多费用呢。"

"费用算咱们的，要不惜一切代价把事情办成！"

还别说，苏玉民真有两下子，他去了一趟省城，省铁路局就从外市调来一节车皮，为楚天霖解了燃眉之急。那几天，楚天霖高兴得整天要请陈尔力喝酒。

陈尔力说："这么点小事儿喝什么酒，等有时间我请你。"

后来楚天霖有些过意不去，就给陈尔力买了一条中华香烟和两瓶茅台。陈尔力一看楚天霖给他送礼，当时就急了，说："告诉你楚天霖，你要是把我当朋友，以后就别拿这些乌七八糟的东西恶心我。"吓得楚天霖赶紧把礼物收了回去。

陈尔力的做法让楚天霖很受感动，他在心里说：当今这个时代，可惜这样的好人太少了。

也就是在楚天霖给陈尔力送礼被拒绝的当天晚上 10 点钟，陈尔力在家里已经睡着，突然接到楚天霖从招待所打来的电话，说他肚子疼得厉害，而且声音很痛苦。

放下电话，陈尔力二话没说立即穿上衣服，走出家门后在路上拦下一辆拉客的三轮车，直奔招待所。

来到招待所一看，楚天霖脸色惨白，浑身都是虚汗。陈尔力知道楚天霖病得不轻，在三轮车司机的帮助下，迅速把楚天霖送到了医院。经过急诊医生检查，说楚天霖得了急性阑尾炎，必须马上手术，让陈尔力立即交住院费。可是陈尔力身上没带那么多钱，已经是半夜 11 点了，也没法叫财务科送支票。

陈尔力与医生商量："情况紧急，能不能先做手术，我是三江印刷厂的厂长陈尔力，明早我就让厂里把支票送来。"

可是这个医生的脑袋摇得像个拨浪鼓似的："我不管你是什么厂长不厂长的，反正没钱就不能做手术。"

看到楚天霖痛苦的样子，可是医生却像没事人一样，把楚天霖扔在那里不管。

看到这个情景，陈尔力真的急了：“你们当医生的还讲不讲点儿医德？还有没有点儿人性？病人已经快要疼死了，你们却在那里无动于衷！”

那个医生却不紧不慢地说：“什么叫医德？什么叫人性？你以为医院是给你家开的？不交钱就是不能做手术，你爱找谁找谁去！”

陈尔力一听，这是人话吗？气得他抄起板凳就向医生砸去。医生一躲闪，只听哗啦一声，窗户玻璃被砸得粉碎，半夜三更，把整个医院都惊动了。

就在这时，值班的副院长从楼上下来，一看到陈尔力，便问：“陈厂长，这是怎么了？”

陈尔力一看，这个副院长自己认识，赶紧说了事情经过。副院长二话没说，赶紧让护士把楚天霖推进手术室，他要亲自为楚天霖做手术。

可能因为急诊室值班医生耽误的时间过长，楚天霖在做手术时，阑尾炎已经穿孔，本来二十分钟就能完成的手术，却进行了两个半小时。

楚天霖被推回病房后，陈尔力看他睡着了，就让护士帮忙照顾一下，自己来找副院长道歉。可是副院长说，这件事以后就别提了，我们的值班医生也有错，不应当这样对待患者。

陈尔力回到病房时，楚天霖已经醒了。

过了一会儿，可能是麻醉药已经过劲儿了，楚天霖疼得满头大汗。陈尔力向同病房的大婶借了脸盆和毛巾，又打来温水不断为楚天霖擦汗。

见楚天霖疼得有些坚持不住了，陈尔力又来找副院长，为楚天霖开了一支杜冷丁，等护士打完针楚天霖才算消停。

陈尔力一夜没睡，守在楚天霖病床前。天亮后，陈尔力发现楚天霖身子总动，他问楚天霖是不是想排尿，楚天霖点了点头。于是陈尔力又向大婶借了尿盆，为楚天霖接了尿。陈尔力对大婶说，等到上班时间，他让厂里来人，再给大婶买一套新的脸盆、毛巾和尿盆。可是好心的大婶说不用买，都是病友，用一下没关系。

总算盼到了上班时间，陈尔力给销售科科长大孟打电话，让他来医院照顾楚天霖。同时又给财务科科长刘晋芳打电话，让她拿张空白支票来医院，再到商店买一套脸盆、毛巾和尿盆。

等大孟到了医院后，陈尔力交代了一下，便急匆匆地赶到印刷厂，他还有很多事情需要处理。

晚上下班时，陈尔力又把苏玉民叫来，让他跟着去医院夜间照顾楚天霖。

陈尔力来到医院一看，发现楚天霖好了很多，已经能说话了，脸色也红润起来。在医院里，楚天霖催促陈尔力赶紧回家休息，因为他知道陈尔力又是一天没合眼。

这几天，陈尔力上班前和下班后，都要到医院来看望楚天霖。在第三天楚天霖排气后，还让林云裳给楚天霖煲了粥、煮了鸡蛋送到医院，感动得楚天霖直掉眼泪。

后来楚天霖不止一次说过："陈尔力是我楚天霖一生的朋友。"

八个月后，扩大生产规模，增加生产设备，招收技术工人的计划指标省里终于批了下来。在此期间，陈尔力还通过中国包装印刷技术协会的老朋友陈天明，购买了两台德国最先进的"海德堡"胶版印刷设备，有了它无论多么复杂的包装装潢和商标都能印刷。

那个时候，三江印刷厂可热闹了，盖厂房车间，外出购买设备，又一次性招收了三百多名女工。通过简单的传帮带，这些新招收的女工全部上了岗。

但是由于新工人的技术还不熟练，也没少出废品。出点儿废品没什么，那时三江印刷厂有钱，深圳、珠海、厦门、汕头的采购方，都提前把预付款打到了账面上。

三江印刷厂火了，市里、局里有关领导的七大姑八大姨、舅哥弟妹等，都剜门盗洞往里挤。本来七百多人的企业，一下子又挤进来三百多人。人员过剩也没事儿，啥也不会干的挂个名头开工资就是，反正三江印刷厂有的是钱，也不在乎那仨瓜俩枣的。

人们都说，陈尔力虽然个子矮，但是个福将，他刚当上三江印刷厂厂长，印刷厂就火了。前几任厂长，辛辛苦苦干了半辈子，也赶不上陈尔力干两年的生产利润，谁让人家有那个好命呢。

因为跟经济特区的业务往来较多，1987年年初，陈尔力通过楚天霖所在的深圳蓝天国际贸易有限公司的邀请，到深圳、厦门、珠海、汕头考察了一圈。他看到特区经济非常繁荣，马路拓宽，高楼大厦以惊人的速度拔地而起。同时，在深圳、珠海也出现了一些小型私营包装彩印厂，他们资金雄厚，没有历史包袱，生产形势轰轰烈烈。

考察回来后，陈尔力在想：三江印刷厂的繁荣还能撑多久？跟深圳、珠海小型私营印刷厂相比，他不仅看到了危机，而且是危机四伏。仅价格和运输上，当地的小型印刷厂就占有地域优势。几年内还好说，如果再过五年、十年，特区的印刷厂就会如雨后春笋般地冒出来，它们发展的速度非常快，简直是目不暇接。

陈尔力在三江印刷厂已经工作多年，企业弊端在哪儿，他心里一清二楚。一个千人的企业，退休工人就有二百三十多人，干拿工资不上班的“大爷”有一百一十五人，还有五十多人虽然天天上班，但整天游游逛逛啥也不干。这些人不仅啥也不干，还整天挑毛病，打架斗殴，惹是生非。不比不知道，一比吓一跳。仅退休工人、挂名头拿工资和上班不干活的人员工资，每年就要多支出近十五万元。背着这么沉重的历史包袱与特区同行业竞争，简直是老牛车与汽车赛跑——差得远了。那年头，全市的万元户都屈指可数，可见十五万元是个多么庞大的数字。

从南方回来，正赶上市里要求进一步贯彻十二届三中全会制定的《中共中央关于经济体制改革的决定》精神，更使陈尔力增强了改革的决心，他用了一个星期制定了一套《三江印刷厂改革方案》。

这个方案的具体内容就是：挂名头不上班的，在社会上开修理铺、饭馆、小卖店的，只开百分之三十的工资，以后逐年减少，三年后停发工资；每天只上班而不干活的，自己找岗位，找不到岗位也按百分之三十开工资。上班的工人，按照制定的细则实行计件奖金制，同深圳、珠海的印刷行业一样，多劳多得。对于退休人员，按现有工资的百分之八十开工资。身体好的退休工人，可以返岗继续工作，多劳多得。改三江印刷厂为三江丰润包装彩印有限公司，这样对外经营时，显得高大上，有气派。

这个改革方案一出台，就遭到了厂领导班子的反对。

李书记翻了一下黄眼珠说："现在工资都不高，我们印刷厂按照最好时期计算，平均月工资还不到七十元，你给他们这样开工资，让他们拿什么养家?"

主管生产的副厂长大杨也反对说："你这个改革方案，说到底就是砸工人饭碗。你敢砸别人的饭碗，别人就敢砸你的脑袋。"

"依我说呀，就别搞什么改革了，稀里糊涂往下混吧，你好我好大家都好。我在南方开订货会时听说，一些国有企业因为改革都出人命了，有的还把厂房点着了，烧得片瓦不留。"主管供销的范副厂长说。

工会主席李占祥说："依我看，印刷厂的名字改得挺好，可是要改革工人工资，我看行不通，他们在企业工作就是为了养家糊口。"

"我……我同意占祥的意……意见，印……印刷厂改……改了名，就……就等于改……改革了，对……对上面……面也……也能交差了，干……干吗非……非得当那……那只出头鸟啊?"王调度结结巴巴地说。

陈尔力说："大家算过这笔账没有？我们厂除退休工人外，每年还得拿出十多万元白养活二百多人，再加上在岗工人偷懒耍滑的、出工不出力的，我们平均按照每人每月七十元计算，一年就要少收入十六七万。这只是一年的多余开支，那么三年、五年、十年、二十年呢，那将是一个天文数字。将来我们再这样继续下去，企业早晚得倒闭，我们就都得下岗。"

大杨说："如果大家一起下岗那没啥说的，谁也不会有意见。再说了，即使有开不出工资的那一天，我们在座的也不怕，因为我们是组织部任命的，都是有级别的干部。”

范副厂长说：“下岗有啥了不起，俗话说，‘天塌有大杨，过河有占祥’。我们怕啥？”

听了范副厂长的话，大家“哄”的一声笑了。因为大杨是身高一米九的大个子，而工会主席李占祥的身高才一米五，比陈尔力还矮呢。

看大家都笑了，李占祥说：“个子矮咋地？秤砣小压千斤，钻石小赛黄金。”

范副厂长的一句玩笑话，使本来火药味儿的气氛缓和了下来。

就这样，陈尔力的改革方案就在班子会上搁浅了。但也不能说全部搁浅，大家一致同意把三江印刷厂改为三江丰润包装彩印有限公司。

陈尔力是个雄心勃勃的人，也是个想干大事的人，他曾经设想自己将来能成为约翰·戴维森和李嘉诚式的人物。

按照他的想法，这次要借改革之机，把印刷厂做大做强，并利用现有的经济优势做对外贸易，搞多种经营，优势互补。

可是，李书记说，陈尔力好高骛远不切合实际。还说，厂里一千多人都养活不了，还搞什么做大做强，真是天方夜谭。

这次改革方案在厂班子会上没通过，让陈尔力非常恼火。他想，班子会上不是通不过嘛，我就争取上级的支持。于是他把改革方案抄写两份，一份送给市委齐书记，一份送给吴市长，并写了两份详细的汇报，说明了改革的艰难。

为了表示坚持改革的决心，他下班回家后写了一幅“破釜沉舟”的大字，悬挂在办公室里。

第二天上班，李书记来找陈尔力。李书记翻着黄眼珠说：“尔力呀，你想改革怎么不提前跟我打声招呼？你没拿我这个书记当回事儿呀！”

“我是想跟你提前说的，可是又一想，即便提前跟你打招呼你会同意吗？还不如端到会上让大家讨论。”陈尔力说。

“你这件事办得就不对了，企业改革方案最起码在行政会之前，应当开个党委会，这是党领导下的企业。”

“企业改革为什么非要提前开党委会，一个会议下来不是一样吗？”

李书记一听有些火了，喊道：“党委会是党委会，行政会是行政会，难道你想离开党的领导？”

“李书记，你这么说话就不对了，经济体制改革也是党中央十二届三中全会提出来的，我怎么离开党的领导了？”

“你想让我怎么说话？要是你不想服从党的领导，那好，我明天就召开党委会，开除你的党籍。”

陈尔力一听也火了：“你要敢开除我的党籍，我就敢停发你的工资！”

“陈尔力呀，陈尔力，你才当几天厂长呀，就不知道天高地厚了，当年我们这些老辈人在印刷厂挥汗如雨大干社会主义的时候，你还尿炕呢！”

大杨、范副厂长和王调度一看李书记和厂长吵了起来，赶紧把李书记劝走。

李书记走后，陈尔力冷静下来，回头想想李书记说的话也不是没有一点儿道理。印刷厂的一些老工人大都是“文革”前参加工作的，那时虽说自己还不至于尿炕，但还在上学，确实是个孩子了。

说起陈尔力，别看个子矮，从小就要强。他七岁上学，十五岁高中毕业（九年一贯制），学习成绩一直名列前茅。高中毕业时“文革”还没结束，所以没有考大学的机会。一个十五虚岁的孩子加之长得矮小能干什么？上山下乡根本就干不动农活，进工厂当学徒人家又不招工。就这样陈尔力在家一待就是两年。好在陈家是书香门第，父亲陈启功是老学究，当过老师，后来在档案局工作，所以陈尔力这两年也没有荒废。

这两年，父亲让他熟读唐诗、宋词、元曲，还让他背诵《古文观止》《笠翁对韵》。每天晚饭后，父亲都让陈尔力背给他听。一年下来，陈尔力把这些书都背诵下来了。闲暇时，陈启功还教陈尔力书法，让他在报纸上把唐诗、宋词用毛笔默写下来。第二年，父亲又把四大名著给他看，他看得如醉如痴。看书时，陈尔力就把小说里的诗词都用毛笔字默写一遍。等把四大名著看完两遍后，他又偷偷地把父亲藏在箱底的《东周列国志》和《史记》翻出来阅读。父亲明知道他在偷看这些书，但装作没看见。20 世纪 70 年代初，在方圆五十里范围内，除《毛主席语录》《毛泽东选集》和《毛主席诗词》外，要想找到一本古书，比登天还难。也只有书香世家，才可能藏匿这些古典书籍。

一晃两年过去，陈尔力身体多少长高了些，陈启功就让他到砂石厂下乡。

刚到砂石厂时，由于陈尔力个子矮、力气小，经常受到歧视。他装车时，抡不动大板锹；推车时，又推不动。所以只能安排他在上坡时帮助推单轮车的人“拉钩”。砂石厂拉钩，就是把绳子一头套在身上，而在另一头拴个铁钩，每当有人推车爬坡时，他就要快速把钩子挂在独轮车架上，拼命往上拉。一次，有个叫大强的车轴汉子，为了戏耍陈尔力，在上坡时突然把独轮车的后腿一放，此时陈尔力正用力往坡上拉，脚下一滑弄个狗抢屎，把脸和鼻子都抢破了。陈尔力爬起来，拎起铁钩照准“哈哈”大笑的大强脑袋就砸了下去。这回可把大强砸蒙了，他抱着流血的头就跑，陈尔力满砂石厂追，最后大强告了饶才算完事。陈尔力的哲学就是以血还血、以牙还牙。对待土匪就要比土匪更狠，对待流氓就得比流氓更流氓。要是跟土匪讲道理，简直就是对牛弹琴。

凡是身体有缺欠的人，自尊心都极强，唯恐别人瞧不起自己，所以不管在任何场合，他都要用性格的张力来吸引别人，让人们知道他的存在。

刚到砂石厂时，陈尔力每次说话，都被别人给怼回去。“你闭嘴，哪有你说话的份儿？小崽子。”每到这时，陈尔力就得闭嘴，心里这个憋屈。

可是，自从那次打了大强以后，陈尔力在砂石厂的朋友突然多了起来，每到一个场合，大家都主动跟他打招呼，像崇拜英雄一样崇拜他。从那以后，知青点的小青年再也不敢欺负陈尔力了。陈尔力向来就有不服输的精神，别看他个子矮小，摔倒了再爬起来继续推车。人常说："推车不用教，全靠屁股腰。"说的就是推独轮车靠的是技巧，不是靠蛮劲，只要掌握好平衡，推起车来根本不费力。

要知道，一辆独轮车装满潮湿的沙子，起码要有三五百斤，是陈尔力体重的三倍到五倍。可是经过一段时间的锻炼后，他就能把独轮车推得游刃有余了，从此再也没人敢小瞧他。

砂石厂的连长和指导员（"文革"时期是半军事化）都是陈尔力父亲的学生，指导员见到陈启功后，就把陈尔力在砂石厂的事情跟老师学了一遍。

一天，陈尔力回到家中，父亲说："我们可是书香世家，上溯八代没有喝大酒、抽大烟、赌博、嫖娼的，更没有匪气十足的。你爷爷一生能文能武、不卑不亢，即使日本鬼子来了也不肯低头。人可以有傲骨，但不能有反骨。"陈启功像讲家训一样教育他。

"哦，我知道了。"陈尔力低声回答。

经过一年的摔打，陈尔力身体强壮了一些，个子也长高了不少。但与其他知青比起来还是矮了许多，穿鞋才一米六零。

因为指导员对陈尔力的家庭比较了解，也知道他有文化功底，所以就让他当出纳员兼板报宣传员。

下乡第二年，正好赶上企业招工，陈尔力顺其自然地被招进了印刷厂。

陈尔力的起步还算顺风顺水，刚进工厂时，他在维修车间当学徒工，可是干了不长时间，因为出纳员休产假，他又干上了老本行，当上印刷厂的出纳员。

20 世纪 70 年代对宣传工作非常重视，只要谁能写一篇通讯报道，就能改变一生的命运。因为陈尔力有文化功底，所以就写了一篇《李师傅加班记》的小报道，被《三江日报》刊登了。这下可不得了了，陈尔力在几百人的印刷厂出了大名。秦厂长一看这个小伙子行啊，于是陈尔力得到了重用，当上了让人羡慕的政工干事。

陈尔力的政工干事干了不到两年，因为经常在报纸和刊物上发表文章，区委宣传部就想调他到宣传部当干事，可是后来一调查他不是党员，所以没调成。临走时，区委宣传部部长对秦厂长和李书记说，要重点培养陈尔力入党，将来前途无量。

送走区委宣传部部长，秦厂长心想，培养陈尔力入党，没门。这么好的人才如果入了党，早晚被别人挖走。那时，印刷厂刚刚上了一条包装箱生产线，秦厂长就让陈尔力在车间挂了个副主任的衔。其实，陈尔力名义上是车间副主任，而实际上还是写材料，只是偶尔到包装箱车间转转，就算是车间副主任了。

按常理，陈尔力想入党，不但要跟秦厂长搞好关系，还要溜须李书记，毕竟入党的事归党委书记管。可是陈尔力性格耿直，还有点儿文人的傲气，他看不惯李书记一见到女工就迈不动步。一到夜班时，李书记就找印刷车间或纸箱车间的女工谈心，今天找这个谈，明天找那个谈，好像印刷厂党委只干一件事，那就是找女工谈心。

因为陈尔力写材料总加夜班，所以晚上经常听到李书记办公室有动静，不是女人的淫荡之声，就是女工摔门走时的哭声。那时，陈尔力虽然没有对象，但他也懂得男女之间的事儿，心里这个恨哪，李书记也太缺德了，专门祸害青苗。

一天早晨刚上班，李书记就把陈尔力叫去，他翻着黄眼珠说："陈尔力，我不知道你的工作是怎么干的，整天晚上加班，你到底有啥可写的？就你这个工作效率，还想入党呀，我看难！"

陈尔力明知道自己碍眼，妨碍了李书记的好事儿，可是哑巴吃黄连——有苦说不出。

正在这时，秦厂长叫陈尔力，问印刷厂的经验材料写完了没有。

陈尔力说："写完了，但还没修改。我今天白天再修改一遍，晚上回家抄写，明天交给你赶趟不？"

"晚上回家抄写？你们家一帮人，住房那么小，不影响你写材料吗？你干吗不在厂里加班，这里有吃有住的。"

“李书记不让我在厂里加夜班，我只能回家抄写。”陈尔力低着头说。

“什么？他为啥不让你加夜班？你就在厂里写，别在乎他！”秦厂长气愤地说。

“为啥不让加夜班，我也不知道，反正他夜班总来，不是找这个女工谈心，就是找那个女工谈话……”

还没等陈尔力把话说完，秦厂长就说：“你就在厂里加夜班，我看谁敢管你！如果李书记再问，你就说我让你加夜班的，看他能咋地。”接着，他又说：“这个李书记呀，也不注意点儿影响，色心难改。”

听了秦厂长的话，陈尔力感到温暖。他想，你看人家秦厂长多有正义感，不像那帮人，都是一群流氓嘴脸。

说起秦厂长这个人，圆形脸，月牙眼，络腮胡子带笑面；个不高，爱打扮，身体强壮车轴汉。按理说，这样的人不是笑面虎，就是好色之徒。常言道：连毛胡子骚劲儿大。可是你看人家秦厂长，这么多年来，在女人堆里摸爬滚打，从来没有听说他有什么绯闻。为人处世，一身正气，别看他从来不发火、不骂人、不训人，但不怒自威，全厂上下没有不怕他的。秦厂长还有侠骨柔肠的一面，一些老工人、老技工，只要他听说家庭有困难的，都要尽力帮助。只要听说谁生病了，他都会亲自去看望，使陈尔力佩服得五体投地。

当晚，陈尔力又在厂里加夜班，李书记喝得醉醺醺地来到厂部，他发现陈尔力办公室的灯还亮着，便推门走了进去。

陈尔力一看到李书记进来，急忙起身说：“李书记来了。”

“我说陈尔力，我说话不好使呀，你怎么还在厂里加夜班？”李书记说话的态度，仿佛要把陈尔力吃了似的。

陈尔力低声说：“是秦厂长让我在厂里加夜班的，他说我家人口多房子小，怕影响我写材料。”

“别的工厂干政工的没有一个像你整天在厂里加夜班的，难道人家就不写材料了？”李书记瞪着黄眼珠厉声问道。

陈尔力一听，也犯了倔："我在厂里加夜班碍着别人啥事了?"他的话把李书记噎得直翻黄眼珠。

从此，李书记掐半个眼珠看不上陈尔力，而陈尔力也不在乎李书记，两个人就这样杠上了。

有时，陈尔力一听李书记办公室里有动静，就故意在走廊咳嗽两声，气得正在谈话的李书记干吃哑巴亏。

有一天，陈尔力把市委组织部要的组织建设情况汇报拿给秦厂长看。秦厂长看了一下说："党建工作归党委管，你把材料拿给李书记看看，征求一下他的意见。"

陈尔力满心不愿意去见李书记，可是秦厂长说了，他不得不硬着头皮去见他。

来到李书记办公室前，他轻轻地敲了几下门，只听到屋里有声音，但没人回答，于是陈尔力就推门走了进去。他抬头一看，印刷车间主任曹金芳正坐在李书记大腿上，两个人正嘴对嘴啃呢。陈尔力已经进来了，前进也不是，后退也不是，傻在那里。曹金芳没有发现陈尔力，还在那儿撒娇地说："你真坏，咬我。"

李书记已经看到陈尔力站在面前，赶紧把曹金芳推下去，问道："尔力，你进来咋不敲门?"

"李书记，我敲门了。"

"敲门我咋没听见，真不懂规矩。"

正当陈尔力不知说啥时，曹金芳的脸不红不白地说："我就跟你好了，能咋地，一个小屁孩儿懂啥。"

陈尔力把脸气得通红，一句话也说不出来。他心想，见过不要脸的，可是没见过这么不要脸的。

李书记赶紧把曹金芳撵走。他对陈尔力冷冷地说："你找我有啥事儿?"

"秦厂长让我把组织建设情况汇报给你看看。"

"不用看了，你把它报到市委组织部就行。"李书记似乎改变了态度。

陈尔力离开李书记办公室，心里这个窝囊。“今天倒霉透了。”他在心里说。

为了这件事儿，陈尔力闹心了好几天，后来没有什么特殊事情，他从不去李书记的办公室。

大约过了一个星期，李书记一看这件事儿没有走漏风声，心想陈尔力这小子还不错，嘴挺严的。正好那天有个外地客户需要招待，李书记就把陈尔力叫上一起去。

陈尔力本来不想去，可是一看李书记态度那样坚决，没办法只能跟着去了。

送走客人后，李书记翻着黄眼珠说：“尔力呀，你好好干，将来一定有出息。”停了一下，他又说，“尔力呀，曹金芳这个人不错，也很能吃苦，为印刷厂没少做贡献。”

陈尔力心想：这是哪跟哪呀，跟我说这些有啥用，我也不是厂长。

李书记翻着黄眼珠又说：“前几天为了车间多出产品，曹主任整天加班都累上火了，脖后生了个火疖子，她让我看。我一看可不是，还挺大的，长这个东西可不好，严重时都能要人命。”

陈尔力带有嘲讽的口吻说：“哦，是吗？”说完，他又觉得这样说语气不对，便又改口说，“嗯，曹金芳的确很能干，将来应当提拔为副厂长。”说完这句话，陈尔力在暗自骂自己，睁着眼睛说瞎话。什么能干，什么应当提副厂长，大字都不认识一筐，她不仅跟李书记扯，还跟主管销售的范副厂长乱搞，每次范副厂长外出回来，都要送给她一些小礼物。送礼物就送礼物呗，你悄悄地也行，可是曹金芳还到处显摆，引得李书记醋意大发。不仅如此，曹金芳还到处说李书记是她的靠山。那个年头，工厂就风行这一套，特别是女工扎堆的地方，都互相争宠，只要有棵大树靠着，别人就不敢欺负，就能捞到好处。

陈尔力送他快到家门口时，李书记翻着黄眼珠说：“尔力呀，你赶紧写个入党申请书，七一前要发展一批党员。”

陈尔力说：“李书记，我还不够党员标准，再说我家成分高……”

“我说你够条件就够条件，让你写你就写，讲什么条件。”还没等陈尔力把话说完，李书记就抢过话茬儿。

第二天，陈尔力还真把入党申请书写了，交给了李书记。可是七一已经过去很久了，陈尔力的入党问题却如石沉大海，杳无音信。

后来才知道，在陈尔力入党的问题上，不怨李书记，主要是秦厂长不想让陈尔力入党。一旦让他入了党，这个人才就飞了。在这件事上，陈尔力还挺感谢李书记的。

说起李书记好色，其实不是没有原因的，因为印刷行业的特殊性，大多招收的都是女工。三江印刷厂的女工，大都长得标致，在全市是出了名的，不仅年轻，而且还那么秀气。女工多了，事情就多，有一些为了寻找靠山，特别是一些小媳妇主动向厂长、书记、副厂长、调度和车间主任献殷勤。李书记本身就是好色之徒，背地里人们都他叫“二毛子”。因为李书记是 1946 年生人，有人说是苏联红军进东北强奸了他妈，所以才生了李书记。从长相看，李书记确实和我们汉族人不一样，他高高的鼻梁，白白的皮肤，黄眼珠，高个头，黄头发，年轻时很帅气。因为品种特殊，是让女人看上一眼就有想法的那种人。为了不让别人叫他二毛子，李书记后来经常染头，把一头漂亮的黄头发染得黢黑。那个年头不像现在，女人染发的都很少见，一般理发店根本没有这个手艺，所以李书记经常去省城染发，这成了全市人的笑谈。

李书记为了自己的长相也没少费心机，他经常跟人讲，自己的奶奶就是俄罗斯人，所以他长得像奶奶。可是谁也没有见过他奶奶，听说 1942 年就在山东老家饿死了。

回头再说说陈尔力的企业改革。他把改革方案和情况汇报分别呈报给市委书记和市长，本来是想让市领导支持一下工作，可是没想到，齐书记派调研室来搞调查，市政府也由主管工业的副市长牵头组成调研组。两伙调研人员在厂里一住就是半个月，把印刷厂的情况都摸得一清二楚，感觉陈尔力的改革方案具有针对性，而且完全可行。之后，齐书记和吴市长分别在方案上签了字，明确表示支持三江印刷厂大胆改革。接着，《三江日报》也报道了此事，工业局把他们的改革方案作为典型向全市推广。一时间陈尔力成了改革的风云人物，取经的、学习的，来了一拨又一拨，工业局的主要领导也来到印刷厂坐镇，参与改革的全过程。

陈尔力也没想到，一个印刷厂的改革，却惊动了全市。本来他想，把那些挂名头的、不上班的、上花班的、整天游游逛逛的改革掉，一些老实人和有功人员不在改革之列，可是现在不来真格的不行了，既然改革就得一个尺度，没有任何特殊。

工厂减员后，陈尔力又制定了定岗定员、计件奖励等细则。对于那些不服气的工人和想要返岗的人，也制订了应对方案，只要以前不上班，现在要求上班的，允许他们自由选择岗位，只要车间主任同意，在岗工人投票通过，即使你出工不出力也无所谓，反正每个人的工资与车间的经济效益挂钩，只要有富余人员，大家都少开奖金。这可够狠的，一旦牵涉个人利益，谁都不会当老好人。陈尔力初步测算了一下，这样一年下来，印刷厂就会增加利润七八十万元。

在这些规章刚出台的前几天，退休职工、挂名头的、上花班的、游游逛逛不干活的职工都来闹事，甚至黑社会都出马了，威胁恐吓，抗议谩骂的都上来了。还有一些被改革的人，半夜往陈尔力家院子里丢粪便，砸玻璃、砸大门，表达他们对陈尔力改革的不满。后来，陈尔力的老婆、孩子都不敢在家里住。

这件事后来被市委齐书记知道了，他打电话给公安局局长，要求全方位保驾护航，特别是谁敢到企业闹事，见一个抓一个。对于黑社会人员的威胁恐吓，要严厉打击，绝不姑息。

改革刚进行不久，包装彩印有限公司就有一百五十多名有头、有脸、有门子的工人开始调转，其中包括不少在岗的技术熟练工人。他们认为计件工资的劳动强度突然增大，没有以前逍遥自在了，虽然奖金多，但难以承受这种劳动强度。还有的职工，因为家庭负担过重，怕不能正常上班影响别人的奖金，所以主动要求下来开百分之三十的工资。

改革嘛，就得流点儿血、流点儿泪，陈尔力是这么想的。

这次改革进行得还算顺利，因为有市委书记撑腰，一些有头有脸的人不敢求情了，一些调皮捣蛋的人也不敢闹事了，因为市公安局和工业局的人都在工厂里坐镇。可是，他们背地里都骂陈尔力不得好死，不会有好下场。还说，那次卸车把他的膝盖骨砸碎了活该，这是老天报应。反正骂什么的都有。

骂就骂吧，改革就得有点儿疼痛。

那个阶段，陈尔力在三江市可成了风云人物，市领导大会小会都拿他做典型，说他年轻有为，思想意识超前，有改革创新精神。大小报纸和电台连篇累牍地报道他的先进事迹，全市的所有先进都被他一人包揽，还到处介绍经验，甚至当选为市人大常委。有人说，陈尔力的前途无量，用不了几年就能当上大局的局长，就算当个副市长都有可能。当时官场上流行这样一句话：只要领导高兴，就能提拔重用。果然，因为改革有功，陈尔力被破格提拔为正处级。

这段时间，陈尔力不仅被别人忽悠得有点儿晕，就连自己也有点儿飘了，幻想着在不远的将来，真能提拔为副市长，甚至市长。

“要出经验，不择手段。”这是当时流行的一句话。陈尔力清楚，第一次改革减掉二百多人，现在的包装彩印有限公司仍然还有大量的富余人员，所以他正在酝酿着第二次改革方案。

这个方案的内容是：一、集资入股，年内分红。每个职工必须集资一千元，否则下岗；二、迟到一次扣除当月计件工资的百分之三十，迟到两次下岗；三、偷、拿、跑、冒、漏，发现一次立即下岗；四、孕妇只能在预产期前一个星期请假，否则下岗；五、产妇在一个月的产假期间不发工资，孩子满月后不得请假，否则下岗。

这个方案刚一出台，就在包装彩印公司引起轩然大波，一些工人大骂，这是绝后方案。特别是女工，都骂陈尔力是石头缝里蹦出来的。

这时的陈尔力，确实有些浮躁，他既不召开班子会议，又不听别人劝告，变得越来越独断专行。

方案出台后，第一个跳出来反对的就是工会主席李占祥。他对陈尔力说，其他条款我不管，只是孕妇和产妇这两条必须删除，改革也不能违反国家法律。可是陈尔力什么也听不进去。

李占祥走后，大杨来到陈尔力的办公室。他说：“陈经理，第一次改革已经很成功了，你也功成名就了，我看你就消停当你的总经理吧，再改革对你有什么好处？多一事不如少一事。”

“深化经济体制改革，是党中央提出来的，作为一个共产党员、国家干部，就得响应党的号召，改革掉那些阻碍企业经济发展的弊端，使企业强大起来。”

大杨一看，也说不过陈尔力，于是说了一些企业生产的事，就从总经理办公室走了出来。

当天下午，妹妹小雅来到厂里找陈尔力，她说：“哥，爸让你今晚回家吃饭。”

“爸没说有啥事儿吗?”陈尔力问。

“没说，只是说让你回家吃饭。哥，我走了，晚上你得回去呀!”

“知道了。”

妹妹走后，陈尔力又开始闷头写他的改革经验材料。

晚上，陈尔力下班回到家中，一看母亲和林云裳正在做饭。他打声招呼就进到里屋，一看父亲陈启功正在沏茶。

“回来了?”父亲问。

“嗯。”

“听说你改革改得热火朝天?”

“有啥改得热火朝天，就是改掉了一些奸懒馋滑的人。”陈尔力回答说。

“孕妇和产妇也是奸懒馋滑的人吗?”

陈尔力一听，忙问：“爸，你听谁说的?”

“上午，李占祥来找过我，说你现在谁的话都听不进去，让我劝劝你。我说，现在的陈尔力我也劝不了，他是石头缝里蹦出来的，不是我生养的，不然他怎么能对女工那么狠!”

陈尔力一听，父亲真生气了，因为陈启功以前从来没有这样嘲讽过自己的儿子，忙说："爸，你别听李占祥瞎说，这两条我已经删了。"

"删掉了就好。我们陈家几代人，从来没有做过丧良心的事情，希望你也别做。"父亲严厉地说。

陈尔力想，这个李占祥，还跑到父亲这里告状。可是回头想想，正如工人所骂的那样，这是个绝后方案。真不知道，当初自己是怎么想出来的这个损招儿。

"爸，我想把李占祥也叫来一起吃饭。"

"那就把他叫来吧，我发现这小伙子是个人物。"

这时弟弟陈尔群也带着媳妇和孩子进了屋，陈尔力说："尔群，你骑着自行车去把李占祥找来。"

"我知道他家，这就去。"

不一会儿，李占祥和尔群就到了。进屋后，李占祥先跟大家打了招呼，然后说："尔力，我告了你的状，你不会生气吧？"

"他能生什么气。"还没等陈尔力说话，父亲首先抢过话茬儿，又说，"占祥啊，以后尔力有什么不当的地方，你就多提醒他点儿。"

第二天，陈尔力来到厂里，又写了一个补充说明，把方案的第四条、第五条改为：可以请假，但必须经过总经理批准，开基本工资。实际就是将这两条废除了。

工人的性格都比较直爽，喜怒哀乐都挂在脸上。第一次改革后，大家都非常赞赏陈尔力的胆识和魄力，因为他把那些挂名头的、上花班的、在外开买卖的、游游逛逛的都改革掉了，这是工人们多年最痛恨的事情，只是敢怒不敢言罢了。尽管补充说明把第四条和第五条废除了，可是职工怎么也转不过这个弯来，心里怨恨陈尔力，所以在脸上就表现了出来。有时，一些比较倔强的职工，见到陈尔力就像没看见一样。这也引起了陈尔力的反思。

对于第二次改革方案里的集资问题，厂里出现了苦乐不均的现象。工人们大都知道，其实包装彩印有限公司根本就不缺这点儿钱，可是为了拿掉一部分人，只能用这个条件卡。一千元，对于一个普通工人来说，不是个小数字，那时工人的基本工资只有四五十元，是两年工资的总和。可是对于一些吃苦耐劳的女工来说，集资钱根本不算事儿，他们两个半月就能挣到一千元。再者，还可以年末分红。有人计算过，按照包装彩印目前的盈利状况，一年分红就能把集资的一千元拿回来。

其实陈尔力就是想通过这种集资办法，把那些勤劳能干的人留下来，把懒散和技术能力较差的人改革掉。

第二次改革也不顺利，一些职工求爷爷告奶奶到处借钱。有一些工人，因为家庭贫困根本交不起集资款，所以无奈下岗。当然，也包括这些上不了一线只能做保障性工作的人员。

一天，一个女工因为交不起集资款来到陈尔力的办公室，进门抱住陈尔力就哭，让陈尔力放她一马，她愿意为他献出所有，包括身子。

“什么乱七八糟的，你一个平时很稳重的姑娘，是谁给你出的主意?”陈尔力急忙把她推开。因为以前从来没有见过这个阵势，不知道如何是好，最后还是李占祥带着保卫科科长为陈尔力解了围。

还有一个退休工人老姜师傅，一进办公室就给陈尔力跪下，他说：“陈厂长，你就饶过我那个不争气的闺女吧，看在我的老面子上，赏她一碗饭吧!”

陈尔力一看，急忙站起来说：“姜师傅，你比我父亲年龄还大，怎么能给我下跪呢？快起来!”

原来，姜师傅是个本分人，也是老模范，他的女儿姜岚是接班来到包装彩印公司的。可是他这个女儿可不像姜师傅，根本不着调，整天打扮得花枝招展，不是迟到就是早退，正在上班时间说走就走，连机械设备都不关。

那个年代，三江市突然兴起跳舞，人们的禁锢思想刚一开禁，就像疯了一样风靡开来，跳舞的人们近乎痴迷癫狂。姜岚被一些舞伴奉为舞厅皇后，有些忘乎所以，她从文化宫跳到发电厂，从电机厂跳到造纸厂，从煤机厂跳到农垦总局，就像穆桂英一样阵阵落不下。为了她，几个男舞伴打得头破血流。就连李书记跳舞，都是她教会的。

姜岚这次下岗是陈尔力亲自查出来的，因为副厂长和车间主任都不愿意得罪人。最后陈尔力答应姜师傅，等改革之后，如果姜岚改好了，就让她去食堂。终于算把姜师傅哄了回去。

第二次改革，又改掉了一百多人。

按理说，包装彩印有限公司改革成功，陈尔力又破格提拔为正处，他应当感到欣慰，可他这几天不知怎么了，一点儿都高兴不起来。陈尔力坐在办公室里两天都没出屋，把这两次改革像放电影一样全部过了一遍。他觉得对不起那些技术熟练的老工人，对不起那些曾经为包装彩印有限公司立下汗马功劳的技工师傅，对不起那些与自己一同进厂家庭经济困难的女工们。陈尔力也在怀疑，这次改革是否有些过了？

陈尔力记得，自己从沙石厂被招进印刷厂时，最初被分配到了维修车间。维修车间有个技术大拿叫李守信，车、钳、铆电焊样样精通，凡是别人维修不了的机器设备，只要他出手就会迎刃而解。那时，陈尔力就跟李守信学徒，整天跟在屁股后师傅长师傅短地叫着。李守信家离印刷厂较近，所以陈尔力没少跟着师傅去他家蹭饭。后来，李守信家由于老伴得了肺结核，住院没少花钱，因此欠下了债务。前任秦厂长给他出了个主意，让他在街面上开个修理铺，只要厂里有机械维修任务他就回来，空闲时间可以在维修铺里揽活挣钱，以便还清债务。这次改革，李守信也在改革之列，所以陈尔力觉得挺对不起师傅的。

还有一个人就是郝玉兰，她跟丈夫李三和陈尔力是一起进厂的工友。在一次事故中，郝玉兰的丈夫李三因公殉职了。

陈尔力清楚地记得，那是两年前的一个秋天，印刷厂新进一台大型切纸机。那个年代，装卸机械设备全靠人拉、肩扛、滚杠滚，根本没有吊车。印刷厂本来就女多男少，凡是干重体力活时，厂里男职工全部出动。铺好跳板滚杠后，有人用两根大绳拴在重达八吨的切纸机上，后面有人拽着。切纸机两侧，也拴上大绳以调整方向防止侧翻。然后大家人拉、肩扛、滚杠滚，让切纸机顺着跳板一点点地往下溜。当切纸机溜到车下一半时，陈尔力和郝玉兰的丈夫李三在左侧，他们一边拿着撬杠摆正方向，一边拽着绳子，可就在这时一根大绳突然断了，眼看切纸机向左侧倾斜，还没来得及躲闪，机器就下来了，碰碎了陈尔力的膝盖，然后把郝玉兰的丈夫李三拍在了下面。那么重的设备拍下来，当时人就被压扁了，鲜血蔓延了一地。

“不好了，出大事了！”人们赶紧用撬杠抬机器。这时，车间里的人也都知道了此事，女工们都纷纷跑来帮忙，也许是一股急劲，大家硬是把八吨重的切纸机抬了起来，才把郝玉兰的丈夫李三扯出来。这时候的女工们，脚踩在血泊里一点儿都不知道害怕，她们也跟着男人们使劲抬着机器。不一会儿，有人找来两块门板，一块抬着郝玉兰的丈夫李三，一块抬着陈尔力就往医院跑。可是郝玉兰的丈夫李三早就没命了，而陈尔力也从此落下了残疾。

后来陈尔力听说，郝玉兰看到丈夫李三倒在血泊中，当时就昏了过去，也被送到医院进行了抢救。在处理完郝玉兰丈夫李三的丧事后，只按规定发给她六百元抚恤金，从此再也没有其他待遇。

第二次改革，也牵涉到郝玉兰，一是她因为家庭困难交不起集资款，二是郝玉兰有个瘫痪的婆婆和四岁的孩子需要照顾，如果上班顶岗，一天三班倒没人伺候老人和孩子，所以她主动提出下岗，只要百分之三十的工资就行。最后她只提出一个小小的要求，在家里照顾老人和孩子的同时，想把厂里的火柴盒拿到家里去糊，一个火柴盒挣五厘钱，能挣多少算多少，反正厂里也是计件工资。

企业进行改革后，李书记就很少来单位了，不是说身体不好，就是有其他事情，反正很少见面。也许他在跟陈尔力较劲，也许他怕改革时得罪人，不愿意在这个关键时刻抛头露面。可是有人说，现在的李书记整天泡在舞厅里。有人还给他编了套顺口溜：下午跳，晚上跳，第二天上午睡大觉；下面摸，上面抱，温馨一刻最重要。在社会上，大家都在议论，一个副处级领导干部，整天泡在舞厅成何体统。

这几天，李书记不上班，两位副厂长一个去签合同，一个去省城开会，王调度也不来厂部，整天在车间里待着。偌大的厂部显得空荡荡的，让陈尔力感到落寞。

上午，工会主席李占祥来到厂长办公室，他说：“你整天把自己关在屋里顶屁用，没事你就出去溜达溜达，别跟自己过不去。”

听到工会主席的一番话，陈尔力似乎想起了什么，问道：“现在工会账户还有多少救济款?”

“已经不多了，连工会经费加到一起可能不到两百元吧。你想干什么?”李占祥问。

“你把钱从出纳员那里提出来，我想去看望两个人。”陈尔力说。

“行，我马上去提钱，一会儿我陪你去。”

路上，陈尔力不说话，只是一瘸一拐地走着。看到陈尔力的表情，可把李占祥气坏了：“我说尔力，你别这样闷着行不行，咋一句话也不说呢？这也不是你的性格呀!”

“我真的不知道该说什么。”陈尔力似乎有气无力地嘟囔着。

李占祥说：“我们出来干什么去，要办什么事儿，你总得说清楚吧。”

“哦，我是想看看郝玉兰和我师傅。”

来到郝玉兰家，陈尔力刚进外屋门，就闻到了一股恶臭味儿。等进里屋一看，郝玉兰正在给婆婆收拾拉在裤子里的粪便呢。她抬头一看，陈尔力和李占祥来了，忙说：“陈厂长、李主席你们赶紧到外面待一会儿，等我收拾完，咱们在外面说话。”

陈尔力和李占祥虽然听到了郝玉兰的话，但没有马上出去，而是打量起这个家。别看郝玉兰家里贫困，但收拾得干干净净。

这时，那个四岁孩子，正趔趔趄趄地端着一瓢水走进来。他奶声奶气地说：“妈妈，快给奶奶洗澡。”说完，哗的一声把瓢里的水倒进盆里，然后扭搭扭搭地走出去，一会儿又踉踉跄跄抱着一个热水瓶进来：“妈妈，奶奶怕凉，加点儿热水再洗。”

看到这里，陈尔力的眼泪“唰”地流了下来。他在骂自己：“陈尔力呀，陈尔力，你是一个什么东西！一个遗属都照顾不了，还让这么一个坚强的女人下了岗，你有什么资格当这个经理!”

李占祥低着头，眼里也湿润了。他猛然一抬头，看到陈尔力的表情，示意他出去有话要说。

他们来到院子里，李占祥说：“郝玉兰家的情况很特殊，我们不能拿改革当挡箭牌，而把这样的好人推向深渊……”

还没等李占祥把话说完，陈尔力就拦住他的话说：“以后郝玉兰可以不用上班，但从遗属角度可以按月补助，每月五十元钱外加百分之三十的工资，这样他们一家人就可以维持生活了。”

“对，郝玉兰的情况非常特殊。虽说每月五十元的遗属费有些超出规定，但从照顾贫困遗属的角度也可以说得过去。还有，我想从工会的角度，每年给郝玉兰补助三百元，这样就够她婆婆吃药用了。”

正说话间，郝玉兰走了出来，她说：“陈厂长、李主席，真不好意思，我婆婆瘫痪了生活不能自理，经常这样……”

“没啥不好意思的，伺候老人是孝道，再说一个儿媳妇能做到这一点已经不容易了。特别是孩子，让你教育得很成功，真的很敬佩你。”

听了陈尔力的话，郝玉兰不好意思地笑着说：“这是应该做的，谁家没有老人，要是孩子他爸还活着，我也会这样做的。”

李占祥赶紧抢过话题说：“刚才陈厂长说了，你以后就不用糊火柴盒了，只要你伺候好老人和孩子，厂里每个月给你五十元遗属费，外加百分之三十的工资，工会每年再给你补助三百元。”说着，掏出十张十元票子，“这一百块钱是厂工会的补助，你先收下，以后有什么困难就来找尔力和我。”

“谢谢领导，谢谢领导！”郝玉兰感动得不知说啥好。

陈尔力心想，只要我当一天公司领导，就不会让你们饿着。

走出郝玉兰家，他们又去了李守信的修理铺：“师傅，我俩来看你了。”

李守信看了陈尔力一眼，好像不认识一样，又低下头继续干活儿。

陈尔力知道李守信脾气倔，便说：“师傅，你别生气，这次改革我也是身不由己。”说着，拿出五十元钱递给李守信。

“我不要你们的臭钱，滚，能滚多远就滚多远，别耽搁我干活儿挣钱！”

陈尔力自知没趣，放下五十元钱走出了修理铺，站在大门外抽烟。

李占祥一看李守信这么不给面子，当场火了："我说李师傅，你也太不讲情面了吧。尔力来看你，是看在你曾经是他师傅的分儿上。咋地，这么多年印刷厂照顾你，还照顾出错了？你上花班还有理了？如果全厂都像你一样，只拿工资不上班，早就关门了，别说百分之三十的工资，就算开百分之一的工资，拿个屁开？你以为你对厂子有贡献就摆老资格，谁没为厂里做贡献哪？陈尔力为厂子差点儿丢了性命，最后落下了残疾。"说完，他回过头对站在门口的陈尔力说，"别理他，咱们走。你师傅要是尿性，就别去厂里开那百分之三十的工资！"

看看，凡是身体有缺陷的人都不好惹，要是没有两下子就这么一个矬子，组织上能派他来当工会主席？他不仅说话硬气，而且句句"叨骨头"，说得李守信哑口无言。

最后李守信转了脸色，他说："李主席，我不是对你，我是生他的气。"

"你凭什么生尔力的气呀，要是你老老实实地上班，这次改革能轮到你吗？你老伴有病就有理了？全厂一千多人比你困难得多了，你看看人家郝玉兰，丈夫李三为了印刷厂把命都搭上了，可是人家从来不向厂里要待遇，现在为了伺候婆婆和孩子，她宁愿糊火柴盒挣五厘钱，也绝不向厂里伸手。"李占祥越说越来劲儿，最后被陈尔力拉走了。

在回来的路上，陈尔力拉着李占祥进了一家小吃铺，他想喝点儿酒，以排解心中的郁闷。

在小吃铺里，陈尔力要了两个菜，一盘干豆腐炒尖椒，一盘麻婆豆腐，还要了一斤散装白酒。他们俩喝着、喝着就想起了那些往事，而且话题越说越沉重。

李占祥为了转移话题，他说："咱们不说这些。尔力，我问你一件事，你当了厂长以后，为什么非得把我从电厂要到这里当工会主席？"

"还能为了什么，为了工作呗。"陈尔力说。

"别跟我唱高调，有人说你把我要到印刷厂，就是想找一个个子比你更矮的好让自己心理平衡，找到成就感。"

陈尔力一听，禁不住笑了："这是谁的奇谈怪论？"

陈尔力和李占祥，这顿酒从中午 12 点一直喝到下午 4 点，两个人都没少喝，六十度老白干每人都喝了一斤多。不管什么样的人，一旦喝上酒就变形，说话也开始磨叨，说着说着，他们俩又说到以前的话题上……

第三章　如烟往事

说起陈尔力是幸运的，他的提拔也纯属偶然。

1977 年恢复高考，不甘寂寞的陈尔力回家征求父母的意见。书香世家，父母当然同意他参加高考，光耀门楣。因此陈尔力回到厂里向秦厂长请假，准备复习参加考试。可是秦厂长却说："即使你能考上大学又能怎么样，将来毕业分配还能混个科长呀？那得熬多少年哪？你没看到'文革'前的那些大学生，不是臭老九，就是酸哄哄的老学究，哪个是当官的料？顶天混个工程师的还得听从别人指挥……"他说到这里，好像突然想起什么，因为陈尔力的父亲就是臭老九，酸哄哄的老学究。他把话题一转，"尔力呀，你来印刷厂有六七年了吧？"

"七年了。"陈尔力说。

秦厂长说："因为你在印刷厂没少出力，最近我跟李书记研究了，准备提拔你当政工科科长。"接着他又说，"尔力呀，这个机会你应当珍惜，你这么年轻就被提拔为科长很不容易。你看那些老工人，有的干了一辈子，也没有混上车间主任。"

陈尔力说："谢谢厂长关照。考大学的事我回家跟父母再商量一下，然后告诉你。"

这件事没过几天，秦厂长又找李书记商量，他想马上提拔陈尔力，生怕他考学后跑了。可是李书记还是有点儿不同意，说陈尔力的工作、思想都无可挑剔，可惜太年轻，生怕提拔后大家有意见。

"什么叫年轻，那些开国元勋参加革命时年龄都很小。"秦厂长说。

因为李书记没法说出陈尔力的缺点，所以只好同意提拔他为政工科科长。

其实，秦厂长偏爱陈尔力不完全是因为他有才华，也有自己的私心。秦厂长有个小女儿叫秦月娜，比陈尔力小四岁。这个女儿被秦厂长宠坏了，从小就任性，人倒是长得挺漂亮，就是不务正业。秦厂长托关系好不容易把她安排到工业局上班，可是她三天打鱼、两天晒网，把秦厂长气得打不得、骂不得。因为有秦厂长的面子，所以挂在工业局开工资。更让秦厂长头痛的是，她整天跟黑社会小混混胡三在一起，经常夜不归宿。秦厂长权衡过，陈尔力因为家庭成分不好，个子又矮，很难找对象，虽然自己女儿不肖，但靠厂长的面子陈尔力不会不答应，于是他就托副厂长范敬堂从中撮合。因为陈尔力不了解秦月娜的所作所为，加之她又是秦厂长的千金，属于知根知底，所以表示可以见面。

陈尔力和秦月娜见面的那天，秦月娜问："你了解我吗?"

陈尔力说："应该算了解吧，你爸是我们的厂长，他为人正直，办事公道，还有同情心，我非常敬佩他。"

"你是跟我爸搞对象，还是跟我搞对象？我爸是我爸，我是我，你不要弄错了。"

听了秦月娜霸气的话，陈尔力想，现在官宦家的子女都这样，因为老子有权有势，所以说话都压人三分。

秦月娜一看陈尔力的表情，突然笑了："傻小子，你被我爸给利用了。"

"什么？你爸利用我干什么，我有什么好利用的。"陈尔力小声说。

听到陈尔力的话，秦月娜更加开心了，以至于把眼泪都笑出来了，说："说你被利用，你还不信，我爸就是想利用你，不让我跟胡三来往，就是想拆散我们。"

胡三？不是到处打架斗殴的那个小混混嘛，秦厂长的女儿怎么会跟他鬼混在一起？

秦月娜看出了陈尔力的心思，于是告诉他，自己在上小学的时候就跟胡三同桌，上中学的时候，胡三因为打架不学习被学校给开除了。从那以后，胡三天天放学时都到学校候着秦月娜，只要有男生跟她说话，他就不分青红皂白地打那个男生一顿，然后领着秦月娜下馆子，买好吃的。天长日久，秦月娜觉得胡三待自己不错，就跟他好上了，还在上初三的时候，秦月娜就把身子给了胡三。从那时起，秦厂长就想拆散他们，可是越拆他们关系越好，最后秦厂长没办法，只能利用陈尔力把他们拆散。可是没想到，秦月娜对胡三还是一往情深。

"哦，原来是这样啊。"陈尔力简直不敢相信。

秦月娜对陈尔力说："告诉你傻小子，我在初中时就不是姑娘了，难道你愿意娶我这样的人？不信，咱俩可以找个地方你来试试，看我是不是处女。"

听了秦月娜的话，陈尔力想，秦厂长的女儿怎么会这样？这也太过分了，竟能对自己说出找个地方试试，看看她是不是处女这种话。这比工厂里五十多岁的老娘儿们还泼，这样的女人谁敢娶！

临分手时，秦月娜对陈尔力说："傻小子，我绝对不让你为难，回去我跟我爸说，就说我配不上你，是我不同意的。"

还别说，这个秦月娜还真敢做敢当，回到家里跟父亲吵了一架，说秦厂长以权压人。这件婚事到此也就不了了之了。

陈尔力的任命，工业局半个月后就下了文件。那天，秦厂长和李书记共同找陈尔力谈话，可是陈尔力说，自己还是想考大学，这个政工科科长还是让别人当吧。

李书记一听陈尔力的话，当时就火了："你拿组织任命当儿戏呢？"

秦厂长一看，这样僵下去可不行，他马上说：“尔力呀，我知道你这个年轻人志向远大，但你万一考不上呢，还不得在印刷厂继续干吗？”没等陈尔力说话，他又说：“我看这样吧，这个阶段你可以复习，但不能耽误厂里的工作。如果厂里没有特殊事情，也不找你，你就在家好好复习吧。”

李书记还想说什么，可是被秦厂长拦住：“今天就这样吧，尔力你可以走了。”

陈尔力刚走出厂长办公室，就听到李书记说：“你看看吧，这都是让你惯的。”

“年轻人有理想，可以理解，可以理解。”

李书记走后，秦厂长又把陈尔力叫到自己办公室。他又嘱咐陈尔力：“你安心在家里复习吧，千万别有顾虑，一旦印刷厂急需上报材料，你必须听从调遣。”

听调遣就听调遣吧，不管怎么说，印刷厂还是自己的根，这么多年的心血都洒在厂里，虽说不是什么领导，但对印刷厂还是有感情的。陈尔力是这样想的。

正当陈尔力全力以赴地复习得正起劲儿时，一天，生产调度王庆书冒着大雪突然来找陈尔力，他说接到工业局通知，由主管工业的李副市长带队，要到几个中型企业联查。

陈尔力说：“李市长来检查，不是还有秦厂长、李书记和两个副厂长吗？”

“你……你……你都……都不知道啊，这……这……这阶段快到年……年末了，厂……厂……厂里……里可忙了，秦……秦厂长带……带着杨厂长去……去省里开……开包装产……产业经……经济计划会去了，李……李……李书记都……都住院好……好几天了，主……主管……管销售的范……范厂长……”王调度越着急就越结巴，费了半天劲儿也没把话说全。

陈尔力一听啥也别说了，赶紧与王调度一起回到厂里。20 世纪 70

年代，还没有家庭电话，所以王调度不得不亲自冒着雪来请陈尔力。

来到厂部，陈尔力往工业局打了电话，详细询问了一下李副市长大约什么时间来检查，都有什么人陪同，是否在印刷厂吃饭等细节。此时的陈尔力，像战场上的指挥员，从容调度，缜密布局，就连沏茶倒水的小事都部署得天衣无缝。

站在一旁的王调度，看着陈尔力安排这儿，安排那儿，简直比秦厂长都要全面周到。他心想：这小伙子真行。

陈尔力写完了汇报材料，交给了王调度。王调度说："尔……尔力，我……我看这……这个汇报，就……就得你来……来了。"

"那怎么行？再说我也不是厂领导，显得对上级的检查不重视。"陈尔力说。

王调度说："这……这不是特……特殊情况嘛。"

陈尔力一想也是，不管怎么说，也不能让口吃的王调度汇报呀，那还不得把李副市长给急死。

第二天上午9点，李副市长带领秘书和工业局的领导一行八人来到印刷厂。王调度、陈尔力、翟主任、曹主任、顾主任都参加了检查汇报会。

王调度结结巴巴来个开场白："各……各……各位领……领……领导，今……今……今天情…情况特……特……特殊，就……就……就让……"

李副市长听到这里，皱了一下眉头。

陈尔力赶紧把话接过来："各位领导：厂长、书记、副厂长因为特殊情况都不在。首先，我介绍一下印刷厂的领导，这位是厂班子成员王调度，这位是纸箱车间的翟主任，这位是印刷车间的曹主任，这位是彩印车间的顾主任。"

接着，陈尔力代表印刷厂，从容淡定地向李副市长等一班人作汇报。因为汇报材料都是他亲自写的，再加上年轻记忆力好，所以在汇报时根本不用看稿。

在陈尔力汇报时，李副市长和工业局的方局长不断插话，问这儿问那儿，可是陈尔力临阵不乱，从容应答。本来李副市长准备上午再去一个工厂听汇报，可是没承想这场汇报却不知不觉地占用了三个小时。陈尔力一看快到 12 点了，便给王调度递个眼色，意思是让王调度赶紧告诉食堂炒菜。这是他提前和王调度商量好的。万一汇报时间拖延，就留李副市长在印刷厂吃饭。

这场汇报会显得很活跃，不仅领导插话，就连李副市长的秘书和印刷厂的三位车间主任也参与了进来。

午饭时，李副市长问陈尔力多大了，在印刷厂干几年了？陈尔力告诉李副市长，今年二十七岁，自己已经在印刷厂干了七年了。

李副市长回头小声对方局长说："我看这小伙子行。老方，听说锻压机床厂不是缺个主管后勤的副厂长吗，你考察一下，能不能让他去锻压机床厂呀？"

方局长说："等秦厂长回来，我征求一下他的意见。"

1977 年恢复高考，那时也没有统一的复习资料，都是找原来的课本。那年文科考试，就是政治、语文、数学、地理和历史。

对于陈尔力来说，政治根本不用复习，因为给厂里写材料经常看报纸，对于一些政治术语相当熟悉。语文也不用复习，仅靠原来的基本功就够用，加之这几年写材料也没少练习。数学他得下一番工夫，因为自高中毕业后，根本就没再看过，好在母亲是数学老师，对他进行了一番辅导。史地，他把原来的课本通通翻阅一遍，背一些时间、地点、人物、事件。有时记不住，就把这些重点抄写在卡片上，走到哪里都要看一眼。因为陈尔力记忆力好，史地虽然早已生疏，但他觉得最有把握的还是地理和历史。

陈家不愧是书香门第，兄妹三人都有一个好习惯，从小学到高中，把自己读过的书都要一本不缺地保留下来。不像有些家庭，只要学生考完试，不是拿课本引火，就是大人用书纸卷烟抽，有的当厕所手纸。

白天父母上班，弟弟妹妹上学，陈尔力就在家清静地复习，到了晚上，因为家里拥挤，他只能把写字桌让给弟弟妹妹。

有时，陈尔力也到一起报考的同学家复习，互相提问，一起解答。

结果才复习一个月，就到了高考时间。

那次高考不是全国统一考试，都是各省自行命题。记得高考那天，正是漫天飞雪，当陈尔力来到考场时已经变成了一个雪人。别人考试都很紧张，可是陈尔力在考场外，还欣赏了半天雪景才走进考场。他说不清当时的感受，只是觉得这个世界要变了，变得洁白无瑕，一尘不染。

那时高考不像现在，考生都有父母陪着，可是他们没有，都是自己一个人来到考场，考完试回家吃饭。两天的考试，就像梦一样过去了。

高考结束后，陈尔力没有马上回印刷厂上班，他想放松两天，于是就去了一起参加高考的同学家里，聊一些高考题的对错，还在同学家混了一顿饭。

晚上回来，母亲告诉他，秦厂长派人找他。陈尔力一听，估计秦厂长肯定有什么急事儿，他一刻没停地回到印刷厂，可是秦厂长已经下班回家了。陈尔力又去了秦厂长家，问是不是有着急的材料要写。

秦厂长听后笑着说："也没有什么紧急的事儿，明天到厂里再说不迟。对了，尔力，你考试考得这么样？"

"还行吧，反正大部分题都答了，至于能不能考上很难说。"

"能不能考上都无所谓，考不上更好。"秦厂长漫不经心地说。

陈尔力听后一愣，心想：这是话里有话呀！通常，一般人不管是否支持参加高考，都应该说些吉利话，今天秦厂长是怎么了？

在回来的路上，陈尔力想，今天感觉秦厂长的话有些怪怪的。

后来才知道，方局长找过秦厂长，想把陈尔力提拔到锻压机床厂担任后勤副厂长，可是秦厂长说："我们印刷厂还缺个后勤副厂长呢，都跟你说过几次了，想提拔一个人，可是你却说再等一等。"

就这样，陈尔力顺利地被提拔为印刷厂的副厂长。

按理说，计划经济时期提拔干部，都靠论资排辈，一般是车间主任提拔到生产调度，调度提拔为副厂长，副厂长才可以提拔到厂长或者书记。即使有特殊情况，也是从市里或局机关工作人员提拔空降到企业。那时的国有企业按照管辖不同，分为中央直属、省直属和市直属，中央直属大型企业级别与地市相同，省直属大型企业是副地市级，市直属大型企业是县团级、中型企业为副县团级。像印刷厂这样不到千人的企业，厂长书记都是副处级，副厂长为正科级。印刷厂的政工科科长、保卫科科长、财务科科长，虽然都叫科长，其实是副科级。

李书记住院回来后，一听说陈尔力当了副厂长，当时就炸锅了。他对秦厂长说："这也提拔得太快了，不到三个月连续提拔两级，坐火箭也没有这么快呀。"

秦厂长笑着说："李书记，这次提拔可不是我的原因，那是李市长和方局长提拔的。"

李书记还是不信，打电话问了方局长。方局长把陈尔力提拔的前后经过一五一十说了一遍。李书记听后傻了，心想，什么是机遇，这就是千载难逢的机遇，陈尔力这小崽子也太幸运了，要不是厂领导有事都赶到一块儿了，怎么会有他抛头露面的机会。他也恨自己，什么时候得病不好，偏偏在这个关键时刻得病，否则再有个十年八年他陈尔力也未必能当上副厂长。

后来，印刷厂有人传说，李书记得了一种叫梅毒的特殊病，据说这种病只有外国人才能得。因为大家以前根本就没听说过这种病，一想也对，人家李书记有俄罗斯血统，所以得这种病并不奇怪。

陈尔力虽然是主管后勤的副厂长，但主要任务还是写材料。

不长时间，陈尔力收到了录取通知书，天津大学录取了他。本来收到大学录取通知书应该是件非常高兴的事，不管怎么说这是恢复高考的第一批大学生，可是陈尔力却怎么也高兴不起来，整天像丢了魂似的。平时陈尔力很少回家，可是这几天他总回家。

俗话说：知子莫如父。父亲看到陈尔力失魂落魄的样子，就知道遇到了什么事情，便说："人的一生可能会遇到很多坎坷，即使升了官，诸事也未必一帆风顺。"

陈尔力因为这两天正在做思想斗争，所以没有把大学录取的事跟父亲说，因此陈启功把事情想偏了。既然父亲今天说了，他只能把天津大学的录取通知书掏出来给父亲看。当父亲接过录取通知书的一瞬间，眼里闪过一丝自豪的光芒。他拿着陈尔力的录取通知书反复瞧着，就像欣赏刚出生时的陈尔力一样。

看到父亲的表情，陈尔力心里斗争得更加激烈了，他心里清楚，父亲最希望他们多读书，传承书香世家。

可是，让陈尔力没想到的是，父亲看完通知书，平静地说："你也老大不小了，路还是由你自己选择，一旦认定了就绝不能后悔。"

这几天，秦厂长也看出陈尔力的情绪不对，他以为陈尔力整天愁眉苦脸是因为功成名就还没有对象而苦恼呢，便说："尔力呀，不要为婚事发愁，听说食堂的王师傅不是给你介绍常虹了吗？这丫头可不错，不仅漂亮温柔，还善解人意。"

陈尔力说："我看上人家，可是人家未必能看上我，刚谈了一段时间，我们俩感觉都很好，可是突然有一天，她说她父亲死活不同意。"

秦厂长听后笑着说："好女人有的是，只是缘分没到。不过我还是劝你想开点儿，别为婚姻发愁，那样没出息。"

陈尔力一听，秦厂长想到哪去了，便说："我不是为婚姻发愁，而是……"

"那是为了什么？"

"唉！"陈尔力叹了口气说，"秦厂长，本来不想跟你说，可是你今天问起来，我就不能再隐瞒了。"说着，就把大学录取通知书拿给秦厂长看。

"呵呵，天津大学的录取通知书呀，我这辈子还是头一次见过这玩意儿呢，挺好看的。"他停了停又说，"你整天痛苦就是为了这件事儿呀。依我说，不去。大学毕业又能怎么样，现在想混个科级干部你知道有多难嘛，不去，不去，坚决不能去。"

"可是，我想念书。临上学前，我就有一个要求，想把我的入党问题解决了。"陈尔力恳求说。

"你怎么这么固执呢，上大学有什么好，还能当饭吃呀？"秦厂长把话说得很生硬。

陈尔力想，反正离入学还有一段时间，这个阶段自己也应该沉静下来好好思考一下，所以当着秦厂长的面没再说什么。

这个阶段，一些人听说陈尔力提拔了副厂长，又考上了大学，介绍对象的人几乎把陈尔力家的门槛都踏破了。有的是工人家庭的姑娘，有的是知识分子家庭的闺女，有的是领导干部家的女孩儿。有的女孩子比陈尔力小四岁，有的比陈尔力小五岁，有的比陈尔力小六岁。那个年代，找对象一般都是相差两岁，最多差三岁，可是给陈尔力介绍的对象竟然有差四岁和六岁的。这铺天盖地涌上来的对象，让陈尔力一时难以接受。他想，人怎么会这么势利，以前女孩儿不是嫌弃自己家庭成分不好，就是嫌弃他个子矮，现在怎么都不嫌弃了？这一刻，陈尔力的自尊心似乎受到了伤害，他告诉家人，一律不见，宁可一辈子打光棍，也绝不成全这些势利小人。

后来母亲说："别人可以不见，但有一个女孩儿你必须见，因为她父亲是你的恩人。"

"谁呀？"

"是李市长的女儿，叫李丹。"

陈尔力一听，母亲说得有道理，要是没有李副市长这个伯乐，自己这个副厂长就不会被提拔。

可是见面的那天，陈尔力一看李丹娇小得像个中学生，根本不像二十一岁的女孩儿。陈尔力突然想起来，相差六岁的就是李丹，这让陈尔力非常为难。答应吧，陈尔力根本无法想象这就是自己未来的妻子，她比妹妹还妹妹，比学生还学生，不知怎么面对她；不答应吧，又觉得对不起对自己有知遇之恩的李副市长。

"我们俩见面，李市长知道吗？"

"不知道。你不要管我爸，他是他，我是我。你也不用为难，我们俩确实相差很多，看得出你没有那种感觉。"

听了李丹的话，陈尔力觉得这个女孩儿不像自己想象的那么幼稚，毕竟是官宦人家的孩子，是见过世面的。

最后分别时，李丹说："我这次与你见面，是不想辜负方伯伯的一片苦心。"

听了李丹的话，陈尔力笑了："看得出你的教养，一切都会考虑到别人的感受。"

"谢谢你的夸奖，为了我们彼此不再尴尬，那么我们就再见了！"李丹说完，又补充一句，"但我还是盼望你能上大学。"她说完一笑，转身走了。

看到李丹远去的背影，陈尔力有一种说不出的感觉，是懊悔，是留恋，是感动？反正说不清。要不是从面相上看差距那么大，陈尔力定会鼓起勇气把她追回来。

唉，可能又是一场缘分错过，尘世间的婚姻就是这么奇妙。

陈尔力被提拔为副厂长，不仅李书记心里不痛快，就连王调度也闹情绪。

到了年底生产任务迫在眉睫，为了完成上级下达的生产指标，印刷厂召开了全厂动员大会，号召广大职工"大干四十天，夺取会战全面胜利"。那个年代，搞"生产会战"不是什么新鲜事儿，但每到"会战"就意味着工人要加班加点生产，保证按时完成生产任务。

就在这关键时刻，王调度要请假，他说，母亲病了，要领母亲去省城看病。

官不踩病人，这是不成文的规定，秦厂长明知道王调度心中不满，但也不好说什么，只能准假。

秦厂长对陈尔力说："王调度请假这个阶段，你就辛苦点儿，他的工作由你接替，你一定给我看住车间生产，保证圆满完成生产任务。"

陈尔力想，有人的地方就有矛盾，自己年轻多干点儿工作不算什么。从此，陈尔力几乎长在厂里，他一边管政工，一边抓生产。主管生产的副厂长大杨上班时，他就休息一下；副厂长大杨下班了，他就顶上。什么原材料出库，产品入库，缺东少西，派遣运输，样样都得经他安排。

每天半夜，陈尔力都要到各车间转转，查看生产情况。他先去了包装箱车间，一看翟主任在办公室的床上呼呼大睡。夜班的女工们，有的织毛衣，有的坐着睡觉，有的聚堆大声聊天，机器就在那里空转。

陈尔力一看，这哪像搞生产会战的样子，简直就是自由市场。陈尔力就是这个性格，他看不惯干活懒散的人，于是走到电闸箱前，拉下了动力电，可能因为生气用力过大，把保险丝盒碰掉在地上。

女工们一听机器停了，织毛衣的停下手中的活儿，聊天的也不聊了，可是还有几个人睡觉的接着睡，被其他人用手捅醒。大家一看陈尔力站在那里，都低着头不说话。

陈尔力看着大家说："这哪像是在搞生产会战，机器空转不费电吗？白天经常停电，全靠夜间生产，可是你们倒好，让机器空转，该织毛衣的织毛衣，该聊天的聊天，该睡觉的睡觉，我看你们啥时候能完成生产任务？"

本来陈尔力觉得自己说话有些过分，可是他发现这些女工们似乎满不在乎的样子，根本没把他这个年轻副厂长当回事儿。

一听机器停了，翟主任从里面的办公室睡眼蒙眬地走出来，问道："怎么回事儿，机器咋停了？"翟主任真有两下子，只要机器一响他就睡得踏实，机器一停立马就醒。

翟主任的问话，女工们都不敢回答。翟主任一看陈尔力也在，忙说："你啥时候来的？咋不到我办公室里坐坐呢？"

陈尔力看了一眼翟主任说："我已经来了半天，听到机器不响了，就进来看一看。可能是动力电的保险出了问题。你们等着，我去叫电工来看看。"

"哪能让陈厂长去叫电工呢，小郑，你去把电工找来，看看怎么回事儿。"翟主任说。

陈尔力说："反正我也没啥事儿，还是我去叫吧，顺便到别的车间看看。"

陈尔力刚走出车间，女工们都对视一下，心里说，看来这个小陈厂长还不错，没有出卖我们。

陈尔力出了纸箱车间，直奔配电室。一拉门，门是反锁的。他想，是不是电工有啥急事回家了？可又一想，不能啊，配电室是生产要地，每天三班倒，电工即使有特殊情况，也得让别人替班，因为配电室牵涉到全厂安全防火的大事。正在他犹豫的时候，听到配电室里除了变压器“嗡嗡”的声音，还有女人的声音：“谁这么缺德。”

“小声点儿，别让人听见。”此时里面又传出了男人的声音。

“小曹，你干什么呢？我是陈尔力，纸箱车间的动力电停了，你快去看看咋回事儿！”

“啊，啊，我马上就去，你先回去吧！”配电室里又传出男人慌张的声音。

陈尔力离开配电室，又去了彩印车间。快到彩印车间门口时，他不由自主地回头望了一眼配电室，只见从配电室里跑出一个披头散发的女工，借着院里的灯光，陈尔力看清了是印刷车间的刘静波慌慌张张地往车间跑。不一会儿，电工小曹也走了出来，边走边系腰带。

陈尔力虽然没有经历过这些事情，但他也知道配电室里发生了什么。心想，我今天咋这么倒霉，本来想为包装箱车间的女工隐瞒实情，可是没承想遇到了这对狗男女。现在虽然不像以前那样封建，但也不至于这样大胆，还被刘静波骂了一句“这么缺德”。

常言道：好白菜都被猪拱了。这话一点儿不假，刘静波在印刷厂也算出了名的美女，可是她怎么看上了邋遢的小曹，难道是因为小曹的姐姐曹金芳是车间主任？

为了不产生尴尬，陈尔力从彩印车间出来后，没有去印刷车间。

回到厂部办公室，陈尔力抽了一支烟。可是越琢磨今天的事越晦气。他在想，要不要明天把这些事情汇报给秦厂长？后来一想，还是算了，整天这么加班加点谁能不累，人都不是铁打的。

早上7点半，主管生产的副厂长大杨来了厂里，问了一下陈尔力昨晚的生产情况。陈尔力告诉他，生产一切正常。

一看大杨到了，陈尔力喝了一口水，就脱衣上床睡觉。不知睡了多久，陈尔力一睁眼，发现已是中午12点半，于是他赶紧起床，洗漱完毕就去了食堂。

到了食堂一看，已经过了饭点，混合面的发糕和炒菜已经卖完了，只剩一点菜汤。食堂的王师傅一看陈尔力还没吃饭，便说："你等一会儿，昨晚还剩点儿米饭，我用鸡蛋给你炒一下。"

陈尔力说："不用了王师傅，我喝点儿汤就行。"

王师傅说："尔力呀，你也老大不小了，也该娶个媳妇来照顾一下自己了。依我说，你就别要求那么高，差不多就行了，你看咱们厂这么多好姑娘，找一个结婚算了。"

陈尔力"哦"了一声，心想，哪是我要求高呀，是没人愿意跟我谈婚论嫁。王师傅给陈尔力介绍的常虹，处了一个阶段，他们两人都很同意。可是没想到，这件事后来被常虹的父亲知道了，他坚决反对，并威胁她如果再跟陈尔力来往，就打断她的腿。看出常虹的无奈，陈尔力想算了吧，从此他们的关系开始渐渐地疏远。

陈尔力在食堂只喝了两口汤，觉得没有胃口，便跟王师傅打个招呼回到了办公室。

下午，秦厂长来到陈尔力的办公室，他说："尔力呀，你抓紧写个会战情况汇报，工业局急着要呢。"

"好，我一会儿就写。"

送走秦厂长陈尔力刚坐下，李书记又来了："尔力，你到我办公室来一趟，我跟你说点儿事。"

来到李书记办公室，李书记示意陈尔力坐下，他说："昨晚的事情我都听说了，以后你没事儿就别到车间和配电室去了。小曹跟刘静波在搞对象，恰巧被你撞见了，年轻人搞对象是好事儿嘛。"李书记喝了一口茶水又说："尔力呀，听翟主任说，你这段时间没事儿总往包装车间里跑，专门盯着人家年轻姑娘看，你现在是副厂长了更应该注意点儿影响。"

听到这里，陈尔力像被人骂了八辈祖宗似的，这不是侮辱人吗？他再也忍不住了，便说："你说的都是什么呀？都听谁说的？"

“我听谁说的不重要，但肯定有这么一回事。尔力呀，即使你经常去车间，也可以理解嘛，我是过来人，谁没年轻过。”

陈尔力实在忍不住了，瞪着通红的眼睛说：“什么乱七八糟的，本来我想为包装车间隐瞒实情，可是没想到他们恶人先告状。我到车间检查生产，是替王调度的工作，这是秦厂长吩咐的。你也不是不知道，大会战期间，翟主任在车间办公室睡大觉，工人有的织毛衣，有的闲聊，有的睡觉，机器就在那里空转。小曹也是真够大胆的，他和刘静波乱搞不说，竟然搞到厂里来了，我没说什么，他们反而有理了。我不知道谁在背后给他们撑腰，竟敢这么色胆包天?”

“陈尔力，你不要在那里指桑骂槐。年轻人别太猖狂了。你知道吗，现在全场都在议论你官升脾气长，以后你得注意点儿。”李书记瞪着黄眼珠厉声道。

陈尔力刚想说什么，就在这时，秦厂长出现在门口：“尔力，我不是让你马上写会战情况汇报吗，咋还不赶紧写？局里着急要呢。”

从李书记办公室出来，陈尔力心想，这个副厂长当得太憋屈，这么多人都在挤对自己，因此更坚定了上大学的决心。

陈尔力本想回到办公室把会战情况汇报写完，可是他怎么也写不下去，大脑一片空白。于是，他连招呼都没打，就从印刷厂出来直奔了家里。人哪，每当受委屈时，第一个想到的就是家这个安全的港湾。

陈尔力的家离印刷厂不远，走路也不到半小时。到家后，陈尔力发现院外大门紧闭，这时陈尔力才想起了父母正在上班，弟弟妹妹还没放学。他拿出钥匙正准备开锁时，邻居魏大娘出来倒泔水：“尔力呀，可有段时间没见你了，公出了?”

“哦。魏大娘，这段时间不是在厂里忙，就是在家里复习，所以没看见您。大娘，您老身体可好啊?”

“好、好、好，我身体好着呢。晚上有空到大娘家坐坐。”

“好的，大娘!”

院门铁锁被打开，陈尔力走了进去。

来到院里，陈尔力看到一些板皮堆放在那里，有的劈成了引火柴，有的整齐地码放在院墙一角。陈尔力心里清楚，这些活都是母亲干的，父亲是个书呆子，除了上班家务活一点儿不会干。

陈尔力脱下外衣，操起大斧开始劈柴，直到累得大汗淋漓，心里反倒轻松了许多。正在他将劈好的烧柴整齐码放时，母亲已经下班回来了。

“我说院门咋开着，原来是尔力回来了。”

“妈，今天厂里没啥事儿，我回家看看，弟弟妹妹呢?”陈尔力边码劈柴边问。

“早该放学了，可能在外面跟同学疯呢。”她停了一下又说，“尔力呀，如果厂里吃得不好，你就经常回来，妈给你做好吃的。”

“妈，吃的方面你不用操心，厂里咋说也比咱家伙食好。”陈尔力安慰妈妈。

“粮票够不够用，不行我给你拿点儿，可别吃不饱，影响身体。”

“妈，你就别操心了，快做饭吧，我饿了。”

母亲进屋后，陈尔力边干活边想：还是家里好啊!

陈尔力还没有码完劈柴，弟弟妹妹就都放学回来了：“哥，啥时候回来的?”

“哦，我刚回来一会儿，赶紧进屋洗手，吃完饭写作业。”

这时，父亲走了进来。“爸，下班了?”陈尔力说完，头也不抬地继续干活。

陈启功看了儿子一眼，走进屋里。

吃晚饭的时候，陈启功对陈尔力说：“来，尔力，咱爷儿俩喝两盅。”

“爸，你也不是不知道，我不会喝酒。”

“男子汉不会喝酒怎么能行，你现在已经是成年人了，来，喝点儿。”

人们常说：父亲是儿子肚里的蛔虫。别看陈尔力没跟父亲说什么，但陈启功一眼就看出了他的心事。其实晚饭也没什么好菜，就是一盘炒芹菜，一盘花生米。

酒喝到一半，陈启功对尔力说："今天也没啥事儿，我给你讲个韩信胯下之辱的故事。"

陈启功喝了一盅酒接着说："淮阴市井笑韩信，汉朝公卿忌贾生。今天我就给你说说韩信。韩信当年在淮阴老家时，受屠夫的胯下之辱，可是他没有因为一时之气杀了屠夫，而是真从屠夫的胯下爬了过去……"

其实，陈尔力以前就看过韩信"胯夫"的典故。他也知道洛阳贾谊曾上疏汉文帝，劝其改制兴礼，遭受大臣们反对的故事。可是人哪，到了迷惘的时候，很难想到这些道理。

陈启功接着又说："古之所谓豪杰之士者，必有过人之节。人情所不能忍者，匹夫见辱，拔剑而起，挺身而斗，此不足为勇也。天下有大勇者，卒然临之而不惊。无故加之而不怒；此其所挟持者甚大，而其志甚远也。"

听了父亲的话，陈尔力不觉心潮澎湃，心胸也敞亮了许多。

陈启功接着又说："我不是让你一味忍气吞声。人也不能毫无气节，但我要告诉你'羽毛不丰满者不可高飞'。"

"爸，别再说了，我明白了。"

吃完晚饭，陈尔力没有在家里住下，而是直接回到厂里，准备加夜班把会战情况汇报写出来。父亲送他到大门外，看着儿子坚定的步伐和依稀的背影，欣慰地说了一句："尔力长大了！"

过了春节，陈尔力已下决心去上大学。对于能否保留科级，他不在乎，反正自己还年轻，想到外面的世界去看看。

秦厂长一看陈尔力态度这么坚决，知道他经过了深思熟虑，已经无法挽留，虽然觉得有点儿可惜，但留人留不住心，就由他去吧。

陈尔力也明白，从古到今，领导者都是这样，他们惜才、用才，更为了驭才。即使你是奇才不能为我所用，也是枉然。

果然，直到陈尔力拿着通知书上火车的那天，他的入党问题也没有得到解决。陈尔力想，入党问题可能卡在了李书记那里，还是自己在政治上不够成熟。

在陈尔力要去大学报到的那天，父亲特意向单位请了假，非要到火车站亲自送陈尔力不可。从父亲的态度上看，他能体会到父亲的自豪和对他选择的支持。

天津大学的前身是北洋大学，是号称晚清第一皇商盛宣怀开办的，也是中国第一所现代化大学。因为是晚清开办的大学，从早期学校的建筑就可以看出，具有西洋的建筑特点。

来到天津大学，一切都是新鲜和陌生的，生活节奏也出现了极大反差，一时间让陈尔力无法适应。刚刚开学时还好，整天忙忙碌碌，可是稳定下来后，突然感觉有些落寞，好在辅导员给他安排了一个班长职务。

辅导员说："看了我们班所有人的档案，发现你原来是副厂长正科级，所以觉得你最适合做班长这项工作。"

陈尔力想，看来大学里也不是一片净土，没想到选班长还要论级别呀。

天津大学经济管理系七七级二班的学生年龄相差很大，有的孩子都上小学了，有的只是应届高中生，在这样一个班级里，要想当好班长也不是一件容易的事。但不管怎么说，陈尔力毕竟经过大风大浪，也在几百人的工厂里混过，还是能够应付的。

刚开始，班级里有许多年龄大的同学瞧不起陈尔力，看他个子那么矮，长相也不出奇，有时安排班里的工作，大年龄同学就为难他。可是第一学期考试后，大家就对陈尔力都刮目相看了，因为他的成绩在全年级排名第一。

正因为陈尔力的学习成绩优秀，许多女生向他靠近。有个叫卜玉琴的女生，长得特别像陈尔力的妹妹小雅，所以陈尔力经常关照她。当卜玉琴得知陈尔力既没成家，也没有对象时，就有意向他暗示，陈尔力心里明白她的用意，但始终没有感觉，只是拿她当小妹妹。陈尔力大一的时候，已经二十八岁了，而卜玉琴只有二十三岁，年龄相差五岁。看到她，陈尔力不由得想起了李丹，这样的年龄差距是根本不可能谈婚论嫁的。

因为这件事，卜玉琴还曾经给陈尔力写过信，表达对他的爱慕之情，可见这个女孩儿得有多么大的勇气呀。也是因为这件事儿，卜玉琴曾经当众跟陈尔力发脾气。陈尔力只是一笑，就当小妹妹跟自己撒娇了。班里的一些老大哥、老大姐已经看出了其中的奥秘，都出面极力撮合他们。可是陈尔力说，卜玉琴真长得像自己的妹妹，在自己心里就是把她当成了妹妹。他还把妹妹小雅的照片拿给大家看。

虽然这些同学侧面也劝过卜玉琴，可是她就是转不过弯儿来。

那时，大学的每个寝室都住着八个人，陈尔力嫌寝室太吵，经常去图书馆打发时间。大学的图书馆好大呀，而且有看不完的书。父亲藏着掖着的那些宝贝书籍大学图书馆里都有，而且有不同的版本。陈尔力有时在想，如果不出来上大学，就无法知道外面的世界有多大、藏书有多少，这里才是真正的书海无涯。

每当陈尔力去图书馆，卜玉琴也去，陈尔力借什么书看，她就借什么书看，就这样不远不近地跟着。陈尔力明知道卜玉琴跟着自己，可就当作没看见。后来班里的大龄女同学就劝卜玉琴，你们是不可能的，谈恋爱也得双方都有感觉，不是单相思。

一晃一个学期过去了。一天，陈尔力在图书馆看书，他一抬头猛然发现对面有个女孩儿坐在那里静静地看书，他不由自主地眼前一亮，顿时觉得心像被什么抓了一下。这种感觉曾经有过，那是在跟常虹谈恋爱的时候。这让陈尔力感觉很奇怪。

大学图书馆每天有几百人来阅读，其中女生很多，可是只有她能够吸引陈尔力的注意力。陈尔力也纳闷，是这个女孩儿长得漂亮吗？不是。是那个女孩儿苗条吗？也不是。陈尔力在印刷厂见过的漂亮女孩儿多了，长发及腰的有，一米七零的有，相貌精致、皮肤白皙的有，短发、充满活力的也有，可是不知道这个女孩儿哪里吸引了他，让他的目光不忍离去。经过一段时间的思考，陈尔力终于找到了答案，那就是女孩儿的内在气质和修养，在她举手投足间，无不透出巨大的吸引力。

后来，陈尔力偷偷问过同学才知道，那个女孩儿叫林云裳，是七七级化工系的学生。

大龄青年，不会像二十出头的毛头小伙子那样激情澎湃，即使遇到一见倾心的人，也会显得很矜持。

一天晚饭后，陈尔力刚借了一本经济管理学的辅助资料坐下准备阅读，没承想林云裳径直向他走来，这让陈尔力有些不知所措。

“你好，听说你也是三江市的？我们可是纯老乡呢。”林云裳落落大方地说。

“哦，是吗，您贵姓？”陈尔力故意装作不知道她的姓名。

那个女孩儿笑着说：“我觉得你应该知道我的名字，没承想你还真不知道。”看看，林云裳说话多有分寸，她既不失东北人的率真，也不让别人难堪。

“你家也是三江市的？看来我们还真是纯老乡呢。”陈尔力说完这句话，暗骂自己，这不是明知故问嘛。

林云裳莞尔一笑：“既然是老乡，那以后就请多多关照喽。比如，放假回家时，帮女生拎东西；再比如，挤火车时拉我一把，别把我给弄丢了。”

听到林云裳的话，陈尔力心里有一种说不出的感觉，仿佛一潭碧水瞬间撒起了波澜。可是他仔细一想，这些话听起来既不过分，又有些不经意的暗示。为了引开话题，陈尔力说：“你的名字很有意境，是你父亲给起的？”

“不是，我母亲起的。”

“云想衣裳花想容，春风拂槛露华浓……”

“若非群玉山头见，会向瑶台月下逢。”还没等陈尔力背完，林云裳就把李白“清平调”给接了下来。陈尔力笑了，林云裳也笑了。

林云裳说：“其实，我在三江市的时候，就听说过陈尔力的名字，可是一直没有见过本人。说来真巧，我们竟然考上了同一所大学。”

林云裳的话让陈尔力没有想到，他感觉一头雾水。他眨了一下眼睛，还是没有弄明白。

林云裳笑着说："你认识印刷厂的常虹吗?"

"认识呀，她是我们厂印刷车间的，公认的美人。"

"我和常虹是同学，也是经常来往的密友。在我考上大学时，她来看我，说，他们印刷厂有个陈尔力也考上了大学，这个人不仅有才华，还是个年轻有为的副厂长呢。"

"她还说什么了?"一提到常虹，陈尔力有些紧张。

"她再没说什么呀，只说你们是一个厂的，互相认识。对了，就在前几天，我收到了常虹的来信，说你也在天津大学。"

"哦。"听了林云裳的话，陈尔力心里安稳下来。接着说，"对了，我们这代人，一般起名字都是用群策群力、多快好省、飒爽英姿、力争上游什么的，可是你的名字却有点儿封资修的意味。"

林云裳笑着说："呵呵，我林家祖宗三代都是铁杆贫农，只有我母亲是老师。"

"哦，怪不得呢。"陈尔力笑了笑又说，"对了，你跟常虹的性格截然不同，她平时少言寡语，看起来很深沉。"

"我要是遇到没有共同语言的人也少言寡语，惜字如金呢。"

……

那天晚上，时间过得飞快，不知不觉就到了闭馆的时间。

从那以后，陈尔力与林云裳就互相熟悉了。后来，陈尔力经常回忆他们那天的对话，总感觉自己与林云裳相比还显得浅薄。林云裳每说一句话，都让你感觉恰到好处，而且给对方留足面子，可自己有时太直率，不免让人难以接受，这也许是在工厂时间长了染上的毛病吧。

在后来的日子里，陈尔力与林云裳经常在一起，他们一起去图书馆看书，一起在校园散步，一起到市区品尝特色小吃，一起到南开大学听公开课，一起到塘沽区去看海，如果有一天他们彼此不能见面，都会浑身不自在。即使关系到了这种程度，但他们还是那么正统，就算拉手这样的动作，都得夜深人静时才敢，平时并排走路就算最亲昵的。

陈尔力和林云裳的出双入对，也引起同学们的议论。有的同学说，林云裳怎么跟一个矬子处对象？也不般配呀！后来，这些话传到了陈尔力的耳朵里，让他感到沮丧。

说起林云裳，个子不高不矮，一米六五左右，皮肤白净，瓜子脸，双眼皮，黛眉卧蚕，性格属于相对文静的那种。考大学之前，她曾当过纺织女工。纺织厂是近万人大厂，每天工作三班倒，因为厂址距离市区很远，经常出现劫道强奸的，所以林云裳母亲有点儿不放心，就在她所在的学校给女儿找了一份临时工作，每天早上为校长打扫办公室卫生，分发报纸，烧水送材料，其实干的就是勤杂工的活儿。

也正是因为在学校干勤杂工，所以工作比较清闲。没活儿的时候，林云裳总是坐在那里静静地看书，不像其他年轻姑娘，心里像长草一样，呼来飘去。在考大学时，林云裳轻松地考上了天津大学化学系。天津大学化学系在全国各大院校同专业是顶尖的。

大学的四年里，陈尔力和林云裳的爱情不断升温，彼此就像身体的一部分，哪怕是一个小动作，对方都知道用意。爱情是甜蜜的，但也是坎坷的。

简短截说，大学的四年时间很快就要过去。大四那年，同学们都找单位实习，而陈尔力和林云裳还整天泡在学校里，原因是那年的暑假，林云裳回家把自己与陈尔力的恋爱关系跟母亲说了，母亲倒是没有说什么，可是父亲说什么也不同意，主要还是嫌弃陈尔力家成分不好。

林云裳说："爸，这都什么年代了，还讲成分论？"

"什么年代都得讲成分，我坚决不同意。"

本来陈尔力认为，上大学这四年能够政治、爱情双丰收。因为陈尔力在大二时就已经入党了，大四即将毕业将转为正式党员，可是由于林云裳父亲的反对，他不得不带着遗憾离开学校。

回到三江市，陈尔力被分配到经济计划委员会，组织为了照顾他，恢复了他的科长职务。而林云裳则分配到了高中当教师。

刚上班时，他们各忙各的，可是当工作趋于稳定后，他们又互相思念，偶尔打个电话互相问候一下。

再有素质的女孩儿，也不如男孩儿有定力。林云裳因为想念陈尔力，经常来单位找他，有时约他看电影，有时到公园走走。两个人都一样，不管谁给介绍对象，一律回绝，急得双方家长不知如何是好。

1984 年年初，工业局的方局长被提拔到市政府任命为主管工业的副市长。那时，锻压机床厂厂长调到发电厂，厂长的位置出现空缺。在这一关键时刻，三位副厂长暗自较劲，为了争夺厂长的位置分成了三派，互不相让，而且还动用了黑社会，致使生产厂长被打断了一只胳膊。正当方副市长为此事烦心时，突然想起了陈尔力，于是就把陈尔力派到了锻压机床厂当厂长。

陈尔力一到锻压机床厂就开始整顿领导班子，该调走的调走，该起用的起用。同时加强经营管理，不到三个月时间，就把锻压机床厂管理得井然有序。本来一个连年亏损的企业，半年后就有了转机，企业经济略有盈余。为了堵住多年形成的内外勾结、偷盗私拿和干私活的漏洞，他停了三十多个人的工作。不上班就不开工资，没用两个月，这三十多人全部告饶。

这一年，陈尔力可以说是双喜临门，他不仅被提拔成厂长，还与林云裳结了婚。这场马拉松式的婚姻，终于有了结果。其实，不结婚已经不行了，因为林云裳抗拒父亲，整天跟陈尔力住在一起。为了此事，林云裳的父亲没少骂她母亲，说管不住女儿是母亲的责任。后来，林云裳谎称自己怀孕了，父亲一看没办法，只得同意了这桩婚事。那个年代同居是大逆不道，未婚先孕更是惊天的丑闻。在林云裳结婚那天，父亲借故出差，没有给予女儿祝福。

几年后，林云裳有了自己的女儿，等孩子会叫姥爷时，父亲才原谅他们。

第四章　重归故地

1984年夏天，一件特大新闻轰动了三江市。印刷厂的秦厂长因为钓鱼时把渔线甩到了高压线上，当时一团火球把地面烧得黢黑，秦厂长的尸体也被烧得黑乎乎的。陈尔力听说后，放下手头的工作立即赶往现场，因为秦厂长对他有知遇之恩。可是，当陈尔力分开人群一看，太惨了，那团黑乎乎的东西怎么都看不出秦厂长的模样儿。他当时就哭了，而且哭得难以控制："秦厂长，这是怎么了，怎么会出现这种事儿！秦厂长……"

当时现场，有工业局的人，也有印刷厂的人，市领导和家属还没有到。除了陈尔力哭出声来，其他人有的默默流泪，有的唉声叹气，有的感到惋惜。

不一会儿，家属到了，那真是哭声震天，一片号啕，弄得陈尔力又跟着哭了一通。

接着，市里领导到了，他们商量一下就把尸体先运了回去，然后开始调查秦厂长的死因和处理善后。

那几天，陈尔力根本就没回锻压机床厂上班，他跑前跑后为秦厂长料理后事。虽然印刷厂的李书记和几个副厂长都在，但陈尔力顾不了那么多，他只想着在最后时刻为秦厂长做点儿什么。

可是秦厂长的尸体存放在太平间已经过去了三天，还是没有火化。陈尔力纳闷，怎么还不处理后事，究竟在等什么？他问工业局的郑局长，答复这是市里领导的意见。他又去问方副市长，方副市长含混不清地说，有许多事情需要市里主要领导研究后才能决定。

五天后，市里终于做出决定，以印刷厂的名义召开追悼会。追悼会的规模不大，只是有关部门和兄弟单位参加。悼词也很含糊，不说死因，也不说丰功伟绩，就像普通工人死亡一样。陈尔力为秦厂长抱不平，追悼会的规格也太低了，不管怎么说，秦厂长也算市里的中层干部呀。

追悼会后，又一个爆炸性新闻传开了，据说在清理秦厂长的办公桌和卷柜时，发现了外国进口避孕套、女人裸照和大量的现金。还听说这些现金不仅有两万元人民币，还有五千美元和一万港币。

听到这个消息，陈尔力打死也不敢相信，于是打电话问方副市长。方副市长说："尔力呀，这件事儿你就别问了，这里既牵涉到老秦的名誉，也牵涉到印刷厂和社会上的一些女人。"

陈尔力放下电话，当时就蒙了，要不是亲耳听到方副市长这么说，他怎么也不敢相信秦厂长会做出这等龌龊的事情。此时，秦厂长的高大形象在陈尔力心中瞬间崩塌。

陈尔力仔细回想秦厂长的过去，可并没有发现所说的任何迹象。说起秦厂长，他只是爱打扮、爱摄影、爱钓鱼，其他没有别的爱好，不像有些企业领导，不是打麻将就是泡妞。爱打扮和摄影，让陈尔力联想到传说中的女人裸照和避孕套。想到这里，陈尔力突然打了一个冷战。秦厂长这样一个身居要职、德高望重的人，怎么会干出这等下三滥的事情呢？

后来还听说，工业局把秦厂长办公室里的两万元人民币给了家属，其他的美元和港币都上交了市财政。就算两万元人民币，对于一个普通家庭来说也是天文数字，那个年代买三间带院墙的平房还不到一千元钱呢。看来市领导的决定已经对秦厂长够照顾了。

想到这里，陈尔力似乎觉得自己那颗崇拜的心受到了侮辱。他在心里说，尔力呀，尔力，你太年轻了，世界本来就很复杂，可是你却那么单纯幼稚。想来想去，陈尔力觉得还是古人总结得有道理：“饱暖思淫欲。”可是古人还说过：“仓廪实而知礼节。”这些人有了身份地位，衣食无忧了，怎么会不知廉耻呢？

过了不到十天，又一个爆炸性新闻接踵而来。锻压机床厂的保卫干事小耿告诉陈尔力，他听公安局的朋友说，在清理秦厂长办公室时，找到一个笔记本，上面记载着五十四个女人与秦厂长发生过性关系，时间和地点都记得一清二楚。其中有六个人还是市里的中层干部，还有三人为秦厂长生了孩子。

天哪，这个社会是怎么了？刚刚改革开放才六七年时间，这帮人难道是疯了吗？秦厂长是用什么手段把这些女人搞到手的，难道都是被迫的？不可能呀。是秦厂长疯了，还是有些女人疯了？再说，秦厂长怎么做得这么隐蔽，连自己这个整天跟厂长打交道的人都没有发现蛛丝马迹。这个秦厂长啊，你干吗要记载这些东西，还留下那么多裸照，难道是灵魂扭曲、人性变态？

还没等陈尔力的心情完全平静下来，方副市长就给陈尔力打来电话，让他回印刷厂接替秦厂长的位置。放下电话，陈尔力心情复杂起来，不去吧，说实话自己还真对印刷厂有着深厚感情，那里的一草一木都让他感到亲切；去吧，因为印刷厂人员太熟悉，不好管理，总得有些碍于情面的事情。不像在锻压机床厂，谁也不认识，可以大刀阔斧地去管理。再者，秦厂长去世后，李书记正想接替厂长的位置，陈尔力如果一去，肯定会加深与李书记的矛盾。

这天下班后，陈尔力回家一言不发，林云裳看了他一眼，给他倒了一杯茶。本来陈尔力以为林云裳会问他点儿什么，可是她什么也不问。后来陈尔力自己实在憋不住，就跟林云裳说了方副市长调他回印刷厂当厂长的事情。林云裳想了想说：“不管你做出何种决定，我都会支持你。”

看看人家这个贤内助，不参政、不纵容、不阻拦、不添乱，不像有的人家，老婆要当单位一半的家。

第二天早晨，陈尔力说："看来我应当接过这个重担，不应该有那么多的顾虑，提拔重用才不到一年就跟组织讲条件，从感情上都说不过去呀。"

"我支持你的想法。"林云裳说。

陈尔力拿出笔墨，在宣纸上工工整整地写了四个楷书大字：重任在肩。

就这样，陈尔力在离开七年后，又重新回到三江印刷厂。

陈尔力回到印刷厂报到那天，他看到秦厂长用过的办公桌和卷柜，心里有些不舒服。他告诉办公室，这些办公用品通通换掉。

陈尔力又回来了，在印刷厂引起不小的轰动。一个七年前的末把手，这次回来一跃成为一把手。

三江印刷厂没变，可是人的态度却变了。以前，几位副厂长、车间主任、班组长，也包括一些老工人都管他叫尔力、尔力的，可是这次回来，却一口一个陈厂长。

刚开始，陈尔力有些不适应，觉得这样叫关系有些疏远。他曾说过几次："大家还是叫我尔力吧，听着舒服些。"可是大家仍然毕恭毕敬地叫他陈厂长。时间一长，叫的人多了，听的也多了，也就顺其自然了。

大家的态度都在变，可是李书记的态度却没有变，他掐半个眼珠看不上陈尔力，不管陈尔力提出什么事情，他都一律反对。陈尔力知道，李书记心里憋着一股怨气，本来这个厂长应当由他来接替，可没想到自己又杀了回来。

为了不激化矛盾，陈尔力采取冷处理的办法，尽量不跟李书记正面交锋，一些行政事务，他只跟几个副厂长商量一下就办。这简直要把李书记给气疯了，他处处跟陈尔力找碴儿，不是这个不对，就是那个不对。

企业生产还和七年前一样，按照计划经济模式生产，人员还是七年前那样按部就班。这对志向远大、学过经济管理的陈尔力来说，有些不适应。以前，秦厂长在时，企业干好干坏都与自己无关，可是现在不同了，产品质量差，机器设备老化，工作效率上不去，富余人员太多，干多干少一个样，这些都与企业管理者有责任。

陈尔力心里清楚，重回印刷厂，虽然看到了许多管理上的漏洞，但也不能急于求成，这是几十年留下的顽疾，如果操之过急，效果会适得其反。特别是在人员管理和工作效率上，还得一点一点地改变，让大家都能接受。

陈尔力的第一次打法就是：按照以往的生产计划，每天每个班次只要提前完成生产任务，就可以提前下班，不需要工人在车间里熬到八小时。这样，既节省工人们的体力和精力，也能为企业节省电力开支和机械磨损。没想到，这个政策一出台可把工人高兴坏了，有的一天工作五小时就能完成任务，有的一天甚至工作四小时就能完成，而且产品质量要好于以前。

这本来是一件两全其美的事，可是李书记不高兴了，他对陈尔力说："你是怎么管理企业的，看来不把印刷厂搞垮你是不甘心哪！"

陈尔力说："李书记，怎么能说我想把企业搞垮呢？与其让工人在企业熬八个小时，还不如放他们回家给予充分自由。你算过这笔账没有，我们印刷厂一年仅机器空转磨损和无为消耗的电量，就够我们全体工人开两个月工资了，这可不是小数目。"

"你是给他们自由了，可是工人队伍思想涣散，这是很危险的。"李书记很严肃地说。

"我不知道提前完成生产任务，与工人队伍思想涣散有什么关系？难道我们天天搞会战，出工不出力就不是思想涣散了？"

"我在企业干了二十几年，可是没见过你这么干的，一旦上级来检查，车间没人生产，看你怎么交代。"李书记摆起了老资格。

"这个问题还不好解决嘛，每当上级来检查都会提前通知，我们可以让工人加班顶替第二天的生产任务。如果是搞突击检查，我们可以说设备维修。”

李书记一听更生气了：“我算看明白了，这就是你上大学学的乌七八糟的东西呀，简直是乱弹琴。”

为了此事，李书记还向工业局写了一份报告，大意是说陈尔力不胜任印刷厂厂长工作，把企业搞得乱七八糟。可是这个报告打上去后，如泥牛入海，悄无声息。

陈尔力还像以前一样，除开会和公出外，几乎长在厂里。这大大地阻碍了李书记夜班经常找女工谈心的惯例。现在的李书记也不敢像以前那样放肆了，因为陈尔力也不是七年前的陈尔力了，他毕竟是一厂之长。陈尔力在开会时，没少敲打那些乌七八糟的人。他说，以后谁敢在厂里拉拉扯扯、卿卿我我，别说我对他不客气。企业要树立风清气正的良好环境，不是苟且龌龊的场所。

一天，陈尔力来到车间，发现一些产品印刷质量很差。当他向工人一了解才知道，这几台都是用了三十年的老机器，即使最熟练的技术工人也会出现大量废品。

回到办公室，他把主管生产的副厂长大杨和维修车间的吕主任叫来，详细询问了一下哪些机器需要更新换代，哪些设备还能继续维持生产。大杨和吕主任汇报说，需要更换的设备很多，就怕厂里没有这笔资金。

陈尔力说：“资金问题不用你们操心，我来想办法，但具体哪些设备需要更新，我要一份详细资料和说明。”

没几天，大杨和吕主任就拉出了设备更新清单，并详细说明了每台设备的状况。

陈尔力大体计算了一下，如果这些设备全部更新换代，至少需要五六十万元。那些天，他天天跑工业局、计委。等到计划批下来后，他又去银行跑贷款。虽然时间长了点儿，但印刷厂的机器设备都陆续运到。

也就是这次更新设备中的一场事故，夺去了郝玉兰丈夫李三的生命，陈尔力也因此留下了陈瘸子的绰号。

一个月后，陈尔力出院在家静养，工业局就下了一个决定，给予陈尔力行政记过处分。陈尔力想，处分也是应当的，正是因为自己安排不周，才夺去了郝玉兰丈夫的生命。

说来也很邪性，那台大型切纸机后来又切掉一个工人的手指。从那以后，工人一般都不敢碰它。如果不是生产紧张，它始终在车间里闲着。

后来也有人说，那是郝玉兰的丈夫李三在作妖。可是郝玉兰一听就不高兴了，她找到陈尔力要求调整工作岗位，专门使用那台切纸机。从此，再也没有出过任何事故。

设备的更新，大大提高了生产效率，按照以前的生产计划，提前半年就完成了当年的生产任务。

要不怎么说陈尔力的命好，印刷厂的设备更新不久，国家就出台了放开价格管理的新政策。也就是说，计划内生产和计划外生产双轨并行，企业在完成计划内生产任务的前提下，还可以生产一部分计划外产品。这些计划外的产品，可以由企业加价百分之三十自由出售。

这一新政策的出台，不仅陈尔力高兴，也乐坏了那些长期驻厂的几家特区外贸出口企业。他们都表示，愿意跟三江印刷厂长期合作，纸箱、商标、产品说明书，能生产多少要多少。由于几家外贸出口企业的竞争，深圳蓝天国际贸易有限公司的业务员楚天霖私下答应不仅给印刷厂的产品加价百分之三十，还可以给陈尔力提成百分之五。陈尔力一听，可吓得不轻，给个人提成百分之五，这可不是小数目呀。也就是说，如果陈尔力接受了楚天霖的提成，不到三个月就可以成为万元户。

后来，陈尔力想想这件事就后怕，难道这些特区的外贸出口企业不归国家管？他们怎么这么大胆，怎么会主动提成，这不是把自己往火坑里推嘛！

可是楚天霖却说，这还算事儿呀，这年头提成太正常了。由此，陈尔力联想到秦厂长死后，在办公桌里清理出的大量人民币、美元和港币。那都是把多生产的产品私下卖给客户得来的，这也太吓人了。

此后经过双方协商，三江印刷厂计划外产品，主要针对深圳蓝天国际贸易有限公司出口产品包装，以销定产，加价百分之三十。至于楚天霖提出的提成，陈尔力说什么也不要，他鄙视那些歪门邪道的做法。

长期合作协议签订后，楚天霖非常感动，他认为陈尔力才是正人君子，是值得交心的朋友。在给包装彩印有限公司汇预付款时，深圳蓝天国际贸易有限公司一次性汇款就达一百万元。这件事让陈尔力也非常感动，因为他在企业工作了十多年，从来没见过这么一大笔资金。

一百万元的预付款汇入印刷厂的账户后，陈尔力十分高兴，这次更新生产设备才花了五十三万元，要知道这样，就不用去银行求爷爷告奶奶跑贷款了，只要提前向深圳蓝天国际贸易有限公司打声招呼，问题完全就可以解决。

印刷厂有了流动资金，设备也得到了更新，可是计划外的产品并没生产多少，这可急坏了深圳蓝天国际贸易有限公司的楚天霖。他找到陈尔力说："你们的车间工人这么干活可不行啊，一天的定额指标完成了就下班，机器设备几乎闲置半天时间。即使工作时间内，也有时停机侃大山，有时机器空转却不见人。"

陈尔力半天没有说话，他知道楚天霖说的是实情，可是这么多年来，印刷厂的工人都已经养成了这个坏习惯，恐怕一时半会儿还无法改变。

过了一会儿，陈尔力问楚天霖："你在东北几年了?"

"从沈阳、长春算起，已经五年多了。"楚天霖回答。

陈尔力又说："其他企业跟我们印刷厂相比，有什么不同?"

楚天霖想了想，说："东北企业工人的惰性大同小异，但也有的企业在管理上严格一些，为了完成生产任务每年都搞春秋两季会战。"

"大会战只能解决一时之需，而不是长效机制。"陈尔力无奈地说。

"哎!"楚天霖叹了一口气说，"也许我不该评价你们印刷厂，但作为朋友和多年的合作伙伴，我想说这是机制弊端造成的，干多干少都一样，谁还会多出力？如果能像我们特区企业那样，以经济为杠杆，工作效率就会大不一样。”停顿一下他又说，“就拿我来说吧，每月工资不足百元，可是我的奖金却是工资的八倍。”

陈尔力听说楚天霖的工资不足百元已经够羡慕了，更没想到奖金是工资的八倍，这让他感到震惊：“这么说，你一年就可以成为万元户了？”

“万元户算什么？在深圳，十万元户、百万元户都很平常。”楚天霖说得很轻松。

陈尔力知道楚天霖说的是实情，他也了解楚天霖的经历。楚天霖老家是辽宁的，是七八级大学生，也是学经济管理的。一个大学生能够分配到深圳，而且甘愿当一名采购员，肯定有经济收入的动力。

在与楚天霖长谈后，陈尔力思考了几天。之前，陈尔力就研究过很多改革开放的有关政策，也研究过放开价格管理的相关规定，自己也曾经大胆地设想过印刷厂的改革步骤，可是全市大中小企业都是一个管理模式，谁还愿意干那些费力不讨好的事。

这几天，陈尔力有事没事就到车间转悠，他明里暗里观察车间的生产情况。陈尔力到车间一转悠不要紧，可把工人给吓坏了，他们一看到陈尔力来，甩开膀子拼命干，似乎在给他表演似的，可是陈尔力一走，工人像刑满释放一样，车间成了自由市场。有的车间还专门安排人盯着陈尔力，只要陈尔力出了厂部直奔车间，放哨的人立马跑回车间报告。本来陈尔力就是个瘸子，走起路来一画圈一画圈的，哪能跑过放哨的人。再者，陈尔力把几个车间都转一遍，至少需要两个多小时。有时，陈尔力明明看到了有站岗放哨的人，可他却装作没看见。不管车间生产处于什么状态，陈尔力既不训斥工人，也不批评车间主任和班组长。其实他的用意不是督促工人干活，而是计算每台设备满负荷生产能达到什么效率。

一个星期过去后，陈尔力把成品库保管员和统计叫到办公室，仔细了解成品入库数量，再与一个星期前作对比，竟然发现工作效率提高了百分之五十，如果按照八小时满负荷运转，起码工作效率要提高两倍以上。

计算结果出来后，陈尔力心里五味杂陈。他在想，楚天霖这个外人都能看出印刷厂存在的问题，可是印刷厂从班子成员到车间主任、班组长，都是揣着明白装糊涂，谁也不愿意得罪人。也是，即使知道弊端在哪里又能怎么样，多年来形成的症结，不是一下子就能治愈的。他想到过用提高工资的手段激励工人的生产积极性，可是按照当前的政策还很难全面实施，因为工资制度是上级制定的。

经过半个月的思考，陈尔力想出一个激励办法，每天生产任务加大一倍，奖金提高百分之五十。但这个规定本着自愿的原则，多劳多得。

刚开始，车间工人没有几个愿意接受任务，只有个别平时工作踏实、任劳任怨、在车间吃亏傻干的人同意。一个月过后，接受奖励机制的工人，奖金都超过工资一倍，而且印刷厂立即兑现。这下其他工人红了眼，都纷纷要求按计件奖金制。即使这样，一些平时偷奸耍滑和技术不熟练的人，也没少得奖金，因此调动了全体职工的积极性。

按劳取酬机制推行后，印刷厂的利润提高了一倍半，但最高兴的不是陈尔力，也不是车间工人，而是深圳蓝天国际贸易有限公司的楚天霖，他不仅完成了公司交办的采购任务，而且奖金达到工资的十二倍。那几天，楚天霖整天请陈尔力喝酒，有时印刷厂也回请他。在与楚天霖的接触中，陈尔力正在酝酿一场更大的改革方案，等待时机成熟，便可以全面实施。

不知不觉半年过去了，车间工人的奖金不断增长，一些勤奋工人偷着加班加点，得到的奖金是工资的五倍。以前车间的机器设备经常闲置，现在竟然出现了争抢设备的现象。

李书记一看到车间一线工人的工资奖金不仅超过车间主任，而且都超过了他这个书记，他又来找陈尔力质问："尔力，有你这么干的吗？简直是乱弹琴。你违反八小时工作制不说，还怂恿工人多挣奖金，你让我这个书记还怎么做思想政治工作？"

陈尔力看一眼李书记，笑着说："车间工人多得奖金有什么不好？他们在获得奖金的同时，也为企业创造了更多的财富，你看看咱们印刷厂，这半年的生产利润翻了三倍。"他停顿一下又说，"要说需要做好思想政治工作，不是在生产积极性被充分调动起来的今天，而是应该放在以前消极怠工的时候，那时才是你李书记应该大显身手的时候，可是……”陈尔力说到这里戛然而止，他不好意思再挤对比自己年龄大许多的李书记。

“不管怎么说，工人的奖金也不能没有限制呀，你看看，现在一个刚参加工作的小丫头，工资是我的四五倍。”李书记的黄眼珠都急红了。

“李书记，你的工资在全厂是最高的，现在虽然比不上个别车间工人，但起码比我高很多，还有什么不满足呢?”陈尔力不温不火，说得李继财无言以对。

由于产量的提高，印刷厂更火了。除深圳、珠海外，厦门、汕头、青岛和大连的外贸出口企业也纷至沓来，预付款几万元、几十万元地汇入印刷厂的账户，即使车间工人三班倒，满负荷运转，还是不能满足这些外贸企业的产品需求。

生产任务一紧，连生产车间主任和调度都牛了，因为他们有下单子生产的权力，先生产谁家产品后生产谁家产品他们说了算，从此，男车间主任和调度整天喝得小脸红扑扑的，女车间主任小脸搽得香喷喷的。

陈尔力清楚，之所以这些外贸出口企业的业务量突然大增，是国家加大了四大经济特区和沿海城市出口贸易力度，所以包装彩印行业才会盛况空前。经过几天的思考，陈尔力与几位副厂长经过研究后决定向上级打报告，要求招收工人、增添设备、建设厂房，扩大生产规模。他在报告中写得很清楚，只求计划审批，不向银行贷款，一切资金都由三江印刷厂自行解决。

计划批复后，陈尔力开始组织扩建厂房三千平方米，招收工人三百名，新增包装箱生产线三条。更可喜的是，从德国进口了一套“海德堡”最先进的设备，不仅生产效率高，而且产品质量好。

印刷厂突然间火了，这是谁也没有想到的。

俗话说：“穷在大街无人问，富在深山有远亲。”这句话用在三江印刷厂身上是再恰当不过了。印刷厂有了钱，谁都想沾点光。上级主管部门来了，关系单位来了，凡是能管住印刷厂的部门都来了，一时间，三江印刷厂门庭若市、车水马龙，一年仅招待费就花掉了二十二万元，比印刷厂两个月的工资总额还要多。

这些还不算，1987 年年末，原料供应商三江造纸厂因为流动资金紧张，陶厂长亲自到印刷厂向陈尔力求援，借款五十万元。三江市因为年末没有完成上缴利税任务，吴市长亲自到印刷厂要求陈尔力多缴利税八十万元。供电局是印刷厂的关系单位，关局长打电话要借款二十万元，以后用电费结算。陈尔力感到流动资金有些紧张，本来不想借给他，但又考虑电霸是得罪不起的，万一三天两头给你停电，印刷厂可就惨了。于是，他只好硬着头皮给供电局转账二十万元。

本来印刷厂积累了一百多万元资金，小日子过得红红火火，可是这么一折腾反倒负债一百多万元。那个年代，全市的万元户都屈指可数，而对于一个千人企业来说，负债一百万元可不是小数目。没办法，陈尔力只得向有业务往来的外贸出口企业借预付款。沉重的压力让陈尔力看到计划经济的弊端，可是他又有什么办法呢？

堤外损失堤内补。陈尔力虽然不能像经济特区那样大胆改革，但必须挖掘内部潜力，提高计划外产品的数量。为了调动一线工人的生产积极性，他推行了计件奖励制度，即使是新招收的每月只有二十四元工资的学徒工，只要产品质量过关，也照样计件发放工资。有的学徒工，一个月工资加奖金能开到三百多元，比市委书记、市长工资还要高。

有人说陈尔力嘚瑟，有人说他破坏了社会主义经济制度。李书记说，陈尔力是个冒险分子，我不想跟他受牵连，因此要求上级调转工作。可是，上级并没有批准李书记的要求。

陈尔力想，愿意说什么就说什么吧，他想起了邓小平说过的一句话，回到家里，他用宣纸写了一个行楷条幅：“实践是检验真理的唯一标准”，挂在了办公室的墙上。

正如陈尔力预料的那样，通过一年的努力，印刷厂不仅还清了债务，还向市里财政上交了一百二十万元利税。

此后三年，三江印刷厂火得一塌糊涂。一些厂领导和管理人员也跟着提高了工资标准，在全市是工资最高的企业。

人怕出名，猪怕壮。一些领导和有关管理部门的亲戚朋友，都脑袋削尖了往印刷厂调转工作，陈尔力想栏都拦不住。因为这些人都是能卡企业脖子的实权人物，所以不得不白养活一批闲人。

有人纳闷，三江印刷厂这么火，陈尔力为什么非要坚持改革？这其中的道理只有陈尔力自己知道，他懂得物极必衰的道理。

1988 年，正是进一步改革开放的关键期，那时候有个名词，叫“给国有企业松绑”。陈尔力在班子会议上说：“凭借东风力，送我上青天。只要国家给企业松绑，我就能把三江印刷厂做大做强，让咱们工人的工资赶超深圳。”

可是李书记说：“年轻人还是谦虚一点儿好，别那么狂妄。”

陈尔力也回敬李书记一句：“燕雀安知鸿鹄之志!”

晚上下班回家，陈尔力在宣纸上写了一幅“凭借东风力，送我上青天”的狂草，粘贴在办公室里。

可是楚天霖看到后说：“尔力呀，我认为这幅字不应当贴在办公室，如果贴在家里更为稳妥。”

“为什么?”

楚天霖说：“咱们东北有句粗话，叫作‘咬人的狗不露牙齿’。你这样锋芒毕露，会给自己带来许多麻烦。再者，要把企业做大做强哪有那么容易？据我观察，你心太软、太善良，没有狠劲儿，这是企业家的大忌。”

这句话也就是在楚天霖的嘴里说出来的，要是换成别人这样说，陈尔力早就跟他翻脸了。

“我要是心狠，当初就应该把你扔在医院不管，让你小子疼死。”说完，陈尔力自己笑了，楚天霖也笑了。

第二天，陈尔力把“凭借东风力，送我上青天”的大字，又换回“实践是检验真理的唯一标准”。

第五章 破釜沉舟

1988 年，三江印刷厂的全面改革遭到了很大的阻力。不仅一些工人不同意，厂领导班子全都反对。面对这些固守思想，陈尔力已经意识到了改革的艰难，为了表示改革的决心，他写了一幅行草“破釜沉舟”悬挂在办公室里，然后才有前面所说的给市委书记和市长写了两份报告。

三江印刷厂的两次改革，不仅改掉了一些闲散人员和富余人员的沉重包袱，也对退休人员的工资制度进行了改革。

三江印刷厂改革平稳后，陈尔力又对公司（那时已改成丰润包装彩印有限公司）的领导班子和车间主任进行了调整。提拔工会主席李占祥为主管后勤的副总，提拔了孟凡臣（大孟）为销售副总。提拔赵明文为包装箱车间主任，常虹为彩印车间主任。

其他人员的调整都很平稳，可是撤掉了曹金芳的印刷车间主任却捅了马蜂窝。

李书记第一个跳出来反对，说陈尔力是在公报私仇，把曹金芳撤职就是为了换成自己的情人常虹。

陈尔力不急不躁地说："李书记，你可是老领导，说话得凭证据。"

"凭什么证据？曹金芳干得好好的，为什么要把她撤掉还提拔了常虹？难道这不是证据？"李书记瞪着黄眼珠说。

"为什么撤掉曹金芳，大家心里都很清楚。因为曹金芳家里有个小型印刷厂，每到半夜她就往家里偷油墨、纸张等原材料，按照《第二次改革方案》就应当直接下岗。这件事要不要我把门卫和保卫科科长叫来问问？"

"往家里偷油墨、纸张的，也不仅仅是曹金芳一个人，其他人你怎么不敢处理呢？"李书记说得理直气壮。

陈尔力说："我知道你说的是主管销售的范厂长，就是因为这件事，工业局才把他调走的。李书记，除了范厂长还有其他人吗？"

"不管怎么说，你撤掉曹金芳就是不合理，她毕竟为印刷厂做了那么多贡献。"李书记还在强词夺理。

陈尔力笑了笑说："李书记，我真不理解，你怎么好意思出头为曹金芳说情，你们之间那点破事儿还用我挑明吗？这个大概就不需要再找证人了吧！"

陈尔力的一番话，说得李书记面红耳赤，他摔门而去。

过两天，李书记给曹金芳出了个主意："你去找陈尔力撒泼，给他造谣就说他跟常虹有不正当关系，往他身上泼脏水，越脏越好。"

本来曹金芳不敢面对陈尔力，因为偷盗厂里原材料被保卫科科长和门卫抓住过几次，都是李书记出面摆平的。还有那次在李书记办公室里亲热让陈尔力撞个正着，这些事让曹金芳有些胆怯。

可李书记却说："有我呢，你就去跟他撒泼，实在不行你就向上级告他，上级肯定会处理他，等到那时我就是厂长了，你还怕啥。"

有了李书记撑腰，曹金芳壮着胆子去找陈尔力，临去前还喝了二两白酒。女人借酒耍泼，在那个年代绝无仅有。

来到陈尔力的总经理办公室，曹金芳扯着嗓门大喊："陈瘸子，你凭啥把我的车间主任给撤了？"

陈尔力不冷不热地说："你说话嘴巴干净点儿。为什么撤了你，你心里还不清楚吗?”

“我清楚啥呀？我什么都不清楚!”曹金芳有些歇斯底里。

“好，如果你不清楚，我就要向公安局报案，就说我们厂有人长期监守自盗，让他们立案侦查。”陈尔力说得不急不缓。

曹金芳一听，大喊道：“告诉你陈瘸子，老娘可不是被人吓大的，你别拿公安局来吓唬我，我家公安局有人。”

听到曹金芳大喊大叫，几个副总经理和一些职工都来看看怎么回事儿，只有李书记在办公室里没有出来。

曹金芳一看人多就更来劲儿了：“陈瘸子，当初谁不知道，你惦记人家常虹，死皮赖脸地要跟人家搞对象，可是人家嫌弃你成分不好。这么多年过去了，你贼心不死，还惦记想把人家搞到手，又升官，又套近乎的，她还能跟你上床睡觉啊!”

尽管曹金芳骂得很起劲儿，可是陈尔力还是沉着应对：“你别把自己所做的龌龊的事情往别人身上安，你跟别人瞎扯的事情，别以为大家都不知道，还用我说出来吗?”陈尔力的话，让曹金芳很难堪。

“我就搞破鞋了，能咋地，有能耐你让公安局来抓我呀!”曹金芳开始了破罐子破摔。

这时李占祥接过话茬儿：“我说曹金芳，如果你敢叫号，我就让保卫科科长把公安局的人叫来。等警察一到，可就不仅仅是你搞破鞋那点破事儿了，监守自盗就得判你几年，看你还咋呼啥!”

听到这里，李书记赶紧从办公室走出来，拉起曹金芳走出总经理办公室。

曹金芳在走廊里，连哭带嚎：“老娘不干了，我明天就辞职!”

李占祥也不甘示弱：“你明天辞职吓唬谁呀？有能耐你连百分之三十的工资都别要!”

看看，李占祥可不是善茬儿，别看他个子矮，可是硬把曹金芳这个泼妇给镇住了。

时隔几天，曹金芳向工业局和市委、市政府写了几封举报信。等了一段时间，她一看上级并没有处分陈尔力，又在厂里到处宣扬，陈尔力跟常虹乱搞男女关系，说得有鼻子有眼。还说陈尔力经常带着常虹借开订货会之机，两个人在宾馆里通奸。

陈尔力一听笑了，我啥时候带常虹去开过订货会，每年一次的订货会都是主管供销的副厂长去开的，简直是天方夜谭。

李占祥一看，曹金芳闹得没完没了，就跟大杨一商量，停止了她的工作。从此，曹金芳再也没来工厂上班。

又过了几天，常虹来找陈尔力，她说："陈厂长（工人还是习惯称他为厂长），这个车间主任我不干了，我可不想惹麻烦。昨晚我家小丁跟我吵了一架，说我跟你有那种不正当关系。"

"听蝲蝲蛄叫还不种庄稼了？不做亏心事，不怕鬼叫门。常虹，我劝你不要在乎那些流言蜚语，提拔你当车间主任也不是因为我们曾经恋爱过，我完全是出于公心。你技术好，工作认真，群众关系好，说实话，不提拔你都对不起良心。"陈尔力劝道。

常虹说："陈厂长，我知道你说的是真话，可是人言可畏呀！"说完，她情绪低落地走出总经理办公室。

提起常虹，在印刷厂是公认的大美人，身高一米七一，高鼻梁、瓜子脸、皮肤白皙，一双水灵灵的大眼睛顾盼生辉。她不但人长得漂亮，平时还少言寡语，从不张扬，可是人很聪慧，高中毕业就来到印刷厂，几年后便成了技术能手，经她手印出来的产品，从来没出现过任何差错。更可贵的是，常虹非常有上进心，她一边工作一边学习，利用业余时间参加全国自学考试，仅用五年时间就把汉语言文学专业的十科全部考试过关，拿到了大专文凭。那个年代，谁都知道自学考试比登天还难，就是大学本科毕业，要想参加自学科目考试都很难拿到毕业证。

说起常虹能够参加自学考试，还真与陈尔力有关，在与陈尔力谈恋爱分手后，常虹始终有个心结，处处向他学习。1977 年，陈尔力考上大学后，让常虹非常羡慕，她于 1978 年也参加了高考，可因为数学功底太差，没人辅导，只差了四分没有考上大学。此后，常虹就养成了看书的习惯。多年以后，她始终不死心，于是参加了全国自学考试，最后如愿以偿拿到了大专文凭。

后来陈尔力被提拔当厂长时，一天常虹跟丈夫闹矛盾回到娘家，母亲说："当初还真不如嫁给陈尔力。"常虹苦笑了一下，什么也没说。

在曹金芳闹事半个月后，一天陈尔力下班回家有些晚，当走到家门口时天已经擦黑，没想到就在这时胡同里突然蹿出一个人影。"你想干什么?"陈尔力话还没有说完，就被人一棒子打晕。

后来邻居魏大婶出门倒泔水，发现陈尔力倒在地上，才把他送到了医院。陈尔力在医院昏迷了一夜，第二天早上才苏醒过来。

市委齐书记知道了此事后，下令公安局严查，一定要找出凶手。可是公安局查了很长时间，也没有找到真凶，此事便成了悬案。

这次陈尔力挨了闷棍，让妻子林云裳非常担心，她对陈尔力说："这个厂长咱们不干了，这么多年你一心扑在工作上，家里都很少照顾，咱到底图个啥?"她看到陈尔力没吱声，又说，"回想这些年来，你当厂长后砸断了腿，搞改革让人家扔粪便、砸玻璃。这次多悬呀，万一被人打死，我们娘儿俩可怎么活呀!"说完，林云裳落下了伤心的泪。

林云裳这个女人属于贤妻良母类型的，平时她很少对陈尔力说这么多话，可是现在不一样，再不说几句都要出人命了。

陈尔力看着妻子，还是没有说话。他心里清楚，这么多年来林云裳从来不过问他们厂里的事儿，也从不多说一句话。可是今天却说了那么多，看来我陈尔力的生命不仅是自己的，也是父母和妻子、女儿的。陈尔力也在想，这个厂长他不想干了，回到机关安安稳稳地过日子。可又一想，干不干也不是自己说了算，那得听从组织安排，现在是箭在弦上，不得不发。

住院的这些日子里，除父母、同事经常来看望外，这是陈尔力与妻子和女儿在一起最多的时候。

在陈尔力苏醒的那天上午，母亲抱着只有两周岁的女儿陈娜来看望他。女儿一看陈尔力脑袋肿得像柳罐斗子似的，"哇"的一声趴在奶奶的怀里："奶奶回家，奶奶回家。"

奶奶说："娜娜，这是爸爸。"

可是娜娜仍然奶声奶气地说："他不是爸爸，奶奶回家。"

陈尔力躺在床上，看到女儿已经不认识自己了，心里有说不出的酸楚。他闭上眼睛，尽量控制自己的情绪，生怕眼泪流出来。

第二天，母亲又抱着娜娜来到医院病房。娜娜看了陈尔力一眼，突然扑向爸爸怀里："爸爸回家，爸爸回家！"娜娜一边哭，一边用小手抚摸着陈尔力头上包扎的纱布，在场的人无不感动。陈尔力再也控制不了自己，两行热泪不由自主地流了下来。可是懂事的娜娜，用小手为陈尔力擦着眼泪，"爸爸不疼，爸爸不哭。"

李占祥和大杨看到这个场面，实在受不了了，便悄悄走出病房。

自从陈尔力受伤后，林云裳就没上班，一直陪护在他的身边。那天晚上只有陈尔力和林云裳两个人，妻子说："这件事儿我感觉很蹊跷，是不是你最近又得罪了什么人，不然怎么会下手这么狠？"

陈尔力想了想，就把前几天厂里发生的事情一五一十地说了一遍，其中包括李书记跟他吵架，包括曹金芳闹事，包括他和常虹的传言。

没想到，林云裳听后笑了："关于你们印刷厂的那些烂事儿，我不想听，也不想知道，可是关于常虹的事情，我却知道一些。你知道，我跟常虹是同学，也是从小到大的朋友，可以说无话不谈。我还知道，你们俩为什么没有成为夫妻。常虹跟我说过，她不是嫌弃你家庭成分不好，也不是嫌弃你个子矮，而是他爸坚决反对，要与她断绝父女关系。为了拖延父亲，谁给介绍对象她都不同意。等到一年后，她被你们厂长霸占了，每当秦厂长去开订货会，都要带上她。可是常虹虽然心里一百个不愿意，但也不敢反抗，因为她有把柄在秦厂长手里攥着。因为她已经不是黄花大姑娘了，从此开始躲着你，为了让你死心，随便找个人嫁了。"她停了一下又说，"其实，我们俩谈恋爱能够成功，也有常虹的一份功劳，她向我介绍你的才华、你的为人和你的善良。听得出，她在言语之间透着对你的爱慕。"

陈尔力听了林云裳的话，感到很震惊。震惊的是，那天曹金芳给自己造谣，为什么说得跟秦厂长带常虹开订货会一模一样，难道曹金芳、李书记他们早就知道了这些秘密？唉！看来自己还是太过单纯，天真得把一切事物都往好处想。

周日，父亲早早地来到医院给陈尔力他们送饭。坐下后，陈启功说："人生不如意的事情十有八九，只要摊上了就得咬牙挺住，没有过不去的坎儿。"

陈尔力听后，知道父亲的用意。心想：爸，你就放心吧，男子汉不会因为这点儿小事被打垮的。

陈尔力伤好出院后，又回到丰润包装彩印有限公司，他没有向组织要求调回机关工作。他认为，人不能成为懦夫。

陈尔力被打闷棍一案，在几年后才算告破。原来打人凶手是个杀人犯，被当时市刑警队队长私自释放后，逃亡了很多年，后来在南方因为一起伤害案被抓。他承认打过陈尔力一闷棍，但始终不承认受人指使。不管怎么审，他始终没有供出身为刑警队队长的李玉书。李玉书就是曹金芳的表哥。

丰润包装彩印有限公司，改革后经济形势更加火爆，三年时间企业除上缴利税外，好不容易积累资金五百万元，陈尔力想用这笔钱干点儿大事。可是市财政资金紧张，一听说丰润包装彩印有限公司有钱，于是书记、市长出头一下借走三百万元。之后，今天借五十万元，明天借六十万元，而且有借无还。两年下来，企业流动资金所剩无几。这正应了楚天霖的话，要把企业做大做强哪有那么容易！心太软、太善良，这是企业家的大忌。

陈尔力原来设想得挺好，他打算等企业有了雄厚的资金，利用地缘优势，与俄罗斯做易货贸易，以企业辅助贸易，再以贸易养企业，实行优势互补。等有了一定的积累，再扩大再生产，把三江丰润包装彩印有限公司打造成为全省的龙头企业。可是现在，别说对外贸易扩大再生产，就是目前的流动资金都不宽裕。

1990年，回到深圳多年的深圳蓝天国际贸易有限公司的楚天霖突然回到了三江市，他现在的身份已经是这家外贸出口企业的副总经理。楚天霖的出现，让陈尔力感到突然，因为近几年来丰润包装彩印有限公司与深圳蓝天国际贸易有限公司业务较少，有事电话沟通一下，业务就办了。

东北人好客，老朋友楚天霖回来了陈尔力非常重视，他通知班子成员全部参加招待楚天霖，而且在全市最高档的四海鲜饭店设宴。可是楚天霖却说，只让陈尔力一人见面，有要事相商。放下电话陈尔力心想，这个楚天霖怎么搞得神神秘秘，难道他有什么好消息要单独告诉自己？

对于楚天霖这个朋友，陈尔力有着特殊的感情，因为印刷厂的每一次改革发展，都与他有意无意提供的管理经验有关。毕竟深圳是改革开放的窗口，他提供的信息和经验都让陈尔力耳目一新。再者，陈尔力对楚天霖的智慧敬佩有加，每次交谈都让陈尔力感到春风扑面。

既然楚天霖不让领导班子其他人参加，他只能尊重楚天霖的意见。到了市宾馆，陈尔力到前台问楚天霖住在哪个房间。前台服务员告诉他在501。陈尔力知道那是招待省部以上领导的，虽然自己没去过，但听说很豪华。

来到501房间，陈尔力轻轻地敲了几下门，开门的是一位衣着时尚、青春四溢的年轻女子。随着房门打开，还溢出一股沁人心脾的香水味儿。陈尔力一看，顿时愣住了。

“先生，请问您找谁？”那女子落落大方地问道。

陈尔力对先生一词还有些不习惯，傻愣愣地说：“这不是楚天霖住的房间吗？”

那女子一笑，回头对着屋里喊：“楚总有客人找。”

这时，楚天霖从里屋走了出来，忙说：“快让客人进来。”

走进房间，陈尔力才发现，这个客房是里外套间。在陈尔力打量房间时，楚天霖从里屋走出来，说道：“尔力，可想死我了。”说完，给陈尔力来了个大大的拥抱。

陈尔力虽然对拥抱不太适应，但都是老朋友，也没感到意外。“想死我了咋不来看我？”

“这不是来了吗？”楚天霖说完，回头看了一眼那个女子，“对了，忘记给你们介绍了。邢雨墨，这就是我跟你说的丰润包装彩印有限公司的陈总，我的老朋友陈尔力。”他又对陈尔力说，“这是我们公司的秘书邢雨墨。”

听完楚天霖的介绍，陈尔力点了下头，算是跟邢雨墨打了招呼。可是没想到，邢雨墨却落落大方地伸出手来：“陈总，请多关照！”说着，与陈尔力轻轻地握了一下手。

从邢雨墨的握手姿态，就让陈尔力感到这个女子的素质，既不轻浮又有分寸，还不失礼节。因为她的手指是直的，不是在握，而是轻轻触碰。

“来，尔力，我们里面谈。”楚天霖说着，做了一个“请”的手势。

来到里间，陈尔力刚坐到小沙发上，就听到楚天霖的皮包里响起了电话铃声。

楚天霖在包里掏出个黑乎乎的大家伙放在耳朵上：“喂，喂，喂喂！李总，我这里信号不好，一会儿我用宾馆电话打过去。”

楚天霖拿着的大家伙，估计是人们所说的“大哥大”。这个玩意儿听说省城才有，陈尔力根本没见过。

楚天霖放下大哥大，抱歉地说：“这一天尽事儿，跑到东北来也不让人消停。”

说话间，秘书邢雨墨端着两杯茶走进来：“陈总，请用茶。”说完，她把茶放在茶几上。然后走出里间，轻轻地把门带上。

“怎么样，尔力，你还好吧？”楚天霖问道。

陈尔力说：“还算过得去吧。我看你现在可是不得了了，看这个派头简直是今非昔比了。”从进屋到现在，陈尔力简直被这种气场压得喘不过气来，现在总算找回来了。

“你以前曾到我们公司考察过，生意场上都是做给人看的，时间长了就成了习惯。”楚天霖自嘲地说。

“对了，天霖你怎么有时间来东北，你们的业务都转移到哪里去了？”陈尔力问道。

楚天霖说："我们现在业务可忙了，也是抽空回趟东北，先在辽宁老家住了三天，然后就来看你。就咱们之间这个关系，我还能把业务转移到别处吗，是我们自己建立了一个包装彩印厂，基本能满足出口包装需求。"

"不仅仅是为了来看我吧？是不是还有别的事情？"陈尔力直截了当地说。

楚天霖一听笑了："我这次来还真有点儿别的事情，但说出来你可别骂我呀。"

陈尔力也笑着说："咱们是多年的朋友，我什么时候骂过你？"

"痛快，还是老朋友办事痛快。那我就说了？"楚天霖停了一下说，"这次来有三件事儿。第一件事，你能不能动员你们厂的熟练工人，到我们深圳来，我们那里的工人每月工资至少六七百元。第二件事，你能不能以我的名义把你们厂租赁下来，还是由你来当总经理，你生产，我包销，咱们四六分成，你四我六，资金不用你操心，我来想办法。第三件事，我们租赁一段时间，通过有实权的市领导疏通关系，便宜把工厂买下来，然后以厂房作抵押，大量向银行贷款，贷款数额要超过买工厂的两三倍，再把主要设备运到深圳重新建厂，也把技术熟练工人带走。我算了一笔账，你们厂的四套德国'海德堡'印刷设备就值七八百万元，关键是现在有钱都买不到这样的好设备。"

楚天霖说得绘声绘色，唾沫四溅，而陈尔力听了像被雷击一样傻在那里。

陈尔力稳了稳情绪，突然提高声音说："楚天霖，我不知道这些稀奇古怪的想法你是怎么想出来的，简直是天方夜谭。"他停顿了一下又说，"楚天霖，我现在就可以答复你。第一件事，不可能。因为我们公司现在是满负荷生产，工人的月工资最多时达到四百六十元，谁还会撇家舍业去深圳挣你那六七百元？第二件事，办不到。因为我们企业是利税大户，在全市也是最盈利的，你想把这样红火的企业租赁下来，不仅市委、市政府领导不会同意，就连我也坚决反对。第三件事，没门。买断工厂就等于让所有的职工全部下岗，然后再重新挑选一些技术熟练工人给我们打工，干好的留用，干不好的开除。这样，我们是主人，工人就是奴隶，没有一点儿主人翁的地位，你于心何忍?”

“尔力，我劝你先别激动，话也别说得那么难听。我们在商言商，搞经济就不能太慈悲，谈经商就不能太讲情面。我提出的三件事，都是国家改革开放政策允许的，租赁买断企业，在全国很多地方都是这样做的。”他看陈尔力没有吱声，又说，“北方的包装印刷产业还能兴旺多久？依我看最多三年，因为南方的印刷包装业正在兴起，现在已经具有一定规模，用不了几年，南方企业，特别是对外贸易企业，谁还会跑到北方来买产品包装，那得增加多少成本？我估计现在就有客户拖欠你们货款了吧？不是他们没有钱支付货款，而是他们在计算成本，故意拖欠，直到拖黄为止。当你们被货款拖得没有流动资金时，还拿什么生产？最后只能走别人下岗的老路。”他喝口茶接着说，“至于买断你们企业，你不同意我相信，可是这并不代表你们的市领导就不会同意。我就不相信了，拿一百万元现金砸在你们市领导面前，他会不动心？至于后面的事，根本就不用我们操心，只要他接受了我们的钱，就会成为我们的代言人。”

陈尔力想，这个楚天霖真是人精，他是怎么想的，用一百万元来贿赂市领导？但不管怎么说，从感情上他陈尔力无论如何也不能只为自己发财，而去伤害与自己同甘苦共患难的工友们。他宁愿像楚天霖所说的那样全部下岗，也要与工友同生死共进退。

至于楚天霖所说的买断企业贿赂市领导的想法，陈尔力实在不敢相信，也不愿意相信，便说：“天霖，你就把我们市领导的觉悟看得那么低呀?”

“不是我把你们市领导的觉悟看得太低，而在外地大多部分买断企业都是这样做的。从人性角度说，一百万元大礼，别说市领导，就是省长、省委书记都迷糊。在金钱、美色面前，你不动心不等于别人也不动心。”

“奇谈怪论。你看哪个市委书记、市长敢把生产形势正火的企业卖给个人，那不是无法无天了?”陈尔力说。

楚天霖笑了笑说："我说尔力呀，你也太孤陋寡闻了，无法无天的事情多了去了，南方的中小型国企都已被买断得差不多了，只剩下一些落后产业没人要。别说买断企业这么点小事儿，现在大权在握的领导都生打硬要。"

听了楚天霖的一番高谈阔论，陈尔力觉得他说得不是没有道理，但他觉得人的一生做金钱的奴隶，就会失去了做人的气节。

楚天霖一看陈尔力油盐不进，觉得多说无益。

两个人沉默一会儿，陈尔力说："时间不早了，我们去饭店吧。"

陈尔力想，不管怎么说，多年不见的老朋友来了，自己必须尽地主之谊。再说了，楚天霖在关键时刻，曾给予自己很大帮助，不仅在改革上，而在资金上一笔就汇入预付款一百万元，使他像做梦一样，半个月没有回过神来。

从市宾馆出来，陈尔力准备叫一辆出租车去四海鲜饭店，可是楚天霖却说不用找出租车，他们带车来的。说着，邢雨墨就把一辆雪佛兰轿车开到了面前。

"你们是从深圳开车来的？"陈尔力惊讶地问。

"不瞒你说，这台车是从我们北京办事处开到辽宁老家，又从辽宁开到这里来的。"楚天霖自豪地说。

在去往饭店的路上，楚天霖问："尔力，这台车怎么样？"

"当然好了，坐着相当舒服。"

"如果你相中，这台车就归你了。我们公司不是还欠你们六万元货款嘛，这台车就算顶账了。"楚天霖满不在乎地说。

"什么，顶账？那这台进口车你们得赔多少钱哪，我可不敢要。"陈尔力说。

"你就别管赔多少钱，临来时我就已经跟总经理打过招呼了，北京办事处正好要换新车，这台车就归你们了，也是感谢你这么多年来对我们公司的支持。"楚天霖说得很轻松。

来到饭店点完菜，陈尔力又问楚天霖："刚才你在车上说的不是在开玩笑吧？"

没等楚天霖说话，邢雨墨接过话题说："陈总，你就放心吧，这是真的。在来的路上，楚总就说，陈总的身体不便，可是连台车都没有。名义上是顶账，实际是为了陈总工作方便。这台车按照现在的市场价，至少在十二万元以上。"

"那么，轿车的手续怎么办?"陈尔力还是心里没底。

邢雨墨说："这个你也不用担心，楚总会把手续派人给你送过来的。"

楚天霖抢过话题："不过，你得派人明天跟我去趟省城机场，等我们走后把车开回来。"

陈尔力说："这个没问题，明天我亲自送你们去省城机场，然后我和司机把车开回来。"

当晚，陈尔力高兴，跟楚天霖没少喝酒。没承想，邢雨墨巾帼不让须眉，也跟他们拼起酒来。

在邢雨墨去卫生间时，陈尔力很神秘地问楚天霖："你的秘书走到哪儿都带着吗?"

楚天霖说："我知道你问的是啥意思，这算什么，秘书嘛就是白天上班，夜里上床。这回你满意了吧?"

楚天霖一看陈尔力没吱声，又说："给你透露一个秘密吧，我们东北姑娘在特区是很抢手的，一个特殊服务小姐，一年就能挣到二十万元，而且还得除去一切费用。"

"啊?"陈尔力被惊得半天合不拢嘴。

"啊什么啊，甚至一些被外商包养的小姐，现在都开起了电子厂、玩具厂，由外商销往国外。"楚天霖说得很平淡。

陈尔力还想问一些深圳的新鲜事儿，可是一抬头发现邢雨墨不知道什么时候已经坐在座位上。她看了陈尔力一眼，笑了笑，似乎什么都没听见。

陈尔力为了掩饰自己的尴尬，说道："来，咱们喝酒，喝酒。"

为了打破这尴尬的气氛，邢雨墨端起酒杯："陈总，我来敬你一杯。以前楚总经常在我们面前提起你，说你有文人气质，还讲义气，而且志向远大，几次改革在全市都引起轰动效应，今日有幸一见，果然不同凡响。”

陈尔力明知道邢雨墨是在忽悠自己，但听着却很舒服。特别是美女忽悠，总有一种让人无法拒绝的感觉。

他与邢雨墨碰了一下酒杯，一仰头把一杯酒干了下去，邢雨墨也不甘示弱，二两白酒一口干掉。

那天晚上，楚天霖和邢雨墨开车把陈尔力送到家后，便回到了宾馆。

躺在炕上，陈尔力仔细回想今天见到楚天霖的场景。总觉得自己和他们比起来，就像天鹅群里的一只丑小鸭，知识分子堆里的三岁孩子。他也把今天楚天霖说的话，一字不落地回放了一遍，觉得有的话不敢苟同，有些话说得还是很有道理的。特别是说到包装彩印行业的前景，让陈尔力感到沉重。包装印刷行业的兴旺还能持续多久？他以前也考虑过这个问题，明知道这个产业在不久的将来要走下坡路，却也无可奈何。

第二天早上，陈尔力带着企业开大车的司机来到宾馆，在宾馆吃完早餐后，同楚天霖一起去了省城。

在省城机场，楚天霖送给陈尔力一张名片，名片上写着楚天霖的“大哥大”、BB机和固定电话号码。“如果你想通了，就给我打电话。”

因为有司机在场，陈尔力没说什么。陈尔力把楚天霖和邢雨墨一直送到安检口，告别时，陈尔力说：“祝你们一路顺风！”

楚天霖马上更正说：“乘飞机不能说一路顺风，而是应当说一路平安！”

听到楚天霖的话，陈尔力笑了。

丰润包装彩印有限公司的成功改革，引起轰动。作为改革的典型，市委、市政府将他们的先进经验在全市推广，今天作报告，明天要经验材料，后天报省级文明单位，使陈尔力应接不暇。

陈尔力想，如果一个企业整天应付这些无谓的事务，什么也干不了，他就把这些应酬的事全部交给副总经理李占祥，不到万不得已自己绝不出面。

李书记自从企业改革以后，就很少上班，原因是他不敢再像以前那样放肆地找女工谈心了，不找女工谈心，李书记也没啥可干的。前个阶段，李书记迷上了跳舞，因为姜岚移情别恋，李书记醋意大发，还跟一个私营老板动起手来，被人家雇人打得头破血流，在医院里住了一个星期的院，从此再也不敢去舞厅了。李书记是个不甘寂寞的人，他又把兴趣转移到打乒乓球和钓鱼上。因此工人们又给他编了一套顺口溜：冬天一副拍，夏天一把杆，一月上不了三天班。

这几年，李书记除了打乒乓球和钓鱼，就是喝酒。打完乒乓球后喝酒，钓完鱼后喝酒。因为李书记小气，经常喝别人的酒，自己从来不请别人。时间一长，就有人敲打他："李书记，你是包装彩印有限公司的党委书记，你们公司那么有钱，就不能请请大家呀？"

李书记一听也是，在包装彩印公司一个副总经理都有在饭店签字的权力，而自己是正职却没有一点儿权力。后来他还听说，小个子李占祥现在可是扬眉吐气了，不是搞接待，就是代表包装彩印有限公司到处作报告，这让李书记感到很不舒服。

一天，李书记来到总经理办公室，他一改以前的态度，笑呵呵地对陈尔力说："这次企业改革成功，你功不可没，但也是我们领导班子共同努力的结果……"

听到这里，陈尔力想：这个李书记想干什么，下山摘桃子呀？

李书记翻着黄眼珠说："作为印刷厂的党委书记……不对，是丰润包装彩印有限公司的党委书记，对我们企业取得这样骄人的成绩感到无比自豪和光荣，所以我决定党委书记应当冲锋在前，享受在后，勇挑重担，为社会主义的改革开放添砖加瓦，再立新功。"

李书记还想继续演说，陈尔力打断了他的话："李书记，你有什么事儿就直说吧，不用这么多的铺垫。"

李书记的话被陈尔力给怼了回去，他翻了一下黄眼珠说："是这么回事儿，我听说最近的典型经验介绍和接待上级有关部门都是李占祥出面的？"

"不让他出面还有第二人选吗？李占祥能说能写，又对我们的改革情况了如指掌，他出面有什么不好？"陈尔力说道。

李书记又翻了一下黄眼珠说："我是这么看的，这一呢，李占祥外出介绍经验有损于我们企业的形象，他那么点儿的小个子，到哪里都比人矮半截，让人笑话。这二呢，介绍改革经验和宣传我们企业，应该是我们党委的分内工作，我这个党委书记应当义不容辞地担起这项重任。"

陈尔力一听，李书记果然是下山摘桃子来了，他想借这次改革成功之机抛头露面："如果公司党委真能够把这项工作担当起来，我双手赞同。可是你说李占祥个子矮有损企业形象我不赞同。以你的观点，我们这些矮个子人就不能担当大任了？就不能对企业进行改革了？做贡献不分高低贵贱，干工作不能按照个头高矮来衡量。大杨的个子高，一米九二，可是他连材料都念不下来，难道应当由大杨去介绍经验？"

"大杨去不了，不是还有我嘛。"

"我倒是想让你去，可是你在哪儿呢？自从我回到咱们厂，你偶尔来几次，不是讲情，就是横挑鼻子竖挑眼。在企业改革的关键时刻，你又去了哪里？生怕树叶掉下来砸到脑袋，有你这么当党委书记的吗？"瞧瞧，你以为陈尔力那么好欺负呀，以前他都是碍于情面不说而已。

李书记被陈尔力说得满脸通红，可是他还是不能在陈尔力面前认输。"我说尔力呀，过去的事情就让它过去吧。再说，改革是企业行政的事儿，如果党委参与过多，那不是给行政添乱吗？"

陈尔力心想，你还少添乱了？话到嘴边他又咽了回去。

"尔力呀，还有一件事儿，一个副手在饭店都有权签字招待客人，你说我这个党委书记，是不是也应当有签字的权力呀？"

陈尔力想了想说："副总招待有关单位是工作需要，我不知道李书记要招待谁，是钓鱼的、打乒乓球的，还是你的亲朋好友？"

"这个……这个……"李书记一时答不上来。

陈尔力一想，也别跟李书记一般见识了，便说："副总的签字权限是每年三千，你的权力是四千。如果有大的招待，必须经过主管后勤的副总李占祥同意。"

"对了尔力，我还有一件事儿，现在公司的业务这么忙，我也不能闲着，是不是应该考虑一下让我主管销售，也为公司做点儿贡献嘛。"

陈尔力一听，这个李书记可真会挑选呀，现在的供销部门可是块肥肉，原材料购买、货款回笼，这里有很多空子可钻，要是让他主管销售，企业还不成了他家的。于是陈尔力说："李书记，如果你在家里感觉闷了，想出去走走，你可以到南方考察一圈，接受一下新生事物。不过，按照公出补助标准，你不能超得太多呀。"

"好、好、好，那我就领着老伴出去逛一圈，也接受一下新生事物。"李书记说完，走出总经理办公室。

陈尔力想，这个李书记真会得寸进尺，还要领老伴出去游山玩水。回头一想，去就去吧，这年头哪个领导干部不是这样。有的带着家属，有的领着姘头，有的一家子一家子的天南海北游逛，回来费用全部由单位报销，还会略有盈余。

这几天，主管生产的大杨反映，现在车间里经常发生争抢机器和延长工作时间的现象。

陈尔力问："不是三班倒嘛，怎么会发生争抢机器的现象？"

大杨说："正因为是计件工资，大家都想挣钱，现在人多机器少，所以把每天的三班倒变成了四班倒，歇人不歇机器，没有节假日。"

"记得企业改革前的人比现在还多，可是机器设备都闲置半天。现在安排四班倒怎么还会发生争抢现象？"

"这不是工人都为了多挣钱嘛！"大杨接着又说，"印刷车间的刘静波可霸道了，她联合十多名女工，就是占着机器不下来，说啥都要干满八小时，有时甚至干到十二小时。"

陈尔力听完笑着说："大杨，我看这样，还是以教育为主，让他们主动按照排班顺序各自干满六小时。"

“可是他们不听啊，所以还打起来了。”

“怎么？还打起来了，简直是反天了！我看这样，每周每个工人休息两天，剩下的按照三班倒。”

几天过后，大杨又来找陈尔力说：“其他车间都已按部就班，唯独印刷车间那十几个人，就是不听安排。”

“大杨，你跟我到车间看看去。”陈尔力说完，就和大杨来到印刷车间。

陈尔力一进车间把动力电拉了下来。工人一看陈尔力来到车间，都停下了手中的活儿。

“听说你们车间为了计件工资，还发生了争抢机器的现象？你多占用时间，别人就得少生产，这样不但不道德，还会影响工作秩序，你多挣那点儿钱就心安理得吗？”陈尔力看看大家接着说，“听说有那么十几个人生产积极性特别高，霸占机器不让别人上机台工作。好啊，为了鼓励你们的积极性，我跟深圳的楚天霖已经联系好了，他正需要技术熟练的工人，你们可以到他们的印刷厂满负荷工作，每天十二小时，工资每月六七百元。为了鼓励你们走出去，公司给你们加开百分之三十的工资，去时的机票由公司报销。”

回过头，陈尔力对大杨说：“你问一下倒班的工人，还有没有愿意去的，我们同样鼓励。但是，那十几个抢机器的，他们没有选择，要么去深圳，要么下岗。让他们自己看着办吧！”

说完，陈尔力走出印刷车间。

过了几天，陈尔力问大杨：“有没有报名去深圳的，我好给楚天霖打电话。”

大杨说：“我都问了，没有报名去深圳的。刘静波那帮人，听说都去了曹金芳的小印刷厂。他们说，‘此地不养爷，自有养爷处’。”

“唉！”陈尔力叹了一口气，“大杨，我的本意不是想逼他们下岗，是想借这件事，让大家迈出这艰难的一步。看来，我想错了，我们的工人宁可在家里挣二百元，也不愿意去深圳挣六七百元，他们根本没看到北方印刷行业的危机呀！”

第六章　潜在危机

一天，陈尔力在办公室正接待外地客户，突然接到楚天霖的电话："你好，陈总！"

"哦，是天霖哪，你小子能不能不叫陈总、陈总的？"

"哈哈，生意场上都这么叫，这不是习惯了嘛。"

"那你又想跟我谈什么生意了？千万别把我往火坑里推呀！"

"看你这话说的，我怎么能把你往火坑里推呢，我只能救人于水火。"楚天霖一听陈尔力没有说话，他压低声音说，"尔力，你现在说话方便吗，我想跟你谈点正事儿。"

陈尔力一听楚天霖要说所谓的"正事儿"，肯定是拿不到桌面上，便说："我这里有客人，一会儿给你打过去。"

送走客人，陈尔力在想，这个楚天霖，又有什么花花肠子？以陈尔力对他的了解，肯定又想出了什么馊主意，我得防着点儿。

陈尔力坐在那里，正考虑要不要给楚天霖回话时，楚天霖的电话又打了进来："尔力，你是不是在盘算着怎么应对我的馊主意呢？"

陈尔力一听，这个楚天霖，简直是肚子里的蛔虫，自己怎么想的他都一清二楚，便说：“别在那里自作聪明了，有话直说。”

“那我可就说了。”楚天霖故意卖个关子，“尔力呀，我又想了一个好主意，你趁着企业还有些积累，赶紧向上级打报告，要求到深圳建立一个包装彩印分厂，不然厂里那点儿积蓄，东抹点儿，西沾点儿，立即就会锱子皆无，你得为自己留条后路呀。”

“深圳办分厂，有那么容易吗？”

“当然容易了，你以为在东北呢，什么事情都得研究研究，一研究大半年就过去了，干什么都晚了。现在深圳有政策，只要来投资，批地建厂房都有政策扶持。其实，你们也用不了多少钱。”楚天霖说。

“哪有你说的那么轻松，建厂后流动资金怎么办？印刷设备怎么办？工人怎么办？”陈尔力有些为难。

楚天霖听后笑着说：“我说尔力呀，你咋这么落伍呢，只要你在深圳有了营业执照，流动资金可以贷款，设备可以购买，只要你把最先进的两台德国印刷设备调过来，其他的深圳都可以买到。至于技术工人嘛，你可以把现有的熟练工人带来一部分，然后在深圳招收一些打工仔，完全可以正常运转。”

陈尔力想了想问：“你这样卖力劝我去深圳办厂，你是不是想得到什么好处呀？”

“即使我想得到好处，那也是公平合理的，只要你让我在你那里兼任一个副总，一切手续我帮你办，贷款我帮你跑，产品销路我来找。我不要你一分工资，只要销售提成的百分之一，这样合理吧？”楚天霖豪爽地说。

陈尔力思考了一下，当年楚天霖在印刷厂驻站时，就提出给自己提成百分之五，而今天他只要求提成百分之一，也算是公平合理。再说，这都多少年过去了，自己现在的工资是当年的三倍半。陈尔力就想，这个楚天霖是不是真的有意帮助自己，给我们企业找条后路？

最后，陈尔力说：“这件事儿我再考虑考虑。”

“还考虑啥呀，千万别再像以前那样优柔寡断了，有时我真为你着急。”

放下电话，陈尔力觉得这件事还是有操作的可能的，因为铝塑制品有限公司的改革经验，就是因为在汕头建立了铝塑制品分厂，据说非常盈利。

经过几天的思考，陈尔力向工业局、市政府分别打了报告，要求在深圳建立包装彩印分厂。可报告已经打上去三个月了，一直没有批复。后来一打听，是市委、市政府不同意，原因是利改税之后，企业所得税都得上缴当地财政，三江市得不到一分钱。之后，陈尔力打电话问方副市长，得到了同样的答复。后来，陈尔力去了一趟方副市长的办公室，说明了包装彩印行业面临的危机，也说明了在深圳开办分厂是为了降低运输成本，提高企业的竞争力。

方副市长听了半天，最后说了一句：“无稽之谈。”

陈尔力从方副市长的办公室回来，心里这个郁闷。他拿起电话，给楚天霖拨了过去。还没等陈尔力说话，楚天霖抢先说：“怎么样，是不是市里不同意？”

这小子，简直神了：“你怎么知道市里不同意？”

“这不是明摆着嘛，东北的地方领导都是眼前利益，不顾长远发展，就算你们公司停产倒闭，他们照样吃香的喝辣的。”楚天霖有些气愤地说。

陈尔力争辩道：“你怎么能把我们的领导看得这么不堪？”

“不是我把你们领导看得那么不堪，而是他们的思想已经跟不上这个时代需要了。尔力呀，我劝你还是早做打算，要么你回机关过安稳的日子，要么你到深圳来打工。”楚天霖消极地说。

陈尔力一听心里很不高兴，便说：“我说天霖，你也太瞧不起人了吧，不管怎么说，我也是个处级领导，堂堂的国家干部，你竟然让我到深圳去打工？”

“尔力，你误会了，我可没有瞧不起你的意思，正因为你为人太正派，办事直来直去，我才替你着急呀。别以为当个国家干部就有身份有地位，跟你说实话，在深圳谁还愿意当什么处长，有能力的人早已经下海经商去了。”楚天霖解释道。

因为话不投机，陈尔力挂断了电话。

放下电话，陈尔力更加郁闷，他走出厂区，向北不到三百米便是江边公园，以前陈尔力写材料如果没有思路，就要到这里来寻找灵感，当他看到宽阔的松花江，汹涌澎湃，就会焕发出大江东去、水天一色的豪迈。这次也是一样，陈尔力坐在大堤上，一支接着一支地抽烟，他想证明自己给楚天霖看，思考着丰润包装彩印有限公司今后的前景。

想到这里，陈尔力狠狠地把烟头摔在地上，起身向厂里走去。回来厂里，陈尔力直接去了财务科，他问财务科科长刘晋芳：“公司现在还有多少盈余?”

财务科科长刘晋芳说：“陈经理，你是问账面的余额，还是银行账户的余额?”

“都要，一会儿你给我送到办公室去。”陈尔力说着走出财务科。

陈尔力回到办公室沏了一杯茶，刚想喝，财务科科长刘晋芳就敲门走了进来，把财务报表放在他面前。陈尔力看了一眼报表，顿时脑子大了。报表显示，到目前为止，包装彩印有限公司盈余总额在八百三十万元，可是银行账户余额才只有一百二十万元。那些款项有的是客户拖欠的货款，有的是市里借去的利税，有的是造纸厂、印刷材料厂和供电局等提前支付的预付款。但最大一笔款项还是客户拖欠的货款，总计四百多万元。看到这里，他想起了楚天霖说过的话：“我估计现在就有客户已经拖欠你们货款了吧？这不是他们没有钱支付，而是他们在计算成本故意拖欠的，直到拖黄为止。当你们被欠款拖累得没有流动资金时，还拿什么去生产?”

陈尔力想到这里，拿起电话打到主管销售的副总大孟办公室，让他过来一趟。

大孟来到总经理办公室，陈尔力说：“你知不知道现在客户已经拖欠货款四百多万元了?”

“知道。但有些货款是原来范副厂长经手的陈账，有的因外贸企业已经倒闭已成呆账。”大孟说。

陈尔力说：“我看这样，销售部门除了销售业务以外，要把主要精力放在催交拖欠货款上，如果催交不回来，我拿你是问。再者，凡是拖欠汇款时间较长，不讲信誉的企业，我们要停止与他们的业务往来。要是再这样拖欠下去，我们厂就得停产倒闭，这不是危言耸听。”

大孟看了一眼陈尔力说：“我说句话你别不愿意听，以前的管理确实有很多漏洞，恐怕有些货款不是人家拖欠的，而是这些钱早就流入了个人腰包。”

“什么？”陈尔力感到很惊讶，“大孟，麻烦你辛苦点儿，把欠款的企业都给我核实一下。”

“有些我已经核实过了。”大孟停了一下，看着陈尔力的脸色说，“陈总，今天我说句不该说的话，你太无私、太善良、太正统了，你看哪个企业领导像你，人家都住上了楼房，可你还住在平房里。俗话说，水至清则无鱼。回收货款也是这个道理，应当有些其他费用。”

“那好，催交货款的招待费都拿回来实报实销，额外再给销售人员回收款的百分之一的奖励。”

听到陈尔力的话，大孟笑了：“现在回收陈欠货款，都得给对方的办事人员百分之十的回扣，不然谁会把钱给咱？”

陈尔力听后震惊不小，便说：“现在的社会都变得这么黑暗了？这才几年时间哪！”

大孟走后，陈尔力在想，看来自己真的很落伍，不但与楚天霖无法相比，就连跟大孟比起来都显得孤陋寡闻。不管怎么说，都无法与这些人同流合污，也许是性格使然吧。

经过两天的思考，陈尔力决定，按照大孟的说法，招待费全部报销，回扣百分之十，奖励清欠人员回收货款的百分之一。

大孟带着一班人马外出清欠。他们走后的第十天，陈尔力带着政工干事陈国亮也上了路。陈尔力领着陈国亮跑了六个省，三十七家有业务往来的单位，有的已经人去楼空，有的干脆找不到地址，有的企业虽然很气派，但就是不给钱。

在汕头，有家宝丰外贸有限公司，排场非常大，进大门都有保安把守，要找什么人，得事先通报，可是折腾半天，还是没有见到顾总经理。

陈尔力让陈国亮买了两条烟，送给两个保安。后来从保安口中得知，其实顾总经理就在楼上。得知这一情况后，陈尔力决定在大厅等着，他还不信了，你顾经理还能不出大门？

保安一看，陈尔力坐在大厅不走，赶紧过来说："你们赶紧走吧，不然总经理怪罪下来，我俩就会被炒鱿鱼的。"

陈尔力说："没事儿，我们不会连累你们的。对了，小伙子，你们见到领导都得敬礼吗？"

保安说："我们老总是军人出身，我们保安见到领导都得敬礼问好。"

"好了，小伙子，你去忙吧，我们在这里坐一会儿就走。"陈尔力说道。

已到中午，陈尔力正想让陈国亮去买点儿吃的，他准备在这里待到晚上，只等顾总经理出现。正在这时，有一位五十岁左右，衣着考究的男子陪着客人一起下楼了。两位保安立正敬礼，喊："顾总好！"

他们虽然说的是闽南话，但陈尔力知道他就是宝丰外贸公司的总经理。"顾总经理！"陈尔力大声喊道，站起来向他走去。

顾总经理听后一愣："雷（你）是……"

陈尔力自我介绍说："顾总经理，我是东北丰润包装彩印有限公司的总经理陈尔力。"

"雷（你）好，雷（你）好，怎么没上楼见我？"说着，顾总经理主动跟陈尔力握手。

陈尔力心想，废话，保安不让上去怎么见你。但陈尔力还是和颜悦色地说："顾总的公司管理严格，要想见到你还真是挺难的。"

"喇（哪）里，喇（哪）里。"回头他对客人说，"这是我们公司有业务往来的东北朋友啦！"介绍完陈尔力，他又向陈尔力介绍那几位朋友，"这是珠海的李总、齐总、牛总。陈总，正好我们一起去午餐吧！"

陈尔力一想，正求之不得呢，于是就跟着顾经理去了饭店。

午饭时，陈尔力一看饭店的酒杯都是小盅，他让服务员给他换个大杯。陈尔力倒满酒，他说："今天有幸见到顾总，又认识李总、齐总、牛总深感荣幸。我们丰润包装彩印有限公司在东北是个千人小厂，这么多年来承蒙宝丰外贸公司的关照，给了我们一口饭吃，我这次来，还请顾总一如既往地关照。"说着，端起大杯一口干掉。

顾总他们也喝了一小杯，他说："陈总谦虚啦，一个千人大厂，怎么能说是小厂。来、来、来，让我们共同再敬陈总一杯。"说着，大家又斟满了酒，陈尔力仍然是大杯。

在酒桌上，陈尔力了解到，顾经理曾经参加过对越自卫反击战，在他的公司，不管男的女的大部分都是军人，有着很深的军人情结。

陈尔力想，这样的人怎么会赖账呢？于是他对顾经理说："那二十三万元的货款，如果你资金紧张的话可以缓一缓再给，我对你的军人经历敬佩有加。"

"陈经理，真是对不起啦，以前你们印刷厂对我们公司支持很大啦，虽然现在我们没有业务往来，那是因为成本的问题啦。不过雷（你）放心，下午我就让财务总监联系雷（你），不会让雷（你）白跑的啦。"顾经理说完，又看了一眼陈尔力说，"陈经理，您的腿是因为……"

"哈哈。"陈尔力笑了，"顾总是不是看到我的腿，以为我是参加中越自卫反击战留下的残疾？不是的，是在工厂卸机械设备时砸的，还失去了一位工友的性命。"

"哦，你的经历也不寻常啦！"顾经理感叹道。

下午，不费吹灰之力，陈尔力轻松收回了二十三万元钱。

这次清债，陈尔力也发现了一些问题，销售员侯三侯振刚，私自提走货款八万元，林瘦猴林清河私自提走货款五万元，其他销售员多少都有私提货款现象，只有大孟没有。这次还发现了秦厂长占用货款十三万元，范副厂长私自提现金九万元。怪不得有人说，销售科油水大，猫儿腻多呢。

这次外出催缴货款，陈尔力在汕头还听到一个惊人的消息，三江铝塑制品有限公司的段经理，玩儿了一个金蝉脱壳，把汕头建立的铝塑制品分厂的所有债务全部转移到总厂，然后以另一个人的名义廉价买下汕头铝塑制品分厂，其实幕后老板还是他自己。由于三江铝塑制品有限公司被债务拖累，不得不倒闭关门，大批职工下岗。20 世纪 90 年代初，铝塑制品属于刚刚兴起的朝阳产业，这样一个产销两旺的企业，硬是活生生地被段经理这个硕鼠掏空，变成了一个破产企业。

对于走黑白两道的段经理，陈尔力根本就瞧不起他。这个人不是疯狂地贪占，就是对上贿赂寻找保护伞，甚至跟市领导称兄道弟。这次能够金蝉脱壳成功，肯定没少贿赂有关领导，不然怎么会轻易得手？

听到这个消息后，陈尔力又想起了楚天霖当初让他在深圳建立分厂的事儿，其用意不是与段经理如出一辙吗？他在想，即使当初在深圳建立印刷分厂成功，凭自己的性格会像段经理那么黑心吗？肯定不会。这血腥的资本积累，会让他陈尔力一辈子做噩梦的。

陈尔力是个疾恶如仇的人，这次他外出催缴货款回来，首先给范副厂长打电话，要求他立即还款，否则就把这件事举报给检察院。并明确告诉范副厂长，在一起工作这么多年，不想把事情闹大，如果真交给检察院，不仅是货款的问题，还有偷盗企业原材料和在购买原材料时拿回扣等问题，如果通通抖搂出来，就够判个十年八年的。

为了杀鸡儆猴，陈尔力在召开销售人员会议上，首先拿侯三和林瘦猴开刀，告诉他们，要么还款，要么开除。并警告其他人，还了款的可以继续做销售，不还款的下去，有的是人等着干销售呢。侯三是半个黑社会，他当时就跟陈尔力叫嚣："要钱没有，要命有一条，如果你敢把我开除，我就打断你另一条腿。"

陈尔力一听，侯三胆敢威胁自己，他笑着说："侯三，你少跟我来黑社会那一套，有胆量你就放马过来！"

第二天，陈尔力回到父亲家，要来了爷爷曾经使用过的"二人夺"银手杖。

"二人夺"手杖，就是表面看是个铁包银镶有宝石的拐棍，走路时可以拄着，如果打起仗来，一手杖打下去，对方就会用手去夺，正好这时持杖人抽出里面的利刀，一招儿毙命。当年陈尔力的爷爷，就是用这副银手杖制伏胡子头的，但没有伤害他。从此，陈尔力开始拄着手杖走路。

真是“有钱能使鬼推磨”。没用半年时间，销售人员就清回拖欠货款三百多万元。

丰润包装彩印有限公司的生产仍然如火如荼，火爆的原因是国内很多企业在商品流通中也讲究包装和品牌，甚至有些产品为了畅销，采取过度包装。当时的包装彩印有限公司设计室有几员大将，在国家级包装装潢设计大赛中都获过金、银、铜奖，名气很大，因此也吸引了全国各地厂家纷纷前来订货。

陈尔力经过冷静思考，总结以往的经验教训，在管理上更加严格。对于一些信誉度不高，经常拖欠货款的客户断绝业务往来。对于工人在生产中出现的废品率过高，按照成本的百分之三十扣发奖金。对于招待费也严加控制，不管是谁，招待客人必须由他亲自批条。对于市里要求多缴利税，他也尽量推托少给。对于原材料供应商，一律拒绝提前支付预付款。从那以后，陈尔力就成了不受待见的人，甚至有人在陈小个子、陈瘸子绰号之后，又加了一个陈小抠。

不待见就不待见吧，愿意起外号就起吧。陈尔力要保证退休人员、在岗工人的工资和奖金。

俗话说：不怕贼偷，就怕贼惦记。清欠回来三百多万元后，陈尔力在想：这么一笔大数额款项放在银行账户，没有不透风的墙，如果被市里、局里发现又该挪用了。想到这里，陈尔力未经与任何人商量就做出一个决定，把离岗工人的工资，由百分之三十提高到百分之五十。退休工人工资，由百分之八十提高到百分之百。并把企业改革后少开工资部分，一次性补齐。这样，一次性支出接近六十多万元。退休工人千恩万谢，离岗职工都说陈尔力是难得的好人。办完这些事后，陈尔力又在农行、建行分别开设了账户，把工行账户的钱进行分流。

几天后，财务科科长刘晋芳告诉陈尔力，他师傅李守信，自从离开企业后就没有来开过一分钱。陈尔力问，没派人给他送去吗？财务科科长刘晋芳说派人送了，可是李守信就是不签字，所以只能挂在账上。

陈尔力说："这个老人家，真倔！"

"谁倔呀？"因为陈尔力的办公室门是开着的，李占祥直接走了进来。

"哦，说我师傅呢。"

李占祥说："我以为说谁呢。你师傅多尿性啊，反正他也不差那几个钱儿。他曾亲口对厂里人说过，他 1985 年就是万元户了，不稀罕厂里那点儿臭钱。"

"尽瞎扯，你听谁说的？"

"我可不是瞎扯，不信你去问问维修车间的吕主任。"

说到师傅李守信，陈尔力突然想起了郝玉兰，他对李占祥说："我想把郝玉兰的遗属费提高到每月一百元，你分管的工会是不是再给救济点儿呀？"

"已经在四大节日，春节、元旦、端午、中秋每个节日都救济八十元。"李占祥想了想又说，"尔力，正好财务科科长在，得按照规定给工会账户拨钱哪！"

陈尔力看了刘晋芳一眼，说："就按照赵总说的办吧。"

这年秋季，陈尔力发现李书记的态度又来了个一百八十度大转弯，不是有求于他的时候了。陈尔力纳闷，怎么又无缘无故地找碴儿，不是这个不对，就是那个不对，横挑鼻子竖挑眼。

没过几天，工业局的郑局长给陈尔力打来电话，让他去一趟工业局有事要谈。

在去往工业局的路上，陈尔力想，自己也没做错什么呀，这次郑局长怎么这么严肃？

来到局长办公室，郑局长对陈尔力说："现在的改革力度不断加大，我们局的一些企业还要进一步改革，市里已经同意我们的改革方案，准备把一些企业租赁给个人经营，你们公司也在其中。”

“租赁给个人经营？我们公司正是经济形势最好的时期，如果租赁给个人经营，就意味着一些工人还要下岗，退休工人的工资无法保障。”陈尔力说。

郑局长很严肃地看了陈尔力一眼，说：“这些问题不是你应该考虑的。不过，市里对你也有安排，你可以调回工业局任副局长。”

陈尔力听后，脑子都炸了，一个盈利企业，就这么随随便便租赁给个人，局里和市里是怎么想的？“郑局长，我能问一下是谁租赁我们企业吗？”

“当然是有经验、有能力的人租赁经营的，这个人就是原来你们厂的车间主任曹金芳，她有能力，业务熟，销路广。我们不会轻易把一个企业随随便便交给一个外行人管理。”郑局长严肃地说。

陈尔力一听说是曹金芳要租赁丰润包装彩印有限公司，顿时火了：“你说曹金芳有经验、有能力，我不敢苟同，她有什么能力？就靠自己家开的小印刷厂能有多大销路？我不知道你对她了解多少，要说她私心重，小偷小摸我还相信；要说她思想龌龊，乱搞男女关系我也相信。郑局长，你不会跟她也有一腿吧？”陈尔力明知道这些话说得很重，但他豁出去了。

“我说尔力，你不要胡思乱想，你跟曹金芳之间的矛盾我知道，你跟一个叫什么常虹的之间的事情我也有所耳闻。”郑局长停了停又说，“谈改革就谈改革，别扯得那么远，如果把话说过分了，将来我们还怎么搭班子？”

陈尔力一听，这是他们私下早就串通好的，多说也没有意义。便说：“无论怎么说，我们企业正处于旺盛时期，这样的企业租赁出去，我坚决不同意！”

“我劝你还是回去考虑考虑再做决定。”郑局长说。

“不用考虑了，还是那句话，我坚决不同意！”别看郑局长是工业局的领导，但他和陈尔力同样是正处级，所以陈尔力说话也不在乎他，政界都讲究级别。

陈尔力走出工业局，让司机小陈把车开到市政府。

来到市政府，陈尔力直接去了方副市长的办公室。陈尔力上前敲了几下门，听到方副市长正在里面接电话，他没管那么多，推门一瘸一拐地走了进去。方副市长一看陈尔力来了，忙对着电话说："一会儿再说。"

放下电话，方副市长一看陈尔力的表情，笑着说："尔力，干吗一脸怒气？来，坐下。"

陈尔力坐下后，问："方市长，我们企业要租赁承包出去，这件事儿你知道吗？"

"知道。进一步深化改革这是大势所趋，即使今天不改，日后也得改。既然有人提出租赁，正好还有一批亏损企业都一起承包出去，只要上缴利税不减少，租赁出去也算省心了。"方副市长说。

"方市长，你不是不清楚，我们企业与其他企业不一样，是全市的盈利大户，这样的企业为什么非要租赁出去？"陈尔力看了方副市长一眼，接着说，"如果非把丰润包装彩印有限公司租赁出去，那么就意味着现有职工全部下岗，退休工人工资没有保障。特别是那些在岗和已经退休的老工人，他们有的是在建国初期就进了工厂，有的是六七十年代社会主义的建设者，他们在东北老工业基地奋力拼搏，支撑着中国经济的半壁江山，没承想到了现在却要丢了饭碗，会给社会带来很大不稳定因素。"

方副市长不紧不慢地说："尔力呀，原以为你思维超前，思想境界开阔，又是改革开放的领头羊，会支持这次改革的。前段时间，我去中央党校学习才算彻底了解改革开放的新形势。东北作为老工业基地，虽然在新中国建设时期做出了巨大的贡献，但这么多年来也留下了沉重的历史包袱，如果不忍痛除弊，就不会有新的出路。正如一位老教授所说，东北老工业基地要有长子的情怀，改革进程中要有壮士断腕的勇气以及自我牺牲的精神，要敢于迎接新的挑战。"

"从经济学角度，你说的不是没有道理，东北作为老工业基地，不管怎么说改革都应当进行下去。但是，改革不应当不分青红皂白地一刀切，更不应该南方金融放开，而北方银根紧缩，应当放在市场经济的同一个起跑线上，让他们平等竞争。”陈尔力说。

方副市长知道陈尔力是经济学科班出身，要想从理论上说服他很难，便说：“尔力，我们先不说那些大道理，我就想问问你对包装彩印有限公司的租赁是什么态度。”

陈尔力说：“要是征求我的意见，我说坚决不同意。这样的盈利企业，搞租赁买断为时尚早。”

“那么，你们企业一年除上缴利税外到底盈利多少？”方副市长问。

听方副市长一问，陈尔力想，现在是关键时刻，不能不说实话：“至少百万以上。”

“我听说，去年市里让你们多缴利税五十万元填补空缺。而你却说，除了利税和人员工资奖金，根本就没钱，不是吗？”

陈尔力一听，方副市长的话在这儿等着他呢，他灵机一动，说：“方市长，我说过没钱，是指银行账户。你知道，现在企业拖欠货款是常有的事，只要货款没有收回到账，就不算有钱。再者，改革也要从上缴利税上彻底改革，不能谁盈利谁就得多徼，如此下去企业如何做到资本积累？一有风吹草动，怎么去抵御企业风险？”

听了陈尔力的话，方副市长笑着说：“说实话尔力，我倒是希望你把企业租赁下来，只要你能拿出八十万元押金，这个企业就归你承包了。以你的人品，不会把工人推出去不管的，那样也会减少许多不安定因素。”

“方市长，你也太抬举我了，我上哪儿弄八十万元抵押款去。你知道的，我现在还住在平房呢，一到冬天女儿就冻得直哭。”

方副市长听了陈尔力的话，一脸沉默。最后他说：“尔力，你先回去我们再研究一下。”

陈尔力走后，方副市长摇摇头，心想：这个陈尔力也太本分、太正统了，一点儿都不会变通，现在的包装彩印有限公司，别说八十万元，就算一百六十万元也能拿得出呀，谁让你自己掏腰包了？可是方副市长还不能直接告诉陈尔力这样做。

陈尔力在回来的路上想，怪不得李书记这几天态度大变，原来他以为曹金芳租赁肯定成功，就会让我滚出包装彩印有限公司。还有，郑局长态度这么积极，难道这里面还有什么猫儿腻？不行，我一定要保住这个企业，绝不能让这帮小人阴谋得逞。实在不行，我就去找市委书记、市长。

回到公司，陈尔力一脸严肃，他在思考怎么应对这帮人。

正在这时，销售副总大孟敲门走了进来，陈尔力刚想说有事明天再说，可是大孟先开了口："陈总，我听说曹金芳要租赁我们厂？"

"你怎么知道的？"陈尔力听后一愣，自己刚刚得到这个消息，没承想大孟已经知道了。

大孟笑着说："你就别问我是怎么知道的，关键是我们应当想出对策，应对这些小人。"

"我还没来得及考虑如何应对呢。"陈尔力沉思了一下说。

"这都什么时候了，不考虑怎么能行？我有一个办法，能把这件事摆平。"

"什么办法？"

"让财务科给我提十万元现金。"

"什么？十万元现金，你要那么多钱干吗？"

"送礼。说实话，陈总，这件事以你的性格办不了，你就把这件事交给我吧。我还不信了，摆不平这帮毛贼！"大孟气愤地说。

陈尔力看了一眼大孟，还不明白，便问："你给谁送礼？十万元可是一大堆钱，即使是五十元面额，那也得二十捆呢，你怎么送？"

"送给谁你就不要问了。你以为我那么笨哪，我不会把十万元存到一个存折上，拿着存折送去不就完了？"大孟胸有成竹地说。

"非得十万吗，五万不行吗？"陈尔力有些迟疑。

大孟一听有些急了，便说："尔力，别怪我说你，这都什么时候了，舍不得孩子套不住狼。再说，如果曹金芳租赁成功，我们厂的这点儿家底都得被市里财政缴去，谁管职工下不下岗，谁管退休工人开不开工资？到那时你后悔都来不及。”

听了大孟的话，陈尔力虽然不完全认同，但也觉得有些道理。再者，动用这么大额度现金送礼，让陈尔力有些害怕。

财务科给大孟提了十万元现金，大孟就去办这件事了。

几天后，大孟告诉陈尔力：“放心吧，这件事摆平了。不过，去省城的差旅费得给我报了。”后来陈尔力才听说，大孟的舅爷在省里当官。

那时工业局麾下电器厂、白灰厂、水泥厂都处于半停产状态，工业局经过与市里商量，准备把一些企业租赁给个人。

趁着这次搞租赁之机，已调回工业局工作的范敬堂想出一个主意，想利用打擦边球的方式，趁机把经济形势较好、生产势头正旺的包装彩印公司租赁下来，因为范敬堂在这里当过销售副厂长，他太了解这个厂的经济效益了。但范敬堂出头租赁不太合适，所以就怂恿姘头曹金芳出面租赁，他投入股份。曹金芳为了办成这件事，又去找另一个姘头公司党委书记李继财，当然也让李书记投股。然后再由李书记出面去做郑局长的工作，并答应给郑局长百分之二十的股份。可是郑局长觉得这件事不好办，一个红红火火的盈利大户就这样租赁出去好说不好听，所以没有同意。

后来范副厂长、曹金芳和李书记一商量，就由李书记出面送给郑局长五万元钱。可是，郑局长根本没收。

李书记吃了闭门羹后，大家觉得这件事就要泡汤了，可是曹金芳不服气，她既想租赁包装彩印公司，又想报陈尔力的一箭之仇。她经过打听才知道郑局长也好色，就准备亲自出马，把郑局长拿下。她信誓旦旦地说，拿不下郑局长她就不姓曹。那天，曹金芳烫了头，做了美容，还故意买了一些敞胸露背的服饰。在跟李书记亲热后，曹金芳开始策划一个阴谋，硬逼着李书记给郑局长打电话邀请他吃饭。为了使场面好看，由李书记、曹金芳和弟媳刘静波一起赴宴，然后酒喝途中安排李书记家孩子来找他，就说老伴犯了心脏病，让李书记撤出去，随后弟媳刘静波也借故离开单间，这时候曹金芳再下手。

当李书记走后，郑局长也喝高了，他用色眯眯的眼睛看着刘静波说："小刘，哪天我单独请你吃饭，单独请你吃饭……"

曹金芳一看这个场面豁出去了，趁上卫生间之机做刘静波的工作，答应给刘静波百分之五的股份。刚开始，刘静波说啥也不同意，可是曹金芳一再劝说，她也就认了。其实，刘静波本来就不是省油的灯，只是当着大姑姐的面装纯洁。

经过这件事后，郑局长钱色双收，他找到方副市长汇报说，要把电器厂、白灰厂、水泥厂和包装彩印公司全部租赁出去。可是方副市长说，电器厂、白灰厂、水泥厂搞租赁没问题，但包装彩印公司搞租赁不合适。再者，陈尔力是典型人物、省级劳模，他会同意吗？

郑局长谎称："这件事我跟陈尔力沟通了，他思想解放，思维超前，非常支持这次改革。"

听到郑局长的话，方副市长用怀疑的眼神看了一下他，说："对于陈尔力，你未必有我了解。"

果不其然，郑局长事前根本没跟陈尔力沟通，反而让他找上门来。

陈尔力走后，方副市长打电话给工业局把郑局长骂了一顿。后来，因为省里有关领导过问了此事，齐书记、吴市长也知道了，让方副市长感到很被动。

这件事过了一个月，李占祥告诉陈尔力，组织调他到粮食局任工会主席。陈尔力虽然有些不舍，但这毕竟是提拔重用。

第二天，工业局的郑局长给陈尔力打电话，告诉他组织调任李占祥到粮食局任工会主席。陈尔力说："这是好事，我支持。"

说完正事，郑局长说："尔力，这次改革的事，没承想你小子挺尿性啊，还找到省里去了，让市里领导感到很难堪，你这不是在告御状吗？"

"我可没想告状，只是觉得我们公司不适合这样的改革，如果把一个盈利企业送给个人经营，就等于现有的七百职工全部下岗，二百多退休工人全部推向社会，将严重影响安定团结的政治局面。"

郑局长知道说不过陈尔力，便说："不跟你瞎扯了，我这里还有事要处理。"

放下电话，陈尔力又想起了一个人，楚天霖在两年前就说过，让自己以他的名义租赁丰润包装彩印有限公司，可这才过了多长时间哪，租赁的事情就出现了，难道他说的买断也会为时不远了？想到这里，陈尔力不由自主地打开抽屉，翻出楚天霖的名片，他太想跟这个见多识广的老朋友聊聊了。可是聊什么呢，聊自己现在的窘境？如果楚天霖知道自己的现状，还不得瞧不起自己呀？再说了，现在的楚天霖，也许眼界比当初更开阔，思想比当初更活跃，意识比当初更超前，还能聊到一起吗？陈尔力拿着楚天霖的名片，就这样呆呆地坐着，一坐就是几个小时。

坐了很长时间，陈尔力觉得很闷，他走出厂区，又来到江边公园，坐在椅子上呆呆地望着滔滔江水，思绪万千……

在欢送李占祥的晚宴上，李占祥有些喝大了，他借着酒劲说了一些心里话："陈尔力是大家公认的好人，可是好人未必都有好报。同事一场，听我一句劝，不要只想着别人，而忘了自己。现在是全国上下都在抓改革、抓经济建设，没人树立你公正廉明的典型，也别让跟你干的人吃亏，不跟你干的人恨你。"

听了李占祥的话，陈尔力感到吃惊，回头想想，这么多年来，李占祥跟着自己干了那么多工作，确实对他没有一点儿特殊照顾，自己只想着把企业搞好，而没有考虑他们也得生活，也得养家糊口。

本来热烈的送行场面，被李占祥的一番实话说得有些沉闷。这时候大孟出面打圆场："我说各位，尔力这个人我们大家都了解，性格使然，性格使然。"

大杨也说："对、对、对，大家喝酒，今天是高兴日子。"

听到大家都在调节气氛，陈尔力说："以前大家都说，'天塌有大杨，过河有占祥'，这回占祥调走了，还真有点儿不舍。"

听到陈尔力的话，李占祥笑着说："我说尔力，是不是我这个矬子调走了，你就没有优越感了？"

大家听后，都笑了。

送行晚宴后，陈尔力让小陈开车先把李占祥送回家，然后又把李书记、大杨、大孟送回家。

回到家里，陈尔力躺在炕上翻来覆去睡不着，虽然李占祥说得似乎有些道理，但每个人都有做人的底线，公正没什么不好，廉明没什么不对，如果大家都由着性子胡来，这个国家不就乱套了吗？

年底，三江纸业公司的陶总给陈尔力打电话，问他能不能提前支付给纸业公司一百万元预付款，如果没有一百万元，五十万元也行。陈尔力一问才知道，现在的纸业公司因为没有流动资金而处于半停产状态，如果再不给原料供应商货款，人家就停止供应纸浆了，纸业公司就得全面停产。

陈尔力问："你没向银行求援吗？"

"求援有什么用，不瞒你说，我们企业已经欠银行贷款一亿元，就连银行贷给工人的开支款都被占用了。"陶经理可怜兮兮地说。

陈尔力一听，这个号称亚洲第一的万人企业都到这个地步了，以前牛哄哄的陶总也会低三下四地求自己。听到陶总的一番话后，让陈尔力感到很沉重，不是因为借不借款的问题，而是企业之间的三角债早晚会把企业全都拖垮，这就是上大学时老师讲的多米诺骨牌效应。

最后，陈尔力还是决定借给纸业公司五十万元。可是陶总却说，要现金不能转账，不然会被银行扣留的。

借给纸业公司五十万元后，陈尔力把大孟叫到办公室，让他重新寻找原料供应商，防止纸业把自己也拖垮。他还告诉大孟，对于一些不能及时回款的客户，也要停止供货，防止连本带利全部搭进去。

1991 年 5 月，出差一个月的大孟从南方回来，他告诉陈尔力："这次去深圳见到了楚天霖。楚天霖说，尔力可能生我气了，这么长时间也没跟我联系。"

"他还说什么了？"陈尔力问。

大孟说："楚天霖只是说，现在的进口汽车价格低廉，销路好，在国内很赚钱，如果尔力感兴趣可以合作。"

"什么进口车能那么赚钱，是不是人们所说的走私车呀?"陈尔力问。

"看看，你又来劲儿了，管他什么汽车，只要手续齐全，我们就应当试试。我劝你给楚天霖打个电话，如果能合作岂不更好。"大孟说。

过了几天，大孟又问陈尔力："你给楚天霖打电话了没有?"

陈尔力说："我不想打，不想干那些违法乱纪的事情。"

大孟一听，这个陈尔力也真是一根筋，于是偷偷地给楚天霖打了电话。在电话里，他把陈尔力说的话都学了一遍。楚天霖听后笑了："尔力就是那么一个人，如果他不说这样的话，他就不是陈尔力了。没事，过几天我给他打电话，至于怎么说我知道。"

过了两天，楚天霖果然把电话打了过来，他说："尔力呀，好长时间不见了，你还好吧?"

"哦，天霖哪，有什么话就直说吧，别那么客套。"

"你怎么还是以前的老样子，就不能有点儿进步吗？经历了这么多的事情，你就不能改变一下自己，还觉得教训不够呀?"楚天霖又说，"尔力，大孟大概把意思都跟你说了吧，我就不绕弯子了，我就是想跟你合作，钱你不用考虑，车是正规渠道，但我只有一个条件，必须以你个人名义申请贸易公司营业执照，开设账户，否则我不会跟你合作的。"

陈尔力听后笑着说："什么公家名义、个人名义的，你既然想合作，还讲那么多的条件干吗?"

"正因为我了解你，才提出这个条件。现在的进口车，非常抢手，你根本不用费力，让大孟替你跑就能赚到大钱。"

"我考虑一下吧。"

放下电话，陈尔力又把大孟叫过来，他说："楚天霖刚才来电话了，他说必须以我个人名义成立贸易公司，否则不跟我们合作。我看这样，名字就叫丰润贸易有限公司，手续由你去办，费用你到财务科取。"

大孟一听，说："这不还是公家办的吗？要是楚天霖知道，怎么会跟咱们合作？我看这样，成立贸易公司的先期费用我来想办法，暂时不要动用公家钱，免得别人说三道四，抓住你的把柄不放。如果办成功了，以后再另做打算，你看怎么样？"

陈尔力想了想说："就按照你说的办吧。"

那几天，大孟不是跑工商局，就是跑银行和相关部门，请客吃饭，送钱送烟送酒。一个月下来，大孟累得又黑又瘦。

营业执照办下来后，大孟租了个门面，又是刷墙，又是买办公用具。没用陈尔力动手，大孟就把买车用户联系好了。大孟很会办事，每个买车单位都要提前预交订金，轿车八千，货车一万。

一切办妥后，大孟就给楚天霖打电话，准备带人去深圳提车。可是楚天霖却说，不用带人来深圳提车，他会把车辆直接运到大连港，派人送来，这边等着接车就行。

第一批车卖了十七台，几天后送车的人就到了，而且手续齐全。初次合作，第一批进口车就轻松地赚了十二万元。

陈尔力说："这钱赚得也太容易了，赶上抢银行了。大孟，你把这笔钱打到咱们包装彩印公司的账户上。"

大孟看了陈尔力半天，说："贸易公司刚开张，怎么也得先留在贸易公司的账户上吧，假如楚天霖需要资金周转，我们得拿呀，如果你把钱打到厂里账户上，还能往外拿吗？"

陈尔力想了想也有道理，就没再说什么。

其实，大孟一听陈尔力要把卖车的利润打到彩印公司账户上，心都凉了，当时都有不想跟他混的想法。本来楚天霖说得很清楚，这个贸易公司跟包装彩印公司没有任何关系，可是没见过陈尔力这么一根筋的。

大孟能买到进口车的消息不胫而走，接下来托他买车的人更多了，有本市的，有外市的，甚至省城都有人托他买车。其实，大孟心里清楚，别看这些车表面看起来很新，实际都是国外翻新的二手车，由于外国车质量好，所以在中国跑起来还很耐用，可是他没有如实告诉陈尔力。

别看三江丰润包装彩印有限公司正在走下坡路，但陈尔力想把企业做大做强的理想一直没有改变。那时，为了招商引资，引进国外的先进管理理念，三江市举办了第一次三江旅游节，政府搭台，企业唱戏。陈尔力怎么会放过这样的良好契机？那几天，可把陈尔力累坏了，他找人翻译了很多宣传广告，聘请各语种的翻译，并在厂里印刷了许多繁体汉语版、英语版、俄语版、日语版、韩语版的宣传广告，希望通过这个平台引进资金合作办厂，学习外国的先进管理经验，或者开展对外贸易。那几天，把陈尔力忙得脚打后脑勺，他亲自发传单，搞谈判，签订意向合作协议。七天的三江旅游节过去，陈尔力签订了一大堆意向协议，他信心满满，准备大干一场。

可是，理想很丰满，现实很骨感。三江旅游节过去了一个月，那些签订协议的俄国、英国、日本、韩国、东南亚国家和地区的商人，就像商量好了似的，都石沉大海、杳无音讯。陈尔力不甘心，有的他亲自打电话，有的他让翻译打电话。可是这些商人都不哼不哈地搪塞，有的说以后再谈。

这让陈尔力感到非常郁闷，于是他给楚天霖打电话，说着心中的愤懑。听完他的倾诉，楚天霖笑了，他说：“商人永远是商人，他们只讲利益，不讲感情。他们要是占不到便宜，怎么会跟你合作，你以为他们是慈善机构啊？”

“那也太不讲义气了，怎么能把意向协议签完就不算数呢，简直就是奸商。”陈尔力愤愤地说。

楚天霖呵呵一笑说：“尔力呀，你要搞清楚，意向协议在法律上是没有约束力的。把话说白了，这种旅游节，去的没有几个真正的商人，都是为了看风景，还能白吃白喝白住，岂不乐哉？”

楚天霖的一番话，让陈尔力顿悟，可不是吗？有的谈判商人拖家带口一大帮，不是旅游是什么？

楚天霖又说：“尔力呀，实际一点儿吧，还是把你自己的公司办好，因为搞对外贸易你们是外行，别想以包装彩印有限公司的名义搞什么对外贸易。还是咱哥儿俩合作，保你没有后顾之忧。”

还是楚天霖说话算数，没过一个月，第二批二十台进口车又到了，大孟把卖车款按比例汇给楚天霖，一看账面还剩三十万多元。他找到一处新开楼盘，给自己和陈尔力分别买了一套一百一十平方米的房子，直到装修完，他才告诉陈尔力。陈尔力一听吓了一跳，赶紧问：“两栋楼一共花了多少钱？”

大孟说：“不多，才不到七万元。”

“七万元还不多，你好大的口气呀，你一个月工资才一百二十元，七万元还不多？”

大孟一听生气了：“我说尔力，你要搞清楚，这个贸易公司不是公家的，而是你陈尔力自己的，这年头是全民经商，开公司挣钱不违法吧？自己赚钱买楼住不为过吧？我怎么发现你像做贼似的，好像欠包装彩印有限公司的债一辈子都还不清似的。你看看那些亏损企业的领导，哪个不是高楼大厦、脑满肠肥的？可是你看你家住的那个平房，冬天外屋的霜就有五厘米厚，像冰窖一样，我实在看不下去了，用铁锹整整铲下两麻袋的冰。再者，我出了这么多力，奖励我一套楼也应该吧？”

陈尔力想了想，自己是有些过分。大孟出了这么多力，奖励他是应该的，可是自己住这栋楼，总感觉有点血腥味儿，毕竟认识楚天霖是通过工作关系，住这样的楼不自在。

不自在归不自在，房子既然买了，也退不回去呀。

那天晚上，本来第三批车已经送到，大孟应当跟陈尔力一起招待楚天霖派来的司机，可是大孟气得一撅哒回家了。

生气归生气，大孟还得帮助陈尔力把贸易公司支撑下去。因为大孟在包装彩印有限公司还有一摊工作，所以他雇了两个人在贸易公司坐镇。

陈尔力把主要精力还是放在包装彩印有限公司里，所以对贸易公司的业务很少过问。

两年过后，贸易公司竟然赚了一百三十多万元。陈尔力跟大孟商量，想把这笔款转到包装彩印有限公司的账户上。这回大孟没急，但他说，包装彩印有限公司的账面已有二百多万元，如果这么大一笔钱转到工厂账户上，恐怕还会有人惦记，反而难以招架。再者，老百姓常说：三穷三富过到老，丰年需防旱涝灾。这些钱还是应该留在贸易公司，以备后患。

听完大孟的一番话，陈尔力眨了眨眼睛，没想到大孟没念几天书，说起话来还一套一套的，所以没有再催促大孟转账。

第七章　滑入低谷

到了 1994 年，包装彩印有限公司的经济形势开始下滑，已没有了先前旺盛的势头。在岗职工的奖金也在缩减，工人的生产积极性也不高，企业经常出现半停产状态。陈尔力心里着急，但也无力回天，因为当时的企业状况都基本相同。

这个阶段，包装彩印公司一旦经济紧张，陈尔力就把贸易公司的积累一笔一笔转入企业账户上应急。

大孟知道陈尔力就是这样的人，所以转款的事情也没有阻拦。其实，进口车生意也就火了两年，贸易公司只能以做小豆出口生意为主，还能维持现状。

到了 1995 年，因为企业之间三角债拖累，大部分企业都已停产、半停产。这时包装彩印有限公司不但银行账户没有了存款，还向银行贷款一百二十万元。当时的信贷政策是，如果企业生产，银行还贷给工资部分；如果企业不生产，银行一分钱不贷，据说这是为了职工队伍的稳定。为了能让职工吃上饭，陈尔力只能硬着头皮生产，可是生产的越多，亏损的就越多，根本没有客户要货。银行贷款也由原来的一百二十万元，向二百万元迈进。企业在最困难的时候，连销售和清欠人员的差旅费都没有，陈尔力只能从贸易公司不断挪用资金，直到贸易公司收小豆的流动资金剩余不到二十万元时，大孟不干了。

大孟说："尔力，看来你这是把贸易公司往死路上逼呀，如果再这样继续下去，不等包装彩印有限公司关门，贸易公司就得首先关门。"

陈尔力一看大孟的态度，赔着笑脸说："理解理解吧，理解万岁嘛！"

"你是理解了，可是谁理解你呀？你把私营公司赚的钱，往国有企业这个无底洞里补，你不是傻吗？"大孟埋怨道。

"嘿嘿，咱不是共产党员嘛。"陈尔力歉意地说。

"哪个企业领导不是党员干部，可是人家都从公家往自己兜里搂，你却往厂里补。你看人家造纸厂老陶，趁着企业混乱之机把自己家的买卖却搞得火爆，不是开手纸厂，就是开印刷厂，纸业公司原来的库存都搬进他们家仓库里，职工都敢怒不敢言。听说他们供销人员说，凡是纸业公司清理回来的陈欠，都要汇入他家开的工厂账户上。可是你倒好，恰恰相反，没见过你这样的。"大孟说完很生气地走了。

陈尔力被大孟呛了几句，心里也挺窝囊，但他知道大孟都是为自己好。

想了几天，陈尔力也没有为包装彩印有限公司想出更好的出路。这时，他又想到楚天霖。当电话打过去时，楚天霖说："哦，陈总啊，我这里有客人，等抽空给你回话。"

放下电话，陈尔力很生气，这个楚天霖，还跟我打起了官腔。

一个上午，因为楚天霖的电话陈尔力都在郁闷。

陈尔力在办公室坐不住了，想去厂区走走，他看到这冷清的场面，听着时断时续的机器声，陈尔力心里很不是滋味儿。曾经辉煌八年的印刷厂，从此就要败落了？

他走到纸箱车间，工人停下手中的活儿："陈总！"

"哦，你们忙吧。"

他走到印刷车间，工人们停下手中的活儿："陈总！"

"哦，你们忙吧！"

他又走到彩印车间，看到两套德国最先进的设备都在那里闲置，心里特别不是滋味。陈尔力清楚地记得，这两套设备，曾经是印刷厂的骄傲，别的印刷厂干不了的活儿，在这里都不在话下。当初工人形容这两套设备的性能时说，只要把印刷人民币的任务交到咱厂，咱们肯定能完成任务。

看到陈尔力望着设备发呆，大家都围了过来："陈总！""陈总！"

"哦，你们忙，你们忙。"

走出车间，陈尔力骂自己：你们忙，你们忙，工人的奖金没了，工资已经两个月没开了，你让工人忙个屁？

看着工人们期待的眼神，陈尔力想，不管楚天霖怎样对待自己，都要再求他帮助一次。

陈尔力从印刷车间出来，与上厕所回来的常虹打了个照面。陈尔力看着她点头笑了笑，常虹也看着陈尔力笑了笑。但陈尔力能够感觉到，常虹正在看着自己垂头丧气的背影。

正在这时，大孟向他走了过来："你去哪儿了，楚天霖来电话着急找你。"说着，就把移动电话递给了陈尔力。

陈尔力说："天霖，移动电话费挺贵的，我回办公室给你打。"

回到办公室，陈尔力把电话拨了过去，还没等他开口，楚天霖先说："尔力，你是不是生我气了？刚才你来电话时，我正在接待一个大客户，所以装了一把，不是对你。"

"即使是对我，我也不敢生气呀，现在我都到了山穷水尽的地步，还有什么资格跟别人生气。"

楚天霖说："你们的情况大孟都跟我说过了，我也知道你的难处。这样吧，今天接待的一个大客户是大连搞土特产出口贸易的企业，他们那里需要一批包装箱，我已经跟他们沟通过，因为运输距离较近、成本不高，我觉得你们能够达成协议。"

"什么时候能签订合同，多大量，我马上去办。"此时的陈尔力，像打了兴奋剂一样。

楚天霖说："你先别急，客人在我们这里还得住几天哪。敲定后，电话及时告诉你。至于数量嘛，可能满足不了你们的胃口。"

"好、好、好，那也不错了，只要我们有产品销路，货款及时，我给你提成。"陈尔力还在激动。

"饭都已经吃不上了，还提什么成？我就是帮你。"楚天霖还是那么慷慨。

"天霖，还有一件事想求你，你看现在我们的印刷车间基本处于停产状态，能不能给工人找碗饭吃？"

"你是怎么想的，说出来听听。"楚天霖说。

"记得以前你跟我说过，让我动员一部分熟练工人到深圳打工，如果现在可以的话，我觉得正是时机，因为工人现在只开不到二百元工资，还经常拖欠呢。"

"尔力呀，此一时彼一时，据我了解，东北女工没有四川、安徽和河南人能吃苦，特别是国营职工，放不下身价，一提到打工，好像贬低他们人格似的。不过……"楚天霖偷笑了一下。

"不过什么？"陈尔力急问。

楚天霖狡黠一笑："不过你们厂女工长相一个赛一个，要是到深圳干点儿别的，肯定能挣大钱。"

"你少跟我扯淡！说正经的，其实国有职工放不下身价，这一点我已经想过，就说我们厂派员支援关系单位，能够挣到高工资他们自然就会安顿下来，这也是就业出路。"

楚天霖犹豫了一下，说："这件事，我暂时还不能答应你，但我会努力去办。"

陈尔力说："天霖，你们外贸公司的印刷厂不是归你主管吗？"

"归我主管也不能轻易决定呀，我们外贸公司还有总经理哪。不过你别着急，我想想办法。"

放下电话，陈尔力多少松了一口气。

过了两天，楚天霖还没有回话，这让陈尔力有些坐立不安，本来他不是性格急躁的人，可是现在不同，工人已经两个月没发工资了，都在等米下锅呢。

正在这时，大孟敲门走了进来。他对陈尔力说，听朋友说有个好买卖很赚钱，但就是有点儿风险。

陈尔力问："什么买卖？"

"去俄罗斯倒卖废铜烂铁，给点儿钱他们就卖。"

陈尔力说："做生意哪能没风险，你跟我仔细说说。"

据大孟讲，从1991年年末苏联解体后，俄罗斯经济一片萧条，社会秩序一片混乱。本来苏联各加盟国轻工业就不发达，这时中国正处于改革开放时期，轻工业产品过剩，所以大批商贩涌入俄罗斯。刚开始，中国商贩主要倒卖轻工业产品，没少骗俄罗斯人的钱。后来一些俄罗斯企业的管理者看中国人有钱，就通过关系找到中国商贩，将闲置的机械设备拆解当成废品卖给中国人。起初，他们几乎是给钱就卖，一台几万元的设备，就值个大白菜价。后来俄罗斯人学精明了，一吨废铁能卖到几十元、上百元。随着中国改革开放加大力度，拉动了基础建设，钢铁正在悄悄涨价，所以倒卖钢铁非常挣钱。有人计算过，一辆卡玛兹货车的钢铁，就能挣两万元，但这里也有风险，因为俄罗斯黑社会比较多，治安比较混乱，所以要交保护费才能保证沿途不出问题。这还不算，到了海关也得打点，有不可预料的开支。

陈尔力说："你问一下，俄罗斯有没有已经闲置的印刷厂，印刷厂里有没有德国设备？如果设备完好，那可不是废铜烂铁的价格，也值得冒一次险。这样，你打听好消息，找到安全途径，我跟你去一次。"

"你说得不错，如果真有完好的德国设备，那可挣大钱了，我让朋友联系一下，打探好消息，不用你跟我一起去，我跟朋友先去蹚蹚路，假如真有印刷设备，然后你再带技术工人过去拆卸，把设备运回来。"

"这件事儿先放放，怎么也得等到楚天霖有了准信去大连先把合同签了，再研究俄罗斯的买卖。"陈尔力说。

大孟刚要走，突然想起了一件事，他说："对了，尔力，还有一件事，听朋友说，倒卖走私的俄罗斯的拉达、伏尔加和卡玛兹车听说都很挣钱，虽然没有日本车赚钱多，但一台轿车赚三四千、一台大货车赚一万也不成问题。这个买卖风险不大，只要俄罗斯那边有人，在海关接货就行。”

“现在就别管走私不走私的，只要能赚到钱，能够给工人开工资，即使坐牢我也认。”陈尔力坚定地说。

大孟知道，陈尔力这是被逼的，为了给工人开工资，不惜违法乱纪也要冒险，与以前的陈尔力简直判若两人。

一个星期过去了，可陈尔力还是没有等到楚天霖的电话，这几天他突然多了许多白发。

第十天，楚天霖终于来了电话，看到电话号码，陈尔力心情有些复杂，生怕这单生意泡了汤，企业就很难起死回生了。

“尔力，你让大孟赶紧去大连金州开发区，找蓝田国际贸易有限公司的朱总，至于价格和数量你们自己谈。”听到楚天霖的话，陈尔力悬到嗓子眼的心，终于落了下来，看来企业有救了。

“喂，喂？尔力你听到我说的话了吗？”

陈尔力有些激动地说：“天霖，谢谢兄弟！我听着呢。”

“还有，你说的挑选一些熟练工人到深圳打工的事，我看这样，你先选派三十人来，看看他们能不能适应这里，然后我们再做打算。”楚天霖继续说。

陈尔力说：“我看这样可以，但我必须问问每个月大约能挣到多少钱，我好跟职工说。”

“按照我们现有的工人水平，在七百到八百元之间，劳动强度在十二小时左右。”楚天霖回答。

陈尔力想，十二小时也不算长，以前印刷厂实行计件奖金时，工人也工作到十二小时。他说：“但还得请你费心，安排一下食宿。”

楚天霖说：“这一点你放心。”

放下电话，陈尔力马上叫来大杨和大孟，把好消息告诉了他们。大杨和大孟听后也很高兴。

陈尔力说：“咱们三个研究一下，大连签订合同的事，由我和大孟一起去，这次只许成功不能失败，我们根本没有退路。”停顿了一下，他又说，“关于组织工人去深圳打工的事，我们统一口径说是支援兄弟单位。但我想，这件事还是征求本人意见，自愿报名。为了鼓励他们走出去，单位的工资照开，深圳的工资全部归本人。同时，去深圳的往返机票，全部由公司报销，如果职工到深圳不适应，可以回来。你们看看，还有什么意见?”

大杨说：“我看这样已经很全面了，我没意见。”

“全面是比较全面，但觉得去深圳的机票对于我们来说现在不是小数目。”大孟说。

陈尔力说：“前阶段，销售部的侯三不是清回来五万元现金吗？事有轻重缓急，先给他们拿着。对了，我想派常虹带队，有什么事情便于沟通。”

大杨说：“我看可以，不行我做做常虹的思想工作。尔力，不然下午我就通知彩印、印刷和纸箱车间的职工，全部到纸箱车间开会?”

陈尔力说：“三个车间四五百人，大家一说话，开会根本听不清。我看这样，一会儿我写一个通知，说明派遣的优厚待遇，让政工的陈国亮去车间印五百份，分发给每个工人，明天开始报名，然后我们再挑选一些技术好、有责任心的人派遣。”

散会后，陈尔力让大孟去买明天中午去大连的火车票。

大孟说：“我们走后，派遣到深圳的人怎么办?”

“由大杨负责为他们送行，大连的合同一天也不能耽搁。”

第二天上午，陈尔力早早来到厂里。他问大杨，现在报名去深圳的有多少人？大杨告诉他，大家都在犹豫，现在报名的只有六人。陈尔力又问大杨，常虹什么态度？大杨说，常虹同意去深圳，但家里有孩子，有些舍不得。

陈尔力一想也是，这帮女工多少都存在同样的问题，如果公司还像以前那样景气绝对不会出此下策。也许一年，也许几年，全厂职工都会面临这样的选择，希望自己的良苦用心他们能够理解。

中午，陈尔力和大孟草草吃了一点儿饭。上车后，大孟递给陈尔力一部摩托罗拉168移动手机。

“这是什么?”陈尔力问。

大孟笑着说:“给你买的移动手机呀!”

“买这玩意儿干啥，一万多块，有事就用你的手机呗。”说到这里，陈尔力好像突然想起了什么，又问，“大孟，从哪弄的钱买的移动电话?”

大孟说:“还能在哪儿弄的，咱们厂没钱，就连那五万元临时救急的钱，你还答应用在去深圳职工的差旅费上。没有办法，我只能到贸易公司拿两万，一万多给你买了这部移动电话，其余的做差旅费。”

“明知道没有钱，你还买移动电话，再说我有汉显BB机，也不会耽误事儿，这玩意儿电话费还挺贵的，有钱得花在刀刃上。”陈尔力埋怨道。

大孟一听说:“我说尔力，你不要忘了我们是去干啥，这年头有头有脸的人哪个没有移动电话，如果说一个公司老总手上没有一部移动电话，谁还敢跟你签合同?谁还敢跟你有业务往来?”他停顿一下又说，“当初咱们厂不是没钱，账面有上百万，你给我和大杨都买了移动电话，可是自己却没有买。我不知道你是怎么想的，是想证明自己勤俭节约，还是想证明自己清正廉洁?”

“给你和大杨两个买移动电话是为了工作需要，方便联系业务，我买移动电话有啥用，为了赶潮流啊?”陈尔力说。

“看来你真是落伍，特别是现在一切向‘钱’看的时代，你装穷酸就没人理你，你摆阔气别人就愿意跟你来往。”

陈尔力一听，大孟说得不是没有道理，就再没与他争辩。

在快到大连金州的火车上，陈尔力的BB机响了，一看是大杨的电话。陈尔力立即拿出移动电话，可是摆弄半天也没有把电话拨出去。

“谁呼你?”

“大杨。”

“用我电话打吧。”拨号后，大孟把电话递给陈尔力。

“喂，大杨，怎么了?”

“陈总，女工们都不太愿意去，但男工倒是愿意去深圳。”

“男工只会切纸、搬运、维修，可是人家要的是机台熟练的印刷女工呀。不然这样，你看看女工能去多少就算多少，男工去几个技术好的。”

“好吧，那先这样。”

到了金州开发区，陈尔力和大孟找到蓝田国际贸易有限公司。陈尔力一看，这个公司大楼相当气派，很远就能看到楼顶“蓝田国际贸易有限公司”几个大字。

来到公司大楼前，陈尔力一看门前停着一排排外国进口轿车，人们手中拿着移动电话，“喂、喂、喂……”地说着什么。

陈尔力抬头看了一眼大楼的玻璃幕墙，瓦蓝瓦蓝的。他心想，这个公司比以前见过的南方公司还要气派，在心里立刻矮了三分。但是，矮个子人的性格，就是越有压力越能激发斗志。他用手杖敲了两下地砖：“走，大孟，咱们进去。”

来到前厅，只见一个保安问道：“先生，你们找谁？”

陈尔力挺了挺胸膛说：“我们找蓝田国际贸易有限公司的朱总。”

“进去吧，他在十二楼，左侧有电梯。”保安热情地说。

陈尔力一听有电梯，心想，要是没电梯，就我这腿脚还不得爬几个小时呀。

见到朱总，陈尔力说明了来意，互相握手。

“哦，是楚天霖介绍的，我们是老朋友了。来，快坐下。”朱总说着，就给他们倒水。

陈尔力一看朱总这么热情，这笔生意有希望，便说：“麻烦朱总费心，你看我们的合同什么时候签？”

“别急，你们还没有住下吧？”

“我们……”大孟本想说不用麻烦了。

可是被陈尔力抢过话茬儿：“我们刚下车，别说没住下，连饭都没吃呢。”

朱总听后，笑了：“这样，我叫人先安排你们住下，然后吃饭，至于合同的事明天再谈。”

一个电话，朱总叫来一位女子，这个女子比常虹还高。“初助理，你去安排陈总和孟总到酒店休息，然后在楼下餐厅为他们安排好饭菜。”

“好的。”那女子紧接着说，“陈总、孟总请。”说着，她走在前面带路。

“朱总，你先忙，明天我们再来。”陈尔力说着，与朱总握手告别。

来到楼下，初助理开着车把他们送到海天酒店。那年头，男人会开车的都不多，陈尔力这是第二次见识女人开车，又是惊讶不小。

吃完饭回到房间，陈尔力找出楚天霖的名片，用新买的移动电话给他打了过去。

“你好，哪位?”

“天霖，我是尔力。”

“怎么样尔力，听说你亲自去大连了?”

陈尔力听后一惊：“你的消息可够灵通的，是朱总告诉你的吧?”

“是的，刚才朱总给我来过电话。尔力，你既然去了，就不要着急，他们什么时候找你，你就什么时间谈。这帮人我了解，都在打心理战呢，拖一拖你们，将来好谈价格。”楚天霖说。

“不要着急，说得轻巧，厂里七八百人等着吃饭呢，我能不急吗?家里那边正组织人去你那里，我都没在家，能不急吗?”陈尔力急切地说。

楚天霖笑着说：“打工都是小事，能来多少算多少，不要强求。我还是劝你，压住火气，不要心急，心急吃不了热豆腐，稳住才能谈出好价格。”

“那好吧，听你的。”放下电话，陈尔力问大孟，“盘州离这里有多远，我想去一趟把欠账要回来。”

“你说的是长江农贸公司呀？我看那个姓郭的小子不地道，这笔钱都要好几次了，可他就是赖着不给，还继续要货。”大孟说。

陈尔力一听来劲儿了，便说：“我还不信了，如果明早蓝田公司不来人叫我们，我们就去盘州要账。”

大孟一看陈尔力的态度，没再说什么。

第二天上午，蓝田国际贸易有限公司果然没有派人叫他们。

陈尔力说：“大孟，我们坐汽车去盘州。”

当天下午3点，陈尔力和大孟到了盘州后，直接去了长江农贸公司。当他们走进郭经理的办公室时，发现屋里一帮男男女女正在吆五喝六的，可能中午刚喝完酒，都在哪里扯咸淡呢。陈尔力和大孟走进去，他们似乎没看见，继续胡扯。

“郭总，这是我们公司的陈总。”大孟介绍说。

那个姓郭的两脚搭在老板台上，抬了一下眼皮，一挥手，示意其他人退下。

陈尔力一看，这个姓郭的小子也太傲慢了，便说：“郭总，你能不能把脚放下来，我们可是客人哪，难道你就这样对待客人吗？”

那个姓郭的慢慢地把两只脚放下来，他对大孟说：“哎，你们那个叫什么总的，是你们的一把手吗？”

大孟说：“我们陈总，是一把手。”

“我说陈总，你们公司咋搞的，到现在还没把包装箱发来，都影响我们出口任务了。”姓郭的说。

“我说郭总，你让我们怎么发货，货款不给，现在都已经欠我们十三万元了。”陈尔力接着又说，“不管我们有没有业务往来，客人来了得有个起码的礼貌吧，别说你们这个小公司，就是大连蓝田国际贸易有限公司，见到我们都得客客气气的。”

“你们还跟蓝田贸易有业务往来，我咋不信呢。”

大孟说：“是真的，我们刚从大连金州过来。”

“不管你们从哪儿来，今晚我请你们吃饭，既然来了怎么也得好好招待招待你们。”姓郭的故意把“招待招待”说得很重。

陈尔力一听，便说：“郭总，我这个人胆子小，你可别吓唬我。我这个人一吓唬就好尿裤子，一尿裤子就犯精神病，可别伤着你。”

姓郭的看着陈尔力撇了一下嘴，然后走了出去。

姓郭的走后，陈尔力看了一眼大孟。大孟说："这帮人不是什么好东西，我们得防着点儿。"

陈尔力说："怕啥，兵来将挡，水来土掩，你看我眼神行事，不行你就先撤出去，准备打110报案。"

"但你也别硬来，这帮人你没看到嘛，都是黑社会，别钱没要成把命搭在这里。"大孟胆怯地说。

"工人都要吃不上饭了，你还瞻前顾后，就算一百多斤扔在这里又能如何?"

姓郭的半天没回来，陈尔力仔细打量起这间总经理办公室，虽然是平房，但屋子装潢也挺豪华气派，大老板台，大小沙发都是真皮的，实木茶几，实木装修。陈尔力知道，这个年头，不管任何一个公司，都人五人六地装大款，做表面文章骗人。

过了一会儿，那个姓郭的走了进来，他说："走，我们去酒店聊，今天老子好好款待款待你们。"

出来一看，院里停着一台凯迪拉克，估计是姓郭的为了装门面找朋友借的。这辆车陈尔力不认识，而大孟认识。

来到酒店单间，陈尔力一看还有六个人，不是下午在总经理办公室看到的那帮人。这六个人中，两个人坐着，每个人身后还站着两个，就像电影里的黑帮老大。

陈尔力瞄了一眼，示意大孟坐在姓郭的另一侧。

大家坐定后，姓郭的也不给陈尔力介绍那两个人。

这时，服务员开始上菜，主要是海鲜，龙虾、鲍鱼、海参等一应俱全。

菜上齐了，姓郭的打开一瓶茅台，给大家满上。

陈尔力说："别用酒杯，咱们都是东北人，上碗，据说我爷爷占山为王时就用大碗喝酒、大块吃肉。"

两个黑社会，其中一人用蔑视的眼光看着陈尔力。而陈尔力却装着没看见。

大孟一听，差点儿笑出来。陈尔力的家史他还不了解，都是一帮书呆子，哪有他爷爷占山为王的事。

姓郭的一听陈尔力要上大碗，不觉一愣。

“怎么了郭总，没酒啊？”陈尔力故意说。

“有酒有酒，服务员，再上一瓶茅台！”

陈尔力没管别人，端起酒碗一饮而尽。没等别人动筷，陈尔力抓起龙虾放在自己盘子里，说道：“这几年日子过得紧了，以前就愿意吃龙虾，三天不吃就馋。”

大孟听后，又有点儿憋不住笑，心想，陈尔力你就吹吧！

看到陈尔力这出儿，姓郭的蒙了。可是坐在对面的两个人没蒙，他们俩也端起酒一仰脖干了。其中一个人说，今天真热，说着脱掉衣服露出文身，而另一个也把衣服脱了露出文身。两人的文身一龙一虎，各自张牙舞爪。这时他们身后站着的四个小弟，一看老大脱了衣服，都把刀掏了出来，有折叠刀、弹簧刀、有瑞士军刺，他们把刀拿在手上“哗啦哗啦”地玩着。

那个文龙身的人，自从陈尔力进屋，就开始观察，觉得这个人有些捉摸不透。矮矬子，腿还瘸，唇上一撮嘎嘎胡，不像国有企业那些装蒜的经理。要不是因为没琢磨明白，早就动手把他们打出去了，能让他在这里穷装？

陈尔力又瞭了他们一眼，似乎什么也没有看见，继续低着头扒着龙虾吃。陈尔力清楚，这就是黑社会的心理战，如果这时候吓瘫了，就等于输给了他们。而大孟这时候心里没了底，陈尔力看了他一眼，让他稳住。

“这龙虾挺新鲜的，不错不错。郭总，再给我整点儿酒润润嗓子。”说着，陈尔力接过酒瓶，就往碗里倒。可是人家茅台酒瓶就是这么设计的，得一点儿一点儿地倒。陈尔力回手拿起手杖，对着瓶嘴“砰”的一声，瓶嘴被打得粉碎，然后他把酒倒进碗里，“咕咚”一声干了，连瓷瓶碎片都喝了下去。

“好刀，这是法国二人夺手杖。”文龙身的人说道。

“看来今天遇到高人了，真有识货的。”陈尔力把手杖里的利刀抽了出来，“当年我爷爷打天下时，就是用这把刀开山问路的。等我打天下时，也是用这把刀杀出一片天地。可惜了，我爷爷没残，我的腿却被打残了。”

大孟一听，这是哪儿跟哪儿呀，你陈尔力也太能编了。

“大哥，能看看你的二人夺手杖吗？”文龙身的人问道。

“按理说呢，不能让你看，这是老辈留下的规矩。不过呢，今天遇到了高人，我就破个例让你欣赏一下。”陈尔力说着，把二人夺手杖递了过去。

文龙身的人接过手杖仔细看看包银、看看包浆、看看象牙手柄上的红宝石，又拔出刀看看钢口。“真是一把好刀啊！”他对另一个文虎身的人说。他们身后站着的四个小弟也凑过去看着二人手里的手杖。

“我说二位兄弟，这就是你们的不对了，快让这几位身后站着的小弟坐下来吃饭。当年我对手下的小兄弟可不像你们这样。”

听到陈尔力的话，文龙身的人说：“没听到大哥说话呀，你们四个快坐下，谢谢大哥。”

那四个小弟坐下后，其中一个人说：“郭大鼻子，快让服务员上酒，我们敬大哥一杯。”

看到这里，大孟差点儿笑喷了，他借上卫生间之机走出单间。在卫生间里，大孟把眼泪都笑了出来，别人还以为大孟有病呢。

刚出洗手间，大孟的移动电话响了：“喂，你是哪位？”

“是孟总吗？我是蓝田国际贸易有限公司的朱同，你们去哪儿了，让陈总接电话。”

大孟赶紧回到单间：“陈总，大连蓝田国际贸易有限公司的朱总找你。”他故意把蓝田国际贸易有限公司说得很慢。

“你好，朱总。”

“陈总，你们去哪了？”

“哦，在盘州这里有笔拖欠货款，我们来结一下。”

“哪家公司？”

“是长江农贸公司。”

“你把电话给小郭子，我跟他说。”

陈尔力把电话递给姓郭的：“大连蓝田国际贸易有限公司的朱总找你。”

“朱哥，我是小郭子，大哥挺好的呗。”

“别扯那些没用的，我问你，你欠陈总他们多少钱？”

“十三万七。”

“赶紧给人家，他是我朋友的朋友，不然我就从你货款里扣了。”

“好了，你放心吧，朱哥。”

陈尔力接过电话：“朱总谢谢了！”

“陈总，你看我这一天忙的，正准备今晚请你们，结果初助理说你们没在酒店。这样吧，你什么时间回来？我招待你们。”

陈尔力说：“明天他们汇完款我们就回大连。”

“那就回来见。”

“回来见。”陈尔力关掉电话。

接完电话，姓郭的说：“人家衙门口大，一个副总说话都这么横。陈总，你把汇款账户给我，我明天就给你张罗钱。”

“大孟，你把建行的账号给郭总，等汇款后我们就回大连。”

听到陈尔力的话，大孟从皮包里拿出一个笔记本，写了户名和账号，递给姓郭的。

事情办完后，陈尔力就跟两个文身的人喝酒聊天。陈尔力讲他爷爷在民国时是怎么拉杆子占山为王的，最后与黑龙江省督军吴大舌头成了拜把子兄弟，后来成了东北军的一个师长。在抗日战争时期，爷爷跟马占山守卫江桥，还参加了哈尔滨保卫战。哈尔滨保卫战失败之后，爷爷一边作战，一边向苏联撤退，直到光复前一直在边境与日本鬼子周旋。

陈尔力讲完爷爷，又开始讲自己的光荣史。他说，自己在十五岁时曾经因为打抱不平，打死一个地赖子，蹲了七年大狱。出狱后开始混社会，一路拼杀成了大哥，之后也是为了打抱不平腿被打残了。年龄大点儿一想，还是人间正道是沧桑，打打杀杀不是正路。当前这个社会，共产党哪地方对不起你了，你还穷嘚瑟啥？就我们这些混社会的，都是井底之蛙，没见过什么大天，你再能打、再能杀，还能翻天哪？国民党八百万军队都被共产党给灭了，更别说我们这些混社会的，只不过是蚍蜉撼树，共产党要是治你就像碾死一只蚂蚁，你还有啥蹦跶的？等自己想明白后，就进了工厂踏踏实实地当工人，自己从工人干到车间主任，又从车间主任干到厂长、总经理。陈尔力讲得跟真事儿似的，听得两个黑社会和姓郭的目瞪口呆。

讲完自己的“历史”，陈尔力问文龙身的人，你怎么认识这法国银手杖的？文龙身的人挺了挺胸脯，不瞒大哥说，我爷爷在旧社会就是大连汉威金属公司的工程师，他收藏了很多手杖，有法国的、有美国的、有俄国的，可是我家老爷子就是不让我碰。

……

通过交谈，陈尔力与两个黑社会老大越说越近乎，而陈尔力是越吹越大，他就像说书一样，编着离奇古怪的故事，听得几个黑社会连连称赞。

最后，文龙身的人不仅一口一个大哥地叫着，还指着姓郭的说：“我说郭大鼻子，你赶紧把大哥的钱给了，这样仗义的人你也敢欺负，如果你小子再犯浑，我就先废了你。”

“没说的，给、给、给。”姓郭的说。

通过闲聊，陈尔力才知道这两个黑社会，一个叫二龙，一个叫三虎。

当晚，姓郭的把陈尔力和大孟安排到宾馆，几个黑社会一直把他们送到房间。二龙对陈尔力说：“大哥，盘州地界上如果有事就找小弟，没有摆不平的事儿。”并给陈尔力留下了电话号码。

送走这些人，大孟说：“尔力，今天晚上这一套你是跟谁学的？”

“学什么呀，都是路边地摊上书里写的。”陈尔力说。

“你也看地摊书呀？我以为你只看古书呢。你看今天晚上那个阵势多凶，现在想想都后怕，要不是你装神弄鬼，我们都别想走出那间屋子。”

“我爸说了，人只要摊上事就不要害怕，即使挺断骨头也要挺住。”

“唉!”大孟叹了一口气，“临来时我就打怵，侯三那么尿性，都没有要回一分钱，还被人家给弄尿裤子了。可是你说要来，我没法劝，因为知道你的脾气秉性。”

“不管怎么说，把钱弄回去，工人的一个月工资就有了着落。”

第二天，姓郭的把钱汇走，陈尔力也看到了汇票。

临走时，郭经理问：“你们怎么走?”

大孟刚想说坐公共汽车，可是被陈尔力抢先说：“我们打出租车走。”

“那就别打出租了，我派人用车送你们到大连吧。”姓郭的说着拨打移动电话，不一会儿来了一台蓝鸟车。上车后，姓郭的一再说，让陈尔力给朱总带好。

回到大连后，陈尔力很顺利地与大连蓝田国际贸易有限公司签订了订货合同，订货数量每月八万件包装箱，四十万件包装盒，二十万枚彩印商标。陈尔力测算一下，每月除去费用外利润在二十八万左右。这回丰润包装彩印公司有救了。

其实，这次顺利地签订合同，都是楚天霖的功劳。在朱同找不到陈尔力时，给楚天霖打电话，问陈尔力的电话号码。楚天霖一听，他们已经见了面，朱同还不知道陈尔力的电话，心里就知道他在耍心眼儿，便说：“朱总啊，有些话我必须说明白，陈尔力这个人与别人不一样，他是可以相处一辈子的朋友。”

“你说的话我明白，就是不能欺负一个好人呗。你放心，我保证价格合理，你把电话告诉我吧，我联系他。”朱同说。

“我告诉你他副手的电话……”

就这样，这单救命的合同顺利地签订了。

第八章　起死回生

陈尔力和大孟从大连回到三江市。这时，去深圳派遣人员已经送走，这次去深圳的工人，有二十三名女工，五名男工。据大杨说，临去省城机场的那天，家属都到火车站送行，女工抱着孩子哭，孩子抱着妈妈哭，父母抱着女儿哭，那个场面好像生离死别一般。大杨一直把他们送到机场后才回来。

陈尔力沉思片刻，问："这些去深圳的人，都是自愿的吗？"

大杨说："有些也是做工作去的。"

"唉！"陈尔力叹了口气说，"谁知道这一步是对是错，也许有人感谢我，也许有人会骂我，这都是摸着石头过河，谁知道彼岸是春暖花开，还是荆棘丛生？"

大杨看着陈尔力似乎在自言自语，没有搭腔。

盘州的清欠款还没有汇到，辽宁凌海造纸厂就来人催要货款了。业务员小藤说，只要陈尔力把十二万元货款给他，就给他回扣百分之三十。

陈尔力说："别说回扣百分之三十，就算回扣百分之五十我也没有钱给你呀，现在工人都两个多月没开资了。"

业务员小藤也是老熟人了，他对陈尔力说："这年头，谁还管工人的死活，你看我们厂长，天天下饭店、坐豪车、左拥右抱的，没见过像你这样死心眼的。"

陈尔力笑着说："你们厂长是你们厂长，我是我。不过小藤，以后还请你们多支持，等把货发到大连，货款回来，我会首先考虑给你们。"说着，他把和大连蓝田国际贸易有限公司签订的合同给小藤看。

送走小藤，大孟又来了，他说俄罗斯那边已经有消息了。圣彼得堡有家大印刷厂有德国海德堡印刷设备，正准备砸了卖废铁呢。

"可别砸呀，砸了不可惜了。"陈尔力站起来，迅速走到地图前。看完地图他有些犹豫了，说："圣彼得堡离中国边境可不近哪。"

"只要设备完整，就算远点儿也无所谓，远近都得经过一番周折。"大孟说。

陈尔力想了想："我看这样，你抓紧时间去一趟，带上侯三。这小子贼性，你们好有个照应。"

大孟说："我去可以，不过提前跟你说明白，俄罗斯那边不稳定，有不可预知性，万一我被绑架什么的，你得想办法把我捞回来。还有，盘州的钱到了，你暂时不要给工人开工资，如果我真的出事儿了，或者我把设备联系成了，都得急需用钱。"

"看你说的，要不我跟你去吧？"陈尔力说。

"那倒不用。我还是跟朋友先去蹚蹚路，然后再商量怎么办。"

大孟临去俄罗斯之前，陈尔力从盘州汇款中给他提了两万现金。"穷家富路嘛。大孟，把这些钱拿到中国银行分别兑换成卢布和美元吧。"

大孟因为着急去俄罗斯，所以只准备了几天就出发了。

大孟一走就是半个月没消息，打他的移动电话不通，呼 BB 机不回，这让陈尔力很担心。

这些天，企业生产很顺利，大杨没日没夜地在厂里盯着。陈尔力没事儿也到车间转，工人们的脸上也有了笑容。

工人们的热情是调动起来了，可是三个月没开资让陈尔力始终觉得过意不去。那几天，他跑工行、跑建行、跑农行，不管到哪里，都把刚签订的合同给行长看，意思是说，包装彩印公司正在起死回生。

工商行的态度很坚定，只要不还清所欠贷款一分钱也不贷。农行说有政策，只支持农村信贷。建行说，贷款可以，但得变通，得有建筑单位提供担保。陈尔力问，用厂房抵押不行吗？可是人家说，厂房早已抵押给工行，重复抵押违反政策。这段时间，陈尔力又请客，又送礼，又送钱，可算找到了一家建筑公司愿意提供担保。经过一番周折，陈尔力贷了十五万元，才给工人开了一个月工资，可是工人们却高兴得不得了，千恩万谢。

大杨说："咱们的工人就是朴实，只要给那么一点点实惠，他们就会尽全力报恩，这几天大家的生产积极性可高了，有的加班到十三个小时。"

陈尔力想，楚天霖说的此一时彼一时，真是不假。想当年印刷厂火爆的时候，谁会求爷爷告奶奶地去贷这十五万元？

给工人开完一个月工资后，陈尔力心里踏实了许多。

俗话说：好事成双。原来的老客户广西环球制药厂找上门来，要求印刷出口东南亚的"虎骨膏"包装盒和包装袋，这可乐坏了陈尔力。他明知道出口包装要求很高，一般小型印刷厂无法达到要求，所以只能回头找自己，但财神爷来了，就得当祖宗供着。他整天好吃好喝地招待，还陪同对方业务员到俄罗斯边境游山玩水，生怕这单生意泡汤。

为了让工人们有口饭吃，为了留住这个财神爷，陈尔力做了很多违心的事情，甚至让司机给药厂业务员找俄罗斯小姐，这是他一生最讨厌的事情。那几天，雪佛兰轿车的轮子都要跑掉了，就是为了拴住药厂业务员。

人常说：开银行的不如劫道的，劫道的不如卖药的。这些年一不留神，药厂火爆起来。据药厂的业务员小姜说，他们企业有钱，每人月工资都在千元以上。

“既然有钱，看在老关系的分儿上，能不能让你们药厂打点儿预付款来，以便我们厂进原料用?”陈尔力试探着说。

没承想，业务员小姜还真办事儿，几天后就给了答复：“我们厂长说了，看在老客户的面子上，预付百分之三十货款。”

听了小姜的话，陈尔力松了一口气，因为他正在犯愁呢，真的没有进原料的钱了。盘州那十万元，他宁可穷死也不敢动，也许真的像大孟所说的，那可是救命的钱哪!

送走小姜，陈尔力并没有感到轻松。他心里始终惦记着大孟，就这样一天一天地煎熬着，直到熬到一个月零两天，大孟终于来了电话。看到一个外国电话打进来，陈尔力激动地说：“大孟，是大孟吧?”

对方说：“尔力，我是大孟。”

“怎么样，你还安全吧?”

“尔力，先说大事儿，圣彼得堡印刷厂的设备，有三台是德国的海德堡，虽然设备陈旧点儿，但都能正常工作，我看过了，买卖已经谈妥。”

“那好，那好。大孟，如果你觉得条件成熟，渠道畅通，我就带一些技术人员过去。”

“尔力，现在就差一个环节没打通，就是找莫斯科的黑帮大亨，只要他肯帮忙，这件事就算成功了。”

“大孟，好的，好的，等段时间，只要你一切联系妥当，我就过去。”

“尔力。”大孟停顿了一下说，“你得先给我汇来两千美元，地址是圣彼得堡市涅瓦大街 102 号四海旅店。”

“大孟，你不是被人绑架或敲诈了吧?”

“没被绑架，也没被敲诈，而是在旅店里被人抢劫了。”

“什么人抢劫的?”

“有中国北京帮的人，也有俄罗斯的人。”

“这帮民族败类。大孟，你别着急，我马上让人兑换美元，给你汇过去。”陈尔力还不放心，又问，“你和侯三真的没有受到伤害吗？”

“真的没有，你放心吧。我挂电话了，现在打电话的钱都没有。”

“好的，好的，注意安全。”陈尔力这句话还没有说完，大孟就已经挂了电话。

因为大孟挂掉电话这么急促，又引起陈尔力的担心。挂掉移动电话，陈尔力立即到财务科，让刘晋芳马上兑换美元，给大孟汇过去三千美元。

又是半个月过去了，大孟终于打来电话，说钱已经收到，莫斯科的黑帮大亨也答应帮忙。陈尔力马上派人办理护照，这次去俄罗斯的十六个人中，除陈尔力和俄文翻译郑佳丽外，其他十四人都是修理车间的技工。

经过一个星期的准备，陈尔力带着十五人上了通往莫斯科的列车。到了莫斯科，他们又马不停蹄地直奔圣彼得堡，连莫斯科的红场都没参观。

圣彼得堡是俄罗斯的第二大城市，位于俄国西北部，波罗的海沿岸，与欧洲国家毗邻。在中国还是盛夏，可是到了圣彼得堡已呈秋色，因为这里纬度高，虽然是海滨城市，但气温相对中国还是低一些。初到圣彼得堡，大家都很兴奋。

大孟把包装彩印公司的人接到四海旅店，陈尔力一看，这里住的都是中国人。后来大孟告诉大家，不要说我们是来干什么的，这里的人员比较复杂。陈尔力补充说，大家还是小心为好。

当天晚上吃完饭，侯三来找陈尔力说：“陈总，我想买两支五四式冲锋枪，求人不如求己。”

“能行吗，别因为枪惹麻烦，影响我们的大事。”陈尔力担心地说。

“现在的俄罗斯没人管，再说这里的冲锋枪非常便宜，才一百美元一支。”

“那么过海关怎么办？”陈尔力担心地问。

“快到海关前，把枪扔掉不就完事儿了。”

一会儿大孟回到房间，他问：“尔力，吃饱没有？”

陈尔力说："俄罗斯的饭菜哪能吃饱，除了面包就是西红柿，我在家都不愿意吃。"

"一会儿我给你弄包方便面，我看老吕的包里有。"

出去一会儿，大孟走了回来，手里拿着两袋方便面。

"大孟，我看圣彼得堡是沿海城市，你不能找门路通过海运把印刷设备运回去吗？"陈尔力问。

大孟说："这个渠道我也想过，海运费用低，也安全得多，但是这次不只是为了运送旧印刷设备，而是以租用的名义把卡玛兹翻斗车也带到国内卖掉。我跟天霖联系过，他说正好深圳填海造陆，这种重型翻斗车是稀缺货，他说按照现在的价格一台就能赚七万元。"

"每台翻斗车租用押金多少？"陈尔力问。

"什么叫租用押金哪，在俄罗斯这种型号的车，折合人民币才卖五万七，而我们给他们六万元的押金。送到海关，他们的司机就回来，我们连车带货一起开走。"大孟说。

陈尔力想了想说："你把全部费用给我拉个清单，我再琢磨一下。"

"给。"其实，大孟早就把预算做完了。

陈尔力一看清单，吃惊不小，需要整整一百万元。大孟在清单上写得很清楚：买工厂的机械需要十二万元，翻斗车租用押金六十万元，买通黑道大亨两万美元（十六万元人民币），押运费用三万元，打点途中关卡和海关六万元，不可预料费用三万元。

看完清单，陈尔力脑子都大了，别说一百万元，就是十万元公司也拿不出来呀！

大孟看出了陈尔力的心思："实在不行，还是求求楚天霖吧。"

陈尔力说："求楚天霖也很难办，这可是一百万元哪，他一个公司副总敢动用这么大一笔资金吗？再说了，这可是冒险的买卖，弄不好这些钱就会全部打水漂，怎么跟天霖交代？"

"要是成功了呢，别说工人的工资，就算用于生产也可以支撑几年。你计算一下，十台车就赚七十万元，三台德国海德堡印刷机就算不值钱也得赚三百万元吧，即使给楚天霖一百万元回报，我们也得能一百七十万元，这年头一百七十万元可是天文数字呀。”大孟的话显然有给陈尔力鼓劲儿的味道。

陈尔力沉思了一会儿，说：“唉，为了工人能够有饭吃，我就豁出这张脸了！”

当晚，陈尔力跟大孟来到电话亭，给楚天霖打了电话。楚天霖也很为难，但又觉得这件事可行。后来楚天霖说，尽力帮一把。

出了电话亭，正好撞见侯三领着一帮工人回来，他们没有发现陈尔力。就听有人说：“这洋妞的奶子可真大，长得真招人稀罕。”

又听到有人说：“侯三，哪天带我们去开开洋荤，听说这俄罗斯姑娘稀罕中国男人的家伙硬。”

“只要你们有钱，给你们带回去一个当媳妇都行。”

大孟紧走几步：“你们说话小点儿声，半夜三更的别把警察招来，你们看圣彼得堡的人，哪有大呼小叫的，有点儿素质行不行？”

大家一看是大孟，吓得都不敢出声了。大孟停下脚步，等着陈尔力。当陈尔力一瘸一拐地赶上来时，大孟说：“这帮工人也不知道犯愁，都两三个月没开工资了，还想穷欢乐呢。”

陈尔力一路没有说话，心情沉重地回到四海旅店。他感到有些累，躺在床上不一会儿便进入了梦乡。在梦里，他梦见了一个俄罗斯美女陪着他在秋色的海边城市浪漫，他们在沙滩上奔跑，在沙滩上追逐，跑啊，跑啊，最后跑到一个落满金色树叶的草地上滚到一起……后来，好像这个美女不是俄罗斯人，而是常虹在深情地望着他。

突然醒来，陈尔力想，怎么会做这样的梦？难道常虹他们在深圳出什么事了？明天再和楚天霖通话时，问问常虹他们在深圳的情况。

第二天早上，陈尔力想带着技术人员到印刷厂看一看。吃完早饭，大孟让翻译郑佳丽拦了两台伏尔加出租车，挑选几个维修工奔向印刷厂。印刷厂在市郊，路很远，半天才跑到。

陈尔力到了印刷厂才知道，厂长是个七十多岁的老人，他们夫妇俩已经在工厂里住了四年了。

进了工厂大门，陈尔力一看，偌大的厂区似亘古荒原，蒿草丛生，好不苍凉。他在想，也许几年后，自己所在的印刷厂也会这样凄凉。

沿着小道，他们走进车间。陈尔力让维修车间的吕主任仔细看看这些机械设备。在昏暗的车间里，吕主任仔细查看了每一台印刷设备。他对陈尔力说："这三台海德堡印刷机，相当于咱们厂里最早买进的那两台，没有后来买的两套先进。"

"能正常运转吗？"陈尔力问。

吕主任告诉陈尔力，正常运转没问题，也是铜版印刷，但印不出高质量的产品。

"你看看还有没有其他问题？"陈尔力继续问。

吕主任说："德国设备质量好，你看那上面的铜标牌，还保留着德文，是原装设备。"

陈尔力听后，又说："再看看其他设备，有没有价值。"

"我觉得其他设备没有运回的必要。"大孟说。

陈尔力问："按照俄罗斯现在的行情，你觉得十二万元贵不贵？"

"按照废品来买挺贵的，按照设备买不贵。"大孟说。

看着陈尔力他们之间对话，俄罗斯的老厂长以为陈尔力不想买了，他叽里呱啦地说着什么。

翻译郑佳丽告诉陈尔力，老厂长说了，如果嫌贵可以商量，只要给一万二千美元，工厂里的设备可以全部拉走。他还说，自己老了，这个工厂看不了了。

陈尔力说："你告诉他，我们可以买下来，让他放心。"

吕主任突然想起了什么，他对翻译郑佳丽说："你问问老厂长，照相设备在哪里？"

郑佳丽通过跟老厂长对话得知，照相设备在库房里。

回到旅馆，陈尔力给大家开会，让大家做好拆卸设备的准备，等楚天霖的电话一到，大家就动手干。不过，在这几天里，大家尽量减少外出，也不要跟别人说我们来的目的，特别得防着旅馆里住的中国人，他怀疑上次大孟和侯三遭到抢劫就是因为内外勾结。最后，他嘱咐侯三，别领着工人乱来，要想开洋荤，中国的边境城市夜总会就有俄罗斯姑娘，千万别在这里出什么问题。

等了两天，楚天霖没有来电话。陈尔力惦记厂里的生产，他又跟大孟来到外面的电话亭，给大杨打了电话。

大杨告诉他，自从陈尔力外出后，李书记就活跃起来，经常下车间，搞管理，找职工谈话。还听职工说，李书记要张罗贷款为职工发工资呢。

听到大杨的话，陈尔力想：这是太阳从西边出来了？后来一想不对，他告诉大杨，没有自己的话，公司里的钱一分不许动。

放下电话，陈尔力还不放心，又给财务科科长刘晋芳打了电话，问有没有货款打进来。刘晋芳告诉陈尔力，大连打进十万元。陈尔力告诉他，赶紧兑换成美元汇到俄罗斯。同时告诉刘晋芳，要是李书记动用钱绝不允许。如果有什么贷款，必须打到公司的账户上，否则不能盖章。他还告诉刘晋芳，万一顶不住，就给俄罗斯的旅店打电话。

第二天，楚天霖的电话没来，刘晋芳的电话却打了进来，说李书记逼着她一起去工行贷款，说已经和行长说好了，要给工人开工资。

“那你就去办吧，看看用途到底是什么贷款。”陈尔力说。

下午，刘晋芳又打来电话。陈尔力说：“你等等，我去电话亭给你打。”

陈尔力来到电话亭，给刘晋芳打电话。刘晋芳说：“贷款是以工人开工资的名义贷的，可是，李书记让我把十五万元汇给辽宁凌海造纸厂。”

陈尔力一听明白了，这是李书记为了从中提成。本来陈尔力想说不能汇，但考虑到下一步生产还得依靠人家供应原料，便说：“刘姐，你就按照李书记说的办吧，但其他款项一分钱也不能动。”

这几天，陈尔力在旅馆里一直等待楚天霖的电话，他觉得很闹心，万一楚天霖弄不到钱，这次对俄贸易就算泡汤了，工人三个月的工资怎么办？他一边想，一边在客房里踱步，弄得大孟也跟着闹心。陈尔力在客房里踱步，突然停了下来：“大孟，你把郑佳丽叫来，问问她普希金咖啡店在哪里?”

不一会儿，大孟和郑佳丽走进房间。

郑佳丽问：“陈经理，你要到普希金咖啡店干什么？不仅是为了喝杯咖啡吧?”

“哦，我刚才突然想起了诗人普希金与人决斗的故事，就想到去普希金咖啡店看看。同时也想到圣彼得堡要塞、彼得大帝青铜像、喀山大教堂、东宫和当地博物馆参观参观，感受一下俄国的艺术魅力。”陈尔力说。

大孟一听心想：这都什么时候了，楚天霖的筹款还没有回音，你陈尔力还有闲心去感受俄国的艺术魅力。文人哪，就是改不掉这些浪漫的毛病。

郑佳丽听了陈尔力的话，知道陈尔力这几天在为钱的事情着急，与其在旅店里着急上火，还真不如借此机会感受一下圣彼得堡的文化氛围。于是，她说：“普希金咖啡店虽然我没去过，但听说就在涅瓦大街上。圣彼得堡要塞、皇宫广场的铜像、喀山大教堂我以前都去过，说起博物馆，据我所知圣彼得堡有二百多座博物馆、四十多座艺术馆，至于你说的东宫，我以前没有注意到在哪儿，也没有听说过。”

“你连东宫都没有听说过?”

郑佳丽看着陈尔力摇摇头。

“那么,《列宁在十月》这部电影你看过吧?”

郑佳丽脸一红又摇摇头。

“在《列宁在十月》这部电影里，列宁一挥手，高喊：‘占领东宫！占领东宫！’”

郑佳丽还是摇摇头。

“那么，圣彼得堡曾有一段时间叫列宁格勒你知道吧?”

郑佳丽说：“这个我知道。”

陈尔力又说：“佳丽，我看这样，你去打听一下这几个地方在哪里。大孟，你去问问咱们来的人，有谁愿意出去逛逛。”

不一会儿，大孟回到了客房，他说：“我都问了，吕主任说逛街有啥意思，他们都不去，说在旅店等楚天霖的电话。侯三说他跟咱们一起去逛逛，看看俄罗斯美女也能一饱眼福。”

陈尔力说：“这小子，狗嘴吐不出象牙来。”

隔了一会儿，郑佳丽也来到陈尔力客房，她说：“我都问清楚了，拿着地图就能找到。这回我才知道，东宫就是艾尔米塔什博物馆，就在皇宫广场，与彼得大帝青铜像和皇宫都在一个地方。”

“既然都打听清楚了，那我们就走吧。”于是，陈尔力、大孟、郑佳丽和侯三一起走出四海旅店。

普希金咖啡店就在涅瓦大街上，离四海旅店不远，走路也不到二十分钟。

在路上，郑佳丽问陈尔力：“为什么对普希金咖啡店这么感兴趣?”

陈尔力说：“早年我就读过普希金的诗歌《自由颂》《致恰达耶夫》和《乡村》，后来又看过一本长篇小说《上尉的女儿》，深深地被普希金的才华所折服。可惜了，一个只有三十八岁的现代文学家，因为法国籍宪兵队长丹特斯亵渎了他的妻子娜塔丽娅，在与之决斗时不幸而死，我敬佩这样有血性的汉子。据说，决斗那天普希金就是在这家咖啡店喝完咖啡才去决斗的。”

侯三问：“你咋知道得那么多?”

“看书呗。”没等陈尔力回答，郑佳丽抢先说。

来到普希金咖啡店，陈尔力让郑佳丽问一下店老板，当年普薪金决斗那天坐的是哪个位置？咖啡店老板听到郑佳丽的问话后，用手往靠窗的位置一指。陈尔力、大孟、郑佳丽和侯三，就坐到了当年普希金决斗前坐过的地方，每人要了一杯加奶咖啡，听陈尔力讲述普希金的故事。

当陈尔力讲得饶有兴致时，咖啡店老板走过来说，当年普希金决斗那天，在咖啡店里要了一杯加奶咖啡，其实并没有喝，他只是望着窗外坐了一会儿，然后起身去与法国籍宪兵队长丹特斯决斗的。当时普希金虽然受了重伤，但并没有死，是在两天后离开人世的。

听到郑佳丽翻译着店老板的话，大家都唏嘘不已。

陈尔力说："也许普希金当时也在做思想斗争，可是他原本就是个斗士，连俄国沙皇都不怕，怎能怕一个宪兵队长？这就叫明知山有虎，偏向虎山行。勇也！"

"是不是俄国沙皇故意安排的圈套？"大孟问。

陈尔力说："我以前也考虑过这个问题，这是极有可能的。"

从普希金咖啡店出来，陈尔力一行四人又奔向喀山大教堂。

在参观喀山大教堂时，他们也长了不少见识。喀山大教堂在设计上有鞑靼民族元素，外形是抽象的郁金香造型，内部窗户设计都有郁金香图案。而且这个清真寺与别的清真寺不一样，它允许女人进入，只要戴上头巾便可以进入内部礼拜或游览。

连续三天，他们参观了皇宫、铜像、东宫、要塞、喀山大教堂和七个博物馆、四个艺术馆。本来还想去夏宫彼得宫看一看，但因为路途太远，再加上惦记楚天霖来电话，怕耽误了正事，所以没有再出去参观游览。

虽然陈尔力一行人已经来圣彼得堡好几天了，但一直没有领略这个城市的人文风景，几天参观下来，让他们感觉圣彼得堡像个水乡岛国，河流纵横交错，桥梁四通八达，而且古建筑群很多，真是大开眼界。

过了一个星期，楚天霖终于来了电话。旅馆老板来叫陈尔力，说是有个姓楚的来电话找他。陈尔力来到前台，拿起电话马上说："天霖，我一会儿给你打过去。"说着，挂断电话。

来到楼上，陈尔力对大孟说："赶紧跟我去电话亭，楚天霖来电话了。"

两个人下楼，在电话亭里陈尔力把电话拨了过去。

"尔力，你怎么搞得神神秘秘的？告诉你，一百万元有着落了，是我在三家投资公司给你们弄的，回报是六十万。"楚天霖说。

陈尔力说："谢谢了，六十万没问题。对了，我跟你解释一下，在旅馆接电话不方便，这里住的都是中国人，互相竞争得很厉害。”他没敢说大孟被抢的事情，怕楚天霖有顾虑，借钱的事泡了汤。

“哦，还有这样的事呀。”

“对了，天霖，我想问问派去的人怎么样？有什么不当的地方请多担待。”

楚天霖说：“我没想到，你派来的这帮工人干活真厉害，不仅生产的产品质量好，而且数量多，上个月你们的职工有三个人的工资突破了千元，这是我们印刷厂成立以来从来没有过的。”

“这三个人都是谁呀？”

“有个姓常的，有个姓郑的，还有个姓刘的。”

“那就好，那就好，还请多多关照。”陈尔力似乎有点儿激动。

放下电话，陈尔力对大孟说：“咱们去深圳的那些人中，有三个人的工资已经突破了千元。”

“千元，我的天哪，赶上我五倍多的工资了，看来我也得去深圳打工了，一年就能成为万元户。”大孟感慨地说。

回到旅馆，陈尔力召集大家开会，他说：“弟兄们，我们的资金已经解决，从明天开始，我们就拆卸机器，打包装箱。在干活期间，谁也不许晚上再出去自由活动，这几天你们个个春风满面的，别以为我不知道你们都干什么去了。侯三，你小子再敢领他们出去嘚瑟，我就把你卵子揪下来当泡踩。”

“哈哈哈……”听了陈尔力的话，大家哄堂大笑起来。

陈尔力又说：“这几天，大家都辛苦点儿，特别是拆卸的师傅们。明天大孟和翻译郑佳丽去买板材、铁线和用具，还要雇叉车、装载机和吊车什么的。大家再想想，还缺少什么？”

吕主任说：“对于拆卸的事，你就不用操心了，我明天跟孟总和翻译郑佳丽去，还需要买些工具。我想，我们还是找老厂长帮忙，他肯定熟悉这里的技术工人，可以雇他们帮忙，这样时间还能快点儿。”大家一听都很赞同。

陈尔力说：“大孟，你现在就跟翻译郑佳丽去趟印刷厂找老厂长，让他帮忙，咱们可以多给工钱。”

最后，陈尔力告诉大家，去深圳的人员，有三个人上个月工资突破千元。大家听后都很振奋。

吕主任说：“看来，咱们厂的好日子又回来了。除车间生产用人外，其他人员都可以派到深圳去，让他们挣大钱。”

大家听后，都很高兴。

下午，大孟和翻译郑佳丽从印刷厂回来，俄罗斯的老厂长说没问题，包括叉车、吊车和装载机。打包装也没问题，他可以找木工厂，只要钱到位，问题都可以解决。

第二天，大孟、吕主任和翻译郑佳丽去买用具，陈尔力带领其他人员去了印刷厂。到了那里一看，老厂长正在指挥着推土机平整厂区的道路，还在车间门前推出一片场地。

一看这场面，侯三赶紧跑到老厂长面前说：“哈拉少、哈拉少。”说着，还向老厂长竖起大拇指。

“侯三，你在哪学的俄语，跑到这儿来假装洋鬼子。”修理工李斜愣说。

“没学问真可怕，我上高中的时候学的就是俄语，不过这几年都就饭吃了，只记得‘哈拉少’‘维旦罗’‘叶特’和‘乌拉’。”

“你说的这些都是啥意思？”李斜愣问。

“说了你也不懂，还问啥！”

李斜楞看了侯三一眼，问：“姑娘、奶子、屁股怎么说？”

“尽扯，我哪会那些！”侯三说。

“Девушка（借屋湿嘎）姑娘、姑娘。”

“Грудь груди（格路七格路机）奶子、奶子。”

“Ягодицы（牙过机贼）屁股、屁股。”

大家回头一看，原来是老厂长在那儿连比画带说。大家一听都感到惊讶，没想到这个老毛子竟然能听懂中国话。

过了一会儿，翻译郑佳丽和大孟、吕主任买东西回来了。陈尔力让郑佳丽问问老厂长，他怎么能听懂中国话。通过郑佳丽和老厂长交流才知道，原来这个老厂长叫维克多，在“二战”期间曾是苏联红军的一个少尉，1945 年苏联红军进东北打日本鬼子时，维克多就在三江市，还带领战士攻占过南大营呢。后来，他接到命令去发电厂拆卸日本鬼子留下的设备运回俄罗斯……

今天老厂长看到陈尔力带人拆卸印刷机，心里挺不是滋味，想起了五十年前在三江市时的情景。那是 1945 年的初冬，他带领战士正在拆卸发电机时，没承想有一百多个中国工人来到发电厂，说这机械设备是中国人的，绝不允许拉走，后来僵持不下双方动了手，还打伤几名中国工人。后来苏联红军警备区的中方副司令来到现场，才把工人劝走。在三江市的半年里，维克多还曾经枪毙过一名强奸中国妇女的“古拉格”（集中营里的犯人士兵）。从老厂长的语气中，好像是说，世道有轮转，上帝是公平的，五十年后，中国人就来拆卸俄罗斯的设备了。

对于三江市，老厂长是有感情的，他还问了南大营、松花江大桥和造船厂，也问了杏林河、发电厂现还在不在。俄语翻译郑佳丽都一一地告诉了他。

通过几天的接触，陈尔力感觉到，老厂长对他们提出的要求都尽力满足，这不仅仅是为了卖印刷厂设备得到几个钱，也有赎罪的成分。

回到旅店后，陈尔力问大孟：“能不能找到你的朋友，弄点儿中国高度白酒?”

两天后，大孟的朋友胡二送来一箱老白干。他问大孟：“机械拆卸得怎么样了?”

大孟说：“还得十天半月的，这帮俄罗斯人干活慢悠悠的，不像中国人那么卖力气。”

“这就不错了，俄罗斯人都这么懒洋洋的。”胡二又问，“保护费和租车押金什么时候给?”

大孟说：“你把他们的户名账号都给我，我让国内汇款。”

胡二说：“汇款时最好都换算成美元，俄罗斯人都喜欢美元。”

送走胡二，陈尔力说：“大孟，我看你这个朋友也不是个省油的灯，只要他把通行证弄完，翻斗车租完，其他的事情尽量不要跟他说实话，我怀疑他跟国内和俄罗斯的黑帮都有勾结，不得不防。”

第二天，当陈尔力把一箱白酒送给老厂长时，他高兴得手舞足蹈：“Хорошо（哈拉少），Хорошо（哈拉少）。”还留陈尔力、大孟和翻译郑佳丽在家里喝了一顿酒。老厂长喝高兴了，他说：“你们在路途上会遇到很多麻烦，我都想过，我要一路把你们送到边境。”

陈尔力让翻译郑佳丽告诉他：谢谢他的好意，这么大年纪，怎么好意思麻烦他老人家。

“你说我不行？”老厂长用汉语说完，起身从隔壁拿出一支轮盘枪和两颗手雷。这是“二战”时期的老式枪支和号称绞肉机的德国手雷。

陈尔力让翻译郑佳丽告诉老厂长，没有瞧不起他的意思，只是觉得他这么大年纪，再去旅途奔波，不好意思。

可是老厂长说：“我没喝多，就是想为中国人特别是三江市做点儿什么。”

陈尔力听后很受感动，他让翻译郑佳丽告诉老厂长，多给他一千美元作为酬劳，可是老厂长坚决不要。

拆卸工作进行得很慢，所雇用的俄罗斯木工厂的人干活太磨蹭，急得大孟嘴上起了泡。可是陈尔力却说：“既来之则安之，上火也没用。”

二十天过去了，拆卸、打包、装箱才有了头绪。各种费用款项都已经汇到俄罗斯。楚天霖真有能力，不仅借来了一百万元，而且全部兑换成了美元。

十月，圣彼得堡虽然是海边城市，但已经有了冬意。那天装完机械已经是下午了，大孟一看，还有四台翻斗车空着，这样怎么能带回国内？他跟老厂长商量，能不能让当地人和中国人一起，再拆卸一些普通印刷机和切纸机，凡是钢铁铜铝等金属全要。老厂长说，这个好办，仓库里还有许多“二战”时期留下的报废机械，直接装车就行。

又打开一个仓库大门，大家一看，“嚯”，这么多的废铜烂铁。陈尔力让郑佳丽告诉老厂长，这些金属和没有拆卸的设备先不要动，将来还会来买的。老厂长听后很高兴。

后来才知道，苏联的很多机械设备，都是从德国和中国拆卸来的，有很多设备根本就没有安装使用过。这种掠夺行为，让后来清醒的苏联人都感到有罪恶感。

装完车已到半夜，陈尔力决定，连夜启程，可是俄罗斯的司机说什么也不干。没办法大家只能回旅店，准备第二天出发。

陈尔力告诉大孟，第二天走时，人分开走，到印刷厂集合。四海旅店的押金不要退，以防惊动了当地黑道，引来不必要的麻烦。

早上天刚亮，大孟就带着翻译郑佳丽拦下四辆出租车，把第一批人送走。回来后，又与陈尔力、郑佳丽、吕主任、侯三打了两辆出租车，也来到印刷厂。

下车后，陈尔力看到老厂长穿着一套“二战”时期的老式军服，知道他已经做好了准备，定要送他们到边境口岸。

按照大孟的分工，老厂长坐第一辆卡车，陈尔力与翻译郑佳丽坐第二辆卡车，大孟与李斜愣坐第三辆卡车，吕主任和侯三坐最后一辆卡车，其他人有一个人坐一辆卡车的，有两个人坐一辆卡车的。

大家都准备好便开始出发。一路上见到加油站就加油打尖，后来大孟买通了司机，开始了日夜兼程，到了非拉基米尔，陈尔力怕老厂长受不了，就在这里住了一夜。启程后又跑了很长时间，本来准备到苏兹达尔再住一夜，可是还没等到苏兹达尔，就在半路上被两个身穿制服，开着警车的警察截了下来。

老厂长一看有警察拦车，就从车上下来，这时陈尔力和翻译郑佳丽也下了车。

老厂长跟警察说：“这些设备是到中国合资的，我是涅瓦河印刷厂的厂长维克多。”

一个警察说：“没你的事儿，我们劫的是中国人。”

“你们不是警察?”老厂长问。

那个人说："什么警察，我们是黑帮。没你的事儿，赶紧离开！"

听了那个人的话，老厂长维克多知道遇到了麻烦，便去驾驶室取枪。

这时翻译郑佳丽吓得哆哆嗦嗦地告诉陈尔力："坏了，他们是假警察，是专门劫中国人的。"

"大孟那里不是有黑道通行证吗……"还没等陈尔力说完，就看到后面开过四台轿车，下来十五个人，都穿普通人的衣服，手里都拿着手枪喊道："下来，蹲下，双手抱头！"这帮俄罗斯人，来到每个驾驶室前高喊。他们确实是在劫中国人，而对俄罗斯的司机连理都不理。把中国人一个个带到了车队前面。

侯三和吕主任坐最后一台卡车，他发现车队停了赶紧下车。刚走几步，侯三发现不对，他忙把吕主任扯着趴在路旁沟里。等俄罗斯人押着中国人到前面时，他跑到车下拽出两支冲锋枪。

吕主任小声说："你要干啥？"

"会使枪不？"

"当民兵时用过这玩意儿。"

侯三递给吕主任一支冲锋枪，然后两个人猫着腰从车的另一侧往前摸。摸到前面，就听一个俄罗斯人用汉语对中国人说："都识相点儿，把钱财留下，不然打死你们。"

正在这时，老厂长一只手端轮盘枪，一只手握着手雷，高喊："都别动，不然一起完蛋。"

这时，侯三说："上！"说着，他和吕主任端着冲锋枪来到这帮劫匪的身后，把俄罗斯人也围了起来，喊道："别动，不然打死你们。"

陈尔力因为腿瘸不能打弯只能坐在地上，他一看老厂长拿着轮盘枪和手雷，又听到侯三喊："别动。"他对大孟说："你把黑帮通行证给翻译郑佳丽，让她跟这帮俄罗斯人说。"

当大孟把黑帮通行证递给郑佳丽时，她吓得都站不起来了。陈尔力一想也是，男人见到这个场面都吓掉了魂，更别说一个女人了。

陈尔力急中生智，他对着那个说汉语的俄罗斯人说："哎，你过来，这是黑帮通行证，你看看。”

那个人迟疑一下，过来把黑帮通行证拿起来看了一下，又拿给那个领头的矮胖子看。

矮胖子看了一眼，把通行证递给大孟，一挥手，那帮俄罗斯人全部上车跑了。

大家从地上站起来，一看侯三和吕主任还端着枪。“快放下，别走了火。”大孟对他们说道。

老厂长维克多对陈尔力说：“真没想到，黑帮还扮成警察。没想到，没想到。”

本来打算在苏兹达尔休息一夜，可是经历了这次抢劫，大家一商量，还是到莫斯科再说吧。

在莫斯科休息了一夜，他们找到了一家中国人开的饭馆吃了一顿饱饭。

第二天，车队出了莫斯科，这一路惊险不断，有的黑帮为了截住车队，设障碍，放倒树木，尾随跟踪，有时没见到人影，先听到“哒哒哒”的机枪声。这群劫匪，有的拿冲锋枪，有的端着轻机枪，十分强悍。有一次枪都把轮胎打爆了，驾驶室被打了几个洞。这一路全靠老厂长维克多，他手端轮盘枪，遇到劫匪就拿出黑帮通行证，遇到警察就拿钱打点一下。在俄蒙交界处，老厂长差点儿跟蒙古国的警察打起来。因为谁也不懂蒙语，谁也不让步。这时，陈尔力灵机一动，语言不通，但都认识美元，他拿出三张面值一百的美元，给了蒙古国的警察，才算放他们过去。

一路枪林弹雨，一路险象环生，一路生死与共，经过八天的颠簸劳累，终于快要到达中俄边境的满洲里了。在离满洲里不远的外贝加尔斯克市，老厂长维克多下了车，他拿起“二战”时的轮盘枪和两颗手雷，藏在了路旁的树林里。侯三也把两支冲锋枪送给了老厂长。

这一路，老厂长就像“二战”时的勇猛战士，面对黑帮和警察他毫不畏惧，宁可牺牲自己，也要保护好这些尊贵的中国客人。要是没有老厂长的护送，还真不知道会发生什么事情，也许这些人早就被乱枪穿身，客死他乡了。

分别时，大家都对老厂长依依不舍，每个人都不说话，就这样默默地望着老厂长。有的人已是热泪盈眶，他们从心底感谢这位风烛残年的质朴老人。

老厂长与每个中国人热情拥抱，一遍又一遍地说：希望老朋友再来圣彼得堡做客，愿上帝保佑你们!

在与陈尔力告别时，他说："别忘了我们的约定，我会在涅瓦河印刷厂一直等着你，希望你把剩下的金属全部运走，我还会一路护送你们。更不要忘了，再来时多给我带些中国白酒，我会在家里招待你们这些尊贵的客人。再见了，我的中国老朋友!"

"再见了，让人尊敬的维克多!"

"再见了，老厂长维克多!"郑佳丽说着，突然哭了起来。

维克多一看郑佳丽哭了，转身回来拥抱了她："别难过，我的孩子，我们还会见面的，愿上帝保佑你!"

"谢谢你，维克多！是你救了我们的命。"郑佳丽还是那么激动，抱着维克多边哭边说。

"再见，我的中国朋友!"维克多似乎也很激动，他用生硬的汉语说完，头也不回地向外贝加尔斯克市中心走去。

看到老人的背影，大家都在不停地喊：再见了，维克多！再见了，维克多!

这位七十多岁的老人，步履蹒跚地渐行渐远。大家目送老厂长走远，直到身影依稀，还不肯上车。

陈尔力在心里默默地祈祷，愿上帝保佑老厂长一路平安!

到了海关，大孟和翻译郑佳丽跑前跑后打点。对于海关，翻译郑佳丽还是很有经验的，因为以前她经常跟随外贸部门过海关检验，她知道什么时候应该贿赂俄罗斯海关人员。就这样他们仅凭老厂长开具的合资手续，硬是闯过了海关。

因为不知道什么时候能到满洲里，所以大孟在俄罗斯打电话时，只说大约十二天，看来在满洲里还得住上四五天，等待大杨带着司机把车开回去。

俄罗斯司机过海关检验后就把车开到海关停车场，然后回到圣彼得堡。

几天的劳累，陈尔力一行人来到旅店，因为紧张的神经一松弛下来，人的精神就会立即坍塌，他们在旅店睡了半天一夜。

第二天中午，陈尔力带着大家，在满洲里吃了一顿蒙古烤全羊，又在市区逛了风景。

满洲里与俄罗斯有着不解之缘，建筑风格也差不多，都是哥特式楼顶。在大街小巷随处可见说俄语的俄罗斯人和说汉语的俄罗斯人，就连马路执勤的交警，都是清一色的俄罗斯姑娘。

晚上，陈尔力和大孟没事儿就在房间里盘算这次买卖能赚多少钱。

大孟说："这次冒险也值了，用不了两年我们企业就会彻底翻身。你看，这次的买卖，十台卡玛兹翻斗车至少能卖一百三十万元，三套德国印刷设备最少能卖三百万元，废铜烂铁还能卖十万元，除去费用一百一十万元，还给投资商一百万元，分给投资商六十万元，奖励给楚天霖十万元，这样至少能剩一百六十万元。这年头，一百六十万元能干多大事儿呀！"

陈尔力想了想说："哎，天无绝人之路。这次冒险也是被逼的，要不是包装彩印公司资金困难，欠发工人三个月工资，我怎么能冒这么大的风险。这一百六十万元，回去给工人先开三个月的工资，让他们没有后顾之忧。我算了这三个月的工资，连在岗带退休工人的工资，三个月接近四十五万元，还剩一百一十五万元。这一百一十五万元先别动，作为生产流动资金和倒卖翻斗车的本钱。如果我们再冒几次险，就算每次赚五十万元，四次就能把工行的贷款还清，那时我们还有一百多万元的流动资金，再加上大连和广西药厂的产品生产，我们每个月还会有二十万元的盈余，到那时，我们的企业就算彻底翻身了。我想啊，如果职工愿意到深圳挣高工资，我们还可以组织他们去。我计算了一下，在保证目前生产的前提下，我们至少还能组织二百人去深圳寻找新的就业门路，这样不仅他们能得到高收入，也为我们企业减轻了负担。”

听到这里，大孟笑了：“尔力，听你算账，想的都是企业，这年头这样的人不多喽。你看看，想了半天，就是没有想到自己和这些差点儿搭上性命的弟兄们。”

陈尔力听后愣了一下，然后笑着说：“你咋知道我没想到呢，回去后，每人奖励一千元。”

“算了吧，使这么大劲儿才奖励一千元啊？”

“一千元还少啊，那可是五个多月的工资呢。”

大孟说：“咱先不说这些，等回去后，我马上联系外贸部门，只要给他们提点儿手续费，以后再来俄罗斯做买卖，风险就会小得多。”

“这样也对，免得手续不全担惊受怕的。”说到这里，陈尔力好像又想起了什么，便说：“光在这里做发财梦了，忘了过海关后给天霖打个电话。”

说着，陈尔力掏出移动电话，给楚天霖拨了过去：“天霖，我们回来了。”

“怎么样，还顺利吧，在什么地方呢？”显然，楚天霖正在为他们担心。

陈尔力说：“已经过了满洲里海关，在这里等待大杨领着司机来把车开回去。”

“开回去干吗，你就让大孟带着司机走大连，上了客货混载船直接到上海，然后再转船来深圳。”楚天霖说。

陈尔力说：“十台车有四台装着废旧金属，拉着这些废铜烂铁去深圳，那得多少油钱哪？不如我们先回家把废旧金属卖掉，再一起把车都开到深圳。对了，天霖，这三台德国旧印刷设备到深圳好卖吗？”

“好不好卖都得拉到深圳来，东北的印刷行业越来越萧条，放在你们那里卖给谁呀？”

陈尔力想了想，说：“就按你说的办，把设备都拉到深圳去。”

放下电话，陈尔力对大孟说：“你把侯三给我叫来。这次押运就由他负责，你直接飞去深圳。”

出去一会儿，大孟又回来了。

“侯三呢?”陈尔力问。

“都没在屋里，可能又结伴乐呵去了。”

“狗是改不了吃屎的。”陈尔力说。

第二天早上，侯三来到陈尔力的房间，问道：“陈经理，听说你找我?”

“昨晚你干什么去了？不用你瞎嘚瑟，整出事儿来你就消停了，现在是什么时候，虽然过了海关，但还没有到家呢，你就开始嘚瑟起来了。”

侯三听到陈尔力的话，笑着说：“你不是说，不让在俄罗斯那边瞎整嘛，说回到中国边境可以随便，你说话咋不算数呢?”

陈尔力一听，侯三在这里等着他呢，把脸一沉说：“就你小子是狗改不了吃屎的，没有你带头，别人敢去吗?”

侯三笑嘻嘻地说：“陈经理，这帮俄罗斯的姑娘真骚，一晚上干她三次都不行，她还要。不然，我给你找一个漂亮的，你也尝尝鲜?”

“别跟我扯犊子，你再敢领着他们在外面过夜，回去我就开除你。”

“别呀，凭啥开除我啊!”侯三看了陈尔力一眼接着说，“说真话陈经理，那俄罗斯小姑娘可嫩了，都在十七八岁，那腰条贼细，屁股贼大，奶子贼鼓，看上一眼就有想干她的冲动。”

“都是什么乱七八糟的，尽给中国人丢脸!”

“我没给中国人丢脸哪，我是带着弟兄们为国报仇呢！当年苏联红军进东北，祸害了咱们多少中国妇女，我们不报仇谁来报仇?”侯三说得理直气壮。

陈尔力没心思跟他扯淡，便说：“侯三，我交给你一项重要任务，从现在开始，我就把这十辆卡玛兹交给你，你给我看住了。还有车上的设备，少了一斤铁我拿你是问，直到你把这批物资送到深圳交给楚天霖，绝不允许出现一点儿差错，回来我奖励你。”

“你放心，陈经理，我侯三知道这批货的重要性，就算你不说，我也知道厂里的工人都眼巴巴地等着这些东西开工资呢。今天我跟你说句心里话，就算你不奖励我，我也会拼了性命把这些车和机器保护好，因为这是弟兄们用命换来的。”

陈尔力一听，别看侯三平时不三不四的挺招人烦，但这样的人讲义气，敢做敢当，到了关键时刻，真敢豁出性命。

陈尔力还不放心，嘱咐说：“侯三，我相信你，但去深圳时，一路上可能会遇到很多事情，你机灵点儿。走的路线，先到大连乘客货混装船到上海，再从上海转船去深圳……”

还没等陈尔力把话说完，侯三就打断他的话：“按你的意思，是从满洲里直接去深圳哪，不能吧，怎么也得让我回去跟媳妇亲热亲热再走吧？”

“我没说让你从满洲里直接去深圳哪，我的意思正好这几天闲着没事儿，就把去深圳的事先跟你仔细说一遍，免得回到厂里，事情一多，恐怕没时间这样嘱咐你。”陈尔力解释道。

“陈经理，就冲你刚才说的话，我侯三保证让你放心。一会儿吃完饭，我就带几个人到海关停车场看看货物，以后的事你就甭操心了，有我呢。”侯三信誓旦旦地说。

吃完饭后，侯三向大孟要点钱，大孟问：“你要钱干啥，还要接着去泡洋妞呀？”

“看你说的，你真把我侯三给看扁了。告诉你，陈经理说了，从现在开始，这些车和机器就由我全权负责，少了一斤铁都拿我试问，我不得拿点儿钱买点儿烟酒什么的打点一下看车的人哪？”

大孟看一眼陈尔力，陈尔力说：“侯三说得是，这都是我交代的。”

大孟给侯三拿钱后，他叫上几个人就出了旅店，到海关停车场查看货物和车辆。

又等了两天，大杨带着十个司机来到满洲里，他通过电话找到了陈尔力。

见到陈尔力，大杨说，国家包装印刷技术协会的陈天明打来好几次电话找你，我问什么事，他还不说。

“是吗？什么时候的事儿？”陈尔力问。

大杨说：“就是这两天，我告诉他，你去俄罗斯做贸易去了，他让你回来马上给他打电话。”

陈尔力想了半天，终于想起了陈天明的电话，虽然是老朋友，但这几年企业经济形势不好，再也没有联系过。

陈尔力用移动手机拨过去，可对方电话占线。又隔了十五分钟，电话打通了：“你好，天明，我是陈尔力。”

“哦，是尔力呀，听说你去俄罗斯做贸易了，现在你在什么地方？”陈天明问。

陈尔力说：“我在满洲里海关呢。”

“你去俄罗斯做什么贸易呀，赚钱吗？”

“还能做什么贸易，就是倒卖废铜烂铁外加卡玛兹汽车。”

陈天明一听，马上说：“你这个买卖有风险，闹不好不是被海关扣押，就是被黑帮黑了。”

“这是没办法的办法，要不是现在印刷行业不景气，几百人等着吃饭，我也不会冒这个风险哪。”陈尔力无奈地说。

“这样尔力，你以后不用再冒这么大的风险了，我这里有桩稳妥的买卖，你接着做吧！”

陈尔力一听激动地说：“什么买卖？你说。”

陈天明停顿了一下说：“是这样，俄罗斯有家最大的造纸厂一直与我们中国包装印刷技术协会有联系，他们想用木浆纸换取中国的造纸网，你用易货形式与他们进行贸易，肯定能赚大钱。”

“可是，我现在手头没有流动资金哪，还是等一段时间有钱了再说吧。”陈尔力为难地说。

陈天明一听有些急了，便说：“这桩易货贸易根本不用钱，只要你与这家造纸厂把合同签了，他们就可以用车皮把木浆纸发给你们，然后你把木浆纸卖掉，再买造纸网给他们发回去不就行了？”说到这里，他又嘱咐一句，“现在的木浆纸国内非常紧俏。”

听到陈天明的话，陈尔力高兴得差点儿跳起来，便说：“谢谢天明，谢谢天明！这回我们企业有救了。”

“你回去后，尽快处理一下手头的事马上来北京，俄罗斯的客人就在北京呢，你们抓紧把合同签了吧。”陈天明又嘱咐一句。

“你放心，回到厂里一两天后就去北京，放心吧，天明。”

看到陈尔力眉飞色舞的样子，大杨问：“又有好事了?”

陈尔力对大杨和大孟说：“唉！这回我们厂有救了，俄罗斯这家造纸厂要搞易货贸易，用木浆纸换造纸网。”

“木浆纸可是好东西，这玩意儿要的厂家很多。”大孟说。

这几年，陈尔力一直想做对外贸易，可是条件一直不成熟，可是没想到，无心插柳柳成荫，这对外贸易送上门来了，他踌躇满志，信心倍增。

陈尔力想，什么叫锦上添花？什么叫越美越添彩？人到走运时，这财路挡都挡不住，想要不发财都不行。别说三个月的工人工资，就是一年的工人工资都不在话下。这回包装彩印公司算彻底翻身了。

想到这里，陈尔力兴奋地说：“大孟，记得盘州有家造纸网厂产品质量不错，你抓紧联系一下，把铜网、不锈钢网、聚酯网、尼龙网的价格都给我问清楚。”他想了想，又说，“我初步估算了一下，我们俄罗斯造纸厂能一次发货十车皮，至少在二百万元以上，我们扣除买造纸网的钱，至少能赚七八十万元。到那时，根本用不了两年，一年就能把工行和建行的贷款还上，工人工资也不用犯愁了。”

“这老毛子太傻了，不用给一分钱就能把二百万元的木浆纸发来?”大杨有些疑问。

陈尔力一听不高兴了：“不是俄罗斯人傻，关键是咱们在印刷协会不是有熟人嘛。”

大杨听后，再也没有说什么。

陈尔力沉思了一下，告诉大家抓紧时间准备一下，吃完晚饭连夜启程，他得为去北京签合同争取时间。大杨也说，我也是这样想的，还是早点回去，现在厂里的生产任务紧张，大连和广西药厂都在催货呢。

陈尔力问：“李书记呢?”

“可别提李书记了，自从他说贷款给工人开资，结果没开，都把钱转给了辽宁造纸厂，从此再也没来上班。”大杨说。

陈尔力又问：“现在厂里谁负责呢?”

“现在厂里没人负责，听说王调度也正在张罗调转工作呢。”

“那咱们马上就回去。”陈尔力坚定地说。

正当大家准备完毕时，几个司机却说，这么大的车以前从来没开过，要是黑灯瞎火地往回开，出了事怎么办?陈尔力一考虑也是，万一出现事故后悔都来不及。就这样第二天早晨车队才启程。

车队终于开出满洲里，可是这车开得很慢，最快的速度才五十迈。陈尔力虽然心里着急，但表面上却说，慢点就慢点吧，只要安全到家就行。没想到，从满洲里到家一千三百公里，竟然起早贪黑跑了三天。

到了三江市，这十辆卡车都开进工厂院里，工人们一看弄回这么多大家伙，全厂上下都沸腾了。有人问，这些车和印刷机能卖多少钱?大孟说，反正开三个月工资用不完。

陈尔力告诉大家，吃完午饭都回家好好休息一下，可是侯三说，他不回家得在厂里看着这些货物。陈尔力告诉侯三，车和货物已经到家，你就回家跟老婆亲热去吧，养足精神，一两天就出发。

陈尔力还告诉大孟，明天赶紧到邻市的西林钢厂联系一下，抓紧把废钢铁卖掉，然后打发侯三启程。

第九章　各奔前程

从满洲里回来的第二天，工人还没上班，陈尔力就早早地来到包装彩印公司，他得准备一下去北京所需的资料。可是当他走到大门一看，发现法院的法警把大门、库房、车间都给封了。

陈尔力问：“是谁让你们封的?”

法警说：“我们也不清楚，是科长让我们来的。”

“封存也得有个法律程序吧，你们有扣押令吗?”

“不知道，反正领导让封我们就封。”

陈尔力一听，这还了得，这不是无法无天了吗？他从小门来到办公室找电话号码簿，可是气得手都哆嗦，半天都打不开抽屉。

当找到电话号码簿时，陈尔力就给法院姜院长打电话，可是电话通了就是没人接。他又给经委的郑主任打电话（从 1995 年，工业局已经合并到经委），可是家里和办公室都没人接。

陈尔力坐在那里，一想可能事情没那么简单，便拿起座机给方副市长打电话，可是方副市长也没接。

就在这时，大杨跑了进来，忙说："不好了，陈总。工人们一看不让进工厂和法警动起手来，还把封条撕了，现在已经进车间开机生产了，你说怎么办?"

"法不责众。你也不用出头露面，看看法院有什么反应。"陈尔力冷静地说。

正在说话间，经委的一个工作人员小孙给陈尔力打来电话，让他带着全体班子人员到市委常委会议室开会。陈尔力问，郑主任在不在?小孙说不在，听说也去了市委。

陈尔力问："小孙，你知道这次会议是什么内容吗?"

小孙说："陈经理，我就是一个小工作人员，具体内容我真不清楚。不过，我好像听说是企业改革的大事儿，你有个思想准备就行，可千万别说是我告诉你的。"

听到这里，陈尔力进一步证实了自己的判断，这件事没那么简单。他告诉大杨，赶紧通知李书记、大孟去市委开会。说完，陈尔力来到车间告诉工人，有理讲理不许胡来。

大杨打通了大孟的电话，可是大孟正和小车司机在去往西林钢厂的路上。大杨告诉大孟，赶紧掉头回市委开会。

大孟一听有些发蒙，去市委开会?以前从来没有过这样的事呀。

陈尔力和大杨从厂里走出来，发现法警又把大门贴上了封条。陈尔力看了一眼没吱声，跟大杨去市委开会。

路上，陈尔力通过大杨才知道，因为干部交流，书记、市长都已经换了，新来的市委书记叫杜志，新来的市长叫吴庸。陈尔力没想到，自己才出门一个多月市里就发生了这么大的变化。

来到市委常委会议室，陈尔力发现纸业公司、锻压机床公司、水力发电站、电机厂、煤机厂、电缆厂的班子领导都一脸严肃地坐在那里，谁也不说话。在座的还有工商银行、建设银行、农业银行、中国银行和人民银行的行长。

陈尔力踅摸一圈，发现李书记也来了，他看了陈尔力一眼，然后把头转向别处。

大约等了四十分钟，杜书记、吴市长、姜院长和经委的郑主任一起走了进来。杜书记看了一眼大家，问："都到齐了吗？"

郑主任看了一圈说："基本到齐了。"

"啥叫基本到齐，到齐了就是到齐了，没到齐就是没到齐。不管了，吴市长，咱们开会。"杜志严肃地说。

吴市长咳嗽两声说："大家都静一静，现在嘛我们开始开会。为了进一步深化我市的经济体制改革，市委、市政府决定，纸业公司、电机有限公司、包装彩印公司、锻压机床公司、煤机厂、电缆厂、水利发电站全部实施倒闭（因为当时还没有破产一词），实行市场化管理，下一步要进行买断经营，所卖企业的款项，除还清银行贷款外，全部上缴市财政……"

宣布完这个决定后，又宣布一个人员调动决定：经市委研究决定……丰润包装彩印有限公司的李继财（李书记）任卫生局党委副书记，杨志兵（大杨）任水利局工程科科长，孟凡臣（大孟）任经委工业科科长，陈尔力留守包装彩印有限公司处理善后事宜稳定职工队伍……

纸业公司、电机厂、锻压机床公司、煤机厂、电缆厂、水力发电站领导班子成员都有所安排。

两个决定宣读完毕后，杜书记正要开始讲话。水力发电站的于站长突然站起来："杜书记、吴市长，我想问问，我们水力发电站是盈利企业，现在也不欠银行一分钱，为什么让我们倒闭？"

杜书记说："我了解你们企业，一个发电站连五十人都用不上，你们竟然养着三百多人，这样的企业不改革行吗？"

"改革就得卖掉吗，就得让工人全部下岗吗，难道你们把下岗指标作为政治任务吗？"

"改革就是要不怕阵痛，就是要速度再快一点儿，步子再大一点儿嘛。"杜书记说。

于站长说："什么阵痛，什么速度快一点儿，什么步子大一点儿，说白了就是为了你们所谓的政绩和不可告人的猫儿腻，根本不顾工人的死活。”于站长说完，站起来就走。因为他在几天前就听说杜书记有个亲戚要买水力发电站的传闻，当时他还不信，果然今天应验了。

于站长走后，陈尔力站了起来，他说：“我是包装彩印有限公司的陈尔力……”

“坐下说，坐下说，站着也是那么回事儿，都一般高。”杜书记打断了他的话。

陈尔力没在乎杜书记的讽刺，现在工人都要没饭吃了，还在乎他什么书记、市长的，他仍然站着说：“我想问问姜院长，凭什么把我们厂的大门、仓库和车间给封了？你连个法律文书都没有，连个正当理由都没有，这么随随便便就给封了？是谁给你的权力？你代表的是人民还是小集团利益？”

“这，这……”姜院长看了一眼书记、市长，可是杜书记和吴市长都没有吱声，“这，这，是这样，你们包装彩印公司不是欠工行贷款嘛，所以我才封的。”他终于找到了理由。

“那么，工行起诉了吗，有申请执行函吗？拿来我看看。”陈尔力说到这里，一看姜院长不出声，他转头问工行行长，“那行长，你别低头，我问你，你向法院起诉我们了吗，你向法院申请执行了吗？”听了陈尔力的话，那行长仍然保持沉默。

陈尔力说：“看来你们没有任何法律依据，是吧？那我就要问问姜院长了，难道你不知道这是在知法犯法吗？”停了一下，他又说，“这是第一个问题。第二个问题，我就要问问经委的郑主任了，我们企业刚刚起死回生，现在大连外贸和广西制药都与我们签了大批购货合同，按照现在的生产形势，每月至少纯盈利十万元以上，再加上我们与俄罗斯做贸易，用不了两年就会还清工行的二百多万元贷款，难道这样的企业能说它要倒闭吗？我不知道你们所说的倒闭是什么概念？”

“这不是经委决定的，是市里研究决定的，再说，我听说你们企业已经三个月没发工资了。”郑主任终于找到了借口。

陈尔力说：“这正是我要说的第三个问题。即使是职工三个月没开工资，但你们决定企业倒闭时，应该按照 1994 年中华人民共和国劳动部《关于违反和解除劳动合同的经济补偿办法》和《劳动合同法》的有关规定，在企业倒闭时，必须首先偿还企业所欠的职工工资，还必须另外支付一个月到十二个月的工资。姜院长，别人都是法盲，可以为所欲为，不按照法律行事，你可是执法者，你不会说你不懂法吧？”

陈尔力继续说：“我还想问问杜书记、吴市长，党中央一而再、再而三地强调保稳定是当前的头等大事，可是刚才听了市委、市政府的决定，企业买断后除还清银行贷款外全部收回市财政。那么，企业所欠的在岗和退休人员工资就没人管了？难道这就是我们市认真贯彻中央保稳定精神的做法？”

“陈尔力，这些问题一会儿我们单独谈，我会给你一个合理的解释。”杜书记一看，如果再让陈尔力说下去，这个会议就白开了。

本来，电机厂、电缆厂也是盈利企业，只是在流动资金上有些贷款，更不应当倒闭。可是市委把这两个厂长一个安排到建设局、一个安排到工商局当局长，所以他们被堵住了嘴，什么也不说。

陈尔力还发现，这么一个重要会议，主管工业的方副市长竟然没有参加。

会后，杜书记把经委郑主任和陈尔力叫到自己的办公室。杜书记说：“陈经理，我一到三江市就听说你是改革的风云人物、省级劳模，没想到啊，你现在却成了改革的阻挠者。本来想，在你们企业被买断后，以你的才能和与职工的感情肯定能稳住这些工人，然后再把你安排到水利局当书记。可是你这么一闹，我就不好说话了。”

“是呀，是呀，杜书记是个难得的好领导，肯定会重视你这个人才的。”郑主任赶紧拍马屁。

陈尔力说：“先别给我戴高帽，我不是什么人才。再者说，市委、市政府把盈利企业卖掉是不明智的选择。企业卖给个人，就等于职工全部下岗，然后由新的私营企业再挑选一少部分工人再就业，而把大部分职工全部推向社会，那么就会增加许多不安定因素，希望市委、市政府领导三思。”

“我说陈经理，你不能这么说，国企卖掉是大势所趋，职工下岗全国都一样。如果说以职工的下岗来换取私营企业的生机和活力，我认为是值得的。”杜书记说。

听了杜书记的话，陈尔力笑了笑说：“要说私营企业都能焕发生机，我看未必。有些投机者，就是利用改革之机赚取了血腥的第一桶金，他们的套路就是通过各种关系，利用不正当的手段把企业先买下来，然后虚张声势，再拿企业的固定资产向银行大量贷款，套取两到三倍国家银行资金，然后扔下一堆破烂摊子走人。”

听到这里，杜书记很不高兴地说：“不要危言耸听好不好？”

“这是危言耸听吗？这是南方五年前就玩过的套路。”

“告诉你陈尔力，不管你是怎么想的，你们企业职工你必须给我稳定住，不能闹事，不然我处分你。”杜志严肃地说。

“一个落配的经理，连职工的起码利益都维护不了，谁还会听我的？不过，杜书记，还是希望市委、市政府慎重考虑包装彩印有限公司的倒闭问题。”陈尔力恳求道。

“陈尔力，你已经不是包装彩印有限公司的经理了，以后这些事你就不要管了，企业倒不倒闭、职工下不下岗都跟你没关系，那是市委、市政府的事。”

陈尔力平静地说：“即使我已经不是企业经理，但我还是党员干部吧，看着职工没饭吃，我能不管吗？杜书记，包装彩印有限公司现在生产势头正盛，如果就这样轻易被卖掉，那是在犯罪呀！”

“你是市委书记还是我是市委书记，用不着你来指手画脚！”杜书记显然很生气。

陈尔力更倔：“那好，既然三江市没有说理的地方，那么我就要到上级找个说理的地方。”

“你敢！”

“我就敢一个给你看看。”说完，陈尔力一瘸一拐地走出市委书记办公室。经委郑主任也跟了出来。

从市委出来，郑主任说：“尔力，你咋那么死心眼儿呢，为了维护工人的利益跟领导顶着干，可是谁来维护你的利益呀？别再不识时务了，最后弄个鸡飞蛋打。”

“我要识时务就得跟他们同流合污，就得血腥地欺压民众，就得大肆侵吞国有资产，我是共产党员，不能昧着良心办事。至于鸡飞蛋打又能怎么样？假如我不是什么厂长、经理，今天不也得跟工人一样下岗？”陈尔力又来了犟劲儿。

“我说你咋油盐不进呢，得罪领导会有你好果子吃吗？”郑主任劝道。

陈尔力气愤地说：“我还不信了，天下就没有个说理的地方！”

回到家里，陈尔力越想越犯愁，企业倒闭这帮工人怎么办？退休工人工资怎么办？大连外贸和广西制药的购销合同怎么办？最关键的是欠楚天霖的一百万元怎么办？这不是坑人吗？

陈尔力越想越郁闷，就这样静静地坐在那里。林云裳叫他吃晚饭，可是他吃不下，拿起笔墨在宣纸上写了一幅大字：“难酬蹈海亦英雄”。

其实，陈尔力写的这幅字，是来自周总理在1919年写的一首诗：“大江歌罢掉头东，邃密群科济世穷。面壁十年图破壁，难酬蹈海亦英雄。”以表达周恩来反帝反封建的坚强决心。由此可见陈尔力是在借诗言志。

写完这幅字，陈尔力想找人喝酒，他给李书记、大杨和大孟分别打电话，大有吃散伙饭的意味。可是李书记说，家中有事不能来。陈尔力一听，这是李书记怕沾上腥，对自己今后前途不利。他又给李占祥打了个电话，李占祥正在吃晚饭，一听陈尔力叫他，立马问去哪个饭店。陈尔力告诉他去姐妹狗肉馆。

不一会儿，大杨、大孟和李占祥都到了。一进屋李占祥就说：“咱们厂的事我今天才听说，这也太突然了！”

因为酒馆里人很多，陈尔力什么也不想说。大杨和大孟一看陈尔力不说话，知道他有顾虑，所以四个人谁也不说话，都在那里喝着闷酒。大杨和大孟一个劲儿地跟陈尔力碰杯，彼此心照不宣，但都不敢看对方。可是喝着喝着，陈尔力、大杨、大孟都不由自主地流下眼泪。

李占祥一看，说："咱们不在这里喝了，再换个地方喝。"

走出狗肉馆，李占祥把他们领到了一个肉串店。李占祥一问，这里有单间，几个人就进了肉串店。

临进屋时，大孟小声问陈尔力，这次去俄罗斯还剩一千一百美元和五百元人民币，问他怎么处理？

陈尔力说："先放你那儿，留着急用。"

坐在单间里，李占祥说："看得出，今天喝的是散伙酒，但也用不着喝得这么沉闷吧，有什么了不起的，哥儿们一场，有啥话别憋在心里，痛快地说出来。"

烤肉串上来后，李占祥又让服务员上了两瓶北大荒白酒。

一瓶酒下肚后，陈尔力说："我看大家都不说话，那我就先说说心里话。这些年来，印刷厂从辉煌到低谷，又从低谷走向起死回生，兄弟们跟我一路打拼从无怨言，我觉得最对不起的就是在座的三位，没有给你们特殊照顾。还有，我也对不起我们厂的职工，还欠他们三个月的工资没开呢，让我心里非常难受。不多说了，在这里我给大家赔罪了！"说着，就把二两白酒干掉。

大杨、大孟和李占祥也干了。

大孟说："你也用不着自责，正因为我们了解你，才愿意跟你这样拼命干。大杨、占祥你们都不知道呀，这次去俄罗斯我们差点儿把命丢了。刚开始，我和侯三在圣彼得堡的四海旅店被黑帮抢劫，后来我们在苏兹达尔被冒充警察的黑帮劫持，用枪顶着脑袋，那场面比电影里还要惊险。走出莫斯科，这一路下来，到处是劫匪和警察，枪声不断，把车轮胎都打爆了。我们为的是啥，就是为了让职工能开出工资，就是为了让印刷厂能够恢复元气。"说到这里，大孟有些哽咽，"没承想，忙前忙后，出生入死，弄回的四百多万元的货物，却被法院给封在厂子里。还有从楚天霖那里借来的一百万元，怎么跟人家交代呀！"

"咋回事儿，你们还去俄罗斯冒险了，啥时候的事儿？"李占祥不知道是咋回事儿。

大孟就把去俄罗斯的前前后后经过跟李占祥说了一遍，还把去盘州讨要货款的事也学了一遍。

李占祥听后说：“这也太传奇了，都够写一部惊险小说了。”

大杨说：“工人们一听说常虹他们在深圳一个月挣一千元工资，情绪高涨，都想报名去深圳。这下全完了，楚天霖借的一百万元还不上，我看去深圳打工也算是彻底泡了汤。”

“什么，常虹他们在深圳一个月挣一千元，干什么工作一个月能挣一千元哪?”李占祥惊讶地问。

“还能干什么工作，上机器搞印刷呗。”大孟解释道。

“唉!”陈尔力深深地叹了一口气说，“工人三个月没开工资，楚天霖的一百万元借款还不上，我都不知道怎么跟他们交代了。”

大孟说：“依我看，楚天霖借款的事，你不能告诉他，我看这件事再拖一拖。你尽量跟市里说明，去俄罗斯搞贸易的钱是临时跟朋友借的，一定要把这笔欠款还上。”

“哪有那么容易呀，你没看杜书记那个态度。要想说理只能向省里和中央反映，也许还有希望。”陈尔力似乎在自言自语。

这顿酒喝的，虽然换了一个饭店，但还是心里堵得慌。

结完账，李占祥、大杨和大孟三人，一直把陈尔力送回家。

已是午夜时分，可是陈尔力还是睡不着，他坐在客厅的台灯下，把前后的事情都想了一遍，最后决定向上级写反映信，这是唯一的救命稻草。

想到这里，陈尔力拿出稿纸开始写信，准备如实地向省里和中央反映三江市的情况。他沉思了一下，主要应当反映的有三个问题：一是在企业正常生产情况下，三江市强制决定倒闭，并暗箱操作将企业卖掉，其背后目的是官商勾结的利益链，是在侵吞国有资产和工人们的血汗钱，这严重违反了中央精神和法律规定；二是三江市不顾中央精神，在没有任何安置措施的前提下，以企业倒闭为由，强行将职工推向社会破坏稳定团结的大局；三是三江市法院在没有任何法律依据的前提下，强行扣押查封正在生产的丰润包装彩印有限公司的合法财产，这是在巧取豪夺。

陈尔力边思考边写反映资料，从半夜一直写到第二天中午。初稿完成后他才松了一口气，准备吃完午饭后休息一会儿，下午修改补充再抄写一遍投送出去。

刚吃完午饭，包装彩印有限公司的吕主任就打来电话，他说退休老工人听说了企业倒闭的消息，都来到工厂，还把法院的封条给撕了，后来公安局的警察来了，可还无济于事，你快来看看吧！

陈尔力一听，赶紧坐着出租三轮来到包装彩印有限公司，一看门前有四五百工人，把警察给围了起来。有的还拿着工具要跟警察拼命。他一看这还了得，如果闹下去一定会出大事。

来到厂里，陈尔力大声说："各位，听我说，大家不要冲动，有理讲理，不能动粗，大家必须保持冷静……"

还没等陈尔力说完，就听有人问："他们法院凭什么封我们厂，市委、市政府凭什么让我们企业倒闭？这帮官僚，他们不给我们活路，我们就跟他们拼了，明天就去市委把他们的办公室砸了。"

陈尔力一看，说话的是老翟头，便说："翟师傅，你消消气。他们违法，咱们不能违法，这件事我正在跟经委和市委协调呢，会给大家一个答复的。大家都回去吧！"

这时，法院的范副院长走过来，问陈尔力这件事怎么办？陈尔力没好气地说："怎么办，凉拌！如果你们在这里跟工人较劲儿，他们可是光脚不怕穿鞋的，你能把他们怎么样，拘留？你们本身就违法了，还能再违法吗？"

范副院长说："我们也是没办法，只能执行上面的命令。要不然这样，我把人都撤了，等明天闹事工人不在时，我们再把封条贴上。"

"那就是你们法院自己的事了，问我没用。"陈尔力冷冷地说。

法警和警察撤退后，工人们一片欢呼。

陈尔力说："都欢呼啥，你们以为胜利了？我再告诉大家，表达诉求要用合理的方式，如果大家都这样随便胡闹，那不成苏联了，老百姓能有安稳的日子吗？我跟大家说，现在的俄罗斯大白天的就有人明抢，不信你去问问侯三。"

有人喊："侯三，侯三，有这么回事儿吗？"

"今天没看见侯三。"有人说。

陈尔力接着又说："如果中国像苏联那么乱，最后遭殃的还是我们老百姓，所以我劝大家，赶紧都回去，听从上级的处理结果。"

听到陈尔力的话，大家渐渐散去，但还有一些老工人聚在大门前，大骂市委、市政府。

陈尔力没有进工厂，但他听到了车间工人还在生产，心里挺不是滋味的。心想，这帮工人真朴实，还对工厂抱有幻想，希望自己的企业能够好起来。

走到家里，陈尔力睡意全无，他又拿起反映信把刚才在工厂大门外看到的情景和车间里正在生产的情况都加在了里面。

写完后，陈尔力又抄写了两份，分别装在两个信封里。看着这两封沉甸甸的信，他好像完成了一项为企业请命、为职工请愿的重要任务。他躺在沙发上，迷迷糊糊地睡了过去。

林云裳傍晚下班回来，一看陈尔力蜷缩在沙发上，没有惊动他，而是为他悄悄盖上了毛毯。

第二天，陈尔力把两封信邮走后，就往家里走。当他来到一楼单元门前时，发现范副院长在那里等他。一看到陈尔力，范副院长忙上前说："陈经理，今早法警去你们厂贴封条，发现院子里的车没了好几台。"

"什么，院子里的车怎么会没有了，少了几台？"陈尔力听后顿时冒了汗，便说，"还不赶紧去看看？"说着就坐着法院的车来到包装彩印有限公司。

走到大门前，陈尔力一看有几个工人在门口站着，便问："这是谁干的，你们谁知道？"

大家都说不知道。陈尔力真的急了，问道："昨天门卫谁值班？"

有人说是小魏子。陈尔力一听急眼了，喊道："赶紧把小魏子给我找来。"说着，他紧走几步，从小门来到院子里，一看还有四辆车停放在那里。

陈尔力一琢磨，这件事有些蹊跷，原来丢失的六辆车，全部是装有印刷设备的，不知道底细的人，谁会专偷有设备的车？想到这里，他又到车间走了一圈，几乎问遍了所有人也没有发现任何线索。

不一会儿，门卫小魏子来到厂里，陈尔力劈头盖脸地问道："小魏子，昨晚是谁把车偷走了？"

小魏子说："不知道啊！"

"不知道，你是干啥吃的？"

"昨晚是我值班，可是半夜家里来人找我，说我媳妇得阑尾炎住院了，我急急忙忙跑到医院，昨晚就做了手术。不信，你可以到医院问问。"

听了小魏子的话，陈尔力看看范副院长，范副院长也看看陈尔力。陈尔力说："你看我干啥，还不派人到医院问问。"

自从陈尔力发现丢了六台卡玛兹，反而安稳了许多。哪有这么蹊跷的事，这些车都盖着苫布，怎么专偷有设备的车。再说，这个大家伙，不是一般司机就能开走的。

中午回到家里，陈尔力给大孟打了电话，问他知不知道车被弄到哪去了。大孟一听，说："不知道呀，听你的语气好像我把车偷走了似的。"

于是陈尔力就把今天上午发生的事跟大孟说了一遍。大孟听后笑了，他说这件事肯定是侯三干的。因为昨天上午，侯三去找大孟要钱，说陈尔力让他来的。结果，大孟就把美元和人民币都给了他。

陈尔力听后，有些放心了。他告诉大孟，不要对任何人说起这件事。

后来，陈尔力听说公安局也出动了，开车一直追到长春，结果也没有发现卡玛兹的踪影。

这几天，陈尔力一直在为侯三担心。一晃七天过去了，侯三一点儿消息都没有。十天过去了，还是没有侯三的消息。陈尔力本想给楚天霖打电话，可他怕万一侯三带着六台车玩失踪，那就更对不起楚天霖了。

在此期间，公安局来找陈尔力了解车辆失踪的经过，从言语中好像怀疑是陈尔力设的局。陈尔力说，你们公安局和法院愿意怎么想就怎么想吧。

过了二十天，楚天霖给陈尔力打电话，说侯三带着车和设备安全到达，请他放心。

后来才知道，侯三那天在临近市建筑工地，通过朋友雇来六个开翻斗的司机。本来他想趁着深夜把门卫骗走，把车开跑。可是在他早晨招待司机吃饭时，正好遇到了老翟头，侯三对他说："还有心在这里吃饭呢，咱们厂大门都被法院封了，以后你就别想再开退休工资了，还不组织一些退休工人把封条给它撕掉。"

"真的吗？"

"不信你们去看看。"

就这样，老翟头组织了一些退休工人到了包装彩印有限公司，不仅把封条撕掉，还跟法警发生了冲突，结果来了一帮警察。在岗工人一看，警察围攻退休老工人，都拿着工具出来跟警察对峙，差点儿打了起来。

当天半夜，侯三带着开翻斗的司机来到厂里，一看门卫里没人，他就从窗户爬进去，把钥匙拿出来打开大门，然后把锁头扔到水沟里。侯三指挥六个司机，把车开到与省城相反的方向隐藏起来，在那里住了五天，然后绕道把车开到大连，再由大连乘客货混装船来到上海，由上海开往深圳。

那年代不像现在到处都是监控，公安局为了破案，只能监听陈尔力家里和办公室的电话，可是没有监控到陈尔力不为人知的移动电话。

自从那次退休工人闹事后，市公安局就开始介入包装彩印有限公司，从此工人再也不允许进车间生产。

宣布包装彩印有限公司倒闭不到两个月，工厂就卖给了一个叫卢清波的人。听说这个人在省城很吃得开，有后台，有靠山。卢清波来到三江市后，花了八十七万元买下了包装彩印有限公司。

买下包装彩印有限公司后，卢清波又给市政府打报告，要求扩大经营规模，还承诺将来扩建厂房后，所有包装彩印有限公司的下岗职工全部安排再就业，而且是高薪。同时，他拿着与澳大利亚签订的十年合同，到处宣传说，人家澳大利亚为了环保，不允许开办造纸业和印刷业，这样就需要大量进口包装箱和商标。因为工人在印刷行业混了多年，都知道澳大利亚确实没有造纸业和印刷业，所以对卢清波的话深信不疑。因此在企业买断时，也没有引起太大的波动。

这个卢清波真是有能力，在厂区后面又平整了很大一片土地，挖地槽，打地基，干得红红火火。由于市委书记的特殊关照，各大银行纷纷提供贷款，扩大印刷厂的经营规模。在扩建厂房同时，也少量生产包装箱和印刷品。据卢清波讲，他本来不想接这些小活儿，可是朋友找上门来不得不做，赚钱赔钱都无所谓。

侯三把卡玛兹开到深圳后，被楚天霖以每台十四万元的价格卖掉，共计卖了八十四万元。三套印刷老旧设备因为急于出手，卖了一百七十万元。除还给三家投资公司连本带利一百六十万元外，加上运输和侯三的费用两万元，楚天霖给陈尔力的贸易公司汇去九十二万元。

在汇款的那天，楚天霖对陈尔力说，这笔钱最好现在别动用，将来你的去向不明，实在不行就别干了，来深圳做买卖吧。可是陈尔力却说，这是兄弟们用命换来的工资钱，如果被我一人独占，一辈子都得做噩梦。

收到汇款后，陈尔力去了财务科科长刘晋芳家，他问："刘姐，企业工资表你那里有吗？"

刘晋芳说："企业的全部账款都被经委搬走了，我这里只有一份劳资表。"

"那就麻烦你，给在岗和退休工人做四个月工资表。"

"你要干吗？"

"我想给大家开四个月工资。"

"尔力，不是我说你，这都什么时候了，你还想着给工人补发工资？就算你给工人开十个月工资又能怎么样？"刘晋芳又愤愤地说，

“你看那个姓卢的八十七万元就把咱们企业买断了，可是咱们厂就算砸成废铁也能卖到二百万元呀，难道你看不出来吗？别人在上下勾结侵吞国家财产，可你还想方设法地往里贴钱，不知道你是疯了还是有病!”

听了刘晋芳的话，陈尔力笑着说：“别人是别人，我是我，就麻烦你给做一下工资表吧。”

“你以为你是谁呀，现在包装彩印有限公司已经倒闭，你什么都不是，知道不?”刘晋芳气愤地说。

“即使现在不是厂长、经理了，可我还是共产党员吧，是党员就应当为下岗工人着想，为社会分忧。”

刘晋芳一听，更生气了，说道：“我不管，我下岗了，你管不着我。”

陈尔力的热心被刘晋芳给怼了回来，他自知没趣，一瘸一拐地往家走。

可是第二天，刘晋芳还是把四个月的工资表给他送了过来。他合计一下，全厂工人的四个月工资七十五万元，还剩十七万元。这十七万元，他要奖励给侯三七万元，奖励大孟五万元，剩下作为留守职工的费用。

这时所说的留守，其实办公地点就在门卫。那天给工人开工资，他心血来潮，又写了一幅“难酬蹈海亦英雄”的大字，贴到了门卫室的墙上。

开工资那天，大家互相通知，有的是本人来开的，有的是家属来开的，有的是打电话委托工友来开的，拖拖拉拉，工资竟然开了一天半时间。

开工资后的第二天，侯三回来了。陈尔力叫上大孟招待这位功臣。当陈尔力拿出十二万元分给他们时，侯三说啥也不要那么多。他说，在深圳楚天霖给了他一部分费用，现在还没用完呢。经过陈尔力的劝说，最后侯三只同意拿五万元。他说，这五万元要买个楼房，让老婆、孩子享受享受，也算没白为厂里卖命。

陈尔力说："我劝你，过几天还是回深圳吧，让楚天霖给你安排个工作，再跟着我恐怕是没好果子吃了。"

侯三笑了笑说："无所谓，通过这次的事情我算活明白了，人哪，还得干点儿人事儿，特别有成就感。"

陈尔力的反映信邮出三个月后，终于有了回音。经委郑主任打电话找陈尔力，他说："陈尔力，你的两封上访信都被转回到市里，上级批示由地方处理，并把结果上报省里。可是，杜书记和吴市长看了你的上访信后非常生气，责成我来跟你谈谈，你能不能到经委来一趟？"

陈尔力说："责成你谈，那就免了吧，我腿脚不便，还是别谈了。"

"别，我派车去接你。"

"还是别来了，我忙着呢。"说完，陈尔力挂断电话。

第二天，陈尔力又接到经委郑主任的电话，他说："杜书记要跟你谈谈，我派车去接你。"

一听杜志要找自己谈话，陈尔力觉得应当去，因为他有好多话要说。来到市委，秘书让他坐在办公室里等着，因为书记要接见的人排成了一大溜儿。

秘书的办公室与杜书记的办公室正好对门，陈尔力坐在那里就像看戏一样。一会儿从书记办公室出来一个局长，笑容满面地说，杜书记你忙着，你忙着。那摇头晃脑的样子，简直像个哈巴狗。一会儿从书记办公室出来个私营老板，夹着包昂首挺胸地走出来。杜书记一脸恭敬地出来相送，说，您慢走，下次再来。一看就知道，这是给杜书记送大礼的，让书记无比感动。一会儿从书记办公室出来一个满脸涨红的党委书记，这肯定是被杜书记给训了。一会儿走进去一个拎包的副局长，出来两手空空春风满面，这肯定是为了提拔送礼的。一会儿又进去一位开发商，接着就听到里面有说有笑，简直跟亲兄弟一般。陈尔力想，市委书记的办公室门前，简直就是大千世界，气象万千。

杜书记接见得差不多了，秘书才让陈尔力进去。陈尔力敲门进去后，一看杜书记头都没抬，在那里批阅文件呢。从他对待陈尔力的态度上看，杜书记很生气，后果很严重。陈尔力想，打心理战哪，这招儿都是我在商场上玩剩下的。陈尔力就这样站着，一声不吭。等杜书记批阅完两份文件后，说："陈尔力，你小子长能耐了，胆敢越级诬告。"

"怎么能说我诬告呢，我是在如实地向上级反映问题，如果我说的不是事实，那才叫诬告呢，可是你看我写的那些，哪一条不是事实？"陈尔力不甘示弱。

"听说你够牛的，经委主任找你谈话都不行，你想找国家主席谈哪！"杜书记生气地说。

陈尔力说："我们是一个民主制度的国家，一个公民找国家主席谈话也未尝不可。"

"狡辩。"

陈尔力说："我哪敢跟市委书记狡辩，我说的是事实。"

"你先坐下吧。"杜书记态度有些缓和。

"我还是站着吧，站着和坐着一般高。还是别弄脏了你的沙发。"

"我问你陈尔力，你到底想干什么？"

"杜书记，我没想干什么，只是想解决一个正常生产的企业不应下令倒闭的问题，解决职工下岗安置和所欠的工资问题，解决国有资产被利益集团互相勾结侵吞的问题。"

"无稽之谈。我说过多少遍了，企业改革是大势所趋，人心所向。安置职工再就业的问题，卢清波已经答应，所有职工全部上岗，而且高薪。你说的利益集团互相勾结侵吞国有资产，谁是利益集团，谁侵吞了国有资产，说话没证据等于诬告，是要负法律责任的。"杜书记厉声说道。

陈尔力听后笑着说："那我就给你一一剖析。第一个问题，按照经济学角度，倒闭是指企业资不抵债，无法经营，在国外叫破产。包装彩印公司是资不抵债吗？一套最先进的德国'海德堡'印刷设备，目前市场价就三百多万元，而且我们企业这样的设备就有两套。第二个问题，我们企业被买断后，新的私营企业主拉大旗作虎皮，大量贷款，说是扩大生产规模，可是平完场地，打完地基，就没了下文，所承诺的安排下岗再就业，直到现在为止，只雇用了十几名工人在那里应付，根本就没有大量生产。再者，据听说这个私企老板，整天拿着澳大利亚的合同到处招摇，行内人都清楚，就澳大利亚的那点儿包装箱和印刷品，根本不用扩大生产规模，都填不饱我们现有设备的胃口，可是为什么不生产？那份合同到底是真是假？还有，现在所谓的扩大经营已经骗走了多少国家贷款，难道你不清楚？第三个问题，我们企业固定资产按照现在市场价评估，至少在一千三百万元以上。有人计算过，不用说一套设备三百万元，就算地上地下的设备全部砸成废铁，也能买到二百万元，而这样的企业，却以八十七万元卖给了个人，难道这不是利益集团互相勾结侵吞国有资产？”

杜志一看陈尔力这个又矮又瘸的家伙真难对付，我必须给他点儿颜色看看，于是说：“以后的留守工作你也别干了，企业改革的事从此与你没有任何关系。你要是识相，我让他们把你的工作关系调到市财政局，要是不识相也同你们工人一起下岗。”

陈尔力一听笑了，问道：“上次企业改革会议上宣布的组织调动是正式文件吧，是集体研究决定的吧？”

“是呀，怎么了？”

“那么，在会议上宣布我是留守，你一个人没权力更改。”

“你就别管什么决定不决定的，我说停止你一切工作，就是停止一切工作。你想怎么样吧？”

听了杜志的话，陈尔力说：“即使你停止我一切工作，可是我还是一个共产党员，既然是共产党员，就有权利和义务向上级如实反映情况，就有权利和义务为企业请命、为职工请愿，就有权利和义务抵制上下勾结、贪污腐败、侵吞国有资产。”

“告诉你陈尔力，在三江市就是我杜志的天下，你能怎么着吧！”

陈尔力一听，蔑视地看了他一眼，然后用手杖上指指天，下指指地，转身走了。

“你给我回来，你竟敢骂我不知天高地厚？”杜志暴跳如雷。

陈尔力没有理他，开门走了出去。

陈尔力回到家后，又重新写了一份反映信，洋洋万言，有理有据。他要揭露这个无所作为、内外勾结、贪污腐败分子的嘴脸。

从市委杜书记办公室回来的第二天，陈尔力到贸易公司取了点儿钱，直接奔往省城信访办反映情况。到了省城信访部门，工作人员热情地接待了他，也收下了他反映的情况材料。

隔了一天，陈尔力来到省信访办提出要见省长。工作人员告诉他，省长很忙，我们会替你转达的，你先等等。陈尔力心想，就算见不到省长，能见到主管工业的副省长也行啊。他把要反映的情况在心里提炼一下，准备见到省长、副省长时说得有理有据。

在省里等待省长接待时，陈尔力突然想到了大孟。他打电话问大孟，你舅爷在省里当什么官，能否引荐一下，向他反映一些情况？可是大孟说，他舅爷去年已经退休了。陈尔力一听，心里凉了半截。

当晚在旅馆里，陈尔力正琢磨怎么才能见到省领导时，没承想，被三江市派来的信访工作人员连夜押上了车，经过一夜的旅途奔波，终于回到了三江市。

陈尔力想，回到家里一会儿洗个热水澡，然后好好睡一觉，可是没想到却被直接押送到了看守所。

拘留期满的那天，侯三、大孟和李占祥都来看守所接他。

警察按照登记，把手表、腰带、鞋带、移动电话、钱包都还给了他，只是说二人夺手杖属于凶器不能给。可惜了那个行走天下、震慑盘州黑社会的二人夺手杖被没收了。

走出看守所，陈尔力说："大孟、占祥、侯三，你们都回去吧，我还有点儿事要办。"

三个人一看陈尔力的表情，知道他要找杜志算账，说什么也不让他走，硬把他拉到了浴池。等洗完澡他们又去了饭馆。

吃饭的时候，侯三说："陈经理你知道不，前天咱们厂又出大事了，那个卢清波把两套最先进的德国'海德堡'印刷机、一套塑料印刷机和两条纸箱生产线全部卸了准备运往省城，工人听说后不干了，日夜把守大门，坚决不让他把设备拉走，市公安局派来几个警察维持秩序，可是工人越聚越多，连退休老工人一共五百多人，还有你师傅呢。

后来听说杜书记下命令，从各市县调来一千多名警察，胳膊拗不过大腿，最后还是让卢清波把设备拉走了。当时你没看到那个场面哪，工人哭得老惨了，可就是没办法。”

陈尔力听后，“唉”地叹了一声：“我早就看到了这一步，这回包装彩印有限公司彻底没救了。那个卢清波骗完贷款骗设备，从此也该消失了。”说完，眼眶有些湿润。

此时的陈尔力也在恨自己，当初为什么没听楚天霖的话把包装彩印有限公司买下来，即使自己一千个不愿意去贿赂那帮贪官，但总可以让在岗和退休职工有碗饭吃，这回算彻底完了。

回到家中，陈尔力换上了新洗的衣服。又把向上级反映的材料重新补充了一下，他准备状告这个官商勾结、权钱交易、徇私枉法的大贪官杜志。

第二天早上，陈尔力穿戴整齐来到市委，他直接冲进了杜志的办公室。他指着杜志说：“你这个大贪官，竟敢动用警察，强行将近千万元的印刷设备拉走……”

还没等陈尔力把话说完，市委秘书、文书、主任就进来一帮人，硬是把陈尔力给推了出去。当时，市委办公楼的走廊里站满了人。

陈尔力喊道：“杜志，你等着，三江市人民不会饶恕你的！”

杜志被陈尔力指骂，心里非常生气。他拿起电话打给公安局和信访办，让他们跑步来市委书记办公室。

两个部门的主要领导来到市委书记办公室，杜书记发火了：“你们都是干什么吃的，一个重点上访户都监控不了，干不了就说话！”

新调来的公安局长王伟强说：“杜书记，你让我们监控什么，陈尔力昨天刚从看守所放出来，咱们本身拘留陈尔力就是违法的，难道还要让我们继续违法不成？”

“王伟强，不是我批评你，前几天他们包装彩印有限公司闹事你就畏首畏尾，要不是我从外县（市）调来警察，还不知道会闹出多大事呢。”

“杜书记，我们是人民警察，不是某个人利益团体的专政工具，我不能再知法犯法了。”

“那好，你不想干我去跟省委说，你不是从省厅调来的嘛，三江市装不下你，你还是回省厅吧！”杜志显得很生气。

“那好吧，我就等着省厅调令了。”王伟强说完走出书记办公室。

正如杜志所说的那样，正直的王伟强没用半年时间真的被调回了省厅。这是后话。

惜。”陈尔力又说：“你们能够下决心走出去，说实话我心里非常高兴，当前我们厂的情况大家已经看到了，没有什么前途和希望了，如果你现在不下决心，将来就得一直下岗。当然能在三江市自谋职业的更好，没有什么可干的还不如尽早走出去。将来不管谁在特区发达了，不要忘了我们这些一起打拼的兄弟姐妹们，帮他们找个出路，也给他们一碗饭吃。”

“放心吧，陈厂长，等我发达了，我就把咱们厂的女工都娶回家，来个三宫六院七十二嫔妃。”李斜愣喊了一声。

听了李斜愣的话，大家全都笑了。有个女工说：“李斜愣，你也不怕累吐血?”大家又是一阵哄堂大笑。

陈尔力继续说：“明天，我送大家到省城机场，为了节省机票钱，你们只能坐最晚的一班飞机，大家辛苦点儿，我觉得没啥。”他停顿一下，“大家都举起杯，今天我请客，我只能用这种方式为你们壮行，祝大家一路平安，干杯!”

陈尔力当晚召集一百多人在饭店里聚餐，这让信访办的人非常紧张，可是一打听，原来陈尔力不是聚众闹事，所以才放心。

第二天中午，陈尔力和侯三一起来到火车站，包装彩印有限公司去特区打工的人都已到齐，站台上人声鼎沸，有的哭，有的笑，有的小声说着悄悄话。看到这个场面，让陈尔力不由得想起八年前自己去参加省劳模会时的情景，那欢送的学生队伍，那送行的五大班子的领导，还有那下岗职工的呐喊，仿佛就在昨天。陈尔力也在扪心自问，自己到底是改革的先锋，还是改革的绊脚石，连自己都说不清楚。

陈尔力见不得这种告别的场面，便偷偷地溜到一边，拿出一支香烟抽了起来。

车进站后，那场面，孩子哭，老婆叫，千叮咛万嘱咐的声音交织在一起。

火车开走半个小时后，有的女工因为想家、想孩子还在哭泣。

陈尔力小声跟侯三说：“如果有人后悔不想去了，你就负责把他们带回来。”

“不去，他们在家待着干啥？这次要求报名的有二百多人，我是挑了又挑，选了又选才确定了一百三十人。说实话，有人给我送礼想要去，我都没答应，因为她干活不行，去了也挣不到钱。”侯三说完好像突然想到了什么，便小声问，“我带他们回来，你干啥去？”

陈尔力往远处望了一眼盯梢的信访工作人员，没有说话。

侯三说：“明白。”

到了省城机场，侯三跑前跑后，他看到有信访人员盯着陈尔力，就当没看见。侯三让大家拿钱，准备身份证，他统一去买机票，借机也给陈尔力买了一张去北京的机票。因为离登机还有几个小时，他没让职工去安检，大家都围着陈尔力闲聊。这时，侯三趴在李斜愣耳边说了几句话，李斜愣不一会儿推来一个轮椅让陈尔力坐着，大家都围成一圈站着聊天。隔了一会儿，侯三推起陈尔力就往安检口跑，大家正在发愣，李斜愣小声说，大家别动，都这么站着。

不一会儿，侯三回来了，有人说要去安检，到里面找个椅子坐下休息，可侯三说，都站着别动，该说话说话，该唠嗑唠嗑，大家就这么站着。

大约一个半小时后，估计陈尔力已经快飞到北京了，侯三才让大家进安检口。当两个信访工作人员一看陈尔力不见时，顿时慌了神儿。

侯三看了信访工作人员一眼，心想，跟我玩跟踪，你们还嫩点儿。

陈尔力飞到北京，打车来到北京宣武区永定门附近找了一家宾馆住下。

第二天一大早，他来到了国家信访局（一个部门两块牌子）接待中心，这时上访的人群已经排了一大溜儿，外围有很多人在观察上访的人，都是各省、市信访办的工作人员，在堵截本地的上访户。陈尔力因为个子小，挤到前面插队，根本没人发现。到了9点多钟，陈尔力好不容易等到工作人员接待自己，他把反映信递了上去，也简单地说明了一下情况，工作人员认真记录着。

走出信访局，陈尔力终于松了一口气。正在这时，有两个人向他走来，一个人问：“你是三江市的陈尔力吧？”

陈尔力感到很突然，一时间不知如何回答，就在这时上来四个警察，不容分说把陈尔力架了起来，直接拖到警车后门，把他直接扔了进去。就这样，陈尔力又被押回三江市。

原来，市信访工作人员在机场发现陈尔力不见了，赶紧打电话问领导怎么办，领导一看时间，机场已经没有去北京的航班了。

第二天，市信访办就给省信访办打电话，可是省信访办也是早上9点上班。等9点上班后，省信访办接到求助后，又给北京打电话时，陈尔力已经接见完毕。因为陈尔力的特征明显，矮个子、腿还瘸、留着一撮小胡子，一眼就被省信访办的人认出，结果被带了回来。

回到三江市，陈尔力又被带到看守所，可是正直的王伟强局长有话，不许随便拘留陈尔力，信访办的工作人员没办法，只能将陈尔力放回家。

那个阶段陈尔力处处不顺，用老百姓的话说，喝凉水都塞牙。下楼时，无故被从楼上掉下的儿童玩具把脑袋砸了个包；走在路旁时，被树上的小鸟拉了一泡屎正好落在鼻子上；在小区里遛弯时，差点儿掉进下水道里。这还不算，有几个包装彩印有限公司派遣到深圳打工的女工的丈夫，来找陈尔力算账，不是说媳妇跟有钱人跑了，就是说女工要闹离婚。要不是信访工作人员跟得紧，他早就被人打死了。

去北京上访不到半个月就有了回音，可是转到省里的上访信又被压了下来。这是陈尔力后来从北京亲属那里得到的消息。从那时开始，陈尔力不断通过各种方式将上访信内容转到亲属手中，再由亲属交到国家信访局。

陈尔力的一封封上访信不断被批转到省里，省里又批转到市里，这让杜志大为恼火，他大骂信访办主任是废物。可是信访办也弄不明白，陈尔力没有离开三江市，为什么上访信一封又一封地被送到国家信访局。后来，市信访局加大对陈尔力的防控，包括他的家人都被监控起来，可还是没有控制住陈尔力的上访信，因此信访办主任被杜志撤了职。

说起来，陈尔力的上访信能够顺利投送到北京，还得感谢正直的公安局长王伟强，他没有按照杜志和信访办的意图，违法监控陈尔力的电话。这一封封上访信，就是用电话传到北京有速记特长的亲属那里，再由亲属邮递到国家信访局。

因为省里批转的上访信寄到三江市后，一直没有承办结果，所以省里先后派来两个调查组，都被杜志瞒天过海给掩盖过去了。

杜志在三江市搞了很多形象工程，利用形象工程怂恿开发商欺压百姓。一个开发商公开叫嚣，杜志就是我亲爹，你们愿意哪告哪告去。开发商还利用卑鄙的手段，把住户强行拉到郊外扔到那里不管，等住户走回家时，房子已被夷为了平地。有人叫杜志扒书记，有人骂他"犊子"，有人说他是开发商的代言人，有人叫他卖企业的官老板，上访信如雪片一般，仅去北京状告他的就有上百人，可是都无济于事。

在陈尔力被逼无奈时，他想以死抗争。那几天，陈尔力整天在家里喝闷酒，他抬眼看一下"难酬蹈海亦英雄"的条幅，感触很深。人的一生，就是短暂的一瞬，空活百年也不过如此。他曾想过，身绑炸药包与杜志这个害群之马同归于尽，可是他不能这样做，因为那样做既会伤及无辜，又会招来千古骂名。经过几天思考，他决定制造一个爆炸性新闻，以这种方式向贪官杜志宣战。

一天下午，陈尔力趁家中无人，给妻儿写了一封信——

云裳：

结婚十三载，尔力没为你和女儿做什么，只为你们带来无尽的担忧和惊吓，深感愧疚。尔力重任在肩，身不由己，二十年来只为企业奔波，为职工请命，不畏强权与贪官污吏抗争，今决心已定，以死相拼。不为荣誉，不为英名，只为政治清明，天清气朗，黎民安乐。

云裳，女儿娜娜托付于你，不求荣华，不求富贵，粗茶淡饭足矣。女儿娜娜，让其多读书，传承书香门第，以德修身，远离仕途。待女儿长大成人，愿意告诉真相亦可，不愿意告诉真相，便以事故而搪塞。

当下，贪官当道，鲸吞国产，鱼肉百姓，万民共愤。我辈理应奋起，难酬蹈海，死不足惜。

尔力绝笔

1996 年 5 月 6 日

陈尔力写完信后，又把上访材料拿一份揣在兜里。临出门，又喝了二两白酒，为自己壮行。

下楼后，他发现有两个人跟随，便转弯来到父母家平房。到院外一看家中没人，便掏出钥匙开门进屋，在屋里待了一会儿，他看到信访人员在大道旁闲聊，就从后窗跳了出去，直奔电视发射塔。来到发射塔下面，他试了几次准备爬上去，可是因为右腿残疾，根本上不去。

陈尔力坐在电视塔下，拿出一包烟抽了起来，不断地仰望着电视塔发愁。心想，要是右腿没有残疾的话，这么高的电视塔根本不在话下，可是现在却遇到了难题。

抽了两支烟，他又打了一辆三轮车，来到高架桥，开车的人认识他，在高架桥上与他抽了一支烟。临走时，三轮车司机还问他一句，用不用一会儿来接他，他说不用。三轮车司机一看他情绪不对，走了不远便把车停了下来，站在远处观察他。

陈尔力在高架桥上探了探身子望着下边，他犹豫了一下，又掏出烟抽了起来，当这支烟快要燃尽时，他把烟蒂高高举起，狠狠地摔在地上。

三轮车司机一看不好，正想往前跑，就在这时，一辆小车迅速向陈尔力开去，还没等他爬上护栏，就被车上下来的三个人扯住，迅速推上了车，然后被拉到信访办。

林云裳在学生放学后，感到从来没有过的心慌，当她骑着自行车走到家里一看时，陈尔力不在，而且写字台上有一封信，她拿起信并没有仔细看，只看到绝笔两字就知道要出事了。林云裳还算冷静，她先给大孟打个电话，让他迅速打车到高架桥看看，并说陈尔力可能要自杀。又给陈尔力的弟弟尔群打电话，让他到电视发射塔看看陈尔力在不在上面。如果电视塔上没有，就让他到街上找找陈尔力。尔群问怎么回事？她说别问了，你哥可能要出事。

林云裳太了解陈尔力了，他绝不会在小区跳楼，因为凡是跳楼的地方夜间就会让人害怕，因此招来唾骂。他一定会找到一个公共场合，而且具有一定轰动效应的地方跳下去，因为墙上的条幅“难酬蹈海亦英雄”就是他要做的事情。

林云裳打完电话后，急急忙忙来到楼下，正准备骑着自行车去找陈尔力，可是就在这时，信访办的人已经把他送回来了。林云裳微怒地看了陈尔力一眼，跟着他一起上了楼。进到屋里，林云裳直接去了厨房开始做饭。中间，林云裳出来望了一眼写字台，发现那封信已经不见了，这才让她放下心来。

不一会儿，有人敲门。林云裳开门一看，是陈启功和尔群来了。陈启功来到屋里，看了一眼墙上那幅字，立即火了：“自杀算什么英雄，那只不过是懦夫的逃避。你陈尔力不是救世主，也不可能消灭所有的贪官污吏。”他停了一下，又说，“至于下岗职工的问题，不能躺在国有企业的功劳簿上，他们需要转变观念自救。南方的私营企业兴利除弊，必然繁荣昌盛。一些国有企业积重难返，必然走向衰败。”

陈尔力从来没有见过父亲发这么大的火儿，更没见过一个老学究思想这么开阔。

又有人敲门，原来是大孟来了，他一进屋，看到陈尔力在家才放心，然后跟陈启功和尔群打了个招呼。

当天晚上，大孟在饭店要了几个菜，大家都是在陈尔力家吃的饭。

难怪陈尔力与杜志拼死抗争，三江市的人一提到杜志就恨得咬牙切齿。有人在半夜偷偷地把一对花圈送到他家楼梯口，还写了一对挽联：贪赃枉法千古朽，中饱私囊万载枯。三江市人民敬挽。

可是那个年代有种怪现象，越告越升官，不到两年，杜志反而被提拔为副省长。

这几年，陈尔力因为上访，把贸易公司的钱几乎折腾光了。侯三为了支持他，在深圳没少给他汇钱。还有几个匿名的人，经常给陈尔力汇钱。刚开始，陈尔力以为是楚天霖为了他的自尊心搞的这一出，后来他打电话侧面试探过楚天霖，结果发现不是他。那会是谁呢？

几年下来，把陈尔力折腾得筋疲力尽，原来的工厂也变成了一片荒芜。

后来听说，卢清波去了深圳搞房地产开发，那派头可足了。侯三见过他，还当面骂了他一顿。

后来还听说，杜志因为后院起火，三个情妇联合告他贪污受贿，巧取豪夺，霸占良家妇女，最后落了个牢狱之灾。

据说，杜志被捕后，被秘密地押送到外省看押审讯，一向威风凛凛的杜志，瞬间像霜打的茄子。还没等正式审讯呢，他就开始主动交代罪行，今天写一堆交代材料，明天写一堆交代材料，直到半年后要开庭审判时，他还在交代。

据杜志交代，他在三江市两年时间，就收受贿赂一千八百万元。卖断企业，收受贿赂八百万元。房地产开发，收受贿赂四百万元，买官卖官，收受贿赂六百万元。凡是官场人都知道，杜志卖官明码标价，一个副处十万元，正处二十万元，实权部门三十万元，到外县（市）当书记、县长就得五六十万元。简直太黑了，那时一般人月工资还不到四百元，要想当个县委书记、县长，就是不吃不喝也得一百年工资。这些送礼的钱，如果不贪、不占、不受贿从哪里来？所以杜书记的到来，拉动了官场的经济增长，造就了一批大大小小的贪官，可苦了老百姓。甚至有人为了当官送礼，抬高利贷，到银行贷款，千奇百怪，无奇不有。

当陈尔力听说杜志贪污一千八百万元后，彻底无语了。心想，在包装彩印有限公司最辉煌的时候，一个千人企业的全部产值也没有超过八百万元哪，而一个市委书记，两年锹镐不动，竟然能贪这么多钱，真是匪夷所思。

1997年，亚洲金融危机全面爆发时，楚天霖打算把陈尔力也弄到深圳，尽早离开三江市，就别搞那套为企业请命，为职工请愿了。可是亚洲金融危机也波及楚天霖的蓝天国际贸易公司，他们的日子也不好过，所以就没有邀请陈尔力来深圳。

也在这时，陈尔力突然接到常虹打来的电话，她在电话里说，自己的玩具厂业务忙不过来，想请陈厂长去深圳帮帮她。

陈尔力问："那些匿名的汇款是不是你汇的？"

常虹说："我不是为了你自己，而是为了全厂职工。"

基于常虹在自己最困难的时候，曾经伸出援手的份儿上，陈尔力决定去帮助常虹，也为自己找份差事。

陈尔力来到深圳那天，常虹亲自带车到机场接的陈尔力。当晚吃饭时，她把楚天霖、侯三和原来包装彩印有限公司的一些职工都请到场。

真是环境改变人，现在的常虹，可不是五年前的那个不爱吱声，见人就笑的腼腆小女人。现在的她落落大方，收放自如，加之打扮入时，深情款款，更加魅力十足。在众人面前，常虹没有隐晦她投靠台湾商界大佬，为自己投资开办玩具厂的事实，也把一起带来的几个要好姐妹收在麾下，从未亏待过她们。

因为都是家乡人和老朋友，这场欢迎晚宴带有浓厚东北人的豪放。席间陈尔力也了解到，姜岚带着几个长相出众、年轻漂亮的员工竟然去了夜总会当小姐，还把三江市的一些原来爱好跳舞的女人也介绍到深圳夜总会。陈尔力听后感到很愧疚。

深圳这个地方，真是包容性很强，笑贫不笑娼，从众人说话的语气，对几个去了夜总会的女职工，没有一点儿鄙视，这让陈尔力一时不能适应。让陈尔力更不适应的是，楚天霖这次赴宴，又带来一个女孩儿，比邢雨墨个头更高，比邢雨墨更年轻，比邢雨墨更漂亮，她叫古丽娜，是个没出校门的大学生。私下陈尔力问过楚天霖，邢雨墨干什么呢，他说，跟新加坡大老板高就去了。陈尔力能从楚天霖的口气中感到他的不舍。

那天晚宴后，楚天霖一看大家都很高兴，便要请大家到歌厅K歌。陈尔力一看大家兴致勃勃的样子，也不好扫兴，于是便跟着来到歌厅。

歌厅的灯光色彩斑斓，昏暗迷离，让陈尔力感到压抑。

楚天霖来个开场白："各位朋友，今天特别高兴，欢迎我的老友陈尔力来到深圳，为了表达此时的心情，我先来首粤语歌曲《爱拼才会赢》献给大家。"说完，他随着音乐唱了起来……大家为了配合楚天霖，纷纷下场跳起舞来。就陈尔力一人像个傻子一样坐在那里。常虹跳了半支曲子，一看陈尔力独自一人坐在那里，便下场陪着他。

接着，常虹唱了一首邓丽君的歌曲《何日君再来》，唱得声情并茂。陈尔力纳闷，以前谈恋爱的时候，也没听说过常虹会唱歌，今天一听唱得真不错。常虹唱完，大家都为她鼓掌欢呼。

也许是为了感谢楚天霖和常虹，也许是受到这种氛围的感染，陈尔力主动要求唱一首《西游记》插曲《敢问路在何方》，这首歌正好表达他此时的心情。因为陈尔力下乡时，就是文艺宣传队的领唱，他一张口，就引来大家的热烈掌声。人都说，矬子声高，一点儿都不假。

接下来，有人唱歌，有人喝酒，陈尔力、楚天霖和常虹都没少喝，他们喝完色酒、喝啤酒。陈尔力本来不愿意喝这些东西，但也得入乡随俗。

后来才知道，楚天霖当晚在歌厅花了三千多元，一瓶色酒上千元，一瓶啤酒八元，听得陈尔力瞠目结舌。他想，以后打死也不去歌厅了，这不是祸害人嘛。

陈尔力到了深圳后，常虹就带着他去选服装。她说，玩具厂的老总都得体面，这都是工作需要。常虹还说，陈厂长给我一个机会，让我也体会一下领导你的感受，从中获得成就感。

陈尔力听后笑了："那我就成全你一把，满足你的虚荣心。"

常虹莞尔一笑："说实话陈厂长，直到现在我才体会到领导的真正含义，以前一直认为自己就是个打工仔。"

"是因为我的到来？"

"也是，也不是。因为现在的启蒙玩具厂，才真正属于我的名下，原来虽然原料购买、商务洽谈、出口业务都是我在操作，但那时不是我的，没有归属感。”常虹把话说得很真切。

“能否问一句，现在你与台商大佬已经断绝联系了？”

“没有，我这个人永远不会忘记曾经帮助过我的人，当然也包括你陈厂长。”

来到深圳一段时间后，陈尔力发现，常虹的玩具厂的厂区不大，占地面积也就是一万多平方米，三个仓库，两个不大的车间，还有几个办公室。带着疑问，陈尔力问常虹：“怎么没见到生产工人呢？”

常虹笑着说：“厂区只有设计室、裁剪车间和仓库，这种经营方式属于分散加工，按照不同工序，员工可以把原材料领回家，做好再送回来。现在员工的素质和技术熟练程度不同，所以质检员就得认真负责，我这里的质检员，大都是原来印刷厂的姐妹，所以不用我太操心。”

“咱们玩具厂还有其他领导吗？”陈尔力问。

“还有一个副总，主要抓管理。千万别小看我们的玩具厂，设计室有两名外国留学生，副总是经济学硕士。”

“这么看来只有我是吃闲饭的喽，这么超前的管理模式，我这个本科生已经跟不上形势需要了，你是在同情我？”

常虹很了解男人，他们最忌讳自己无能，特别是像陈尔力这样的人，个子虽小，但心中伟岸。于是常虹说：“看你说的，你有你的业务，对外贸易就想让你负责，但你不能着急，还得慢慢熟悉业务。”

这几天，常虹不管出席任何场合，都带着陈尔力，让他认识了很多人。常虹这个人活得很自信，她不怕别人说带个又矮又瘸的男人，不管走到哪里，都要首先介绍陈尔力：“这是我原来的厂长，一个才华出众的好人。至于好到什么程度，等有时间再给你们细讲。”

几次出席场合，陈尔力又有新的发现，关键时刻常虹的酒量胜过自己。

一天，常虹问陈尔力：“你的护照带来了吗？”

“带来了，有啥指示？”

常虹一听笑着说："你还是那么直率，这一点会吸引很多女人。因为与你相处，不用设防，可以把心扉劈了当柴烧。"

陈尔力真没想到，现在的常虹真得刮目相看，以前只听说过她是参加自学考试取得了毕业证，可是没想到她能讲出这些人生道理。

一段时间后，常虹告诉陈尔力，准备一下去美国，先把护照交给她办理签证。

半个月后，陈尔力、常虹和翻译刘珊登上去美国的飞机。到了波士顿，常虹带着陈尔力去见了一个美国客户。现在的常虹一身国际范儿，与客户见面又是拥抱，又是亲吻，用餐时都是AA制，这让陈尔力有些不适应。特别是看到客户与常虹拥抱、亲吻，他心里有一种说不出的滋味。签订合同后，陈尔力想该回国了，想给林云裳买点儿纪念品，可是常虹却说还有时间。

一等好几天，陈尔力不知道常虹还在等什么，也许有大客户要来？

一天，常虹说："我们走。"

陈尔力不知道常虹要带他去什么地方。可是到了一看，陈尔力发现这是麻省总医院，因为他认识上面的英文。

"常虹，你带我到这里干什么？"

常虹一笑说："我们以前有过约定，凡是在外面都要称我为常总，既然我们是领导与被领导的关系，你就得听我安排。"

陈尔力心想，这是哪跟哪呀？难道美国医疗人性化，医院也要购买儿童玩具以减轻患者的病痛？带着疑问，陈尔力跟着常虹和翻译走进医院。

进去以后才知道，原来是常虹要给陈尔力的腿做手术，这回他不干了："做什么手术，遭罪还花钱，我不做！"

"麻省总医院，是骨科最好的医院，中国有很多运动员在这里做完手术又重返赛场。陈厂长，我常虹做事不是一时冲动，这个医院是我提前预约的，手续费早就提前交了，跟你说实话，那可不是小数字，不做钱就没了。"常虹很严肃地说。常虹说完又觉得语气有些生硬，男人嘛，有时就得当作孩子哄，"尔力，劝你别任性，你的伤是为我们企业负的，今天我有这个能力把你变成正常人，就是希望你的后半生不留遗憾。”

“白花那个钱干吗？如果你有钱，还是多帮帮郝玉兰他们孤儿寡母吧。”陈尔力说。

“你怎么知道我没帮，在印刷厂时，郝玉兰是我师傅，我每年都要给她汇去五千元，现在她的馒头店已经挣钱了。”

陈尔力听了常虹的话，感到很羞愧，这些年来，自己只顾瞎折腾，除了给郝玉兰百分之五十的工资，遗属费后来因为经济不景气也没给。

全部检查完毕后，陈尔力在等待手术方案。这几天，常虹在麻省总医院租了一把轮椅，她推着陈尔力开始游览。波士顿是个很漂亮的地方，位于大西洋沿岸，属于海滨城市，建筑古老，文化厚重，蓝天白云，街道整洁，虽然人口密度较大，但文明有序。陈尔力非常喜欢这里。常虹推着陈尔力，走在海滨公园木板人行道上，他们看着一艘艘白色的游轮，引来无限遐想。

“要是手术失败，林云裳不要你，我就这样推你一辈子。”常虹似乎在自言自语，又好像说给陈尔力听。

听了常虹的话，陈尔力在想：人间的缘分阴差阳错，也许自己跟常虹结了婚，她还会像林云裳一样窝在三江市相夫教子，不会有现在的发展。

陈尔力也说不清，跟常虹在一起，总是有一种初恋的感觉。而常虹也是这样，她愿意这只是梦幻。他们就这样走着，两个人又很少交流，似乎都在想着自己的心思，又好像什么都没想。

翻译刘珊不远不近地跟着，看到他们的背影，感觉很美。不一会儿，刘珊紧走几步，来到他们身边说：“常总、陈总，不是我八卦，你们的背影真的好美，也许你们是前世的情人，也许你们是今世的夏娃、亚当。”

“小屁孩儿，你懂什么。”常虹嗔怒地说。

来到波士顿如果不吃顿龙虾，就等于没来过。中午，常虹找了家餐厅，专门要了一些海鲜，陈尔力也从中长了不少见识。他感觉波士顿的龙虾确实与众不同，清淡而新鲜。

一个星期后，医生制订了陈尔力的手术方案，手术也进行得很顺利。

手术后的一个星期，陈尔力又转到了康复中心。刚开始，康复医生帮助躺在病床上的陈尔力做膝部运动，疼得陈尔力满头大汗，他实在坚持不住，就不愿意继续做康复训练。可是医生告诉他，如果不能坚持，还会像以前一样，膝部不能回弯，一切都会前功尽弃。

常虹也劝陈尔力，为了成为一个正常人，让他再坚持一下。

陈尔力还真听常虹的话，尽管膝盖疼痛难忍，可是他硬是咬牙坚持一声不吭。

陈尔力记得，当年被切纸机碰碎膝盖，腿部肿得很粗，膝盖发炎流脓。手术后，医生也是要求陈尔力坚持运动，可是他怕疼不肯坚持。

林云裳劝他说："尔力，医生说了，如果不坚持活动，这条腿就会残废，你再坚持一下吧。"

可是陈尔力当时就急了："说得轻巧，疼得我都不想活了，你还在那里让我坚持一下。"

在膝盖做运动时，陈尔力也是疼得大汗淋漓，林云裳看着心疼，再也不劝他运动了，从此落下残疾。

陈尔力想，在自己妻子面前和在别人面前就是不一样，即使疼得要命，也得忍着，你没有权力向别人发火。

在康复训练时，陈尔力经常疼得大汗淋漓，可是他在常虹面前必须表现得坚强。常虹疼爱地为他擦汗，又不辞辛苦地扶着他进行康复训练。

常虹告诉陈尔力："要是疼得受不了，你不要过分地控制自己，这样对你恢复不利。"

每个女人都潜藏着巨大的母爱，就是再要强的男人在这种母爱下，也会变成温顺的羔羊。

伤筋动骨，陈尔力每次弯曲膝盖都要付出巨大的痛苦。常虹寸步不离，无微不至地关怀他，这给了陈尔力巨大的勇气。有时实在疼痛难忍，陈尔力真想大声哭出来，可是他不能，不能在常虹面前表现出软弱，尽管她曾是自己的初恋。

“如果你疼得受不了，就放声哭出来吧，我也不是外人，难道还会耻笑你?”瞧瞧，现在的陈尔力就像常虹身体的一部分，任何细节都逃不过她的眼睛。

麻省总医院康复中心的训练，是针对每个患者病情不同而制订的方案，这个方案也确实见效，陈尔力的膝盖经过一个月的康复训练已经能走几步了。

最后医生又制订了康复训练方案，让他们按照方案，回国进行康复训练。

从波士顿回国那天，陈尔力心情特别好，在飞机起飞后，他还在舷窗久久地回望着波士顿，是留恋那段美好时光，还是留恋这段特殊经历？他自己也说不清。

回到深圳，常虹将陈尔力直接送到了康复中心，自己回到公司简单地处理一下业务，又回来陪同陈尔力。

“公司已经扔下两个多月了，你不能为了我再把公司扔下不管。”每当陈尔力说这句话时，都发现常虹情绪低落。此后他再不说了。

如果没有特殊事情，常虹总是陪着陈尔力训练，有时陈尔力没出多少汗，常虹却累得大汗淋漓。经过一段时间相处，陈尔力好像看懂了女人和男人的区别，男人的关心似乎在程序上，不拘细节，而女人的关心却是深入骨髓，细致入微。一般来说，陪同陈尔力训练完全可以由工作人员代替，可是常虹绝不允许，她细致、认真、专一。这让陈尔力想起了渣滓洞，为什么叛变的大都是男人，而女性却坚贞不屈，情感与信仰异曲同工。

陈尔力回到深圳，已经进行了两个多月的康复训练，每当早上醒来看到常虹蜷缩在沙发上，心里都有一种难以名状的自责。

他望着常虹，常虹突然醒来，笑着说：“你醒了，睡得还好吗?”

“常虹，我起来活动活动，你躺在大床上再睡一会儿。”

“没事儿，我身体素质好，你不用担心。”

“唉！”陈尔力叹口气，“何苦哪。”

常虹笑了笑说：“我倒是希望与你睡在一张床上，但医生不允许。”

听后，陈尔力不知道该说什么，只是咧嘴笑了笑。

陈尔力术后恢复得很快，他的腿能够弯曲自如了，就是走起路来还是不敢用力，这不是手术有问题，而是他几年来养成的习惯。常虹鼓励他，大胆地往前走，人嘛，摔倒了再爬起来。

听了常虹的话，陈尔力半天没有出声，他在琢磨这句话里面包含的哲理。

“对，摔倒了再爬起来。”陈尔力似乎在自言自语，又好像在说自己。

这次，陈尔力真是放开胆量走了一回，可是并没有摔倒。这让陈尔力高兴得不得了。看来做任何一件事，都需要理论来支撑，就像陈尔力亲笔写下的几幅大字：“破釜沉舟”“实践是检验真理的唯一标准”“凭借东风力，送我上青天”“重任在肩”“难酬蹈海亦英雄”。

在陈尔力康复训练快到三个月时，一天，常虹告诉陈尔力，台湾商界大佬病了，她得去看看，让陈尔力在家坚持训练。并告诉他，这几天派小刘来照顾陈尔力，让他好好吃饭，按时休息，按时吃药。

陈尔力看了常虹一眼，发现好像母亲在嘱咐一个不懂事的孩子。他说：“你就放心地走吧，也不用派小刘来照顾我，你看，我现在的状态还用照顾吗？”

常虹听后很高兴，走到门口时，一回头：“拜拜！”

陈尔力笑了，顺口吟道：“回眸一笑百媚生。”

常虹也笑了，一转身走了出去。

自从常虹去了台湾以后，陈尔力说不清是怎么回事儿，从未有过的落寞。这几天，他睡不安寝，食不甘味，就连康复训练胆子都变小了。有时陈尔力半夜醒来，看一眼沙发上没有常虹，就此开始失眠。

这七天，对于别人来说一晃而过，可对陈尔力来说，却是一种煎熬。

陈尔力也在琢磨，情感这东西太奇怪了，有时并非常人理解的肌肤之亲，更可贵的是感情依赖。

第七天的晚上，常虹风风火火地回来了，她从机场直接让司机把她送到了康复中心。

“回来了？”陈尔力问。

常虹一笑：“回来了，为我担心了？”

“商界大佬怎么样？”陈尔力故意转移话题。

“还不见好。”说完，常虹又补充说，“就算痊愈了又能怎么样，那么大年龄了，就算上床也就是看看摸摸，什么都干不了。”

陈尔力听后忍不住笑了。

“你不用笑，这是事实。有时真的理解不了你们男人的占有欲，三妻四妾一大帮，还不能给他们安慰，但必须占有，难道这样就能显示出男人的强大？”此时，常虹表情有些微怒。

陈尔力听到常虹的一番话，笑了笑，又摇摇头。他没想到，才几年时间，常虹就把人生看得那么透，不得不让人刮目相看。

“这几天你训练得怎么样？”常虹边打开旅行箱边问。

陈尔力说：“这几天不知道怎么回事，好像不如前几天。”

常虹听后笑着说：“大概是缺个扶你的人吧。一个子字不念好，必须有个女字扶着才念好。”

常虹的话，逗得陈尔力开怀大笑，把眼泪都笑了出来。

说话间，常虹拿着睡衣走进盥洗室，接着听到哗哗的流水声，陈尔力知道她在洗澡。

不一会儿，常虹从盥洗室走出来，油亮的头发披到肩下。陈尔力看了她一眼。

“你傻看我干吗，还不快去洗个澡。”

“呵呵。”陈尔力笑着说，“真有领导权威呀。”

等陈尔力从盥洗室走出来，一看常虹早已躺在了床上，便问：“你今晚不睡沙发了？”

“废话，你不也是早就盼望着这一天嘛。”常虹说着就把陈尔力拉到床上。

……

这一夜，他们都过得很快活，常虹温柔似水，让陈尔力不由自主地拿她与林云裳相比。常虹说得没错，男人就是个怪物，占有欲极强。

一番云雨后，常虹对陈尔力说：“当年我没有嫌弃你个子矮，也不是嫌弃你成分高，正因为我敬佩你的才华和人品，所以后来才……”说到这儿她戛然而止，因为怕说多了引起陈尔力的不快，也会影响到他们这场“饕餮盛宴”的欢愉。

“对了，常虹，你在深圳这么长时间，家里同意吗？”陈尔力故意转移话题。

“哦，我忘记告诉你了，我离婚了，孩子在我妈那里抚养。”

“你常回去吗？”

“也不常回去，大约半年回去一次。”常虹停了一下又说，“咱们不说不愉快的事……”

这一夜，两人都累得筋疲力尽。可是在第二天康复训练中，陈尔力却感到从来没有过的力量，脚步相当灵活。

常虹告诉他，等陈尔力完全恢复了，她再给陈尔力特制几双增高鞋。可陈尔力说，在东北的人群中自己显得矮，可是到了深圳却不是最矮的。

陈尔力又对常虹说：“等我从康复中心回去后，就把下胡子刮掉，不然会影响公司形象。”

“不刮，我喜欢，有胡子就有阳刚之气。”常虹又说，“每当见到你的小胡子时，我都会想入非非，在印刷厂时，我都不敢正眼看你。”

“奇谈怪论。”陈尔力说完笑了。常虹也笑了。

国内的三个月康复训练已经结束，按照医嘱，可以回家慢慢恢复。

回到玩具厂，陈尔力就与常虹住在一起，他们没有瞒着原来印刷厂的人，有时那些工友也不管他们是否休息，有事直接来找。

又过了两个多月，陈尔力的腿基本恢复了正常，根本就看不出他曾经是个瘸子。常虹更高兴了，她特别有成就感，在陈尔力从康复中心回来的两个月后，她又把楚天霖、古丽娜、侯三请来，还把小陈、小宋、小刘、小郑、小齐等都叫到一起。这天的晚宴比陈尔力刚来深圳接风时参加的人还多。大家都让陈尔力在地上走几步，陈尔力也愿意让大家看着他行走自如的样子。

见到这个情景，楚天霖颇为感慨："看来人的一生还真得做些有意义的事情，只有你心里装着别人，别人才会想着你……"

"可不是，自从那次我把卡玛兹开到深圳卖掉，给大家开了四个月工资，我就特有成就感，从那以后，我就记住了陈经理说的话：'人间正道是沧桑'。"

"侯三，说实话，以前我特烦你不务正业、色眯眯的样子，可是自从知道你干了一件惊天动地的大事，真的很佩服你。今天就让我们大家共同敬你一杯！"常虹说着举起酒杯，与大家碰了一下，然后干了。

"来，我也单独敬常虹一杯。说实话，我非常敬佩你的人品，在尔力最难的时候，你悄悄给他汇款，支持他为企业伸张正义；在尔力最难的时候，你把他请到深圳来，给他安慰，给他治好了腿。在这个现实的社会里，不是谁都能做到的。再说，美国麻省总医院可是要花血本的，估计你这几年的积蓄所剩无几了吧？"楚天霖说着，自己先把一杯酒干掉。

那天晚上，陈尔力也很高兴，在酒桌上，他给父母打了电话，说自己到美国做了手术，现在的腿已经正常了。

可是父亲陈启功说："只要花的不是来路不明的钱，我就放心了。"

放下电话，陈尔力又向林云裳报了平安，但没说腿做手术的事。

一晃，陈尔力已经来深圳一年了，他的腿已经恢复到受伤前的状态。陈尔力总想为常虹做点儿什么，却始终插不上手。常虹宁可自己受累跑原料，谈出口，也不让陈尔力累着。虽然陈尔力有时也跟着去，但业务并没有交给他。有时陈尔力觉得，好像常虹故意不让他还这个人情债，或者说常虹宁可自己累死，也舍不得让陈尔力出一点儿力，简直把他当成一盆心爱的花养着。

一天，陈尔力说："常虹，我怎么感觉自己像摆设的花瓶，中看不中用呢?"

"尔力，你千万不要这样想，我多干点儿，你少干点儿，不是一样嘛，咱俩还分什么彼此？有你陪伴，我特有幸福感。"说完，常虹还在陈尔力脸上吻了一下。

说实话，常虹对陈尔力的感情真是无可挑剔，陈尔力愿意吃什么，常虹就买什么，陈尔力喜欢穿什么衣服，常虹都会提前买回来。有时，常虹不惜花大价钱从国外给陈尔力买衣服和鞋。那次陈尔力去美国波士顿做手术，他只说一句要为林云裳买点儿纪念品，而常虹却为林云裳从里到外买了两套衣服，以陈尔力的名义邮给了林云裳。

尽管常虹对陈尔力关怀备至，可是陈尔力就是心里不踏实，总感觉缺点儿什么。那到底是什么呢？男人的尊严？不完全是。是常虹为他花掉的巨额手术费所欠的人情债？也不完全是。

陈尔力理解常虹此时的幸福感，因为她自从结婚的第一天起，她丈夫就因为她不是处女而与之吵闹，这么多年过去了，常虹始终在丈夫面前抬不起头来。陈尔力的到来，让她有了做女人的尊严，她能不珍惜吗?

正当陈尔力苦思冥想时，林云裳打来了电话，她说，女儿娜娜住院了，这几天总念叨想爸爸。

陈尔力放下电话，坐在那里发呆。这时常虹刚从海关送货回来，进屋一看陈尔力的表情有些不对，便问："怎么了，尔力，不开心?"

"唉!"陈尔力叹了一口气，"云裳来电话了，说娜娜病了，想爸爸。"

听到陈尔力的话，常虹心里一惊，同时也在自责。林云裳曾是自己的密友，本身占有陈尔力就觉得理亏，再加之自己考虑不周，陈尔力来了快一年的时间，也没有给林云裳汇点儿钱去。常虹坐在那里没出声。

陈尔力想了想说："常虹，我该回去了，谢谢你这么长时间对我的照顾和付出。"

常虹听到陈尔力的话，还是默默地坐着，她不知道该说什么，她不知道如何安慰陈尔力，也不知道如何安慰自己。

陈尔力又说："这次手术让你花了很多钱，如果在有生之年我还能有所成就，我会慢慢地还给你。"

"这是我自愿的，从来没想过让你还我。尔力，咱们不说这些好吗？既然你要回去，那就回去吧，不要忘了我就行。"常虹无奈地说。

"常虹，我不会忘了你的恩情，不会忘了这段美好的日子。但我是男人，就得做男人应当做的事情。"

常虹站了起来，走到窗前望向远方，她似乎在自言自语地说："这个季节，该是大雁北归的时候了！"

陈尔力说："你也想家了？"

"是有点儿想家了，可是除了孩子我的家又在哪里？"常虹在问自己。

陈尔力说："如果你想孩子，我们就一起走吧。"

"唉，还是你先走吧，我怕和你一起走心里难过。"接着常虹又说，"尔力，这几天你准备一下，我给你买机票，在你走之前，我们快乐地度过这美好时光好吗？"

听到这里，陈尔力笑了："以前只听说你爱学习，爱看书，可是不知道你看得这么痴迷，都把我给带进去了。"

"唉，说实话，我不仅仅是为了看书，而是因为婚姻的不幸，是在书中寻找安慰罢了。"常虹叹息地说。

第三天，林云裳又来电话了，说："你汇来的一万元钱已经收到，你马上就要回来了，还电汇干吗？"

"哦，这几天我就回去。"

放下电话，陈尔力一想，这肯定是常虹汇的，心里又有几分不安。

这几天，他们并没有像常虹说的度过美好时光，虽然他们做了该做的事，但心里总是没那么愉悦。

陈尔力该走了，头天晚上常虹像妻子一样默默地为陈尔力装箱打包，每件衣服都折叠得板板正正，皮鞋擦得锃亮。这一年来，常虹为陈尔力没少买服装，从里到外，春夏秋冬，样样齐全。一个大旅行箱，硬是没装下。常虹告诉陈尔力，暂时不拿那么多，以后再给他邮寄回去。

第二天，常虹送陈尔力去机场，托运完旅行箱，又送陈尔力去安检。告别时，常虹再也控制不了自己，她抱着陈尔力哭了。陈尔力也被弄得很难过。

从深圳上飞机后，陈尔力心情久久不能平静。飞机被拖进跑道，陈尔力眼睛还在盯着航站楼。他在想，这时的常虹会不会也站在航站楼的窗前看着自己所乘的飞机呢？

想着想着，飞机一阵轰鸣加速，机身渐渐地离开了的地面，陈尔力的心也似乎跟随着飞了起来，仿佛有一种男人的重任牵着他飞往家乡。

在飞机上，陈尔力根本没吃空姐送来的糕点，他只要了一杯咖啡。看着机身下的积云，他在想，回到三江市能干什么呢？他现在不是什么厂长、经理，也不能叱咤风云指挥着一千多人，自己就是个下岗职工，就得做点儿实实在在的事。

时间真快，三个多小时的飞行仿佛就在一瞬间。下了飞机，陈尔力去取托运的旅行箱。当他从传送带拎起旅行箱时，呵，好沉哪，要是还像以前腿没有治好，这么重的旅行箱肯定拿起来很吃力，可是现在容易得多。

看着旅行箱，陈尔力又想起了常虹，拿出移动电话，本想向常虹报个平安，可是他犹豫了，打电话说什么呢，是否对她又是一次刺痛？最后，陈尔力还是向常虹的手机发出了：平安到达，谢谢！

从机场坐大巴，陈尔力直接去了火车站，连夜奔向三江市。

回到三江市，陈尔力先去医院看望女儿。女儿正在熟睡，他又去了一趟贸易公司，一看大门紧闭，根本没人。

下午，陈尔力没顾上休息，又来到医院，女儿娜娜刚睡醒："爸爸回来了，你还走吗？"

"爸爸不走了。"看到女儿，陈尔力突然想到了责任。

女儿那期待的眼神，让他不敢直视。"娜娜，喝水吗？爸爸给你倒。"

"我要喝水，爸爸。"娜娜说到这里，突然眼睛一亮，"爸爸，你的腿好了？"

"是的，爸爸的腿治好了，以后可以带娜娜去公园玩儿了。"

"爸爸的腿好了，爸爸的腿好了！"

奶奶说："看把孩子高兴的。"

"妈，我腿做手术的事，你没告诉孩子和云裳吗？"

"还没呢。"

傍晚，林云裳下班直接来到了医院，她问陈尔力："回来了？"

"嗯，回来了。"

"还走吗？"

"不走了。"

陈尔力回来的第二天，就给娜娜办理了出院手续。医生嘱咐陈尔力，肺炎怕感冒，让孩子注意点儿。

陈尔力回来后，在家里坐了三天。这三天，他不是思考，就是听音乐。那时候全国的下岗职工几千万，刘欢的《从头再来》很深入人心。"昨天所有的荣誉，已变成遥远的回忆。勤勤苦苦已度过半生，今夜重又走进风雨……"

陈尔力听着听着泪流满面，他觉得歌词里写的，就是自己的人生经历，好像是专门给自己写的。谁这么有才，歌词写得真好，而且深入骨髓。他想，全国有很多人听了这首歌，都会跟自己一样，感触很深。感动之余，陈尔力拿出笔墨，在宣纸上写了一幅行书大字："从头再来"。把墙上的"难酬蹈海亦英雄"换了下来。

在换掉"难酬蹈海亦英雄"时，他拿在手里仔细端详半天，然后笑了。他自己也纳闷究竟笑什么，是在嘲笑初心未改，还是嘲笑自己曾经的幼稚？

林云裳下班回来，一眼看到墙上的大字，知道陈尔力又要有新的举动。

吃完晚饭，林云裳把旅行箱打开，为陈尔力整理衣物，一看箱内的衣服叠得板板正正，就知道这是一个女人装的箱。整理完衣服，林云裳发现箱底还有一万元钱。便问："你这一年去深圳发了，箱里怎么还有一万元钱？"

"哦，那可能是常虹放的。"陈尔力表情很平淡地说。

林云裳再也没有说什么，以女人的直觉，她知道这一年都发生了什么，但聪明的女人却从不说出来。

"你的腿是去美国治好的？"林云裳问。

"嗯，是去美国做的手术。现在我应当干一些养家糊口的事情了。"陈尔力依然说得那么平淡，但可以看出他的决心。从中可以体会到，陈尔力这些年来只为企业活着，而从来没有为自己的家庭考虑过。

第二天，陈尔力找到贸易公司雇用的两个人，他们说账面上除了够交两年房租，再也没钱了。

陈尔力问："还欠你们多少工资？"

"不欠了，大孟已经给我们了。"

陈尔力一听，这才是一辈子的兄弟呢。这一年来，自己走后毫无音信，可是大孟还在悄悄地帮他打理公司。

来到贸易公司，陈尔力打开门，一看屋子还挺干净，他拿出移动手机给大孟打了电话。

大孟一听陈尔力已经回到了三江市，便说："晚上为你接风。"

可是陈尔力却说："我现在可还是被监控的信访对象呢，还接什么风，别引火烧身。"

大孟说："什么监控对象，晚上咱们喝一顿。"

晚上，陈尔力、大杨、大孟和李占祥，在串店喝了一顿酒。

李占祥问陈尔力："还回深圳吗？"

"不回了？"

大孟问陈尔力："今后有什么打算吗？"

"我想开个烤肉店。"

大孟又问："能行吗？"

"能行，深圳的烤肉可火了。"

李占祥说："烤肉肯定能火，但你会吗？"

陈尔力说："烤肉和烤串一个道理。你不要忘了，咱们以前野餐时，烤串可是我的拿手好戏。"

从那天开始，陈尔力做烤箱、砸排烟筒、买桌凳和厨具、餐具，就在原来的贸易公司的两层商服楼里，干起了烤肉生意。烤肉店的名字叫"从头再来"。

刚开始，陈尔力叫来大杨、大孟和李占祥试吃，大家觉得味道不错，他就放了鞭炮开张。还雇来两位原来印刷厂的贫困女工，美其名曰：下岗再就业。

开业的第二天，陈尔力到工商局补办了营业执照。陈尔力还别出心裁地买来一对大音箱，整天对着大街播放刘欢的《从头再来》：

昨天所有的荣誉，
已变成遥远的回忆。
勤勤苦苦已度过半生，
今夜重又走进风雨。
我不能随波浮沉，
为了我挚爱的亲人。
再苦再难也要坚强，
只为那些期待眼神。
心若在梦就在，
天地之间还有真爱。
看成败人生豪迈，
只不过是从头再来。
……

第十一章　东山再起

烤肉店开张不久，陈尔力就干得风生水起。因为在三江市，这还是第一家烤肉店。有人说，陈尔力是福星高照，干啥啥火。但也有人说，不是他命好，而是他有头脑。

那个年代，一旦有宗买卖挣了钱，就会铺天盖地地效仿，鱼龙混杂，滥竽充数，也不讲究质量，互相压价，不到半年，全市就开了十几家烤肉店。

陈尔力开烤肉店时，招来的两个生活困难的下岗女工，一个是朝鲜族人郑慧娴，另一个是吴玉竹。郑慧娴干净利落勤劳，吴玉竹任劳任怨能干。

那个阶段，烤肉店从中午一直忙到深夜，每天纯利润就能剩二百元。那时的三江市，还是保留着十几年留下的恶习，赊账、签字。不长时间，欠条就积攒了一大堆，要账却成了大难题。一些机关事业单位，来吃饭时笑容满面，到了要账时一脸冷漠。

陈尔力想，如果再这样继续下去，烤肉店早晚得关门。他回到家里，用宣纸写了一幅楷书大字：本店概不赊账，请君自重。

本来这个提示很正常，可是一些单位领导平时都牛性惯了，他们认为陈尔力开个破烤肉店不给面子，伤了他们的官心，从此再也不来了，所欠下的债务也打了水漂。

因为烤肉店不赊账也得罪了不少人，有些人说，陈尔力一个处级干部、省级劳模、改革先锋，开烤肉店就是为了哗众取宠，是在抗议市委、市政府对他的不公。也有人说，陈尔力开烤肉店目的不纯，以前当厂长、经理时，美女如云，招之即来，挥之即去，现在没人理了只能招两个下岗职工打打牙祭，填补一下内心的空虚。还有人编了一套顺口溜：找小姐太费，找情人太累，找下岗女工最实惠。

陈尔力想，大风大浪都已经过来了，还在乎这些风言风语？

过一段时间，赊账的没有了，但客人也减少了很多。陈尔力一想，看来这个烤肉店得想点儿办法，不然再开下去也不会赚钱。一天，陈尔力问郑慧娴："你韩国有没有亲属，听说韩国烤肉很出名。"

"有啊，怎么了？"

"我想，让你去韩国找个烤肉店打工，把技术学回来，然后再增加一些朝鲜族拌菜，不然我们的烤肉店就不会长远。"陈尔力说。

"好啊，我可以去韩国，可是我的家庭条件不好，往返机票钱都没有。"

陈尔力说："这个你不用担心，我给你拿机票钱。在你去韩国打工这个阶段，烤肉店给你开一份工资，你在韩国打工的钱归你个人。"

郑慧娴走后一个月，就把拌肉料的配方寄了回来，从此再也没了音信。

陈尔力想，不回来就不回来吧，能在韩国赚大钱，谁还愿意回来？这也是就业门路，最好下岗职工都去韩国打工自己才高兴呢。

郑慧娴没从韩国回来，陈尔力又找来原来印刷车间的朝鲜族大姐朴英善，这个人勤快干净，而且会腌制朝鲜族咸菜。

朴大姐来后，陈尔力召集她和吴玉竹开了个小会，提出这个烤肉店按股分成。分成方式陈尔力占百分之三十，朴大姐和吴玉竹各占百分之三十五。两个人一听，这怎么能行，烤肉店都是陈尔力投资的，而且还少分。

陈尔力说：“是这样，你们投的是劳力股，我投的是资金股，这样才算公平合理。”

朴大姐一听，问陈尔力：“你要干什么去？”

陈尔力说：“我想干点儿别的买卖，如果烤肉店人手紧张，可以雇个服务员。但我不出门时，还会在烤肉店里干活。”

一个男人的雄心，永远不会泯灭。烤肉店一天赚那么点儿钱，混生活还可以，但要实现一个企业家的梦想是不可能的。

烤肉店有了交代后，陈尔力就给北京印刷技术协会的陈天明打电话，问一下俄罗斯造纸厂的易货贸易还能不能做。

陈天明说：“这都是两年前的事情了，我联系一下看看，不过现在的俄罗斯人经商已经精明了。”

“上次的木浆纸买卖我没做，你把客户介绍给谁了？”

“我谁也没给介绍。没有信誉的人，我把外国客户介绍给他，那不等于把俄罗斯朋友给坑了？”说到这里，陈天明好像突然想起了什么，便问，“尔力，上次是怎么回事，你不是说来北京签合同吗，怎么没来？”

“别提了，说来话长。”陈尔力就把从俄罗斯做买卖回来，厂里如何被封、如何被买断、如何抗争的事都说了一遍。

“你们印刷厂还在吗？”陈天明关心地问。

“唉！”陈尔力叹了一口气说，“工厂还在，但厂房已经抵押给了银行，设备也被骗走了，工人全部下岗，印刷厂只剩下了一个空壳。”

陈天明也觉得惋惜，便说：“你们厂原来设备那么先进，设计人员那么过硬，生产效益那么好，倒闭真是有点儿可惜。”

“没有办法，这都是官商勾结造成的。”

陈天明说：“尔力，别上火，过去的事情就让它过去吧，还得往前看。我抓紧与俄罗斯克拉斯诺亚尔斯克造纸厂联系一下，有结果就告诉你。”

这几天，陈尔力像往常一样，不到中午就来到烤肉店打扫卫生，准备木炭，有时也帮助朴大姐和吴玉竹切肉、拌料。

因为有了股份分成，朴英善和吴玉竹干得很起劲儿，烤肉店也一如既往地火爆。

一天晚上，有五个小混混在烤肉店里喝多了，吴玉竹在结账收钱时，其中一个人说："你让我抱一下，我就给钱，不让抱就没钱。"说完还动手动脚。

陈尔力从里屋出来说："如果你们没钱算我请客，可是你们不能欺负一个女人，太不讲究了吧？"

"有你啥事，她是你妹呀？"那个人说完，从包里掏出一沓钱，"你敢说老子没钱，老子的钱能砸死你！"

陈尔力一听，这不是胡搅蛮缠嘛。"你再不走，我就要打110了。"陈尔力说完，真打了110报警。

"打110算个屁，老子不怕他们。"说着，拿起酒瓶就把玻璃给砸了，然后坐在门口就是不走。

等了一会儿，警察还没到，那个人还在叫嚣："怎么着，警察敢来抓老子吗？"其他人也跟着起哄。

陈尔力一看，不教训教训你们就不知道马王爷有三只眼，他拿起酒瓶就向那个人砸去，当时就把那个小混混砸得头破血流。

那帮人一看，同伴被打伤，一个个张牙舞爪的奔着陈尔力就要动手。本来他们就喝得侧侧歪歪，没等碰到陈尔力就摔倒了。但嘴里仍然叫嚣："打残他，打残他！"

陈尔力一听更生气了，操起烧炭的铁钩子，一顿狂打，把几个人全部打趴在地。

这时警察来了，把陈尔力和几个小混混全部带到了派出所。一问事情经过，才知道那几个受伤的人都是被陈尔力打的。派出所有个警察认识陈尔力，他劝陈尔力，赶紧到医院把那个头上流血的小混混给包扎一下吧。坐着警车来到医院，陈尔力为他们支付了医药费。

从那以后，陈尔力出了名，有人说打得好，不然被小混混欺负住烤肉店就没法开下去了。但也有人说，一个处级干部、共产党员、省级劳模跟小混混打架，有损领导干部形象。陈尔力想，什么处级干部，什么省级劳模，自己现在就是一个自食其力的下岗职工。直到现在，他才理解，生活在环境恶劣条件下的人们为什么那样野蛮，大自然的规律是弱肉强食，他们为了生存而战。

三天后。陈天明来了电话，他说："尔力，我跟俄罗斯克拉斯诺亚尔斯克造纸厂的伊万诺夫斯基厂长联系了。伊万诺夫斯基厂长说，可以合作，但有个条件……"

"什么条件，说吧。"陈天明还没有说完，陈尔力就抢着问。

陈天明接着说："伊万诺夫斯基说，可以采用克拉斯诺亚尔斯克造纸厂在中国设办事处的名义，把各种类的木浆纸发过来，你们卖掉后再购买造纸网发到他们厂，他们厂派一个人来驻在三江市。"

"没问题，他们可以派人来。"陈尔力说。

"你先别着急，还有个问题，伊万诺夫斯基还要求你们把派来的代表安排到三江大学留学，一切费用由你们承担。"陈天明补充说。

陈尔力听后，沉思了一下，说："天明，留学的费用没问题，但到三江大学留学，我得打听一下，然后答复你。"

"如果这些条件都能答应，你们立刻到克拉斯诺亚尔斯克造纸厂签订合同。"

"好的，我尽快联系。"陈尔力放下电话后想，找谁能办成这件事呢？

想了一会儿，陈尔力拿起电话打给方副市长："你好方市长，我是陈尔力。"

"哦，尔力呀，这么多年你都干啥呢？"

"我还能干什么，就是自食其力呗。"

"尔力，我劝你不要着急，将来你们这批人一定会有说法的，你可不要自暴自弃呀。"

"方市长，我有件事想求你，我俄罗斯那边有个客户，要求我帮助联系一下到三江大学留学，可是我也没有门路呀，所以我只能向你求助。"

“哦，是这样啊，那我就给你问一下。打这个电话就能找到你吧？”

“能找到，这就是我的移动电话。”

“好，我问完就告诉你。有时间来我这里坐坐。”方副市长说。

陈尔力笑着说：“我可不敢到你那里去，我可是信访重点监控对象呢。”

“这小子，少跟我胡扯。”方副市长说完，挂了电话。

挂断电话，陈尔觉得留学的事情只要方副市长出面，就有成功的希望。

坐在那里，陈尔力想，如果把留学的事情办妥，俄罗斯的木浆纸易货贸易就十有八九能成功。做这样的买卖，也不能像倒卖轻工产品一样，自己背着大包，单枪匹马地当“倒爷”，那得需要洽谈的、推销的、记账的、保管的、打杂调度的，甚至还得租用库房。需要这些人都找谁呢？

陈尔力脑子一转，第一个想到了大孟，可是又觉得不太合适，因为大孟毕竟是行政机关工作人员，在时间上没那么自由，在家帮忙守摊还行。

他想到的第二个人，是翻译郑佳丽，去俄罗斯洽谈非她莫属。她不仅俄语好，也有对外贸易经验，对合同很懂行。

第三个想到的人，就是印刷厂下岗职工宋大哥。宋大哥叫宋中华，为人忠厚，是厂里的老模范，技术能手。早年，宋大哥家中不幸，生了两个智障儿子。这两个孩子，只要大人不在家，就砸玻璃砸门，一年四季家里都用塑料布当玻璃，砸坏了再换，便宜。就是家中的电视机都得用木柜锁起来，不然都怕被两个儿子给砸了。后来，宋大哥因为两个孩子整天犯愁，有时坐在平房外的马路牙子上，一坐就是几个小时。由于长期着急上火，宋大哥突然得了脑出血，又给这个家庭雪上加霜，宋大嫂顾东顾不了西，愁得都不想活了。看到宋大哥家里这种情况，陈尔力给他们想了个办法，想把两个孩子送到民政福利院，可是人家不收，说有爸有妈的孩子不能收。后来，陈尔力又是托人，又是送人情，总算把两个智障孩子安排妥当。厂里又给宋大哥拿钱治病，又要照顾他们生活，总算把宋大哥的病治好了。陈尔力觉得，宋大哥可以当保管员，保证万无一失。

第四个想到的是苏玉民，他原来是销售科科长，这个人有头脑，也很正直，私心小。

第五个想到的是包装车间主任赵明文，他是陈尔力一手提拔起来的，这个人平时少言寡语，但心中有数，也是个技术能手。

第六个想起的是财务科科长刘大姐刘晋芳，这个人敢做敢当，直言不讳。就是陈尔力当总经理的时候，她看不惯的事情都敢说，陈尔力非常敬重她。

这么一想，陈尔力心里豁然开朗，万一能与克拉斯诺亚尔斯克造纸厂合作成功，就找这些人，大家一起干。

在陈尔力给方副市长打电话的两个小时后，方副市长回了电话："尔力呀，我跟三江大学的崔校长已经说好了，你去找他，就说我让你去的。"

"谢谢方副市长，我马上就去。"陈尔力接到电话非常激动。

放下电话，陈尔力出门打了一辆出租车直奔三江大学。到了学校，陈尔力找到了校长室，他轻轻敲了一下门。

"请进！"

陈尔力推门进去："崔校长，我叫陈尔力，是方副市长让我来找你的。"

崔校长听了陈尔力的话，突然愣了一下："是方副书记让你来找我吧？"

陈尔力也愣了一下，脑子一转说："是、是、是，方副书记是我的老领导，叫方副市长都习惯了。"陈尔力纳闷，方副市长什么时候被提拔为副书记了？

"你的俄罗斯朋友多大年龄，是男是女，叫什么名字？"崔校长问。

陈尔力一听，赶紧说实话："是克拉斯诺亚尔斯克造纸厂厂长伊万诺夫斯基托付的，让我帮助联系一个人留学，具体情况我还没细问。"

"那好吧，等你问明情况再来找我吧。"

“那就先谢谢崔校长了，等我问明情况再来找你。”陈尔力说着，起身要走。

这时崔校长也站起来，递给陈尔力一张名片，说：“有事打电话就行，不用亲自来回跑。”说着，还跟陈尔力握了握手。

出了大学校门，陈尔力心里还很激动，还是方副书记有力度呀，这件事就这么轻轻松松地办妥了。

在回来的路上，陈尔力给方副书记打了电话，把事情原原本本学了一遍。还说了自己叫方副市长，崔校长一愣的事。

方副书记听后笑着说：“你陈尔力真没良心，我的工作变动了你都不知道。”

“一个下岗职工，消息哪有那么灵通。”说完，陈尔力笑了。方副书记在电话那头也笑了。

回到烤肉店，陈尔力在后厨给陈天明打了电话，把办留学的事情说了一遍。

陈天明说：“你先放下电话，我让翻译打电话问问伊万诺夫斯基。”

不一会儿，陈天明的电话又打了过来，他说：“这个留学的人，就是伊万诺夫斯基的女儿，叫纳莎，今年二十五岁，也是克拉斯诺亚尔斯克造纸厂派驻中国办事处的代表。”

挂断电话，陈尔力想，看来俄罗斯领导干部也像中国的个别官员一样腐败呀。这不是明摆着嘛，纳莎名义上是派驻中国办事处的代表，实际是假公济私来留学，还能在克拉斯诺亚尔斯克造纸厂开一份工资，在中国也能开一份工资，而且留学费、生活费都得办事处承担。

陈尔力回头又一想，管他呢，伊万诺夫斯基腐不腐败与自己没关系，中国的个别官员腐败我都抗争不了，更何况俄罗斯呢。陈尔力想，伊万诺夫斯基这样安排，木浆纸价格肯定会很便宜，利润也会很可观。

过了一天，陈尔力给三江大学的崔校长打电话，告诉他纳莎的情况。崔校长说没问题。陈尔力又问了一下学费，崔校长告诉他一年学费一万两千元，住宿费每年八百。

一万两千元人民币？那可是中国人一年半的工资呀。

过了两天，陈尔力又给陈天明打电话，让他问问伊万诺夫斯基，什么时间可以去克拉斯诺亚尔斯克造纸厂签合同。

第二天，陈天明回话说，伊万诺夫斯基说了，随时可以去克拉斯诺亚尔斯克造纸厂洽谈签订合同。

放下电话，陈尔力找来大孟、郑佳丽、苏玉民、宋中华、赵明文、刘晋芳，晚上在烤肉店边吃边商量对俄贸易的事情。

一进屋，刘晋芳就说陈尔力："你现在已经不是我们厂长了，还召集我们开会呀，你是不是犯了官瘾？"

陈尔力笑着说："看看大姐说的，好像我当官有瘾似的。"大家听后都笑了。

吃饭的时候，陈尔力说："好长时间没跟大家见面了，今天就算小聚吧，顺便跟大家商量点儿事儿。"

"你还折腾啥？还想把那个破厂子捡起来呀？听说卢清波跑的时候还有一些设备，都被有心眼的人给弄走了，剩下的破铜烂铁也被一些工人半夜偷没了，你就消停点儿吧，吃一百个豆还不嫌腥呀。"刘晋芳说。

陈尔力听后，笑着说："我说大姐，你能不能听我把话说完。"他停顿一下，又说，"大家不要害怕，今天我请大家来，就是要把话说明白，我以贸易公司的名义做买卖，赔挣算我一个人的，我就是想请大家过来帮我，赚多了我给你们多开工资，不赚钱我也不能让大家白干，砸锅卖铁也要给你们开个基本工资。"

大孟问："什么买卖？"

陈尔力说："我通过陈天明联系到了俄罗斯克拉斯诺亚尔斯克造纸厂，跟他们合作，把木浆纸运到中国，卖完后再买造纸网运回去，进行易货贸易。厂长伊万诺夫斯基提出要在中国设立办事处，以这个名义派他女儿纳莎来中国留学，费用由我承担。"

"还是上次陈天明说的那个买卖吧？要没有包装彩印有限公司被卖的那档事儿，这个买卖早就做成了。"大孟说。

“已经过去了快两年，我想把它捡起来。开烤肉店我总觉得不是一个男人该干的事儿。”

听到陈尔力的话，大家都说这个买卖行，反正大家下岗也没事可做，都愿意过来帮助陈尔力。

陈尔力说：“我是这样想的，大孟在工作之余，帮助我管理公司的全面事务。赵明文帮助宋大哥管理仓库和货物，并负责运送雇车等杂事。苏玉民主要是搞营销，联系外地客户。刘晋芳大姐负责财会和出入库记账。这次去俄罗斯谈合同，由我、郑佳丽、苏玉民和刘大姐一起去。这样就得提前给苏玉民和刘大姐办理护照。”

大孟问：“如果货物到站，库房怎么办？再说，俄罗斯能发多少货还不知道呢，也不知道应当租用多大的仓库。”

“在合同没签订之前，那都是未知数，但我们必须做好准备，以免到时候抓瞎。”苏玉民说。

陈尔力想了想说：“我看这样，明天我去工商行，跟那行长谈谈，尽量租用我们印刷厂的地方。如果不行，锻压机床厂不是也倒闭了嘛，他们的库房也很大。”

“去俄罗斯的费用也不小啊，如果合同签订成功，就海关税一项就得很多钱哪，你有那么多钱吗？”大孟问。

“车到山前必有路。到俄罗斯签合同时，关税尽量由他们出，如果克拉斯诺亚尔斯克造纸厂不同意，回国后我再想办法也不迟。”陈尔力胸有成竹地说。其实，陈尔力说这些话时，想到了楚天霖和常虹，万一合同签订成功，可以向他们二位求援。

一看大家都说这个买卖好，陈尔力一高兴，当晚又没少喝酒。

回到家里，陈尔力盘算着，去俄罗斯的路费需要多少钱，买些轻工业产品需要多少钱，再买些高度白酒需要多少钱，最后一核算，起码得两万元费用。因为当年他领着包装彩印公司的人员到过圣彼得堡，知道差旅费、住宿费、吃饭费用多少钱。

陈尔力问林云裳，家里还有多少钱？林云裳说，还有一万五。

第二天，陈尔力把苏玉民叫来，让他去办自己和刘晋芳的护照。

自己又去了趟父母家，问能借给他多少钱。母亲说，家里只有两千元。母亲又跟弟弟尔群说了这件事，尔群又给拿了两千。陈尔力一看，去俄罗斯的差旅费不用愁了。

中午，郑佳丽来电话说，去俄罗斯有个方法能够节省费用，那就是从近处过境到哈巴罗夫斯克，然后坐飞机到克拉斯诺亚尔斯克，比坐北京到莫斯科的火车还要省钱，因为俄罗斯境内的交通费非常便宜。郑佳丽还告诉陈尔力，现在北京通往莫斯科的列车一点儿都不安全，经常发生抢劫案。听完郑佳丽的话，陈尔力不由得想起在俄罗斯的经历，顿感毛骨悚然。

陈尔力告诉郑佳丽，这几天准备买一些轻工业产品到俄罗斯送礼。

可是郑佳丽说，到边境的青云市场再买不迟，因为这个商店是专对俄罗斯人开的，里面的商品都比较肥大，适合俄罗斯人的身材。

陈尔力说："对俄罗斯人的市场，商品不贵吗?"

郑佳丽告诉他："如果俄罗斯人买就贵，中国人买就很便宜。"

经过半个月的精心准备，陈尔力带领郑佳丽、苏玉民和刘晋芳开始启程。来到边境小城，他们在青云市场买了一些纱巾、披肩、裤袜、配饰、尼龙袜、羽绒服等轻工业产品，准备送给俄罗斯朋友作为见面礼。出发前，苏玉民还准备了两箱高度北大荒，分别装在各自的旅行箱里。

过了绥芬河海关，给大家的第一印象就是俄罗斯的森林覆盖率高，相当于中国东北的20世纪50年代。这样一个国家，肯定原材料充足，造纸业发达，木浆纸价格低廉，预示着这次贸易的成功概率极大。

边疆地区，异国风情，总是让人兴奋不已。这里的人，有欧洲白色人种，也有亚裔黄色人种。

刘晋芳盯着当地人说："原以为，俄罗斯人都长得高鼻子、蓝眼睛、黄头发，可是到这里一看，有很多人长相跟我们差不多呀。"

陈尔力告诉大家，哈巴罗夫斯克，清朝以前为中国领土，称为伯力，直到现在有些石碑还矗立在这里。这个地方，也是满族和赫哲族的发祥地，这里的土著人称为那乃，就是中国的赫哲。辽金时期的五国部，其中一个小国叫剖阿里，就在现在哈巴罗夫斯克南部。《中俄北京条约》签订后被沙俄占领。要不是种族屠杀，现在的哈巴罗夫斯克的黄种人还会更多。

“哦，原来是这样啊。”

本来想在这里游玩几天，可是陈尔力觉得还是到克拉斯诺亚尔斯克造纸厂签完合同再说，回来时专程在这里逗留几天。

那天，陈尔力他们从哈巴罗夫斯克乘飞机去往克拉斯诺亚尔斯克，上了飞机才发现，一架能坐三百多人的大型飞机根本没有其他旅客，只有陈尔力带领的三个随行人员。大家一看高兴了，十多个漂亮的俄罗斯空姐，只为四个中国客人服务。翻译郑佳丽说：“这不是我们的专机吗？”

“可不是，等到了克拉斯诺亚尔斯克造纸厂，如果有人问，你们是怎么来的？我们可以自豪地告诉他们，我们是乘专机来的。”听了苏玉民的话，大家都笑了起来，引来俄罗斯空姐的异样目光。

工厂的人都放肆惯了，刘晋芳一看飞机上没有其他乘客，就想和苏玉民到另一层客舱参观参观。等飞机升空平稳后，郑佳丽对空姐说，我们的两位同志是第一次坐飞机，他们想参观一下另一层客舱。那位空姐很友好，她领着刘晋芳和苏玉民不仅参观了另一层客舱，还参观了头等舱。

刘晋芳和苏玉民跟着空姐走后，郑佳玉问陈尔力：“想喝点儿什么？”

陈尔力说：“听说俄罗斯的咖啡不错，奶味十足，就来一杯咖啡吧。”

郑佳丽按响头上的按铃，这时一位俄罗斯空姐走过来，问他们有什么需要。郑佳丽告诉她，先来两杯加奶咖啡。

陈尔力的咖啡还没等喝完，刘晋芳和苏玉民就回来了。刘晋芳兴奋地说：“这架飞机也太大了，老宽绰了。原来看到飞机在天上飞就那么一个黑点，没想到原来这么大呀！”

刘晋芳说完，一看陈尔力和郑佳丽每个人端一个杯，便问："你们喝啥呢，都是中国人，咋两样待遇?"

郑佳丽告诉她："我们喝的是咖啡，你们也可以要。"

"空姐，给我们来两杯咖啡!"刘晋芳嚎唠一嗓子，把陈尔力吓了一跳。

郑佳丽一听笑了，她按了一下座位上的按铃。这时，一位空姐走过来，问有什么需要。郑佳丽告诉她，再来两杯咖啡。

空姐走后，郑佳丽告诉刘晋芳，在俄罗斯这个国家，说话不能大呼小叫的，人们会反感，认为那是没有礼貌。刘晋芳听后不好意思地伸了一下舌头。

陈尔力说："刘姐说话声高不是故意的，她原来在车间里干过印刷工。因为在车间里机器噪声大，不大声说话彼此都听不见，所以形成了习惯。"

听到陈尔力的话，刘晋芳伸出大拇指说："看看，还是陈厂长理解我们。"

飞机飞行一个半小时后，两位空姐推着车来送餐。飞机上的午餐非常简单，两片面包片，几片红肠，一条酸黄瓜，一盒蔬菜沙拉。

苏玉民吃不下这些东西，他问郑佳丽能不能给要点儿咸菜?郑佳丽说，飞机上不可能有咸菜。

到了克拉斯诺亚尔斯克机场，给大家的第一个印象就是有点儿冷，好像突然又回到了初冬，尽管大家提前有所准备，但还是感到不能一下子适应。伊万诺夫斯基和女儿纳莎来接的飞机，因为克拉斯诺亚尔斯克机场根本没有多少旅客，他们彼此一眼就认出对方。还有两个司机帮助陈尔力他们提旅行箱。

伊万诺夫斯基，其实叫安德烈·伊万诺夫斯基。这位厂长，人高马大，有些发福，但可以看出年轻时是个标准的美男子。纳莎，深蓝色眼睛，修长身材，白皮肤，黄头发，气质高雅，是典型的俄罗斯美女。

通过翻译郑佳丽的介绍，伊万诺夫斯基与每个人拥抱、握手，仿佛是久别的老朋友又一次重逢。纳莎，也与大家热情地握手："尼浩、尼浩（你好）。"她用生硬的中文说着。

来到酒店，伊万诺夫斯基和纳莎跑前跑后地为陈尔力他们安排入住。

欢迎晚宴是在酒店内举行的，主副食还算丰盛，有面包片、牛肉、羊肉、牛排、红肠、蔬菜沙拉、腌黄瓜和土豆，还喝了一点儿色酒。

翻译郑佳丽告诉陈尔力，这样档次的饭菜，只有招待高贵客人时才会这样奢侈。现在的俄罗斯，经济比较困难，日常生活中蔬菜都很少见到，都是奶制品。

陈尔力偷偷地告诉苏玉民，到房间拿两瓶北大荒。伊万诺夫斯基一看到白酒高兴得像三岁的孩子，手舞足蹈地说："Хорошо（哈拉少），Хорошо（哈拉少）。"这两瓶酒，被伊万诺夫斯基自己喝了一瓶。

陈尔力让翻译郑佳丽告诉伊万诺夫斯基，我们带来一些白酒，要作为见面礼送给俄罗斯的朋友。伊万诺夫斯基不断竖起大拇指。

晚餐过后，陈尔力邀请伊万诺大斯基和纳莎到房间里坐坐。

在进入房间前，陈尔力告诉苏玉民和刘晋芳挑选一些礼品送给纳莎，再送给伊万诺夫斯基十瓶白酒作为见面礼。

当陈尔力把礼物送给这对父女时，伊万诺夫斯基十分高兴。纳莎看到礼品眉开眼笑，一会儿试试披肩，一会儿试试纱巾，一会儿试试羽绒服，并拿起各种配饰、丝袜和袜裤反复瞧看。

陈尔力与伊万诺夫斯基坐下开始喝茶，这是陈尔力带来的龙井茶。伊万诺夫斯基拿起茶叶盒反复瞧看，有些爱不释手。陈尔力让郑佳丽告诉伊万诺夫斯基，这盒绿茶送给他了。

送走这对父女，陈尔力对郑佳丽、苏玉民和刘晋芳说："我看这个合同不用谈就有七八成的把握了。"

郑佳丽说："看他们父女的热情劲儿，大有希望。"

克拉斯诺亚尔斯克属于边疆地区，位于西伯利亚中部，气候相对寒冷一些，境内最大的河流是叶尼塞河。

陈尔力一行人去的时候已是六月中旬，在中国气温都是二十度以上，但到了这里，最高气温还不到十五度，这可苦了他们一行人。在俄罗斯不像中国，随处可以买到衣服，到了这里没办法只能挺着。

刘晋芳是第一个被冻感冒的，接着就是苏玉民。还好，陈尔力和郑佳丽没事儿，但也冻得够呛。好在临出门前，陈尔力让他们准备了感冒药、拉肚子的药。

第二天，郑佳丽对陈尔力说，我们得抓紧时间洽谈合同，不然恐怕难以挺住。陈尔力同意郑佳丽的看法，让她赶紧联系伊万诺夫斯基说明情况。

当时的俄罗斯人还是比较正统的，伊万诺夫斯基听郑佳丽说有两个中国人都冻感冒了后，就把家里的毛衣、秋裤拿来给中国人穿。俄罗斯人衣服又肥又大，再加之他们的衣服都有一股怪味儿，中国人根本没法穿。但冻得实在难受，不穿也得穿。那几天，陈尔力他们在酒店里，冻得不敢出屋。

俄罗斯人本来工作效率不高，但好心的伊万诺夫斯基厂长着急了，他派车到莫斯科把中文翻译接来抓紧时间洽谈。

洽谈那天，克拉斯诺亚尔斯克造纸厂包括纳莎在内，一共七人。陈尔力告诉苏玉民和刘晋芳，为每个人准备一瓶白酒、一件女士羽绒服、三条纱巾、两条披肩、两件配饰、两条裤袜和三双丝袜，包括两位开伏尔加和拉达的司机。

送完礼物，洽谈在一片热情友好的氛围中开始。陈尔力首先提出进行易货贸易，用造纸网换取木浆纸，要求木浆纸各种类型搭配，铜版纸占百分之十、牛皮纸占百分之二十、白板纸占百分之十、新闻纸占百分之三十、双胶纸占百分之三十。因为在中国设立办事处，所有运输费、报关费用都由克拉斯诺亚尔斯克造纸厂承担。到货地点，中国境内任何一个省市。

陈尔力提出条件后，发现克拉斯诺亚尔斯克造纸厂方，谁也没有提出异议。后来造纸厂方经商议，决定每次给中方发货十车皮纸张，每车六十吨，换取各种纸网一百吨。

可是陈尔力说，每次发货十车皮太少，这样费用大、成本高，不如一次性发货二十车皮，中国印刷行业市场大、用量多，对双方都有利益。

伊万诺夫斯基又与造纸厂几个人商量后，同意了陈尔力的意见。

这次洽谈非常顺利，各种条件谈好后，两个翻译开始起草贸易合同。陈尔力又告诉翻译郑佳丽加上一条，每次发货前，克拉斯诺亚尔斯克造纸厂要与丰润贸易公司取得联系，按照中方的意图，把各种类型的木浆纸搭配装车。

贸易合同起草完毕后，双方都没有提出异议，然后由陈尔力和伊万诺夫斯基签字盖章。

陈尔力告诉伊万诺夫斯基，有四个车皮按照比例搭配，发往深圳，两个车皮由楚天霖接收，另两个车皮由常虹接收。陈尔力的意思是报答楚天霖和常虹。

签完合同回到酒店，陈尔力对苏玉民说："按照造纸网易货换算，每吨木浆纸的平均价格折合人民币才一千五百元，而在国内能卖到三千二百元以上，扣除各种费用，一次对俄贸易至少能赚一百五十万元。如果销售顺利，一年可以发两次货，那就是三百万元。"陈尔力还兴奋地说，"真没想到，对俄贸易会这么赚钱。"

苏玉民问："真能挣这么多钱吗？那可就发财喽！"

陈尔力说："这是初步测算，每次易货成功后，还不得给伊万诺夫斯基三十万，给陈天明十万。这样除去一些费用，每次易货贸易最少能赚一百万以上。等将来钱赚了大钱，就投资一个实业，让印刷厂的下岗职工都来就业。"

听到陈尔力的话，苏玉民笑着说："你这些话要是被刘晋芳听到，又该说你吃一百个豆不嫌腥了。"陈尔力听后笑了。

签订合同的第二天，伊万诺夫斯基带着纳莎来到陈尔力下榻的酒店。伊万诺夫斯基问陈尔力，纳莎留学的事情怎么落实的？陈尔力告诉他，已经联系妥当，只需带全各种手续，在当年九月即可入学。伊万诺夫斯基听后很高兴，他说，想让纳莎这次跟陈尔力一起走，到办事处熟悉一段时间工作，然后在九月入学。陈尔力说可以。

伊万诺夫斯基让郑佳丽告诉陈尔力，既然以克拉斯诺亚尔斯克造纸厂驻中国办事处的名义合作，那么每次发货二十车皮，利润就应当分给他们五万美元，由纳莎全权代理。

陈尔力听后一愣，心想，这个伊万诺夫斯基别看表面憨厚，可是胃口还不小，但回头一想，这次对俄贸易之所以能够成功，在很大程度上有伊万诺夫斯基的功劳，不然木浆纸的价格不会这么低廉。

看到陈尔力半天没有回答，伊万诺夫斯基问翻译郑佳丽："陈厂长不同意？不然就每次四万美元吧。"

郑佳丽把话翻译给陈尔力后，陈尔力说："伊万诺夫斯基厂长，你就是不说，我也打算每次易货贸易都给你提成三十万人民币。按照现在汇率一比八计算，四万美元也差不多。"伊万诺夫斯基听后非常高兴。

陈尔力想，自己最痛恨的就是政府官员腐败，可是今天却在俄罗斯贿赂起他们的国有企业厂长，好像这不是自己国家，就可以胡作非为似的。

最后，伊万诺夫斯基又问了一下关于纳莎在中国生活照顾方面的问题。陈尔力通过翻译告诉他，中国人是好客的，请他放心，纳莎在中国的一切都不用伊万诺夫斯基操心，全部由他陈尔力负责到底。

签订合同的第十天，陈尔力带领手下三人和纳莎，准备直飞哈巴罗夫斯克。

可是伊万诺夫斯基问："为什么不坐莫斯科到北京的火车？"

听到伊万诺夫斯基问话，陈尔力想，这是国人的耻辱，不能告诉他是为了避免中国人抢中国人，便说："去哈巴罗夫斯克还有些事情要办。"

陈尔力他们启程那天，伊万诺夫斯基和夫人到机场送行。陈尔力看到伊万诺夫斯基和夫人，在与纳莎告别时竟没有一点儿悲伤，好像终于把纳莎这个累赘甩给了陈尔力。

陈尔力小声问郑佳丽："伊万诺夫斯基和夫人是纳莎的亲生父母吗?"

郑佳丽说:"这个问题我还真不知道，也没法直接问伊万诺夫斯基。"

从克拉斯诺亚尔斯克机场起飞，偌大一架客机，除了陈尔力一行人之外，还有俄罗斯的三名乘客。陈尔力想，看来俄罗斯的经济已经到了崩溃的边缘，不然怎么会只有这么几个乘客。

陈尔力一行人在哈巴罗夫斯克逗留了两天，主要是为了让纳莎玩得高兴。

哈巴罗夫斯克是远东地区最大的城市，位于黑龙江和乌苏里江交汇处东侧，临近鄂霍次克海，气候比较温和，是远东政治经济文化的中心。凭借特殊的地理优势，中国人、日本人和韩国人经常来这里做贸易，街头的外国游客随处可见。

在哈巴罗夫斯克的两天里，陈尔力带着纳莎和随行人员，游览了列宁广场、共青团广场、阿穆尔斯基公园、金顶东正教堂、远东地区博物馆、哈巴罗夫斯克考古博物馆、哈巴罗夫斯克历史博物馆、远东艺术馆、伯力音乐剧院、阿穆尔河公园和鞑靼海峡。每到一处，纳莎都高兴得又蹦又跳，她不是拍照留念，就是拿出小本子记着什么。而我们中国人就是走马观花，接受着视觉冲击。

两天逛下来，陈尔力感慨很深，一个不大的远东城市，文化艺术氛围这么浓厚，这是中国无法比拟的。

第三天，一行五人从边境进入中国。

回到三江市，陈尔力发现纳莎比中国人到俄罗斯还要兴奋，因为三江市的气候温暖，纳莎可以穿上更漂亮的衣服。

为了让纳莎高兴，陈尔力带着纳莎和翻译郑佳丽逛了商场，又给纳莎买了一些单薄的衣服、裙子和高跟鞋。经过一番打扮，纳莎仿佛天使一般美丽。

纳莎一看陈尔力给她买了这么多漂亮的服装，高兴得在他脸上亲了一口。这突如其来的亲吻，让陈尔力感到很难堪，特别是在商场这样的公共场合。

看到陈尔力的表情，翻译郑佳丽说："纳莎的表现在俄罗斯是很自然的事，这是他们的风俗习惯。"

在逛商场回来的路上，正好路过工商银行，陈尔力带着郑佳丽和纳莎，上楼去找那行长。

见到那行长，陈尔力首先介绍了纳莎，说，这是俄罗斯办事处驻中国代表。又把郑佳丽介绍给那行长，可是没想到，他们之间早就认识。

陈尔力说："那行长，今天有件事想求你，我们与俄罗斯做易货贸易，发回来十六车皮木浆纸没地方存放，想租用原印刷厂的两个库房和一个大车间。"

那行长说："印刷厂的厂房空着也是空着，你就用吧，别说租不租的，只要把厂区看好，别让人破坏就行，你可以白用。"

说完正事，那行长又说："尔力呀，以前的事情你不要记恨我，市委、市政府作出的决定，我敢不服从吗？其实，根本不关我的事。"

陈尔力说："过去的事情就让它过去吧，那就谢谢那行长了。"

"谢啥，以后有用得着的地方，你尽管说话。"

走出工商银行，陈尔力对郑佳丽说："这几天你辛苦点儿，在宾馆陪纳莎住几天，等她渐渐熟悉了环境，你晚上再回家住。"

郑佳丽听后笑着说："上哪儿说理去，你们都回家老婆孩子热炕头，却让我在这里陪客人，孩子他爸倒是能挺住，可是孩子还想娘呢。"

陈尔力不好意思地说："辛苦你了，实在没办法就得你陪了。"

郑佳丽笑了，心想，这样的俄罗斯美女，你也有心想陪吧。可是她没有说出口，因为她不跟陈尔力开玩笑。

这几天，陈尔力找到宋大哥、苏玉民和赵明文，让他们去印刷厂看看门窗是否完整安全，实在不行就把车间窗户用砖砌上，再把仓库大门维修一下。

第二天，陈尔力一大早就来到印刷厂，看到厂区院里一片凄凉，蒿草丛生，这让他不由自主地想起圣彼得堡印刷厂的苍凉，也想起了老厂长维克多。

走进大门，门卫是工商银行雇来的，他不认识陈尔力。陈尔力告诉他，自己原来就是这里的厂长。

说话之间，宋大哥和赵明文也来了。陈尔力告诉他们，赶紧找个推土机，把厂区院里的荒草平了，这样看着心里难受。

宋大哥说："尔力呀，你得赶紧安排人买些小圆木和板皮，木浆纸必须通风干燥，不然损失了可不是闹着玩儿的。"

"放心宋大哥，我派苏玉民去办。"

与赵明文和宋中华分手后，陈尔力开始在厂区转悠。他来到纸箱车间，偌大的厂房空空荡荡，六套半自动化生产线，设备早已不在，只剩下一排一排的水泥基座，粗大的螺杆还在那儿倔强地竖着。

走出纸箱车间，陈尔力又去了彩印车间，他还能清楚地记得，四套德国"海德堡"印刷机所在的位置。那台曾经碰碎自己膝盖和夺取郝玉兰丈夫生命的大型切纸机，被人切割砸碎，还留有半米高的铸铁桩。

来到印刷车间，还是空荡荡，以前"咔嚓咔嚓"翻叉的机器声犹如在耳畔回响。

走到库房，他清楚地记得这是一个成品库，以前汽车都能开进去，可是现在门框都掉下来了，大门侧歪在那里。

走到厂区大门前，陈尔力回头望了一眼二层楼的办公室，决定上去看一看。走进办公楼的大门，大门上国家级文明单位的牌匾还在上面挂着。当年为了获得这块牌匾，厂区改造就花掉三十万元，仅各种先进材料就有一麻袋。

进到一楼，以前的宣传栏玻璃破碎，但还留有四年前的痕迹，工厂劳模的照片还在宣传栏里，学习心得还粘在那儿。

从楼梯上到二楼，一条走廊的尽头，就是原来自己的总经理办公室，门牌还在。

站在二楼走廊里，陈尔力向厂区望去，一片破败景象，看得他心里酸酸的。他掏出一支烟，不由自主地抽了起来，心想，当初若不是市委、市政府强行将包装彩印有限公司卖掉，自己究竟还能支撑多久？在改革浪潮和金融风暴的双重打击下，一个人的力量无非螳臂当车。

在厂区转悠了一个多小时，陈尔力出了大门，坚定地向前走去。

在回来的路上，陈尔力给刘晋芳打了个电话，让她没事也去宾馆陪陪纳莎，不能冷落了这位异国客人。

放下电话，陈尔力有些犯愁，看来现在还有很多费用没着落，去俄罗斯的两万元已经基本花光。他想了半天，也没有借钱的地方。最后想到了烤肉店，看能不能从烤肉店里拿出点儿钱应急。

来到烤肉店，吴玉竹不在，她已经去市场买肉买菜，只有朴英善一人在店里，她正在屋里擦桌子。

陈尔力说："朴大姐，这段时间烤肉店的生意怎么样？"

"尔力回来了。这个阶段生意还不错，可就是看不到钱。"朴英善边干活边说。

"又有赊账的？"

"没有赊账的也见不到钱，进原料、收钱，都是吴玉竹一人经手，反正我是看不到钱。"朴大姐有些抱怨。

在烤肉店坐了一会儿，吴玉竹拎着菜走进来："陈厂长回来了，跟俄罗斯的买卖做得怎么样？"

"还行。吴玉竹，你把东西放在后厨，上二楼来一趟，我有话说。"陈尔力说着就上了二楼。

等吴玉竹上来，陈尔力问："现在的烤肉店生意怎么样？"

吴玉竹说："是不是那个韩国人跟你说什么了？她可差劲儿了，经常到钱匣里拿钱给孩子花，还隔三岔五地让那帮朝鲜族人来店里白吃白喝，说都算在她的头上。"

"现在烤肉店还赚钱吗？"

"这么往外拿钱，又有人白吃白喝，烤肉店还能赚钱吗？"吴玉竹气愤地说。

陈尔力一听，公说公有理，婆说婆有理，这就是人们所说的亲兄弟也不能合伙做买卖，早晚会为钱翻脸。

想到这里，陈尔力在楼上喊：“朴大姐，你也上来一趟。”

朴英善上楼后，陈尔力说：“当初我们为什么要开这个烤肉店，其实就是为了大家下岗后有碗饭吃。开诚布公地讲，当初我们三个人开烤肉店的时候，那时我收款、管采购，每天都能挣二百元左右。那时，每月给每人开一千元工资，都感觉非常满足，大家没有一点儿私心。”他看了一眼吴玉竹和朴英善接着说，“原以为，烤肉店各有股份，大家更能卖力经营，没承想越经营越糟糕。话说白了，这就是大家都能吃饱饭，开始有了私心，都想发财，互相猜忌，互相拆台，如果这样下去，即使再好的买卖，早晚也会关门散伙。”

一看两个人都不出声，陈尔力接着说：“朴大姐、吴玉竹，我今天就是想问你们一句实话，这个烤肉店还想不想再开下去了？”

陈尔力说完，两个人还是不吱声。

一看都不出声，陈尔力又说：“我看这样，你们都回家考虑两天，反正这几天我也不走。”

陈尔力的话音刚落，就听吴玉竹说：“不用考虑，我不干了，宁可去饭店给别人当服务员挣三百元钱，也不想再惹这个闲气。”

“朴大姐，你的意见呢？”陈尔力问。

朴英善说：“我想干，不干家里没钱花。”

陈尔力想了想，其实造成现在分崩离析的局面，都怨自己好心办了坏事，从人性的角度讲，每个人都有私心，只是表现程度不同而已。他接着说：“我看这样，这个烤肉店就由朴大姐自己经营更合适，原来我投资的钱，你慢慢还。”又看了一眼吴玉竹说，“吴玉竹，你也不用去饭店打工挣那三百元钱了，你可以跟着我在贸易公司干，我挣了钱，就给你们多开点儿工资。”

听了陈尔力的话，吴玉竹笑了。

陈尔力告诉吴玉竹，今天帮助朴大姐把烤肉店维持下来。吴玉竹痛快地答应了。

陈尔力和二人说完话后，吴玉竹和朴英善从来没有像今天这样和谐过，干起活来有说有笑。

“唉!”陈尔力摇摇头，又叹了一口气。

就在这时，侯三突然打来了电话：“陈经理，我是侯三，听说你去俄罗斯了，还安全吧?”

“哦，侯三呀，你的消息可够灵通的，谁告诉你的?”

侯三笑着说：“你的一举一动都在我的监控中，我比信访办工作人员还厉害呢。”

“别胡扯，是大孟告诉你的吧。”

“怎么样，合同签成了吗?”

“签成了，而且是二十车皮的木浆纸。”陈尔力自豪地说。

“陈经理，我就不绕弯子了，你现在正缺钱吧?”

“你真是如来佛，能掐会算哪。”

侯三笑着说：“不是我能掐会算，是大孟说你可能现在正缺钱。我跟楚天霖说了，他让我给你电汇五万元。这钱是楚天霖的，我可没有那么多钱。”

“嘿，你看我这帮朋友，有通风报信的，有传话的，还有给汇钱的。”说到这里，陈尔力突然又想起一件事，便问，“侯三，你以前给我汇的钱，也是大孟给你通风报信的吧?”

“那还用说，呵呵。”

放下电话，陈尔力又给楚天霖打了电话，一方面说谢谢楚天霖的汇款，另一方面告诉楚天霖，俄罗斯有两车皮的木浆纸已经发往深圳，请他查收。

楚天霖听后一惊，心想，这个陈尔力也不提前打电话说一声，就把货物发往深圳。既然已经发货，就帮助陈尔力把木浆纸卖掉，这些纸都是紧缺货。

楚天霖还问陈尔力，各种类型的木浆纸多少钱才能卖?陈尔力告诉他，就按照深圳的市场价卖，最后结算时多少钱，让楚天霖听信儿。

本来楚天霖就是想帮助陈尔力一把，可是一听陈尔力让他听信再结算，这分明是在还自己的人情嘛。

给楚天霖打完电话，陈尔力又给常虹打了个电话。可是电话响了半天，也没人接听。陈尔力有些着急，难道常虹生气了？他又打了一遍固定电话，还是没人接听。

陈尔力想，常虹肯定生自己气了，但回头一想，她不至于那么小气吧？他来到烤肉店门前，刚掏出一支香烟准备抽，突然发现隔壁门上贴着一张用碳素笔写的纸条“此房出租”，还留有房主的电话号码。

陈尔力马上掏出手机把电话拨了过去，他问明了房租价格，觉得很合理。但房主说，需要一次性交清两年的房租，陈尔力觉得还可以。

正在这时，常虹把电话打了过来：“尔力，有事吗？”

“常虹，有这么一件事，我跟俄罗斯做易货贸易，用造纸网换回木浆纸，我让俄罗斯方直接把两车皮货物发到深圳，你注意查收。至于价格嘛，你就按照市场价走就行。”

“好吧，有事再联系。”常虹轻轻地说了一句挂了电话。

放下电话，陈尔力觉得常虹的情绪似乎不高。又一想，怎么通电话时，自己也没问一下常虹现在好不好，就这么匆匆地挂了电话。也许常虹正在等待着自己的关心和问候呢，可是自己偏偏像个木头，一点儿都不理解这位曾经为自己倾囊付出的女人。

“你这个忘恩负义的东西。”陈尔力在心中骂着自己。

傍晚，陈尔力跟朴大姐说在楼上留下一个单间，今天晚上他要召集几个人边吃烤肉边商量点事儿。想到了纳莎，陈尔力让朴大姐去市场多预备一些牛羊肉和洋葱、土豆，再买一些老式面包。那个年代，很少见到西餐具，陈尔力就让吴玉竹到商店买来两个刀叉。陈尔力又回了一趟家，把几年前别人送礼的红酒拿来两瓶。

一切安排妥当，陈尔力笑了，自己做事不是挺细心周全的吗，怎么在接常虹电话时就显得那么粗心呢。后来一想，男人很多时候都会忽略自己最亲近的人，可是那个最亲近的人，特别是女人，未必也是这样想的，她们需要男人的问候、男人的关怀、男人的体贴。想到这里，他觉得这些年来，最对不起的就是妻子林云裳。

晚上，召集的人陆续来到，有大孟、大杨、李占祥、苏玉民、宋中华、赵明文、刘晋芳、郑佳丽和纳莎。一桌十个人，坐下开始烤肉喝酒，女士喝果酒，男士喝白酒。最高兴的是纳莎，她告诉郑佳丽，自从来到三江市从来没吃过一顿饱饭，今天她吃得最开心。陈尔力让郑佳丽告诉纳莎，以后可以经常来这里吃饭，而且想吃什么就要什么。

纳莎还说，愿意看到中国人喝酒的样子和大呼小叫的氛围。

吃饭的时候，李占祥和大杨问了一些对俄贸易的情况，陈尔力就原原本本地跟他们学了一番，还把楚天霖给他电汇五万元的事情也说了一遍。

在大家交谈中，纳莎瞪着大眼睛向郑佳丽问这问那。有些话，郑佳丽给她做了翻译，有些话郑佳丽没有翻译。

看到纳莎的表情，陈尔力让郑佳丽给纳莎介绍在座的每个人，姓名、职务和工作单位。然后郑佳丽还向大家介绍纳莎是克拉斯诺亚尔斯克造纸厂驻中国办事处的代表。

李占祥一听笑了，他说："刚开始进屋时，一看有个俄罗斯美女，吓得都没敢多问，还以为陈尔力这几年受了挫折性情大变，开始泡俄罗斯美女了。"

听到李占祥的话，大家"哄"的一声都笑了。纳莎发现大家都看着她笑，便问郑佳丽："这些人都笑什么呢?"

郑佳丽就把李占祥的话翻译给纳莎听，纳莎听后也笑了。

"还别说，这几天我还真听到有人议论，说陈尔力离婚了，在国外花钱娶了个俄罗斯姑娘，还专门雇个翻译陪着洋媳妇。"大杨说完，大家又是一阵哄堂大笑。

大杨继续说："我一听，当时就反驳他们，陈尔力那个人谁不知道，老正统了。当初他做厂长的时候，我们厂美女如云，他要是那样人早就传出了绯闻。可是他们说，那可不一定，以前秦厂长看起来也正统，还不是最后死的时候露馅儿了。"

大家又是一阵哄堂大笑。郑佳丽把这些话翻译给纳莎听，纳莎都笑喷了。

"我也听说了，有人说陈尔力带着俄罗斯媳妇去买衣服，洋媳妇还在大庭广众面前亲了他，说得有鼻子有眼。”大孟补充说。

“真是好事不出门，坏事传千里。这帮人都是没事闲的。”宋大哥为陈尔力打抱不平。

陈尔力一听，这都扯到哪去了，忙说：“大家先别瞎扯，我说点儿正事儿。这几天，宋大哥和赵明文抓紧时间把厂区、车间和库房弄完，实在忙不过来就雇人干。雇人的时候，尽量找一些我们厂的下岗职工，宁可让他们多挣点儿钱，也比雇别人强。还有，苏玉民你赶紧联系买小圆木和板皮，把地面垫起来，估计用不了一个星期，车皮就到了。等车皮到时，赶紧多雇车，还是尽量雇我们的下岗职工装车卸车。为了保证在运输中货物不丢失，苏玉民你提前物色几个认真负责的人押运，实在不行找一些我们厂的退休老工人，他们即使干不了活儿，但可以看堆儿。刘晋芳大姐和吴玉竹，到货那几天辛苦点儿，看住站台清点货物、监督装车。”说到这里，陈尔力想了想又说，“我们把风放出去，不管是谁，只要能把货物推销出去，就按照百分之二提成。苏玉民等货物入库后，你可以动员原来的销售科的人，各显其能，他们挣得越多越好。”

听到这里，刘晋芳再也忍不住了，她说：“尔力，你要搞清楚，你现在既不是厂长也不是经理，这个买卖是你个人的不是印刷厂的，别动不动就想着咱们下岗职工和退休工人，他们吃不上饭跟你有什么关系，你是救世主呀？”

陈尔力听后，笑着说：“现在虽然我不是厂长、经理了，但也是共产党员哪，既然是共产党员，就得想着他人。你没看到，中南海大门的照壁上都写着‘为人民服务’吗？”

刘晋芳一听更生气了，说道：“你想着他人，谁为你着想了？你以为印刷厂的职工都是好人哪？卢清波跑了以后，我们厂还留下多少机械设备，这些设备不都被有心眼儿的人弄走了吗？你看看现在开小印刷厂的，有几家都是我们厂的设备。再说了，那些没能耐的工人也不一定都是好东西，厂里被他们砸个稀巴烂，都卖了废铁。依我说，等货物到了火车站，还是雇车站的装卸工，他们干活利落，还省钱。”

“我看刘大姐说得有道理，在商言商，贸易公司不是慈善机构，别动不动就是印刷厂下岗职工、退休工人的。”大孟说。

听后，陈尔力笑着说：“不管怎么说，还得雇印刷厂的职工，都是难兄难弟，让他们多挣点儿钱也是好的。”

大家一看，陈尔力这个人算是“死不悔改”了，都不愿意再说什么了。

当天晚上吃完饭，陈尔力拿出三百元钱结账，可是朴大姐说记在账上，算是还陈尔力当初的投资款。

可是陈尔力却说：“朴大姐，今天是你单独经营的第一天，为了图个吉利，今天的烤肉钱你必须收下，以后再来的时候你可以记在账上。再者，纳莎愿意吃烤肉，你好好招待就行。”

大家听到陈尔力的话，都劝朴英善把钱收下。朴英善没办法，只收了陈尔力一百元钱。

第二天，陈尔力收到了电汇的五万元。他把烤肉店隔壁的房子租了下来，让刘晋芳和吴玉竹跟着他把租房收拾一下，还买了办公座椅和沙发、茶几，并安装了电话。这几天实在太忙，陈尔力派郑佳丽领着纳莎买一些办公用品之类的东西。纳莎也不是个娇气的姑娘，她经常跟着吴玉竹楼上楼下打扫卫生。在打扫房间时，纳莎发现贸易公司的楼上有闲置的房间，就想让陈尔力给她买张床自己在公司住，可陈尔力怕不安全，所以还让她住在宾馆里。

这几天，纳莎也像其他人一样，每天来公司上班，引来很多好奇的人前来观看。因为纳莎逐渐对环境和公司人熟悉了，这几天晚上，郑佳丽已经回家里住了。

没等公司的各项工作就绪，俄罗斯发来的十六节车皮货物就到站了。这几天贸易公司的人都忙得直冒烟儿，可还是觉得人手不够，于是苏玉民又找来一些退休工人帮助押车看管货物，还找来一些下岗职工帮助装卸货物。当然干活主力还是车站的装卸工，他们有力气，干活熟练，还把货物码放得整整齐齐。

这几天，陈尔力、刘晋芳和吴玉竹整天没日没夜地在货物站台上忙着，有时都吃不上饭，只能买几个馒头充饥。苏玉民和大孟，忙着雇车往仓库里运送货物。宋中华和赵明文负责在库房和车间里，指挥着车辆和下岗职工分门别类地码放各种木浆纸。一看人手还是不够用，宋大嫂和赵明文媳妇、儿子都来帮忙。宋中华还把邻居也叫来帮助清点货物。郑佳丽和纳莎在公司里也待不住，来到车站帮助买东西。

十六节车厢的货物可不少，因为俄罗斯的克拉斯诺亚尔斯克造纸厂在装车时，都多装一些，刘晋芳一统计，那可是整整一千吨木浆纸，就算十吨的卡车也得运送一百趟。为了尽快把木浆纸入库，货车、农用车、四轮子车一起上阵，那场面就像 1958 年大跃进，千军万马运输忙。整整忙了三天，终于把一千吨的木浆纸全部入库。两个库房和一个大车间，都被各种型号的木浆纸塞得满满的。经过清点，数量一点儿不差，让陈尔力非常感激这些下岗职工和退休工人。

为了安全起见，赵明文又雇来八个人，和宋中华三班倒，每班三人。可是宋中华还是不放心，他跟老伴都搬到厂里来住。宋大嫂说自己不要工资，就是为大家服务。

陈尔力对俄贸易弄回来一千吨木浆纸的消息在三江市迅速传开。有人说，你看人家陈尔力，不管干啥都火；有人说，陈尔力有头脑，干啥都是大手笔；还有人说，陈尔力一次买卖赚的钱，就够活一辈子。方副书记也听说了这件事，为陈尔力感到高兴。

木浆纸入库的第四天，林瘦猴就领来四个外地客户，现钱交易，贸易公司一下卖掉了三十吨纸。有了钱，陈尔力告诉刘晋芳，先把雇下岗职工和退休工人的劳务费给开了，也把林瘦猴的百分之二提成给付了。可是当通知干活的工人来领工钱时，有三十多人说不要钱，就是为了帮助陈尔力。

当刘晋芳把这件事告诉陈尔力时，把他感动得半天没说出话，眼泪在眼眶直打转。最后，他让吴玉竹一家一家地送，不签字放下钱就走，回来补签。陈尔力不是因为工人不要钱就感动，而是他从这件事中体会到了人间真情，说明自己这些年为下岗、退休工人的付出得到了认可。

这几天，丰润贸易有限公司火了。有外地公司前来洽谈木浆纸生意的，有印刷厂直接来买货的，也有社会上的人出面为贸易公司推销木浆纸的。

那时木浆纸的市场价，铜版纸四千五百元一吨、牛皮纸五千二百元一吨、白板纸三千六百元一吨、新闻纸三千五百元一吨、双胶纸三千二百元一吨，远远超出原来的预期价格。

不管怎么热闹，陈尔力还是比较冷静，他就是一条原则：概不赊账。

不到十天时间，各种木浆纸销售已近百吨。

这几天，楚天霖来电话，说两车皮的木浆纸已经到达深圳，他在站台直接卖掉五十吨，而且价格不低。剩下的货物让侯三负责，联系深圳、珠海、厦门和汕头的包装印刷行业。

放下电话，陈尔力心里高兴，但没有接到常虹的电话，心里没底，也不知道她是否接到了货。当他拿起电话要打给常虹时，又开始犹豫了，怕一打电话常虹多心。陈尔力想，常虹肯定已经收到了货物，因为俄罗斯是同期发货，也会同期到达深圳。

贸易公司还像往常一样，人来人往。这个阶段，郑佳丽又接了一项对俄贸易业务，去了莫斯科，陈尔力也不好硬留，就由她去了。这下可让纳莎感到孤单了。陈尔力想了一个办法，在三江大学雇了一个俄罗斯女留学生维拉，汉语说得还不错，让她晚上陪着纳莎，白天正常上学。

一到上班时间，纳莎就会准时来到贸易公司，帮助打扫卫生，给顾客端茶倒水。因为贸易公司有纳莎的存在，一些人有事没事都到贸易公司坐坐，就是为了看一眼俄罗斯美女。

为了让纳莎与家人联系方便，陈尔力让刘晋芳给她买了一部数字手机。纳莎看到手机非常高兴，她的第一个电话就是打给父亲伊万诺夫斯基，两个人通话长达半个小时。刘晋芳虽然听不懂俄语，但她能看出纳莎是在向父亲汇报这里的情况，有时她笑得一脸灿烂。

通过这阶段的相处，刘晋芳和吴玉竹都很喜欢纳莎，说她不娇气，很诚实，还有礼貌。有时刘晋芳忙着下账头都不抬，可是纳莎一会儿帮她倒杯水，一会儿为她换杯茶。

不长时间，三江市又出了一大新闻，说陈尔力现在更牛了，不但买卖做得大，还在大学专门雇来一位俄罗斯女留学生为他服务，为的是享受、养眼、心情好。

这句话传到了陈尔力耳朵里。一天下午，维拉没课来到贸易公司，陈尔力让维拉告诉纳莎，没事的时候就在二楼与刘晋芳和吴玉竹待在一起，不用到一楼为客人端茶倒水。

当维拉把话翻译给纳莎时，纳莎说："难道我做错什么了吗?"

当维拉把纳莎的话告诉陈尔力时，陈尔力怕纳莎引起误会，便说："一楼客户太多，不安静，怕纳莎不适应。"

维拉又把陈尔力的话告诉了纳莎。可是纳莎却说："我愿意去楼下，感受人多说话的氛围，将来为学中文打基础。"

听到维拉把纳莎的话翻译过来，陈尔力想起郑佳丽说过，俄罗斯人的性格直来直去，不像中国人表达那么婉转含蓄。

这时，刘晋芳听到这些话有些坐不住了："尔力，我说你不用那么费劲，就把外面的流言蜚语直接让维拉告诉纳莎不就完了。我来跟维拉说。"

刘晋芳对维拉说："现在三江市都在流传，说陈尔力现在牛了，不但买卖做大了，还在大学专门雇来一个俄罗斯女留学生昼夜陪伴，为的是养眼、心情好、让人羡慕。"说完，她又补充了一句，"你告诉纳莎，说中国人就是愿意八卦，拿编造的故事寻开心。"

当维拉把刘晋芳的话告诉纳莎时，她却开心地笑了，说："我不在乎这些流言蜚语，你让陈经理放心吧!"

听了维拉的翻译后，刘晋芳说："尔力，看到没？这样直来直去多好，看把你为难的。"

当天晚上，陈尔力又请纳莎、维拉、刘晋芳和吴玉竹吃了一顿烤肉。

在吃烤肉时，刘晋芳说："尔力你看，这才是美女如云呢。"说着，还在桌子上指了一圈。

大家听后笑了。纳莎听到维拉的翻译后，也笑了。

第十二章　情深义重

正当陈尔力为木浆纸业务忙得不可开交时，一天，老翟头领着十三个退休老工人，趔趔趄趄地来到贸易公司。

一进屋，老翟头就大声说："尔力，听说你发财了？我们这帮老工人来看看领导。"

陈尔力一看，一帮老工人来了，他马上站起来说："翟师傅、刘师傅、纪师傅，你们怎么来了？先坐一会儿，等我把手头的事处理完，中午请你们吃饭。"他又向二楼喊了一声，"吴玉竹，翟师傅他们来了，你再搬几个凳子，让师傅们都坐下歇歇脚。"

吴玉竹从楼上搬下一摞塑料凳，让这些退休工人坐下。

一看来了这么多人，纳莎给每个师傅倒了一杯茶水。

看到纳莎，老翟头说："啧、啧、啧，贸易公司还真有个老毛子，这个姑娘长得可真俊哪。"

听了老翟头的话，老工人们哄堂大笑。老纪头跟着溜缝儿，"是养眼，是养眼。"

“师傅们，你们可不能乱说呀，纳莎是克拉斯诺亚尔斯克造纸厂驻中国办事处的全权代表呢。”吴玉竹说。

“就这个小毛子，还是驻中国办事处的什么全权代表呢?”老翟头调侃道。

大家又是一阵大笑。

纳莎看着老人们的表情，深感疑惑，不知道他们到底在说什么，只见他们看着自己大笑，肯定是在说自己。因为没有翻译，纳莎一脸茫然地向他们笑了笑。

陈尔力打发走客户，也过来坐在老工人中间聊天：“师傅们身体都好吧?”

老刘头说：“都好着呢。”

“好个屁，现在整天用止疼片顶着呢，不然身子骨早散架了。”老纪头说。

“我说陈尔力，你现在发了财，是不是应该考虑给我们这帮老头整碗饭吃呀?”

“翟师傅，要吃饭哪？小事，中午请你们下饭店。”陈尔力觉得，这帮老工人来一趟不容易，中午怎么也得吃完饭再走。

老翟头说：“我不是那个意思，我是说你现在发财了，是不是应当考虑一下每月给我们开点儿工资呀，你是我们厂长，不能不管我们死活吧?”

“翟师傅，我还真考虑过将来赚了钱，给你们这帮退休老工人开点儿工资，你们上了年纪，没有能力了，给谁打工都没人用，不像年轻人。”

陈尔力把话刚说完，就听老翟头说；“我们来一趟也不容易，今天就开吧，我们顺便拿回去，省得跑第二趟。”

“老翟头，不要你那个老脸了?”大家抬头一看，是刘晋芳从楼梯上走下来。其实她在楼上已经听了半天了，当听到陈尔力说给他们开工资后，再也坐不住了。

刘晋芳从二楼下来，接着说：“你们不要搞错了，这个贸易公司是陈尔力个人的，不是印刷厂公家的，你们有什么权利来这里要工资？想要工资呀，咋不去找市委、市政府要呢？怎么不去找卢清波要呢？是他们把印刷厂给搞黄的。”

刘晋芳年轻时，在印刷厂就是出了名的小辣椒，因为敢于仗义执言而出名，所以工人们都怕她。

“这、这、这……刘会计，你别这样，以前陈尔力不当厂长时，不是也给大家开了四个月工资吗？”老翟头说。

“老翟头，包括你们这些老工人都给我听清楚，那次给你们开了四个月工资，是陈尔力带着大孟、侯三和吕主任他们，在俄罗斯冒着生命危险换来的钱。说起来，要是不给大家开工资也属正常，因为那时我们厂已经宣布倒闭。要是陈尔力黑心，把钱往兜里一揣，你们连个扁屁都不敢放。”刘晋芳停了一下，又说，“我实话告诉大家，除了陈尔力之外，我们还得感谢一个人，那就是侯三那个浑小子，是他背着所有人，把卡玛兹大货车和三套德国印刷设备偷了出去，一直开到深圳，最后卖了钱才给大家开的工资。”

老刘头说：“这事我也听说过。”

“你先别打岔老刘头，听我把话说完。”刘晋芳继续说，“陈尔力现在已经不是我们的厂长，他跟我们一样都是下岗职工，他没有义务管退休工人和下岗职工，要开工资你找不着他。难道谁做买卖发了财，你就能找谁开工资吗？香港大富豪李嘉诚做买卖发财了，难道你们也去找李嘉诚给你们开工资吗？”她又说，“陈尔力当初拼死拼活地为了大家保企业、争工资，不惜前途命运跟杜志那个大贪官抗衡，不止一次到北京上访告状，被人整天监视着，家里钱都折腾光了，连饭都吃不上，那时候你们都干什么去了？咋不找陈尔力给他点儿钱呢？现在来要工资，难道你们的良心让狗吃了？”

陈尔力一看，再这样说下去，这帮老工人非得被刘晋芳给骂死不可，于是说：“各位师傅，我们走，我请大家吃饭去。”

“陈尔力，你……”一看到陈尔力这样，气得刘晋芳话都说不出来了。

陈尔力领着老工人走后，纳莎看刘晋芳发这么大火，便用生硬的汉语问："为什么，为什么？"

刘晋芳看了一眼纳莎笑了，她拍了拍纳莎的肩膀。纳莎看到刘晋芳有了笑容，她也高兴起来。

陈尔力和老工人走后，曹金芳的小印刷厂派人来买牛皮纸，本来刘晋芳想说不卖，可又一想，跟钱有仇啊，就以每吨五千三的价格卖给曹金芳的印刷厂。每吨多卖了一百元。

下午，陈尔力陪老工人吃完饭回来，当他听说刘晋芳每吨纸多卖了一百元后，偷着掏出一百元，让吴玉竹给曹金芳送回去，就说刘晋芳不知道价格，卖错了。

吴玉竹走后，纳莎看着陈尔力坐在那里想心事，就给他沏了一杯茶。陈尔力抬头说："谢谢！"

纳莎可能听懂了，高兴得脸上灿若桃花。

不一会儿，吴玉竹回到公司，她告诉陈尔力已经把钱送到了。并告诉陈尔力，曹金芳还说谢谢尔力没记恨她。

陈尔力说："我记恨她干什么？"

坐了一会儿，陈尔力上了二楼，他说："刘姐，跟你商量点儿事儿，下午能不能到银行给我提六万元钱？"

"干吗呀，你真想给退休职工开工资呀？"刘晋芳一脸严肃。

"知我者大姐也。"

"什么之乎者也的，告诉你尔力，你要是敢给退休工人开工资，我就撂挑子不干了，你愿意找谁找谁去。"刘晋芳说着就要收拾东西走人。

"大姐你别生气，听我说。"陈尔力把椅子往刘晋芳跟前凑了凑说，"这帮老工人其实挺可怜的，整天吃药也没处报销，就算给每个人发三百元药费，这样行了吧？"

"你可怜他们，谁可怜你呀，当初你为了保住厂子到处告状，连家底都搭了进去，那时候怎么没人同情你，他们给你拿过一分钱吗？甚至都躲得远远的，生怕沾一身腥。"刘晋芳气愤地说。

陈尔力看了刘晋芳一眼，笑嘻嘻地说："大姐，当时你不是也怕吗?"

听到陈尔力的话，刘晋芳"忽"地一下站起来说："我跟你说尔力，我可没看你笑话，不信你问问常虹。"

听到刘晋芳的话，陈尔力一下愣了："难道常虹给我寄的钱，也有大姐的?"

刘晋芳听后笑了。

"谢谢了大姐，谢谢了!"陈尔力双手抱拳给刘晋芳作揖。

"行了，别整得那么酸了吧唧的。"

"大姐，不是我整得酸，人在难处见真情，现在雪中送炭的人太少了。真的，大姐，尔力衷心地谢谢你!"他看了一眼刘晋芳，发现她也感动了。

"唉!"陈尔力叹了一口气，又说，"现在的退休工人也真难哪，啥也干不动，还落下一身病，难哪!"

"看来你非得给他们发药费喽?"刘晋芳看着陈尔力问。

"谁让咱是共产党员呢，你说是不？大姐。"陈尔力说完，刘晋芳被气乐了。

下午，刘晋芳让吴玉竹到银行取钱。

吴玉竹走后，陈尔力坐在那里想起了常虹，他好像突然明白了，当初常虹给陈尔力寄钱，是刘晋芳给她透露的消息，可能他们之间有约定，谁也不许告诉自己。看来，暗中帮助自己的不止一两个人，这才显示出人与人之间的深情厚谊呢。

现在陈尔力回想起来，觉得对谁都有愧疚。对帮助过自己的人有愧疚，对跟着自己打拼过的人有愧疚，对家人妻子也有愧疚。假如人生可以重新再来一次，他会在不违反大原则的前提下，补偿所有的人——林云裳、楚天霖、常虹、陈天明、大孟、大杨、李占祥、侯三、刘晋芳、方副书记、李市长、伊万诺夫斯基。

想着想着，他又想到了常虹，也不知道她现在把木浆纸卖得怎么样了？自己不能打电话催问，也不能让刘晋芳打，本来这笔货款就是还常虹的人情债，那样好像不相信人家似的。

第二天，陈尔力让吴玉竹把退休工人都召集到原来的印刷厂，给每个人发三百元钱的费用。本来陈尔力也想去的，可是省城天豪贸易公司的谷经理要买木浆纸。

买卖谈得很顺利，天豪贸易公司一下买走了两车皮货物。合同签订后，陈尔力让苏玉民联系铁路车皮，可是铁路调度每个车皮要两千元的好处费，不然车皮不知道要拖延到什么时候才能到。

交了好处费后，一个星期后车皮也到了货物处，可是省城天豪贸易公司的客户却说，怕上当受骗迟迟不肯汇款。最后商定，汇票放在天豪贸易公司客户手里，装完车他们再交汇票。陈尔力想，这个年代经济秩序混乱，骗子遍地，人家小心防范也是应该的。

等到装完车，天豪贸易公司还是以各种理由不交汇票。陈尔力一看，这桩买卖要泡汤，马上决定改变路线，发往深圳交给楚天霖。可是改变路线出省运输，那得省铁路局批准，需要再交一笔好处费。结果到省铁路局又送了一万元礼，才将车发走。苏玉民回来对陈尔力说，省局铁路调度权力可大了，到家里送礼的人排成队，要是没有熟人介绍，送礼都找不到门。

车皮发走后，陈尔力给楚天霖打了电话，告诉他又发走两车皮木浆纸。楚天霖说没问题，之前发来的两车皮木浆纸，已经所剩无几。

一个月后，木浆纸销售开始缓慢下来。陈尔力想，还是受到金融危机的影响，全国经济发展缓慢，但不管怎么说，陈尔力抱着一个原则，我不坑你，你也别想骗我，保持谨慎，千万不能出现任何差错。

真是防不胜防。可是没过几天就出事了，一个省城红星包装彩印厂的客户找到贸易公司，说公司里有人收了他们钱，还不给发货。

陈尔力想，公司就是这么几个人，谁收了钱没交到公司呢？他打电话问苏玉民，苏玉民说不知道。又打电话问大孟，大孟也说不知道。陈尔力想，会不会是印刷厂原来的销售人员呢，后来让苏玉民打电话全部问了一遍，可还是没人收过钱。

于是，陈尔力就问红星包装彩印厂的客户："到底在哪里交的钱，收钱人长得什么样?"

红星包装彩印厂的客户说:"五天前,有人领着我到印刷厂的库房看货,我到那儿一看,满库房、车间都是木浆纸,所以认为不会有问题,就把汇票交给了那个人。"

陈尔力一听,这件事复杂了,就与红星包装彩印厂的客户来到库房。陈尔力问宋大哥:"五天前谁来看过货?"

"就是省城那个天豪贸易公司姓谷的人,他领人说要看货。"宋大哥一回头,看到红星包装彩印厂的客户,便说,"姓谷的就是领他来的。"

陈尔力一听,完了,便说:"这个天豪贸易公司姓谷的就是个大骗子,我们也差点儿受骗上当,车皮都装完了,可是他就是不交钱,所以我们才改变了发货地点。"

"不对呀,收钱人不是姓谷的,而是另一个人呀,他说自己是丰润贸易公司的。"红星包装彩印厂的客户说。

陈尔力说:"你咋还不明白呢,那个收钱的人就是姓谷的雇来的,赶紧打电话报案吧,看看能不能把那个姓谷的抓到。"

听了陈尔力的话,红星包装彩印厂的客户才恍然大悟,赶紧打电话报案。

因为都是同行,陈尔力很同情红星包装彩印厂客户的遭遇,便留下他吃了一顿午饭。可是红星包装彩印厂的客户在吃饭时,一点儿也打不起精神,不一会儿就发现他嘴上起了水泡。

下午,红星包装彩印厂的客户又来到贸易公司,他对陈尔力说,那个姓谷的已经被公安局拘留了,货款被提走一半。原来这个姓谷的,就是皮包公司。

陈尔力说:"这样能损失小一些,以后可千万小心点儿。说实话,你也是没经验,交钱怎么能在仓库进行,必须交到公司来呀。"

红星包装彩印厂的客户听后脸一红,他说:"我们厂还想买你们的货,明天厂里还派一个人来,你能不能便宜点儿?"

陈尔力想了一下,这件诈骗案,自己也有责任,假如宋大哥不让外人看货，也不可能发生这样的事情。于是说：“可以每吨便宜一百元，但不管汽运还是铁路运输，一切费用都是你们的。”

红星包装彩印厂的客户说：“领导说了，我们用汽运。”

后来才知道，这个红星包装彩印厂的客户叫华鎏。这个小伙子缺乏经商经验。

不几天，楚天霖打来了电话，告诉陈尔力，已经把前两车的货款汇到了贸易公司的账户上。

陈尔力说：“我也没说让你汇款哪，你怎么就汇来了？”

楚天霖说：“你们现在那么困难，我怎么能留下你的钱？货款的价格是铜版纸四千七百元一吨、牛皮纸五千四百元一吨、白板纸三千七百元一吨、新闻纸三千六百元一吨、双胶纸三千四百元一吨。总钱数是四十四万一千六百元，扣除借我的五万元，再扣除两万一千元费用，还剩三十七万零六百元。”

陈尔力一听，深圳卖的纸不但比北方每吨贵了一两百元，销售货款楚天霖还一点儿没留，便说：“天霖哪，让我说你什么好呢？”

楚天霖说：“我明白你的意思，但我绝不能留下你一分钱。”

“天霖，你不能这样，你帮我的太多了。”

“别在这点儿小事上纠缠，有什么事以后再说。”楚天霖说完挂断了电话。

陈尔力放下电话后，心里久久不能平静，自己欠楚天霖的太多了。

第二天，陈尔力给苏玉民打电话，让他过来一趟。又给大孟打电话，让他这几天多照应点儿公司的销售，自己要和苏玉民去趟盘州，把造纸网给俄罗斯发过去。

纳莎一看陈尔力要出门，也想跟着一起去。陈尔力让维拉告诉纳莎，郑佳丽还没有回来，不方便带她。可是纳莎说，可以让维拉请假一起去，这样便于与父亲沟通，最后确定购买哪种类型的造纸网。陈尔力问维拉，可以请假去盘州吗？维拉说，可以。

陈尔力想了半天，最后决定让苏玉民也留下来，自己和纳莎、维拉一起去盘州。免得家里销售人手不够，耽误大事。

决定后，陈尔力让苏玉民抓紧买票，后天出发。刘晋芳开玩笑地说：“尔力，你带着两位俄罗斯美女出差，这回可把你美出鼻涕泡了。”

陈尔力说：“大姐，你能不能正经点儿？”

在上车前，陈尔力告诉吴玉竹买些食品饮料之类的东西，带到车上吃。可是吴玉竹却把纳莎和维拉也拽着，跟她一起买东西。东西买回来一看，都是纳莎和维拉愿意吃的。陈尔力又悄悄地买了一些自己愿意吃的东西带着。

一路无话。来到盘州，陈尔力找到一家酒店住下，然后联系环球造纸网毯有限公司。因为在临来前，陈尔力已经打电话问了几家生产造纸网厂，有人推荐环球造纸网毯有限公司的产品。

不一会儿，环球造纸网毯有限公司的总经理吴昊就来到酒店，还拿来样品让陈尔力挑选。陈尔力向吴昊介绍了随行的两个人。

“这位是纳莎，是克拉斯诺亚尔斯克造纸厂驻中国办事处的代表。”听到陈尔力的介绍，吴昊热情地与纳莎握手。

陈尔力又说：“这位是翻译维拉。”吴昊盯着维拉看了半天，握了握手说，“以后请多多关照。”

陈尔力觉得，还是应当到厂里看看生产的产品，再决定签不签合同。于是吴昊就领着陈尔力来到造纸网毯有限公司，首先让他们参观了样品室，又到生产车间看了一圈。陈尔力觉得，这个工厂规模不大，机械设备比较陈旧，心里不太托底，于是来到厂区外，给三江纸业的老陶打个电话，问一下如果挑选造纸网，应当注意哪些事项？老陶告诉他，质量过硬的造纸网，关键看原料，然后再看工艺，最后看设备是否先进。陈尔力还问老陶，盘州你有没有生产造纸网的老客户？老陶说，有啊。于是，老陶就给他推荐了华星造纸网毯有限公司。

放下电话，陈尔力又回到车间，发现吴昊跟两位俄罗斯美女聊得热火朝天。工人们以前从来没有见过外国人来到车间，都感觉很新鲜，停下手中的活，看着纳莎和维拉，还不断地赞叹两个俄罗斯美女长得漂亮。

陈尔力回到车间又看了一遍成品，与手中的样品做了一下对比，觉得还可以。

从车间出来，吴昊又把陈尔力他们领到自己的办公室，还拿出一些纪念品送给纳莎和维拉。陈尔力在商场打拼多年，从不看好拉大旗作虎皮和小恩小惠这一套，总认为一个企业只要产品过硬，就会赢得信誉。

在总经理办公室坐了一会儿，陈尔力提出要回酒店，关于购销合同一事，等跟俄罗斯克拉斯诺亚尔斯克造纸厂联系后再谈。

可是吴昊说，要领着他们到红海滩看一看。陈尔力本不想去，但看到纳莎和维拉的兴奋表情，只能同意。

上了轿车，一行人直奔红海滩。陈尔力虽然不止一次来过盘州，可还真没去过红海滩，既然纳莎和维拉这么喜欢去，跟着去看看也未尝不可。

从盘州市区到红海滩才四十公里，中途吴昊非要吃顿饭再走，于是大家在饭店简单吃了点儿饭。陈尔力发现纳莎和维拉好像没吃饱，便给两人又买了些面包和红肠放在车上。

到了红海滩一看，根本没有一点儿红色，都是一望无际绿油油的芦苇和碱蓬草，只在景区大门处有一幅喷涂的大照片，看起来非常漂亮。

听吴昊说，因为不到季节，所以碱草还没有变红，要是九月中旬来这里会非常漂亮。即使这样，纳莎和维拉还是玩得很开心，拿着胶卷照相机，互相拍照，一起合影，还拍了很多海鸟。

吴昊很会讨好女孩儿，他一会儿帮助纳莎和维拉拍照，一会儿又与纳莎和维拉合影留念。他们似乎像老朋友一样，在一起有说有笑，好不开心。

看到纳莎和维拉玩得开心，陈尔力默默走到一旁，拿出香烟抽了起来。看到红海滩的芦苇和碱蓬草，陈尔力心想，怪不得盘州的造纸业这么发达，与造纸原料芦苇不无关系，因此也拉动了相关产业。在盘州仅造纸网厂就有十几家。

太阳快要落山时，陈尔力对吴昊说：“吴经理，我们该回去了吧？”

吴昊说：“不忙，你没看到这两位俄罗斯美女正玩得兴起嘛，那就等到太阳落山后再走吧，晚饭我已经安排妥当了。”

太阳落山后大家才上车。看得出来，纳莎和维拉还是意犹未尽。

车开回盘州市，便直接去了西餐厅。陈尔力觉得，吴昊对这宗买卖很用心，从安排的西餐厅这件事看，考虑得就比较细致周到。

晚上的西餐很丰富，蔬菜干果沙拉、红薯鳕鱼排、白葡萄酒香草焖青口、茄汁猪扒、顶级菲力牛排、咖喱大虾、麻辣螃蟹、水果沙拉、牛排番茄面和面包片。

晚上的西餐只有果酒，没有白酒。因为陈尔力不喜欢喝果酒，还是想喝点儿白的。

纳莎一听陈尔力要喝白酒，她问维拉，中文的我陪你怎么说？维拉告诉了她。纳莎对陈尔力说：“我背你。”还比画一个喝的动作。

吴昊说：“正好车里还有一瓶五粮液，是上次招待客人时打开没喝的。”说完，他和司机走了出去。过了一会儿，两个人拿着一瓶带包装的五粮液走进来。

陈尔力不太喜欢吃西餐，但为了纳莎和维拉，也只能迁就。吃饭的时候，纳莎频频举杯，跟陈尔力对饮。而维拉与吴昊也是半杯半杯地干着红酒。

吃完晚饭，陈尔力觉得纳莎的酒量惊人，五粮液酒精度数这么高，自己都喝得有些晕，而纳莎却不见醉意。

回到香家酒店，陈尔力感觉浑身燥热，便冲了一个热水澡躺在床上，思考明天如何跟吴昊洽谈。可不知想了多久，一下子睡了过去。

这一夜，陈尔力感觉很累，还稀里糊涂地做了许多梦。在梦中，常虹笑盈盈地向他走来，体贴地挽着陈尔力的手臂，漫步在波士顿海滨公园木板林荫道上，并将头不断地靠向自己。又好像不是在波士顿，而是在深圳，两个人在康复中心床上，互相缠绵，卿卿我我。常虹的温柔体贴让陈尔力无法抗拒。又仿佛是正在和常虹缠绵时，突然有人敲门，打开门一看是纳莎走了进来，她紧紧地抱住陈尔力。本来陈尔力想把她推开，可是回头一看，床上的常虹已经不见了，他刚要喊，却被纳莎用手捂住了嘴，使他无法呼吸。不管陈尔力怎样挣扎，纳莎像蛇一样缠在他的身上，推也推不掉，挣也挣不脱，最后没有一点儿力气地瘫在床上。在梦中，似乎纳莎问了陈尔力一句，你不喜欢我？听到她的话，陈尔力再也无力反抗，仿佛魂魄都被纳莎掠走，任其摆布。一番缠绵后，发现这个人不是纳莎，而是在上大学时的林云裳，她矜持、委婉，又那么善解人意。

早晨醒来，陈尔力还在闭着眼睛回想做过的梦，是心里担忧什么，还是在惦记着什么？就在这时，他感觉不对劲儿，起身一看，怎么？纳莎躺在他的床上正在熟睡。

陈尔力赶紧拿起睡衣穿上，他以为是幻觉，但回头又一看，纳莎真的在床上熟睡着。他顿时有些慌了，赶紧走进卫生间，站在那里半天，脑子还是一片空白。

看了一下手腕上的表，已是早上 6 点 40 分，陈尔力尽力回想着昨晚到底发生了什么，可是除了梦境之外，什么也记不得了。

不知在卫生间里站了多久，陈尔力想拿一支烟抽，希望唤醒空白的大脑，可一摸兜，睡衣里根本没有烟。他走出卫生间，这时纳莎醒了，她看着陈尔力笑了一下，是那么甜蜜。这让陈尔力无地自容，但纳莎却像什么也没发生过一样。

拿着香烟，陈尔力又走进卫生间，他连续抽了两支，还是没有一点儿记忆。不知过了多久，陈尔力从卫生间出来，发现纳莎已经不见了。想了半天，疑问还是不得其解，于是他拿起手机给大孟打电话，可是陈尔力把电话打通后，又不知道这话该怎么说。

“喂，尔力，你不是去了盘州嘛，怎么样，购买造纸网的事谈成了吗？”见陈尔力没有说话，大孟又说，“喂、喂，尔力，你怎么了，怎么不说话？”见陈尔力还是没有回答，他挂断了电话。

过了七八分钟，大孟把电话拨了回来：“尔力，我在下楼，你有什么事就说吧。”

“哦。”陈尔力答应了一声，可还是觉得不知道怎么跟大孟说这件事。

“喂，尔力，你是不是遇到了麻烦?”大孟继续问。

“我不知道怎么跟你说。”这回陈尔力终于开了口。

大孟问：“到底是怎么回事？是不是有什么难言之隐?”

“嗯，昨晚不知怎么回事，有个女的突然睡到了我床上，还……”

“你别说了，我知道是怎么回事了。”大孟说。

“你知道了什么?”陈尔力有气无力地问。

大孟说：“你是让人给下了套，现在做买卖真是不择手段。”

“什么?”

“啥什么，我就曾经被盘州的一家造纸厂给下过套。”大孟确定地说。

听后，陈尔力有些愤怒了：“这也太缺德了吧!”

“尔力，你先冷静冷静，这件事你先不要管，赶紧撤退，购买造纸网的事情，等过个阶段我去办。”大孟嘱咐道。

放下电话，陈尔力冷静了几分钟，还是感到气愤，他觉得对不起纳莎，也对不起伊万诺夫斯基的重托。仔细一想，这个吴昊也太卑鄙了，为了这笔买卖竟然采取这种卑劣的手段，即使不是纳莎，也会有别的女人跑到自己床上。不行，必须马上离开这家酒店。

想到这里，他来到纳莎和维拉住的房间，一敲门，是纳莎开的门，她冲陈尔力一笑。陈尔力走进去，刚想对维拉说，收拾东西，我们马上离开这里。可是他发现吴昊正在跟维拉有说有笑地聊着。陈尔力一看明白了，吴昊昨晚是跟维拉住在了一起，这小子也太阴损了。

看到吴昊，陈尔力狠狠地瞪了他一眼。可是吴昊笑着说：“陈总，昨晚睡得好吗?”

“吴昊，你过来一趟。”说完，陈尔力先走出房间。

过了一会儿，吴昊笑嘻嘻地走进陈尔力的房间。

“陈总，怎么了?”吴昊看着陈尔力说。

陈尔力气得眉毛都竖了起来，他说：“吴昊，没想到你这么卑鄙，这宗买卖我们到此为止了。”

“别呀，陈总，你消消气。我也是好心，看出了你跟纳莎的特殊关系，我们是各得其所，这样不是很好吗?”说完，吴昊还厚颜无耻地笑了。

“吴昊，我郑重地告诉你，我跟纳莎是商业上的合作伙伴，没你想的那么龌龊。另外，我再跟你说一遍，我们的买卖到此结束。”陈尔力坚定地说。

吴昊听后笑着说：“这算啥事儿呀，男人嘛，这事太正常了。不过，我还是希望你慎重考虑我们的合作。”

陈尔力一听，吴昊有威胁的意思，这让他想起了二龙三虎，心里有了底气，便说：“我要是不慎重考虑呢?”

“你要是不慎重考虑，我觉得你很难走出盘州。只要我一个电话，恐怕你连这个房间都出不去。”吴昊把脸子拉下来，露出狰狞。

听了吴昊的话，陈尔力反而笑了：“你吓唬我?”

“这可不是吓唬你，不信我马上就打电话，用不了一个小时，你的小命在不在就很难说喽。”吴昊阴笑着说。

吴昊刚说完，陈尔力笑着说：“哈、哈，我劝你打电话的时候，也给二龙和三虎打个电话，告诉他，有个叫陈尔力的住在这里，让他们来一趟。”

“什么，你认识二龙三虎？我可不敢给他们打电话。”

“那好，你不打我打，你在这里可要站稳了，别走。”说着，陈尔力去拿电话。

这时，吴昊赶紧去按陈尔力的手说：“陈总，买卖不成仁义在，何必伤了和气呢，我走，我走还不行吗?”说着，向陈尔力作揖，然后走出房间。

吴昊走后，陈尔力来到纳莎和维拉的房间，告诉她们赶紧收拾东西走人。纳莎和维拉不明白陈尔力为什么要匆忙离开，还以为家里出了什么事，马上要返回三江市呢。

三个人出了酒店，陈尔力叫了一了辆出租车，三个人上车后，陈尔力对出租车司机说，找一家最大的宾馆。不一会儿，出租车就把陈尔力他们送到了红海宾馆。陈尔力一看，这个宾馆不错，一看就是官办的。

开了房间，陈尔力带着纳莎和维拉在宾馆吃了早餐。回到房间后，陈尔力给华星造纸网毯有限公司的总经理张耀轩打了电话，还说是三江纸业有限公司陶经理推荐的。张经理接到电话很热情，让陈尔力在红海宾馆等着，他派司机来接陈尔力。

陈尔力来到纳莎和维拉的房间，让她们准备一下，一会儿到华星造纸网毯有限公司看货。

二十分钟后，张耀轩派的车到了，陈尔力、纳莎和维拉坐车来到盘州华星造纸网毯有限公司。由于有熟人介绍，张耀轩显得非常热情。

陈尔力向张经理介绍了克拉斯诺亚尔斯克造纸厂驻中国办事处的代表纳莎和翻译维拉，并说明这批货物是出口到俄罗斯的。张耀轩听了非常高兴。

大家简单说了几句后，张耀轩带着陈尔力三个人看了样品室和车间。

张耀轩问陈尔力："俄罗斯方面准备购买哪些造纸网，能否列出种类和型号明细。"

陈尔力说："我马上联系俄罗斯克拉斯诺亚尔斯克造纸厂，等确定下来以后，双方再谈合同条款。"

张耀轩说："这样可行，咱们就等俄罗斯方面一回信儿，再谈价格和运输等各项事宜。"

最后，陈尔力还是有点儿不放心，便问张耀轩："产品质量方面能不能保证?"

张耀轩说："这个你放心，我们签合同时，可以加上一项条款，如果俄罗斯方面发现有质量问题，我们愿退回全部货款，包赔你们的一切损失。"

中午，张耀轩要请陈尔力一行三人吃饭，可陈尔力说还有别的事情要办，于是就派车把陈尔力他们送回宾馆。

吃完午饭，陈尔力让纳莎和维拉抓紧时间给伊万诺夫斯基打电话，确定造纸网的型号和规格。当维拉把陈尔力的话翻译给纳莎时，纳莎连连点头。

陈尔力回到房间有些困，躺在那里不一会儿便睡了过去。

不知道睡了多长时间，纳莎和维拉来陈尔力的房间敲门。

陈尔力打开房门，纳莎和维拉把几张纸递给他看。

陈尔力一看，这些清单乱糟糟地记了三篇纸，顿时脑袋“嗡”的一下，心想，要是郑佳丽在，会把清单写得清清楚楚，根本不用自己操心。没办法，陈尔力从旅行箱里拿出白纸和格尺，开始制作订货清单表，然后一点一点往里填写。有些看不明白的地方，就跟维拉逐一核实。有时，维拉也说不清楚，陈尔力让她再给伊万诺夫斯基打电话重新确定一下，可是伊万诺夫斯基说了几遍，但维拉还是弄不明白。一看维拉都急得满头是汗，陈尔力告诉她，请转告伊万诺夫斯基，一会儿让郑佳丽给他打电话。

陈尔力拨打了郑佳丽的手机，他说：“佳丽呀，你还在俄罗斯吗？”

“我在莫斯科，怎么了陈经理？”

“佳丽呀，有件急事必须麻烦你，请你给伊万诺夫斯基打个电话，确定所要的造纸网型号和规格，然后告诉我，这里非常着急。”

“放心吧，我马上就打。”

放下电话，陈尔力告诉维拉稳住，翻译郑佳丽一会儿就给伊万诺夫斯基打电话，重新确定一下造纸网的型号和规格。说完，陈尔力又拿出三张纸，开始重新制作表格。这时，纳莎好像也松了一口气，给陈尔力倒了一杯水。

不到半个小时，郑佳丽把电话打了过来，她在电话那边说，陈尔力在这边往表格里填写，没用十分钟，陈尔力就填完了。然后陈尔力又跟郑佳丽核对了一遍。

看到陈尔力轻松的表情，纳莎说：“真的很敬佩你！”

维拉把纳莎的话翻译过来后，陈尔力笑了笑。

在纳莎去卫生间时，维拉对陈尔力说：“纳莎是个好姑娘，她很担心你在自责。”见陈尔力没吱声，她又说，“纳莎说了，她是自愿的。”

陈尔力一听不高兴地说：“什么叫自愿的，难道你跟吴昊住在一起也是自愿的？”

“那当然，我也是自愿的，我们俄罗斯人把这件事看得很平常。”维拉说。

听了维拉的话，陈尔力心情轻松了一些。可是又一想，自己虽然很喜欢纳莎，但不是为了占有。作为一个男人也好，欲望也罢，人总不能像畜生一样，见到异性就上吧，即使她是世间秀色可餐的女人。

纳莎从卫生间出来，陈尔力招呼两人一起到餐厅吃饭。

第二天，陈尔力带着纳莎和维拉，打车来到华星造纸网毯有限公司，一看张耀轩不在，就给他打了电话。张耀轩让陈尔力等他一个小时，他正在市里开会。

张耀轩开会回来，陈尔力把明细表递给他看。张耀轩说没问题，这些型号和规格都有。

陈尔力说：“既然你们货物比较齐全，那么我们就谈谈价格吧。”

张耀轩说：“价格不用谈，按照价格表，每吨给你优惠一百五十元，运费和好处费另算。”说着，就递给陈尔力一个价格明细表。

陈尔力接过价格表简单看了一下，说：“我看这样，我呢，拿着价格表再与俄罗斯方面商量一下。”

可是张耀轩更直接，他说：“陈经理，当着真人不说假话，我给你的价格是我们厂最低的，我是真诚想跟你合作，你就没有必要再找别人核实价格了吧?”

陈尔力一听，自己的心思被张耀轩看穿了，便说：“既然张经理这么敞亮，我也就不再核实了，但我也有个想法，给你付三分之二的货款，再给你一批纸顶账，我只能低于市场价一百元，你看怎么样?”

听了陈尔力的话，张耀轩有些为难，说：“陈经理，你也知道，盘州是造纸基地，我们库房现在还有顶账的纸张，不好销售呀。”

“张经理，你也不用为难，但我要告诉你，我们的货物是俄罗斯产的木浆纸，与你们当地的芦苇纸不一样，各种类型都有，你可以了解一下。”

“真是俄罗斯的木浆纸吗，你等一下。”说完，张耀轩走出经理室。

半个小时后，张耀轩又回来了，他说：“铜版纸和牛皮纸有吗?”

“有啊。”陈尔力说。

“都是木浆的?”

“有假包换。”

张耀轩听后说：“这样，你把价格报给我，我跟大连再联系一下。”

“铜版纸四千四百元一吨、牛皮纸五千一百元一吨，不包括运费和其他费用。”陈尔力说。

得知价格后，张耀轩便跟大连九江印刷厂联系，结果对方很快就确定要货。

张耀轩说：“这样我们的合同就签订了吧。”

“张经理，我再重申一遍，我们的造纸网是直接发往俄罗斯的。”

“这个没什么问题，车皮我们请，费用你们掏。”张耀轩说完，就出去找人拟订合同。

也就是二十分钟时间，合同已经拟好。陈尔力接过合同一看说：“张经理，我觉得还应当加两条，一条是如果发现有质量问题，甲方愿意退回全部货款，并包赔一切损失；另一条是发货前，乙方先行支付百分之六十货款，发货后十五天内乙方用木浆纸付清全部货款。”

“第一条我真给忘了；第二条，我觉得也合理。”说完，张耀轩心想，这个陈尔力真是精明。他打电话让销售部再修改一下合同。

在等待修改合同的时候，陈尔力问：“张经理，跟你打听两个人，你知道二龙和三虎现在都干什么吗?”

“这两个人现在不错，自从改邪归正以后都发了。致远房地产开发公司就是他们的，在大连还有三处楼盘呢。现在可不像以前横踢马槽了。”

听了张耀轩的话，陈尔力欣慰地笑了。

不一会儿，销售部的人把合同送了过来，陈尔力仔细看了一遍，又核算一下款项，一百六十三万元，便在合同上签字盖章。张耀轩看完合同也签了字。

合同签完后，陈尔力松了一口气，然后起身告辞。在与张耀轩握手时，陈尔力说：“希望与你长期合作。”

张耀轩也说：“我也是这么想的。”说完，他又与纳莎和维拉握了手。

来到楼下，张耀轩把他们送上车，挥手告别。开车后，陈尔力让司机把车开到火车站，他要购买第二天返程的火车票。

从车站回到市区，陈尔力带着纳莎和维拉直接去了西餐厅，告诉她俩今天可以随便点，他请客。纳莎和维拉一听都非常高兴，当天的午餐陈尔力和纳莎还是喝的白酒，维拉喝的是红酒。

下午，陈尔力在房间给苏玉民打了电话，问了一下木浆纸的销售情况。苏玉民说，现在销售得还可以，就是有人要赊欠不好办。陈尔力告诉苏玉民，你就说俄罗斯克拉斯诺亚尔斯克造纸厂驻中国办事处的代表在这里监督，绝不允许赊欠，我们也没办法。

当维拉把陈尔力的话翻译给纳莎，纳莎高兴得手舞足蹈。

因为已经到了月末，陈尔力又给刘晋芳打电话，告诉她别忘了给贸易公司的人开工资。他还嘱咐刘晋芳，每月按照贸易公司人员标准，也给郝玉兰开一份工资。

刘晋芳说：“干吗呀，她也不在公司工作，你干吗给她开工资，郝玉兰被你包养了?”

“大姐，有点儿同情心好不好，她丈夫因公去世，婆婆瘫痪，孩子还小，给她开份工资是应该的。”

说完正事，刘晋芳问陈尔力：“你什么时候回来呀，别带着两个俄罗斯美女在外面乐不思蜀了。”

听完刘晋芳的话，陈尔力笑了。

因为刚签完一项合同，陈尔力今天高兴，他带着纳莎和维拉逛商场，顺便给她们买了些礼物。因为俄罗斯的轻工业不发达，纳莎和维拉见到什么都迈不动步，只要她们喜欢的，陈尔力就给买，这些轻工业产品都很便宜，花不了多少钱。没承想，纳莎和维拉趁陈尔力不备，一起上来亲了陈尔力一口，引来众人嘲笑的目光。陈尔力知道，这是她俩商量好的恶作剧，也没有在意。

在逛商场时，陈尔力也没忘了给林云裳和娜娜买一些衣物。

当晚，陈尔力带着她俩到大排档吃了一顿烤肉串。陈尔力和纳莎还是喝的白酒，而维拉因为没有红酒而喝的啤酒。正在他们吃饭时，晃晃荡荡地来了两个小混混。他们来到陈尔力的桌旁，搂着纳莎和维拉要跟她们喝酒。那时的社会治安不好，陈尔力怕出事，告诉纳莎和维拉赶紧离开这里，可是那两个小混混搂着纳莎和维拉就是不放，还色胆包天地往脸上亲。陈尔力马上把纳莎和维拉拉到身后，并说："你们认识二龙和三虎吗？他们是我朋友。"

可是一个小混混满不在乎地说："别拿二龙和三虎吓唬我，我不尿他们。"说着就上来拉纳莎和维拉，把她俩吓得直躲。

陈尔力一看这种情形发火了，他抄起板凳就要砸那两个小混混。就在这时，那两个小混混被一个人踹倒在地。那个人说："找死呀，连龙哥、虎哥你都敢说不尿，看你是活腻了。"说着，又踹了那两个小混混几脚，"给我滚！"

陈尔力刚想说谢谢，可是仔细一看，这个人他认识，原来就是二龙和三虎的手下，当年在一个桌上吃过饭。

打走了小混混，那个人说："大哥，你什么时候来的？"

"兄弟，没承想今天会遇到你，二龙和三虎兄弟都好吧？"陈尔力说。

那个人说："自从那次遇到你以后，龙哥和虎哥就带着我们走上了正道，现在龙哥还是市政协委员呢。可惜今天不凑巧，他们俩一个去了北京，一个去了海南，不然非得请大哥到公司坐坐。"

"不用了，以后有机会我定会去你们公司拜访。对了，兄弟你姓啥？看看我这记性。"其实陈尔力那次在一起吃饭时，根本就不知道他姓啥叫啥，为了避免尴尬，他只能问一句。

"大哥，我也姓陈，五百年前咱们是一家子。我在家排行老二，叫我陈二就行。"

"陈二兄弟，那我就谢谢了，今天要不是遇到你，指不定会出什么事呢。"

"谢啥，今天遇到你是小弟的荣幸。"说着，他又向不远处一个桌子招手，“小明、强子，都过来，给你们介绍一位朋友认识。”

说话间，小明和强子走了过来。陈二对他们说：“这是外省的朋友，也是龙哥和虎哥的朋友，是一千人企业的经理，他的经历老让人佩服了。”

听了陈二的介绍，陈尔力与小明和强子握了握手。然后陈尔力向他们几个介绍：“这位纳莎，是俄罗斯克拉斯诺亚尔斯克造纸厂驻中国办事处的代表。那位叫维拉，是中文翻译。”

陈尔力介绍完，他们分别与纳莎和维拉握了手。

大家落座后，陈二给大家分别倒满酒，然后问陈尔力：“大哥，你这次到盘州干啥来了？”

“我们跟华星造纸网毯公司有一笔业务，今天刚签完合同。”陈尔力说。

陈二一听，笑着说：“这也太巧了，他们厂长张耀轩就是三虎的亲哥。”

“是吗，我说张经理怎么对二龙三虎的情况这么熟悉呢。”

陈二问：“你还向他打听了龙哥和虎哥？”

陈尔力说：“能不打听嘛，到了盘州的地界，我好狐假虎威呀。”

“大哥真会开玩笑。”陈二说完，往陈尔力周围看了看，“对了，大哥，你的银手杖呢？”

陈尔力说：“我现在用不着银手杖，我的腿已经好了。”说着，还站起来走了几步。

看着陈尔力的腿，陈二问：“咋好的？”

“去美国做的手术。”

“看来没少花钱吧？”

“嗯，是没少花钱。”

说到去美国治疗腿，陈尔力又不由自主地想起那个曾经为自己全力付出的女人。

在陈尔力和陈二聊天时，维拉不断向纳莎翻译他们的对话。纳莎很聪明，听了一会儿，她问维拉，他们说的二龙三虎，是不是就像俄罗斯的黑帮？维拉也弄不明白，她低声问陈尔力。陈尔力告诉她，就是俄罗斯所说的黑帮。纳莎对维拉说，陈尔力才是英雄豪杰呢。

陈尔力和陈二一直喝到深夜 11 点半。该回去休息了，陈尔力叫大排档老板，把陈二他们那桌饭也一起埋单。

可是陈二说啥也不让陈尔力花钱，他说："大哥，你来到盘州就是客人，哪有让客人埋单的道理？等我们将来去你们三江市，你再请我们行不?"说着掏出钱包，把两个桌的账都结算了。

告别陈二，陈尔力打车回到宾馆，纳莎和维拉也来到陈尔力的房间。纳莎在陈尔力房间里，似乎很兴奋，不停地向维拉说着什么，有时还用那双顾盼生辉的深蓝色眼睛望向陈尔力。

陈尔力知道她们在说自己，但不知道说的是什么。她们在那边不停地说着，陈尔力在这边回想今晚发生的场面，要不是遇到陈二，也许自己会受伤，也许纳莎和维拉会受到侵害，后果简直不堪设想。后来一想，自己肯定跟两个混混血拼到底，绝不让纳莎和维拉伤到一根毫毛。

维拉对陈尔力说："纳莎说你简直像小说里写的欧洲中世纪的英雄豪杰，那么一大群黑帮大亨都对你毕恭毕敬，她对你佩服得五体投地，她说她爱你。纳莎还说，这要是在俄罗斯就好了，他们一家人就不会遭到黑帮的欺负。"

陈尔力一听，让维拉告诉纳莎，在中国以后不要随便说爱。

纳莎和维拉回到房间后，陈尔力发现纳莎把手机落在了自己房间里。他本想给她送过去，可是一想，这么晚了，明天再说吧。

抽了两支烟，陈尔力脱了衣服，走进卫生间冲热水澡。就在这时，听见有人敲门，陈尔力知道纳莎来取手机，便急忙穿上睡衣给她开了门，然后匆忙转身回到卫生间。

当陈尔力从卫生间出来时，突然发现纳莎已经躺在了自己的床上。他劝纳莎回去，可是说了半天，纳莎只是用那深蓝色的眼睛看着陈尔力，似乎一脸无辜、茫然和不解。

陈尔力拿起纳莎的睡衣递给她，示意她穿上回自己房间。纳莎看了他一眼，无奈地穿上睡衣。

“尼不习换喔（你不喜欢我）。”纳莎用生硬的汉语说。陈尔力知道，这是维拉刚刚教她的话，他示意纳莎回自己的房间。

第二天上午，陈尔力带着纳莎和维纳坐火车返回三江市。

在火车上，陈尔力接到刘晋芳的电话，她说：“贸易公司人员的工资全部已经开完，只是宋大嫂说啥都不肯要工资，她说有宋大哥的那份工资就很知足了。”

“这个宋大嫂也真是的，让吴玉竹把工资给大嫂送去，就说我说的，不要不行。”陈尔力说完，又问，“这几天公司里还有什么事吗？”

“对了，差点儿忘了告诉你，常虹刚汇来一笔钱，四十四万三千元。”

陈尔力一听，脑子都大了，她怎么把钱汇来的？想到这里，陈尔力问刘晋芳：“她是怎么知道贸易公司账号的？”

“我告诉她的呀，不要忘了，我跟常虹一直保持着联系。”刘晋芳似乎有些卖乖的意思。

陈尔力一听，突然发火了：“是谁让你告诉她的！”

听到陈尔力的话，刘晋芳蒙了，她说：“我以为你们已经通了电话，是你让她来向我要的账号呢。”

“向你要账号，怎么不打电话告诉我一声！”

一听陈尔力真发火了，刘晋芳更发蒙：“怎么了，是常虹把钱汇少了？没事儿汇少了我找她要。”

“什么汇少了，而是汇多了，本应该一分钱不汇！看你把这事办的。”陈尔力不满地说。

“我以为多大事儿呢，汇多了有啥呀？不行我再给她汇回去。”刘晋芳也有点儿急了。

“行了，回去再说！”

陈尔力知道自己跟刘晋芳说不明白。再者，自己也没法说明白，他无法告诉刘晋芳，在深圳期间，常虹是怎么对待自己的，她倾其所有为自己做手术，无微不至地关爱自己，细心体贴地照顾自己。这次给常虹发去两车皮木浆纸，就是找一个报答她的机会，可是没想到，这件事却是这个结果。

挂断电话，陈尔力坐在那里一言不发，纳莎一看陈尔力的脸色不对，走过来轻轻地拍了拍陈尔力的肩膀，在默默地安慰他。

沉思了一会儿，陈尔力站起来走到车厢连接处，拿起手机给常虹打电话，可是电话响了半天没人接听。陈尔力又打了一遍，直到出现忙音也没人应答。

陈尔力想，也许是常虹正忙着，没有时间接电话，一会儿她看到未接来电提示，肯定能把电话打回来。可是一天过去了，常虹仍没有来电话。当火车到了三江市，常虹还是没有来电话。

下了火车，陈尔力把纳莎和维拉送到宾馆，他想回公司看一看。当陈尔力来到公司时，正好遇见刘晋芳想去税务局交税。

"尔力，咋回事呀?"刘晋芳问。

陈尔力一看楼下人不少，跟大家打个招呼后，便说："刘姐，上二楼说句话。"

来到楼上，刘晋芳问："你和常虹到底是咋回事呀，后来我给她打电话，想把钱给她汇回去，可她说，那个账户已经注销，款是汇不成了。"

陈尔力一听，这下完了，常虹这是要干吗呀?

冷静一下，陈尔力对刘晋芳说："大姐，至于常虹在我最困难的时候给我汇钱的事，我就不说了。你知道我的腿是怎么治好的吗?"

"不知道。"

"那是她把我带到美国麻省总医院，通过手术给治好的。"

"天哪，那得花多少钱哪?"

"唉！说的就是嘛，所以我不想让她把货款汇来。别说两车皮木浆纸，就是十车皮木浆纸，也抵不过这份情谊。"说完，陈尔力心情有些沉重。刘晋芳听后心情也很沉重。

坐了一会儿，陈尔力好像突然想起了什么，他打开旅行箱拿出合同说："刘姐，你看看合同，按照上面户头和账号给盘州华星造纸网毯有限公司汇去百分之六十货款不知道咱们钱够不够。"

刘晋芳接过合同，拿起算盘一算，说："够。"

"那你就办吧，这几天我要出门办点儿事儿，这些事就托付给你了。"

来到楼下，陈尔力简单和苏玉民交代了几句，告诉他自己有点儿急事，需要出门几天。又嘱咐苏玉民，仓库那边多注意安全，告诉宋大哥不是咱们的人领着，坚决不让看货。

交代完毕后，陈尔力提着旅行箱回到家。回到家里，他把衣服从内到外换下来后，用洗衣机洗了一遍。到了晚上，林云裳回来一看，说："你怎么用洗衣机把这么高档的衣服给洗了？"陈尔力看了林云裳一眼，没说什么。

第二天早上，陈尔力告诉林云裳，自己还要出差几天。他来到公司，让刘晋芳给他提出两万元钱。拿到钱后，陈尔力又去了一趟宾馆，告诉纳莎自己要出差几天，可是纳莎听不懂。于是，他就在一个本上工工整整地写下："我有急事，要出差几天。"然后比画等维拉回来，给她看一切就明白了。

走出宾馆，陈尔力打车直接去了火车站，他准备到省城坐飞机去深圳，看看常虹到底怎么回事儿。

当天下午，火车到了省城，他又马不停蹄地直奔机场。当天到达深圳时，已经是深夜 11 点半了。陈尔力从机场坐大巴直接来到福田区，找了个不大的宾馆住下，准备明天到启蒙玩具厂找常虹。进到房间，陈尔力洗漱完毕准备睡觉。

深圳人的生活与北方不一样，凌晨 2 点街道和宾馆的人还在吵吵嚷嚷。陈尔力刚躺下，房间的电话铃响起。陈尔力拿起电话，"你好，请问你找哪位？"

这时电话里传出一个女人的声音："先生，您需要特殊服务吗？"

"不需要。"陈尔力挂断电话。他知道，深圳这个地方比较开放，所以前台的服务员都跟小姐有勾结，只要是一个单身男人住进房间，就会有特殊服务的电话打进来。

又一个电话打进来："先生……"声音软软的。

陈尔力听也不听，"啪"的一声挂断电话，然后把电话线拔了下来。这回消停了，陈尔力躺下一会儿就睡了过去。

睡着之后又做起了梦，他看到纳莎眼泪汪汪地看着他，一副委屈的样子。就在这时，常虹从眼前走过，她还是那么摩登，还是那么靓丽，还是那么飘逸。陈尔力大声喊着常虹，可是怎么也喊不出声来。眼看常虹就要走远，他只能追上去，追呀，追呀，但始终追不上，最后一不小心掉下了悬崖。

突然醒来，陈尔力发现自己出了一身冷汗。他下床倒了一杯水喝了几口，又回到床上，可怎么也睡不着。他惦记着常虹，是有什么情况，还是生自己气了？

想着想着，迷迷糊糊，半睡半醒，渐渐地常虹的影像清晰起来，她在向自己走来。陈尔力很激动，便问她："你到底怎么回事呀，为什么不接我的电话？"

常虹似乎不太高兴，什么也不说，拉起陈尔力的胳膊就走，而且走得飞快，就像一个母亲手拉着孩子的手，母亲快步地走，孩子趔趄着跟，有时还东倒西歪。最后好像回到了常虹的住处，房间的墙壁是红的，地毯是红的，窗帘是红的，床单是红的。进屋后，常虹像对待一个做错事的孩子一样，把他往床上一扔，干脆不理。

陈尔力猛然醒来，他仔细地回忆着梦中的场景，红墙壁、红地毯、红窗帘、红床单。陈尔力想，据说梦见红色不吉利，有血光之灾。后来又一想，咱是党员还能迷信哪，那都是胡扯。

天亮了，陈尔力起床，洗漱完毕后，走出宾馆，可是他发现宾馆内外都静悄悄的，与凌晨 2 点形成了鲜明对比。陈尔力想，南方的生活与北方确实不一样，南方的观念也与北方大相径庭。

吃完早餐，陈尔力打车急匆匆地奔往常虹的玩具厂。到了那里，陈尔力发现电动门的墙壁上启蒙儿童玩具厂的几个大字都换了，换成了富士康电子元件分厂。陈尔力想，怪不得常虹不给自己回话呢，原来她是忙于转变生产经营项目啊。看到这些，陈尔力打心眼里为常虹高兴。

陈尔力拎着旅行箱昂首阔步地向里走，但在经过门卫时，却被人拦住。

那个人问陈尔力找谁？

陈尔力说找常虹。

那个人说不认识。

本来陈尔力和那个人说话就有点儿听不懂，陈尔力一字一句地说："我——找——常——虹。"

可是，那个人还是说不认识。

陈尔力有点生气了："我——找——你——们——的——经——理——常——虹。"

那个人仍然说，我们这里没有叫常虹的经理，我们的经理叫李玉红。

"这里不是原来的玩具厂吗？"

那个人说，这里以前是玩具厂，可是听说已经倒闭了，工厂被我们老板买了下来。

听到这里，陈尔力也听明白了，但脑子也炸了。他感觉有些头晕目眩，脚跟不稳。门卫一看，赶紧把他扶到屋里，为他倒了一杯水。

"你千万不能在这里出事呀，不然我会被炒鱿鱼的。"门卫说。

陈尔力吃力地站起来，提起旅行箱走到大门外，一招手拦下一辆出租车。上车后，陈尔力给侯三打电话，可是电话响了半天也没人接，正当陈尔力想挂掉电话时，侯三声音沙哑地说："你好，哪位？"

"侯三，我是陈尔力，你还没起床呢？"

"哦，陈经理，这么早打电话，啥事？"

"都什么时候了，还早？我到了深圳，去哪找你，我们见面再说。"

"什么？你来深圳了？你在哪？我去找你。"

"别啰唆，我去找你，你在哪个区？"

"那你就到宝安区光明路光明新区中心医院等我，我就住在附近。"

放下电话，陈尔力告诉出租车司机去光明新区中心医院，然后闭上眼睛把身体靠在椅背上。深圳的早晨真静啊，路上车辆都很稀少。

等陈尔力到了光明新区中心医院时，侯三已经等在那里了，他问："陈经理，你来咋不提前打个电话呢?"说着跟陈尔力握了握手。

"我是临时决定来的。"

"没吃饭吧，我们去喝早茶。"说着就带着陈尔力去吃早点。

坐下后，陈尔力问侯三："最近你知道常虹的消息吗?"

"不知道呀，我都好长时间没见过她了。这次你发货到深圳，我知道也给常虹发了两车，是小刘去接的货。当时问了一下常虹的情况，她说常虹挺忙的。我再细问，小刘厉声说道，你打听那么细致干吗?她不是你的菜。你看看，她们这帮人都把我看成什么了?"

"侯三，我刚才去过她的玩具厂，可是门卫说已经倒闭了，也不知道她去了哪里。"

"打电话呀!"

对，打电话。听到侯三的话，陈尔力马上掏出手机把电话给常虹拨了过去，可是已经关机了。

"侯三，这样，今天你就不要上班了，跟天霖说一声，但先不要说我到了深圳，你今天一定要帮我找到常虹。"

"行，一会儿我给楚总打电话。你倒是吃饭哪，别看着我吃呀!"

吃完早茶，侯三把陈尔力安排到宾馆。侯三先给楚天霖打了电话，说有点儿特殊的事，今天就不去上班了。

放下电话侯三在想，找谁才能打听到常虹的消息呢?他猛然想起了小齐，因为常虹和小齐是干姐妹，也在常虹的玩具厂工作过。

前几天侯三去夜总会寻开心，无意中看到了小齐，她也在夜总会当小姐。当时，侯三还纳闷，好端端的怎么会出来当小姐?后来一想，有些事不能细问，也许当小姐是为了多赚钱。侯三向小齐要了电话号码，说有客户来时就找她陪。还对小齐说，你陪谁都是为了赚钱，咱俩还熟悉，看在一个厂的工友分儿上，给我打个折，你就陪我吧。可是小齐说，美得你，你以为我今天沦落到这个地步就谁都陪呀?

想到小齐当了小姐，侯三突然有种不好的预感。“是不是常虹也去夜总会当了小姐?”侯三本来是心里想着，可是一不留神却说了出来。

“什么？你刚才说什么，常虹当了小姐？你听谁说的!”陈尔力大声问。

“不是。哦，是这么回事，前几天我去夜总会玩儿，突然遇到了咱们厂小齐，也在夜总会当小姐，因为她跟常虹是干姐妹，所以我怀疑常虹是不是也在夜总会干这行呢?”

“什么？你说常虹真的去了夜总会？是哪家夜总会，你跟我去，我说啥也得把她拽回来，她要是不走，我就把她的腿打断，以后我养活她一辈子。”

“我没说她肯定在夜总会，我是猜测有这个可能。”

陈尔力一听，脑子更大了，问道：“你说的是哪个小齐，是不是跟常虹一起派遣来的齐丽?”

“就是她。”

“就是她啥呀，你还不赶紧给齐丽打电话?”

“这就打。”侯三说着，掏出手机就给齐丽打电话，可是打了三遍也没人接。

“怎么了，不接电话？你把电话号码给我。我打，看她接不接!”陈尔力有些着急。

侯三把齐丽的电话告诉陈尔力后，便说：“你打电话她也未必能接，因为她们过的都是夜生活，不到下午三四点钟都没睡醒。”

陈尔力没听侯三的话，给齐丽把电话拨了过去，但打了三四遍也没人接。

放下电话，陈尔力有些焦躁不安。他一会儿坐下，一会儿站起来，一会儿在房间里来回踱步。陈尔力本来是个稳重的人，从来没有像今天这样心急火燎。他在想，假如常虹真的进了夜总会，我陈尔力一辈子都会良心不安的。他心里清楚，常虹的玩具厂破产，虽然有大环境的因素，但与给自己做手术不无关系。她拿出多年的积蓄还不算，那个阶段，常虹几乎把玩具厂交给别人打理，她全力以赴地帮助陈尔力做康复训练。作为企业的管理者，陈尔力最清楚这是大忌，是走向衰败的标志。他实在不敢想，常虹在夜总会那样肮脏的地方，从事那样肮脏的职业，她的心里会是怎么样的煎熬?

中午，陈尔力没去吃饭，侯三也没有去吃，他理解陈尔力此时的心情，也知道常虹是他的初恋。

侯三觉得房间有些沉闷，便走出宾馆在楼外转了一圈。因为中午气温有些高，侯三找就到一个背阴处，给楚天霖打了电话。楚天霖接到电话后，吃惊不小，他告诉侯三，处理完一件急事后，马上就到宾馆看陈尔力。

一个小时后，楚天霖到了，他跟陈尔力见面握了握手，发现他有些憔悴。楚天霖劝他，先不要着急，等到下午给齐丽打电话后，如果她不接听，就去夜总会找。如果她不在那家夜总会，他们就一家一家地找，肯定能够找到。可是侯三却说，这些人不好找，在夜总会用的都不是真名实姓。

当楚天霖坐下后，陈尔力说："天霖，你办的都是什么事呀，也没跟我打声招呼就把钱给我汇过去了，你什么意思?"

楚天霖知道陈尔力为了找常虹心情焦躁，所以借故跟自己发火。他笑了笑说："你们的贸易公司现在刚刚起步，作为多年的老朋友，帮点儿忙还不应该吗?"

"天霖，你是在瞧不起我。"

"说实话，尔力，我今天看到的陈尔力，不像我以前认识的陈尔力，以前你常说，男子汉遇到事，就得咬牙挺住。可你今天是怎么了?我怎么会瞧不起你呢?因为我们是多年的朋友，我知道什么时候该帮你，什么时候不应该帮你。当初你上访告状时，我就不支持侯三和常虹给你汇款，因为改革就是这个趋势，实现私营化，尽管有些人攫取国有资产的手段卑劣一些，但南方都在这么干，也是在改革中允许犯的错误。假如印刷厂当初没有被买断，以你陈尔力的一人之力，能支撑到现在吗?"楚天霖看了一眼陈尔力，又说，"常虹的事你先别着急，现在还不知道什么情况呢，不能凭空推测，等问完小齐再作打算。"

听到楚天霖的话，陈尔力心里平静了许多。楚天霖一看陈尔力平静了，赶紧领他们去吃饭。这顿饭吃得很简单，大家都没心情喝酒。

下午2点多，侯三给齐丽打电话，电话刚响几声齐丽就接了，听声音好像刚刚起床。陈尔力一听电话通了，赶紧夺过侯三的电话："齐丽吗，我是陈尔力。"

"哦，陈厂长啊。"

"齐丽我问你，常虹在哪儿？"陈尔力急切地问道。

齐丽沉默半天后，说："啊，她在哪儿，我也不太清楚。"

"什么，以前你们不是经常在一起吗，怎么会不知道？"

"哦，玩具厂黄了之后，常虹都把我们安排到电子元件厂，后来我在富士康电子元件厂没日没夜地干了几天，实在受不了就走了，后来跟常虹也失去了联系。"齐丽说话的语速很慢。

通过齐丽说话的语速，陈尔力判断她是在说谎，她肯定知道常虹在哪儿，于是说："告诉你齐丽，如果不告我常虹的下落，我就在深圳的夜总会一家一家地找，找不到我也不回去了。"

听到陈尔力的话，齐丽半天没有出声，这让陈尔力更加怀疑常虹就在深圳的夜总会里。他又说："听到没有？齐丽，我一定要知道常虹的下落。"

停了一会儿，齐丽说："本来常虹不让告诉任何人，既然你这么追问，我就不能不说了，常虹带着孩子去了加拿大。"

"真的吗？齐丽你可不能骗我呀！"

"陈厂长，我怎么能骗你呢，不信你回到三江市打听打听常虹带没带孩子走，一切不就清楚了。"

"齐丽，我们能不能见一面，跟我说说常虹的玩具厂是怎么倒闭的。"

停顿了半天，齐丽才说："陈厂长，咱们还是不见面为好，见了面怪不好意思的，但我告诉你，常虹去了加拿大，现在挺好的。"

"齐丽，你有常虹的电话吗，她在加拿大哪个城市？"

"陈厂长，她刚到加拿大，哪个城市我还没记住，不过你就放心吧。"

听到这里，陈尔力有些放心了，他说："要是常虹来电话，你就告诉她，如果她过得不好就回来，我养活她一辈子。"接着又说，"齐丽，我也劝你别在那种地方干了，如果深圳没有适合你的工作，你就去我公司。也告诉咱们厂的那些女工，别在夜总会干了，都可以回去到我公司来。"

齐丽半天没说话，最后说："陈厂长，要是没有别的事我就挂了。"

放下电话，陈尔力沉默在那里半天不说话。

这时，侯三说："陈经理，你劝小齐就多余，你都不知道啊，她们一年能挣三五十万呢，回你公司才能开几个工资？"

"唉！"陈尔力叹口气说，"也许这都是我造的孽呀！"

楚天霖说："你也不用自责，现在人的观念不是你想的那样，也许她们还得感谢你哪。"

第二天，陈尔力来到蓝天国际贸易公司，他对楚天霖说："天霖，这些年来，你像亲兄弟一样帮我，尔力感激不尽，现在好不容易有个报答的机会，你就别让我为难了，剩下的两车木浆纸，你就给我一个成本钱，剩下的利润你都留下。"

楚天霖看着陈尔力，突然笑着说："尔力呀，报答的事非得现在吗，这有点儿太功利了吧？既然是好兄弟，来世报答都不晚。"陈尔力突然笑了，这是他这次来深圳第一次笑。

楚天霖又说："这样吧，尔力，就把你这辆车货的利润款先留在我这里，说实话，直到现在我仍然担心你的义气会使你将来一无所有，有些话虽然是哥们儿，但我也不好说透，因为我太了解你了。"

听了楚天霖的话，陈尔力确实很高兴，因为这些年除了他，没有人能把话说到自己心里去。于是陈尔力说："天霖，今天咋也得请我喝一顿吧？"

"这没问题，海鲜居呗。"

当晚，楚天霖、陈尔力、侯三、古丽娜，还有几个国际贸易公司的人作陪。这顿酒，陈尔力和楚天霖都没少喝。

陈尔力有点儿喝多了，他看到古丽娜，又想起了常虹，便对楚天霖说：“今天这顿饭，要是常虹在该有多好。”

“我觉得，常虹去加拿大移民也许是最好的归宿。”

“唉！”陈尔力叹息一声说，“或许吧，但我亏欠常虹的太多。你说，她咋这么傻，玩具厂都要倒闭了，可还是把货款全部给我汇了回去。再说，她经济上遇到困难咋不说一声呢，也给我一个报恩的机会呀。”

“唉！”楚天霖也叹息一声，“女人的心，我们永远不懂。你还记得邢雨墨吗？”

“记得呀，怎么了？”

“亚洲金融危机形势这么严峻，她在新加坡还在照顾我的生意，并帮我联系了不少对美国的出口项目。她的情义我也没法报答。”楚天霖感慨地说。

吃完饭，楚天霖说：“这么早回宾馆也不能睡觉，我们去歌厅放松一下吧。”

“我可不去歌厅，那个地方简直是吃人不吐骨头，我们干啥非去花那个大头钱？不去，不去，坚决不去！”

一看陈尔力这个态度，楚天霖说：“不去正好，我带你在深圳转一转，看看这里的变化。”

出了海鲜居，楚天霖带着陈尔力上了一台车，开车的是个小伙子，很有礼貌地叫了一声陈总。

开车后，陈尔力感觉这台车很舒适，便问楚天霖：“这是什么车？”

“奔驰。”

“多少钱哪？”

“一百多万。”

“这台车是你自己的？”

楚天霖说：“不是，是公司的。现在深圳个人有上百万车的人不计其数，这有什么好奇怪的？”

陈尔力听后很吃惊，一百万元就买一台车坐在屁股下，这也太奢侈了吧，便说：“怪不得有人说，‘不到深圳不知道钱少，不到北京不知道官小’。看来这几年改革开放的变化太大了。”

当车在罗湖区和福田区转了一圈后，让陈尔力感到目不暇接，高楼大厦鳞次栉比，街道宽阔车水马龙，花园绿树干净整洁。以前来深圳还真没有这么逛过，只要到国贸大厦去一次，就算见识了深圳的特色。

楚天霖看了一眼陈尔力说：“什么叫历史洪流不可阻挡，当人们认识到改革的好处时，你想拉都拉不回来。下岗并不可怕，关键是不转变思想观念才是最可怕的。”

“天霖，你是在说我吗？”

“是在说你，也是在说那些下岗职工。他们的观念要是不转变，你只能救他们一时，但不能救他们一世。我就不信，你还能月月给他们开工资呀？再说，你也开不起呀。”

直到现在，陈尔力才明白，为什么今晚楚天霖要带他出来转转，其实这些道理陈尔力都懂，可是自己一看到下岗困难职工就心软。

第二天，楚天霖把陈尔力送到机场，还为他买了机票。分别时，楚天霖说：“我还想提醒你，你现在是丰润贸易公司的经理，不是包装彩印有限公司的经理，如果你分不清楚这两个身份，将来还得陷进去。”

陈尔力听后笑了笑，什么也没说。

陈尔力乘机回到省城，还没等出航站楼，就接到盘州华星造纸网毯有限公司张耀轩打来的电话，他说汇款已经收到，这几天就联系车皮，因为是对外贸易，可能得耽搁几天，让陈尔力别着急。他还说，等车皮下来后，让陈尔力派人监督装车，清点造纸网的种类和型号。陈尔力说，装车的时候，尽量自己去，因为对俄贸易是大事，绝不能有一点儿马虎。

放下电话，陈尔力想，现在的贸易公司不像包装彩印有限公司，那时人多，现在派谁呀？大孟指望不上，就那么一个苏玉民还得拳打脚踢，仅销售这项工作就够他受了。

从省城返回三江市的火车是晚 8 点开车，这段时间没啥事，他又去了玉林商场，给林云裳、娜娜、纳莎和维拉买了一些东西。

回到三江市，陈尔力查看了销售账目和库存，一看还有七车货物没有销售。他告诉苏玉民，把盘州顶账的铜版纸和牛皮纸准备好，免得到时候没货可发。

可是苏玉民说，铜版纸和牛皮纸卖的数量不大，因为铜版纸一般印刷机用不上，算是高档纸，而牛皮纸只有出口包装才用它做包装箱，国内流通商品一般都不用。

这几天，因为维拉放暑假，所以经常跟纳莎来公司，陈尔力让刘晋芳也给纳莎和维拉开份工资，纳莎的工资和苏玉民的一样，维拉可以跟刘晋芳相同。

陈尔力从深圳回来不到半个月，盘州华星造纸网毯有限公司经理张耀轩来电话说，车皮已经请下来了，这几天就到，让陈尔力去盘州验货装车。

陈尔力一听，高兴地说："太好了，明天我就去盘州，保证不耽误验货装车。"

可是张耀轩说："最好多带几个人来，你一个人连过磅带验货再监督装车恐怕忙不过来。"

陈尔力放下电话，琢磨带谁去呢？

苏玉民问陈尔力怎么回事？

陈尔力告诉苏玉民："盘州的车皮已经申请下来，准备装车验货，把造纸网发往克拉斯诺亚尔斯克造纸厂。纸网厂的张经理说，我一个人去怕忙不过来，我正在犯愁让谁跟我去呢。"

"看看大孟有没有时间，让他跟你去吧。"苏玉民提议说。

"对，我给大孟打电话。"陈尔力把电话打到大孟单位，可是接电话的人说他正在外地开会，还得一个星期才能回来。

这时维拉听明白了，她跟陈尔力说："我跟纳莎可以跟你一起去，监督装车不少货就行呗。"

听到维拉的话，苏玉民看着陈尔力说："我看这样行，那你们就准备一下跟陈经理去吧。"

还没等陈尔力发话，苏玉民先答应了维拉。陈尔力心想，这个苏玉民根本不知道内情，就代替自己做主了，可自己又不好说什么。

这时刘晋芳从楼上下来了，她问陈尔力需不需要再带点儿钱。

"不需要了，这次我去深圳的钱还没用完呢。"

可是刘晋芳说："穷家富路，还是多带点儿吧。"于是就让吴玉竹到银行取钱。

刘晋芳对陈尔力说："这次又带着两个俄罗斯美女出门，可要把握好自己呀，别忘了咱可是党员哪。"

"大姐在讽刺我吧?"陈尔力知道，刘晋芳所说的党员是什么意思，就是因为自己以党员自居，给下岗职工开工资，给退休工人发药费，她有意见。

"刘姐，我还正要跟你说呢，让吴玉竹统计一下，咱们厂还有多少下岗职工在家待着的。"

"干吗呀，你要把他们都招到公司来养着啊？我估计起码有 百五十人以上什么活儿都没找到，你养得过来吗?"

"刘姐，我不是那个意思，我是想给他们每人开三百元生活费，人在难处帮一把，也许过个阶段他们就能找到活干了。"陈尔力思虑了一下说。

刘晋芳一听又火了，说："愿意发生活费你自己发，我不干了，行了吧?"

"看看大姐，你又来劲儿了。"

"行，反正也不是我的钱，一会儿我就让吴玉竹去取钱，发!"刘晋芳一撅哒上了二楼。

一看刘晋芳上楼了，陈尔力说："玉民，你赶紧给我们买卧铺票。"

苏玉民给车站朋友打电话买票，可是车站的人说已经没有普通卧铺了，只有软卧。

陈尔力说："软卧也得买，明天必须走。"

这时吴玉竹去银行取钱回来，陈尔力打了一个借条。打完借条，陈尔力告诉吴玉竹，领着纳莎和维拉去买车上吃的食品。

第二天一上车，陈尔力发现软卧车厢就他们三个人，其他软卧都空着。这让陈尔力想起了今年从哈巴罗夫斯克飞往克拉斯诺亚尔斯克的专机，看来东北经济还没有复苏。想到经济问题，陈尔力拿起手机给陈天明打电话，一方面向他汇报与俄罗斯的买卖进行得很顺利，说自己正要去盘州准备给俄罗斯发货；另一方面向陈天明要银行账号，顺便让他帮助联系一下木浆纸的销售。

“木浆纸我可以帮你联系，可是你要我的卡号做什么？”

陈尔力说：“天明，这批货我赚到了钱，也不能让兄弟白帮我呀！”

“算了吧，你要是搞这一套，卖木浆纸的事我也不管了。”陈天明似乎很不高兴。

陈尔力说：“别介，销售木浆纸还得帮我，至于我欠的人情，将来有机会再报答你。”

放下电话，陈尔力想，这份情意先记着，将来我专程去北京感谢他。

隔了一会儿，陈尔力又想起了一件事，他拿着手机走出软卧给刘晋芳打电话，让她到中国银行换取四万美元，以纳莎的名义存上。

陈尔力正要回软卧时，突然来了电话，一看号码前面两个零，可能是俄罗斯伊万诺夫斯基打来的，他边接电话边往软卧车厢走，怕万一听不懂好把电话递给维拉。

“尔力，我是常虹……”

“什么？你是常虹？你去哪了？玩具厂倒闭了怎么也不告诉我一声？”还没等常虹说完，陈尔力就像放连珠炮一样问这问那。

常虹笑着说：“别的事情我就不说了，听说你去深圳找我，常虹感觉这一生知足了。”

“常虹，你把加拿大的账号给我，我给你汇美元。你到了一个人生地不熟的地方，也不容易呀。如果你在加拿大不开心，就马上回来，我给你投资。即使你什么都不愿意干，我就养活你一辈子。”陈尔力越说越激动。

常虹说："不用了，有你这句话就让我感到很幸福了，我在加拿大很好，他对我和孩子都很好。"

陈尔力听常虹这么说，便放低声音说："你好我就高兴，但你得给我一个报恩的机会吧？"

"来世再报吧。如果有来世，希望我们能成为夫妻。"常虹说完就挂断了电话。从她的声音中，陈尔力能听出她在尽量控制自己的情绪，能听出在异国他乡的孤独。

陈尔力愣了半天，才想起把电话拨回去，他还有很多话没说呢，可是常虹的电话却已经关机。

陈尔力在车厢连接处站了好久，他本想抽支烟，可他不习惯在公共场所吸烟，尽管那里镶有吸烟处的牌子。

不知站了多久，纳莎和维拉叫他回软卧房间吃饭。

回到软卧，陈尔力告诉纳莎，刘晋芳已经在银行为她存了四万美元。当维拉把陈尔力的话翻译给纳莎时，她点了点头，意思是说知道了这件事。

吃完午饭，陈尔力躺在铺位上。这时纳莎拿出手机给父亲打电话，父女俩说了半天，最后只见纳莎一会儿低沉，一会儿无奈，一会儿叹息，一会儿又摇头。陈尔力看到纳莎的复杂表情，也许发生了什么事。便对维拉说，你问问纳莎到底出了什么事情？

通过维拉与纳莎一段对话后，看到纳莎哭了，这让陈尔力更加着急。

最后，维拉告诉陈尔力，伊万诺夫斯基说，他的上级领导向他索贿两万美元，如果不给就换掉他的厂长职务；当地黑帮大亨向他勒索三万美元，不给钱就把纳莎交给他们，要是纳莎不回去就派杀手来中国，杀死纳莎。所以纳莎在为父亲担心，也为自己担忧。

陈尔力一听，现在俄罗斯的社会都成什么样子了，政府官员欺压下级，黑社会横行霸道、敲诈勒索，百姓还怎么活？因为陈尔力在俄罗斯经历过这些事情，知道政府官员不管大小都在索贿，每个关卡的小喽啰不给钱就不放行。而那帮黑社会更加是肆无忌惮，他们什么伤天害理的事情都能做得出来。

陈尔力说："维拉，你告诉纳莎不用担心，这五万美元我来拿。"

陈尔力想，怪不得当初伊万诺夫斯基向他要五万美元回扣呢，原来是官方和黑帮一起勒索呀。他又想到了，为什么伊万诺夫斯基让纳莎提前来中国，原来是怕纳莎遭到黑帮的伤害。

当维拉把陈尔力的话翻译给纳莎时，她高兴得上来就亲了陈尔力一口。然后给父亲打电话，告诉伊万诺夫斯基，陈尔力同意给汇五万美元。

火车运行十八小时终于到达盘州。到达盘州时已经是晚上 9 点多钟了，陈尔力带着纳莎和维拉又住进了红海宾馆。来到房间，陈尔力给张耀轩打电话，说自己已经到了。张耀轩告诉陈尔力，后天车皮才能到，让他再等两天。

陈尔力想，不管怎么说，人等车是常事，可车不能等人哪。

到达盘州的第二天，陈天明来电话，问陈尔力什么时间回三江市。陈尔力告诉他，五天后才能回去。陈天明告诉陈尔力，有两个北京客户和一个山西客户要去签合同。

放下电话，陈尔力心想，还是陈天明有力度，他毕竟是印刷技术协会的，人头熟，交际广。这年头，人脉就是金钱，关系就是生产力。

当天晚上，陈尔力高兴，便带着纳莎和维拉到烤肉店吃了一顿烤肉。陈尔力和纳莎还是喝的白酒，维拉喝的是红酒。

回到宾馆，纳莎和维拉都去了陈尔力房间，她俩在那里说说笑笑，有时好像是在说她们自己的事，有时好像在说陈尔力。她们不停地把目光扫在陈尔力身上，还带着顽皮和甜蜜的笑容。

喝酒后的纳莎，脸上红得像成熟的苹果，光滑细腻，娇艳妩媚。而维拉不笑时则显得面目微冷，目光游动属于那种智慧型。

这时，陈尔力的电话响了，他一看是常虹打来的，便拿着手机走出房间。

"尔力，早上好！"常虹问候道。

陈尔力一听笑着说："国内已经是晚上 9 点了。"

常虹突然笑了：“可不是，我都给忘了。”

“你在加拿大还好吧？”陈尔力不知道说什么好。

常虹一笑说：“尔力，有这么一回事儿，加拿大华意公司在上海设立办事处，他们跟我家先生有生意往来，听说有个好项目，你买他的地毯编织生产线，他们负责包销你们的地毯，听说很挣钱。不知道你感不感兴趣？”

“设备需要投资多少钱？”

“据他们说，如果形成规模生产，设备大约需要二十七万美元。”

“那么生产出的地毯价格是多少？每天生产量多少？流动资金需要多少？”

“这方面我就不懂了，如果你感兴趣可以到上海直接洽谈。”

“你把加拿大华意公司上海办事处的电话给我，我跟他们联系一下，看看能否合作。”

常虹把电话号码告诉陈尔力后，他心想，单独对俄贸易也没把握，因为俄罗斯局势动荡，要是伊万诺夫斯基不当厂长，这个买卖将来还能不能做下去都是未知数。自己这么多年一直想干实业，如果这个项目能成功，还能招一批印刷厂的下岗职工，那不是一举两得吗？想到这里，陈尔力有些心潮澎湃，热血沸腾。

回到房间，陈尔力 屁股坐在沙发上，心想，还是楚天霖说得对，女人的心，我们永远不懂。常虹也是这样，身在异国他乡还不忘帮助自己联系项目……

陈尔力的思绪还没有从常虹那里拉回来。就在这时，他突然发现纳莎从盥洗室里走出来，陈尔力一下愣住了，只见纳莎一丝不挂，歪头看着陈尔力微笑。她高高的个子，修长的双腿，一双深蓝色的眼睛游动生波，漂亮的头发如金丝垂落般楚楚动人，比欧洲名画里的美女更加活力四射。此时的陈尔力，一下子蒙了。眼前的纳莎，仿佛不是一个人，而是一件完美的欧洲艺术品，谁心生邪念，都是对艺术的亵渎。

作为过来的人，陈尔力懂得此时纳莎的用意，这里既有纳莎对自己的崇拜和依赖，也包含了纳莎想要报恩。尽管陈尔力是个正统的人，但他不是在硬装，也不是不喜欢纳莎，而是自己心里过不去这个坎儿，既然伊万诺夫斯基把女儿托付给自己，这岂不是乘人之危？那样自己成了什么人？

看到纳莎的衣服搭在椅子上，陈尔力慢慢站起，拿起来递给纳莎，然后走进卫生间，纳莎一脸茫然地看着他。等纳莎穿好衣服，陈尔力把她送回到自己的房间。

两天后，车皮终于到了，陈尔力检查质量，过磅计数，纳莎和维拉监督装车。也许是因为有两位俄罗斯美女在场，也许是铁路装卸工为了显示中国男性的雄风，装车的速度极快。刚开始装卸工还有些不好意思脱了衣服干活，后来干脆脱了上衣，露出黑褐色的健壮肌肉。本来应当三个半小时装完车，可是两个小时就已经完工了。

装完车后，陈尔力仔细查看了一下铁路货运单，确定是发往俄罗斯克拉斯诺亚尔斯克造纸厂的，才在上面签了字。

发车后，陈尔力带着纳莎和维拉赶紧买车票回家，因为有外地客户要来签合同。

火车到达三江市已是晚上 8 点多钟。出了车站，陈尔力和纳莎、维拉上了出租车。

在出租车上，陈尔力的眼睛不由自主地望向车外，他发现夜色中的三江市真美，宽阔的马路，拔地而起的高楼，变幻莫测的霓虹灯，仿佛置身于美丽的图画中。陈尔力想，改革开放以后，三江市的发展变化真是日新月异，你稍不留神，身边很多事物就会变得让你不认识。还是方副书记说得对，东北老工业基地就应该有长子情怀和壮士断腕的勇气。如果国企不改革，不是被旧的管理体制压垮，就是被三角债拖黄。想着想着，陈尔力觉得自己以前的做法真是幼稚可笑。

从盘州回来的第二天，陈尔力来到公司，他让苏玉民赶紧联系车皮，把大连的铜版纸和牛皮纸抓紧时间发走，以兑现承诺。又派刘晋芳带着纳莎和维拉去中国银行，给伊万诺夫斯基汇去五万美元。

不一会儿，刘晋芳、纳莎和维拉有说有笑地走进来。

陈尔力问："给伊万诺夫斯基的款汇走了？"

刘晋芳说："已经汇走了。"

这几天，北京和山西的客户前后脚到达，陈尔力领他们看货，谈合同。为了增加客户的信任度，看货、洽谈、签合同，包括招待客户都让纳莎和维拉参加，并向客户介绍纳莎是克拉斯诺亚尔斯克造纸厂驻中国办事处的代表。

因为有陈天明这个可靠的中间人担保，洽谈进行得很顺利。签完合同，客户没有马上离开，只等车皮一到，发货付款。苏玉民真有能力，他去了一趟省局，铁路运输车皮就被解决了。

在等待车皮的那几天，陈尔力觉得这几个客户都是陈天明的朋友，所以领着他们到中俄边境逛了一圈，纳莎和维拉也一起陪同，使他们大开眼界。

等北京和山西的货物发走后，陈尔力一看已经到了八月下旬，纳莎该入学了。于是，他领着纳莎到三江大学去找崔校长。崔校长打电话叫来招生处处长，让她帮助办理一切入学手续。最后填完各种表格后，陈尔力为纳莎交了一万二千元学费和八百元的宿舍费。为了与纳莎交流方便，维拉也一直跟着他们。

办完一切手续后，陈尔力告诉维拉，在学校要照顾好纳莎，生活用品让维拉帮忙买齐，有什么需要，纳莎不好意思说的，让维拉告诉自己。在离开学校时，陈尔力又给了纳莎两千元钱作为平时开销。他还告诉纳莎和维拉，在休息时就回公司，免得待在学校寂寞。

陈尔力已经走出大学校门很远，纳莎还在依依不舍地向陈尔力挥着手。

没过几天，郑佳丽给陈尔力打来电话，说伊万诺夫斯基让她转达谢意，汇去的钱已经收到，纳莎入学的事他也知道了，显得非常高兴。

陈尔力告诉郑佳丽，请她转告伊万诺夫斯基，造纸网这几天将到达克拉斯诺亚尔斯克造纸厂，请他查收。如果在使用中发现质量问题，让伊万诺夫斯基马上告诉纳莎。

郑佳丽听完陈尔力的话，笑着说：“我来回这么给你们转达得花多少电话费呀?”

“放心佳丽，电话费我给你报销，还给你开一份工资。”陈尔力开玩笑地说，“等纳莎学业有成，你就要小心失业了。”

郑佳丽说:“我不怕，纳莎要想学到商务谈判的程度，还得几年哪。”

这几天木浆纸销售得很顺利，北京和山西又要了三车皮木浆纸。正好是周末，纳莎和维拉回到贸易公司，陈尔力请大家吃了一顿烤肉，把纳莎和维拉高兴得手舞足蹈。

又过了一个星期，郑佳丽来电话说，伊万诺夫斯基已经收到造纸网，非常满意。并问陈尔力需不需要克拉斯诺亚尔斯克造纸厂继续发货，都发到什么地方？陈尔力回头问了一下苏玉民。苏玉民说需要发货，还发二十车皮，但白板纸用量少，只发百分之五就行，双胶纸增加到百分之三十五。陈尔力又一一告诉郑佳丽，并告诉她，发货前会把发货地点告诉伊万诺夫斯基的。

放下电话，陈尔力又给陈天明打了电话，问问还有没有客户需要木浆纸的，以便俄罗斯克拉斯诺亚尔斯克造纸厂直接把货发去，这样可以减少很多费用。

放下电话两个小时后，陈天明把电话打了回来，他说河北有个客户要两车皮，山东有个客户要一车皮，北京有个客户要一车皮，让他们马上去三江市签合同。

陈尔力一听非常高兴，说可以把价格压低一些。

第十三章　事与愿违

第一批木浆纸销售已接近尾声，印刷厂里的库存所剩无几。陈尔力给郑佳丽打电话，让她转告伊万诺夫斯基最近就把发货地址和木浆纸比例告诉他。

没过几天，河北邯郸、山东临沂、北京海淀区的客户就陆续到了，因为有陈天明这个中间人，陈尔力只要求客户支付百分之三十预付款，等收到木浆纸再付清百分之七十余款。

送走客人，陈尔力开始为筹建地毯厂的事情忙于市场调查，他发现这个项目虽然机械设备贵了一些，但关键在于地毯由上海办事处包销。他又给上海的华意公司办事处打电话，确定购买设备的价格和各种类型地毯每平方米的销售价格，最后一核算，利润竟能达到百分之三十五，简直让人不敢相信。

华意公司上海办事处的华裔商人温道尔一再表示说："你们所生产的地毯我们全部包销，而且价格都比一般市场要高。"他还说，"购买我们设备的也不仅你们一家，现在人民大会堂用的地毯全部都是我们的产品。如果要签合同马上就来，过了这个村可就没这店了。”

通电话的当天晚上，陈尔力心里高兴，便把大孟、大杨、李占祥都召到了烤肉店，主要是大家很长时间没聚了，再者就是想告诉大家自己要筹建地毯厂的大好消息。

那天晚上吃饭，除了大孟、大杨和李占祥之外，还有苏玉民、刘晋芳和赵明文。大家都为建立地毯厂而高兴，特别听说产品包销，利润在百分之三十五，而且人民大会堂用的都是这家地毯，觉得这是个好项目。

吃饭的时候，大孟问陈尔力：“这个项目需要投资多少钱？”

陈尔力说：“二十七万美元。”

大孟听后说：“二十七万美元可不少呀，折合人民币二百多万，你有那么多钱吗？再说，流动资金还得需要百八十万的，这个数字可不小啊。”

“我想过，现在从贸易公司可以拿出一百万，然后再让职工集资入股，这样就能把我们厂一部分下岗职工召回来，既解决了他们的吃饭问题，又能得到百分之三十五的利润分红。”

陈尔力刚说完，大杨便抢过话题说：“依我看，你能够投资多少就算多少，剩下的就向社会招商，实行股份制分红。如果你指望咱们印刷厂的下岗职工集资，那才能集几个钱？很明显，你就是想自己承担大部分投资，让大部分下岗职工跟着分红。”

“说实话，我就是这个意思。”

“什么就是这个意思？自己办厂就是自己办厂，别一整就把印刷厂的下岗职工时刻挂在嘴上，你陈尔力现在不是包装彩印有限公司的经理，而是跟我们一样，也是下岗职工。”刘晋芳不满意地说。

“刘姐，咱不是包装彩印有限公司的经理了，可……”

“可咱还是共产党员呗。你就气我吧，不跟你说了！”还没等陈尔力说完，刘晋芳就抢过话题，说完她自己都气乐了。

李占祥问：“尔力，这么好的项目是谁帮助你引进的？”

“一个国外的朋友。”陈尔力没敢说是常虹介绍的。

“那还不错。”李占祥说完举起杯说，“那就让我们共同祝愿尔力的项目圆满成功。干杯!”

“干杯!”“干杯!”大家附和着。

干完这杯酒，大杨说：“尔力，现在公司已经赚了很多钱，你干吗不买台车，工作起来也方便哪!”

陈尔力想了一下说：“现在公司刚刚起步，有钱还得花在刀刃上，摆那个谱儿有啥用?”

“对，陈尔力有钱都花在了刀刃上，他的刀刃就是给俄罗斯多汇去一万美元，他的刀刃就是给退休工人发药费，给下岗职工发生活费。要不是我拦着，今天上午还要给印刷厂的下岗工人发工资呢。”刘晋芳快言快语地说。

李占祥一听，便说：“尔力呀，别看我是工会主席，说话处处向着职工，可我觉得你这么干真的不行，现在下岗职工太多，贫困的也太多，你根本就救济不过来。”

陈尔力看了李占祥和刘晋芳一眼。“唉!”他深深地叹了一口气，然后说，“大家喝酒、喝酒，别提那些不愉快的事情。”

喝完这杯酒，陈尔力说：“大孟，这几天你能不能向单位请个假，陪我去一趟上海?”

大孟说：“我明天请假试试，这个阶段没有什么重要的事，我觉得应该可以。”

陈尔力又对刘晋芳说：“明天你到工商行给陈天明办个存折，里面存进三十万，这次去上海，我想先到北京去看望一下陈天明，他可真没少帮忙。”

大孟听到后笑着说：“看来尔力现在有进步了，以前要不是反对送礼，也不会到今天的地步。”

“今天的地步不是挺好吗？心安理得。”

“我没说你今天的地步不好，但我觉得对你不公平，一个处级领导、省级劳模、曾经企业利税大户的一把手，结果现在连个开工资的地方都没有，为你感到不值。”大孟一看陈尔力没吱声，接着又说，

“我觉得你有时间应该去看看方副书记，前几天他见到我，还向我打听你的情况呢。”

“应该去看看，说起来方副书记还是你的恩人呢。”大杨接着说。

“方副书记确实对我有恩，为了给纳莎办留学我就找的他，结果没费吹灰之力就办成了。”陈尔力感慨地说。

这顿酒因为大家很长时间没见面，所以喝得尽兴，一直喝到半夜11点才散伙。

第二天，大孟打来电话，说领导准假了，问陈尔力什么时候去上海。陈尔力说，这几天就走。

刘晋芳把给陈天明的存折办妥，还问陈尔力这次去上海需要多少钱？陈尔力说拿三万吧。

纳莎好长时间没来公司了，陈尔力派吴玉竹到大学去找纳莎和维拉，准备中午请她们吃烤肉。

不到中午，吴玉竹就领着纳莎和维拉回到贸易公司，一进门，纳莎就嚷着：“兹靠又，兹靠又（吃烤肉）。”大家一听都笑了。

苏玉民说：“你看我们纳莎，中国话别的没学会，先学会了吃烤肉。”

中午吃饭的时候，陈尔力对纳莎说：“你要好好学习，这几天我要出趟远门，你还缺什么？”

维拉把陈尔力的话翻译给纳莎。纳莎说：“不摇了，歇歇（不要了，谢谢）！”大家听后，又笑了。

第二天，陈尔力和大孟坐火车去了北京。

到了北京，陈尔力有许多感慨。前几次来，都是为了上访告状，还偷偷摸摸像做贼似的，结果还是被人发现了，四个警察抬着把他扔进警车里，当时都摔岔气儿了，后来胳膊上的淤青半个月才养好。

出了北京站，陈尔力和大孟打车直奔印刷技术协会，因为没有事先通知陈天明，结果他正在外面办事，说下午3点见面。陈天明还打电话给秘书让他把自己的办公室打开，让陈尔力和大孟进去休息。

一般说来，只有老朋友关系陈天明才会让秘书打开办公室，一般客人他绝不会这样做，可见陈尔力和陈天明的关系不一般。

陈天明的办公室，以前陈尔力和大孟来过好多次，主要是通过陈天明购买德国“海德堡”印刷设备。可以说，陈天明对三江印刷厂做过很大贡献。

陈尔力坐在陈天明的办公桌位置上，一拉抽屉发现没上锁。他想，何不趁此机会将存折放在抽屉里，如果当面给陈天明存折，他绝对不会收。想到这里，陈尔力打开皮包把装有存折的信封放在抽屉的底层。他都想好了，等到走了以后，再打电话告诉陈天明，存折在抽屉里，不收也得收。

中午，陈尔力告诉秘书，把陈天明的办公室锁上，他下午再来。走出印刷技术协会，陈尔力和大孟找个饭店吃饭。吃完饭，陈尔力一看时间还够用，就去火车站买当天晚上去上海的火车票。

当他们返回印刷技术协会时，陈天明还没回来，一直等到3点多钟，陈天明才风风火火地回到办公室。

一进门，陈天明不好意思地说：“对不起，让你们久等了。”说着跟陈尔力和大孟握了手。

陈尔力说：“天明，几年没见你还是那么年轻。”

“哪里哪里，这几年都老喽。”陈天明说完，仔细看了陈尔力一眼，“尔力，说实话，你这几年可是见老不少，为了企业的事没少操心吧?”

“没少操心有什么用，企业还是被卖掉了，职工还是照样下岗。”说完，陈尔力情绪有些低落。

“唉，这是没办法的事情，全国国有印刷企业都不景气，被私营企业占了主导，这就是市场经济规律。”

陈尔力说：“规不规律现在已经这样了，我们厂被卖掉时，经济形势还相当不错呢，最后还是逃脱不了被卖掉的命运。”

“说实话，尔力，你们厂的设备就是按照现在标准来说也是很先进的。还有你们厂的设计队伍，真是过硬，记得1987年全国包装装潢设计大奖赛，奖项被你们厂拿走五分之一。不知道他们现在都干什么呢?”

“我们的设计人员哪，现在大部分都去了南方，还有一个在省城，他们都是年薪制。”

“有个好归宿也不错，毕竟没有下岗。”说到这里，陈天明问陈尔力，“你们的木浆纸生意做得怎么样？”

陈尔力说：“库存所剩无几，这几天正催俄罗斯造纸厂发货呢。”

“那就好，还得继续做，因为木浆纸行业你们熟悉，跨行业经营你们未必得心应手。”

闲聊了一会儿，就到了下班时间。陈天明领着陈尔力和大孟去了饭店，三个人也没点什么太好的菜，陈天明就花了四百多元。

陈尔力说：“这北京的饭菜也太贵了。”

“北京的物价并不高，只是到饭店消费就高。”

吃完饭，陈尔力和大孟与陈天明告别，然后去了火车站。

到火车站时，陈尔力给陈天明打电话，告诉他抽屉里有一张三十万元的存折，并告诉他密码是六个八。陈天明刚要说什么，陈尔力就挂断了电话。

经过二十个小时的颠簸，火车终于到了上海站。下车后，陈尔力和大孟打车直奔浦东新区，当他们找到加拿大华意公司驻上海办事处时，有些惊呆了。那么大的一座楼，上下有三十几层，只有华意经贸公司驻（中国）上海办事处一块牌子。陈尔力想，这样一个有实力的公司，只要他们赏口饭吃，就会被撑死。

等上了十七楼见到温道尔时才知道，他只是华意公司第十二销售部的总经理，就这么一个销售部，就占了整整一层楼，工作人员起码上百人。

走进温道尔的办公室，陈尔力更是惊呆了，总经理办公室相当于百人小会议室，客人坐的沙发离总经理的老板台有十五米远，谈事都得够着说。这个办公室，里面还摆着一些艺术品，身后是一排书柜，一看总经理就不是一般人。

陈尔力想，什么叫有实力，人家这才叫有实力呢，不像有的公司，没屁硬装。

因为有常虹的介绍，中间省去很多环节，人家公司大，资金雄厚，办事也大气，从来不跟你斤斤计较。合同条款没怎么谈，华意公司就草拟了一份合同，让陈尔力看。

陈尔力仔细一看，这是一份意向合同，而不是正式合同。从合同条款上看，感觉非常严谨，地毯生产线价格多少，每天能生产的产品数量，各类地毯包销价格、品种，等等。条款中还有以销定产，随时调整的字样。在责任一栏中，也写得很明确，如果机械设备出现任何问题，都由甲方全部负责，所生产的产品全部由甲方包销。关于设备运输、安装、调试也有约定，全部由甲方负责。在付款方式上，乙方预付百分之三十货款，设备运到安装调试成功后，再付百分之七十余款。

在合同条款中，陈尔力无法挑出任何毛病，只是感觉意向合同还不是正式合同，有点儿心里不托底。可温道尔说，如果陈尔力将预付款汇到，他可以派人到三江市签合同，但陈尔力觉得还是有点儿不妥。后来经过双方商定，如果陈尔力拿着银行信托凭证或汇款票据，就可以直接签订正式合同。

陈尔力一想，还不如直接电汇呢，在上海等三天就不用来回跑了。温道尔同意陈尔力的建议。后来陈尔力又提出要求用人民币结算，他也同意了。于是陈尔力向温道尔要了账户名称和账号。

陈尔力拿起户名和账号一看，是华意公司十二销售部，与合同上的华意经贸公司驻（中国）上海办事处的合同章不一致，便问温道尔这是怎么回事？温道尔解释说，他们公司实行的是统一管理，单独核算，风险共担。听到温道尔的解释后，陈尔力放心地在意向合同上签字盖章，只等汇款一到，再签正式合同。

意向合同签订后，陈尔力给刘晋芳打电话，让他往上海电汇六十四万八千元，并告诉她汇款的户名和账号。

从加拿大华意公司出来，陈尔力跟大孟开始找宾馆。找了几家宾馆，都是豪华酒店，陈尔力和大孟都觉得价格太贵，他们让出租车拉着找一些小点儿的宾馆，可是根本没找到。

在寻找宾馆的过程中，陈尔力看到上海浦东新区的巨大变化。1991 年他曾经来过浦东，那时还在到处建设，显得凌乱不堪，到处是塔架，到处是脚手架，建筑废土到处堆放，可是现在，道路整洁，绿树成荫，草坪翠绿，鲜花盛开。立交桥一架又一架，仿佛是精美的艺术品；拔地而起的高楼大厦，错落有致，蔚为壮观。看到这些，陈尔力在心中不得不赞叹改革发展的力量。

因为浦东开发区的宾馆价格高，陈尔力和大孟不得不回到黄浦区南京路附近找家小旅馆住下。

晚上吃完饭，陈尔力和大孟逛外滩时，大孟说："尔力，我觉得什么地方有些不对劲儿，当今这个时代骗子遍地，他们怎么会答应只支付百分之三十货款就把设备运到呢?"

"你没看到嘛，人家是大公司，根本不在乎这几个钱。"

"我觉得公司越大，越应该严谨，特别是跨国公司，更应当按照规则办事，起码应当付款百分之七十。"

"咱们不是有中间人介绍吗?"陈尔力自信地说。

大孟想了想说："外国人做买卖可不像中国这么讲情面，据听说就是亲爹也得按章办事。"

"他们这些人都是华裔商人，办事就会不一样呗。"陈尔力说。

"再者，我发现温道尔这个人，有点儿油嘴滑舌，表面看有大公司气魄，可我总感觉有点儿拉大旗作虎皮的味道。"

"你放心吧，这桩买卖是常虹介绍的，她还能坑我吗？据说温道尔是她先生的朋友。"陈尔力说完觉得有些失言，便不再说话。

陈尔力在上海等待汇款的第二天，苏玉民给陈尔力打来电话，告诉他宋中华脑干出血已经住进了中心医院，宋大嫂一听医院要那么多押金，就说不救了。

陈尔力一听，马上说："救，怎么能不救呢，一定要把宋大哥救过来。"

放下电话，陈尔力立即给刘晋芳打电话，让她拿十万元支票押到市中心医院，继续抢救宋大哥。刘晋芳刚想说脑干出血不像其他病，就是拿钱也抢救不过来。可是一看陈尔力的态度，赶紧填写一张十万元的支票送到医院。

三天后，汇款到了上海，陈尔力和温道尔很顺利地签订了正式合同。温道尔还交给陈尔力一个安装设备的基座图纸，告诉他回去马上着手打好混凝土基座，提前预埋好固定螺丝，防止耽误设备安装。

签完正式合同，陈尔力心里高兴，当晚跟大孟去城隍庙吃了一顿特色小吃，还在那里喝了点儿酒。

陈尔力跟大孟说："明天咱俩坐飞机回去，地毯厂的前期工作还很多，必须抓紧时间。"

第二天，陈尔力和大孟去了虹桥机场，乘飞机直接飞往省城。当晚又乘火车回到三江市。

回到三江市，陈尔力一下火车就和大孟直奔医院住院处，来到重症监护室，一问宋中华的病情还没有好转，人还在不停地抽搐。

宋大嫂说："这一天的抢救费就得七八千，都赶上一般人一年的工资，停了吧，别再花钱了。"

陈尔力说："大嫂，钱的问题你不用考虑，就是砸锅卖铁我也要救宋大哥。"

宋大嫂感动地说："不管你大哥能不能抢救过来，有你这样的兄弟他也该知足了。"

上海回来的第二天，陈尔力就着手跟工商银行洽谈，准备租用原来印刷厂的厂房。

可是大孟说："为什么非得租用印刷厂？厂房的锅炉、管道都被人卖了废铁，要是重置那得多投入多少钱呀？还不如租用原来的电器厂，整体设施完好，直接在车间打好设备基座就行。"因为大孟在经委就是主管工业的，他对所有企业状况都一清二楚。

可是陈尔力考虑两天后，还是决定租用印刷厂，他说自己对印刷厂有感情，职工在这里也有家的感觉。

大孟一听也不好阻拦，但他给陈尔力算了一笔账，这样一来，还得多投入三十万元。

陈尔力通过几天的努力，最后跟工商银行谈妥租用彩印车间，每年租金三万元。

这几天，陈尔力让苏玉民联络买锅炉，装管道，打基座。因为天气渐渐凉下来，这些活儿都得赶到取暖期之前干完。

陈尔力又有新项目上马，在三江市马上传开了，他又成了焦点人物。有的要找他投资，有的托人要到地毯厂当工人，但都被陈尔力拒绝了。他提出了“两个凡是”：凡是入股投资的都必须是原印刷厂的职工；凡是想进地毯厂工作的，必须是原印刷厂的下岗职工。因为此事，陈尔力没少得罪人。甚至有些人为了得到百分之三十五的入股分红，还找到印刷厂的下岗职工冒名顶替。

这边红红火火地建厂，那边克拉斯诺亚尔斯克造纸厂的木浆纸已经到货。除给楚天霖、河北邯郸、山东临沂和北京发去六车皮外，其余十四车皮木浆纸都发到三江市，所以只能停下手中建厂的活儿，全力以赴地从货运处往印刷厂库房运送木浆纸。

苏玉民在下岗职工中召集来一部分人，其他的装卸工只能靠货运处的搬运工和社会上雇来的人。因为人手不够，所以这次运输很缓慢。

苏玉民说：“只要派人昼夜看管好货场的木浆纸，时间长短无所谓。”

因为人手紧张，看管货场的人，白天是女工，夜间是退休工人。他们出力搬运不行，可是看货物比谁都有责任心。

货场正忙得不可开交，医院里的宋中华去世了。陈尔力赶紧带着几个人来到医院，一看宋中华的两个智障儿子也到了。两个孩子不知道母亲为什么哭，只是一个劲儿地说：“睡着了，嘿嘿。睡着了，嘿嘿。”有时还伸手抓一下，打一下，就像以前跟宋中华在闹着玩儿一样。

不一会儿，大孟、大杨、李占祥也来到殡仪馆，陈尔力与大家商量如何为宋中华办丧事。

陈尔力让大孟、大杨通知印刷厂在家的职工，后天都来为宋中华送葬。李占祥主要张罗丧葬方面的事情。

这时苏玉民说："既然来了这么多人，我就先回货场了，仓库那边赵明文也忙不过来，宋大哥的丧事，你们就辛苦了。"他说完就走了。

一些职工得知宋中华去世，都提前来帮忙，殡仪馆内外，你来他走始终聚集着上百人。

陈尔力看到这些心里很高兴，看来印刷厂的人还是有良心的，因此更加坚定了他办好地毯厂的决心。

第三天出殡的时候，因为全厂来了四百多人，追悼会在告别厅举行，陈尔力亲自为宋中华致悼词。他说："……宋中华的一生，本分忠厚，勤勤恳恳，任劳任怨，是一个好党员、好职工、好丈夫、好父亲。他的一生获得很多荣誉，市级劳模四次，厂级劳模三十二次，是我们每个人的学习榜样……"

起灵的时候，让大家看得很心酸。当抬起棺材往灵车上装时，两个傻儿子好像预感到什么，发疯似的拦着不让抬，被人扯开后，他们两个又冲到灵车前，拼命地拦着灵车，一个劲儿"爸爸、爸爸"地哭喊着。人家一看这样不行，赶紧上来四个年轻人，把两个儿子架到一旁。大家看到这情景，无不落泪。

到了火葬场，都是大家忙前忙后地跑，有的帮助买骨灰盒，有的架着两个儿子，有的安慰着宋大嫂。

等骨灰寄存在火葬场后，没想到宋大嫂突然给陈尔力跪下，连磕三个头。这让陈尔力吃惊不小，忙说："大嫂，你这是干什么？"说着就把宋大嫂扶了起来。

"尔力，大嫂代你大哥和两个孩子谢谢你！"

"大嫂，你不能这样，这不是在折煞我嘛。"

"尔力，大嫂必须谢谢你，否则我一辈子都会不安心的。"

为宋中华送葬后，陈尔力来到货场，一看木浆纸都已经全部运回到印刷厂的库房，他又来到印刷厂，可是赵明文说丢了十五卷纸，可能是被雇来的人给偷走的，问陈尔力是否报案。

陈尔力说："算了吧，这些人大都是下岗工人，他们也不容易。"

天气渐渐地冷下来，陈尔力告诉苏玉民，抓紧时间安锅炉、打基座。

这几天上海方面一劲儿催促，问基座打好没有，他们要往三江市发设备。

一天，宋大嫂来到贸易公司，把宋中华住院剩下的三万六千元钱还给公司，她对陈尔力说：“你大哥虽然走了，但大嫂还在，我还给你管库房，还像你大哥活着时那样住在印刷厂的门卫室里。等大嫂有能力了，一定要还上这笔钱。”

陈尔力说：“大嫂，给宋大哥花的钱，不用你还，这是我跟宋大哥之间的情义。你要是有那个心意，还是白天帮我管库房，晚上回家住。如果你住在门卫室，不但违反规定，再说夜间值班的人也没处歇脚啊。”

宋大嫂一听，陈尔力说得有道理，也没有再争辩。在宋大嫂临走时，陈尔力给她拿了一千元钱，让她给宋中华烧七用。

送走宋大嫂。陈尔力想，人的一生荣华富贵又如何，金山银山又怎样，到头来还能带到棺材里呀？还不如像宋大哥一样，留个好名声，送葬时人山人海。

筹建地毯厂的工作正在有步骤地进行，贸易公司的木浆纸销售也按部就班。

那几天抽出时间，陈尔力又给郑佳丽打了电话，让他转告伊万诺夫斯基，发来的货物已经收到。他又给河北邯郸、山东临沂和北京的几家印刷厂分别打了电话，问一下收到木浆纸没有。

忙完木浆纸，陈尔力又张罗地毯厂的事儿。他想，现在的地毯厂严重缺人，起码缺一个生产车间主任和一个原料采购人员。傍晚，他把大孟和苏玉民叫来，问他们有没有更好的人选。

大孟说：“林瘦猴算是一个人选，采购原料没问题，而且还门路广，但这个人就是私心大，不好防范。”

可苏玉民不同意用他，提议可以用赵明文，虽然性格内向，但心中有数，有感恩之心。他同时提议原来维修车间的吕主任，可以当生产车间主任，懂技术还会维修。

大孟说：“吕主任恐怕不行，他家的农机修理铺，一年能赚七八万呢。”

陈尔力拿起电话给吕主任打了过去，但吕主任有些为难，他说家里的农机维修的活太多，还雇了好几个人呢。但他表示，如果地毯设备遇到了什么技术问题，他可以无偿维修，一分钱不要。

正在大家议论时，刘晋芳从楼上下来，她说：“地毯车间主任可以让郝玉兰来担任，她工作认真，还有责任心。再说，尔力对她有恩，一定能干好。”

陈尔力说：“郝玉兰可不行，她有个瘫痪的婆婆，孩子还小，让她来地毯厂不是为难她吗?”

“你还不知道吧，郝玉兰的婆婆已经去世了，孩子送到母亲家里，她现在整天蒸馒头卖。”刘晋芳说。

陈尔力说：“她婆婆去世我怎么不知道，什么时候的事情?”

“是你们去盘州的时候，郝玉兰不让告诉你，怕你多心。上个月给她发工资都没要，她说自己蒸馒头能够维持她和孩子的生活。”

陈尔力说：“这样，刘姐，你联系一下郝玉兰，看她能不能来地毯厂当生产车间主任?”

刘晋芳又说：“还有一个人你们可以考虑一下，就是原来的印刷车间主任顾友朋，听说他在家里也没事可干。”

大孟说：“我看可以把他找来，因为他年龄大让他管库房，把赵明文替换下来当采购。”

陈尔力觉得这样安排可以，便让刘晋芳联系这两个人。

大家商量完毕，陈尔力说：“晚上，我请大家吃烤肉。”

大孟说：“算了吧，总吃烤肉不腻呀，我看还是吃炖大鹅吧。”

陈尔力说：“我是这么想的，肥水不流外人田，朴大姐是咱们的职工，让她多挣点儿。”

“别扯了，我们还是去吃炖大鹅吧。”刘晋芳说。

正当大家要走时，纳莎和维拉来了。

刘晋芳问:“吃中国炖大鹅你们去不去，不去你们就到隔壁吃烤肉。”

维拉和纳莎沟通一下，说：“去尝尝什么叫中国炖大鹅。”

这几天，陈尔力可够忙的，一会儿去地毯厂看看，一会儿跑工商办执照，一会儿组织招收下岗职工，一会儿又与职工签订入股合同。

原定地毯厂按照定岗定员只能招收下岗职工七十人，可是陈尔力可怜这个，可怜那个，结果招收了一百一十人。

刘晋芳说：“尔力，你这是办慈善会呀？宁可救济贫困职工，也不能把他们都招收进来，你又犯了国有企业的老毛病。”

陈尔力笑了笑说：“谁让咱是共产党员呢。”

“那你就共产吧!”刘晋芳说完，不理陈尔力。

陈尔力在签订入股合同时，有些下岗职工生活挺困难，竟然拿出八九十来万元入股。陈尔力明知道这是他们亲属朋友的股份，可是又不好当面戳穿，只能让他们少入一些股。当然也有真正职工入股的，有的三万两万，有的一万八千，有的三五千。谁都会算这笔账，入股本金不到三年就能翻番，这得多大利润呀。

地毯厂锅炉和基座基本完成，陈尔力又给上海华意公司打电话，等生产设备运到，混凝土也该差不多了，正好安装。

一天，纳莎和维拉来到贸易公司，转达伊万诺夫斯基的意思，让陈尔力马上给克拉斯诺亚尔斯克造纸厂发造纸网，并说，尼龙造纸网已经用完，再不发货就快停产了。

陈尔力说：“你再问问伊万诺夫斯基，只发尼龙造纸网吗?”

可是维拉问了半天也没弄明白，急得满头是汗。

陈尔力说:“维拉你不用着急，我打电话让郑佳丽问伊万诺夫斯基。”

陈尔力拿起座机就给郑佳丽打电话，让她告诉伊万诺夫斯基，重新报一下造纸网的种类、类型和型号。郑佳丽说，她已经回到三江市，马上就来公司。

郑佳丽来到贸易公司后，就给伊万诺夫斯基打电话，她拿出商品清单表，不一会儿，就把造纸网的类型和型号全部记在上面。

陈尔力拿起清单一看，上面记得清清楚楚，造纸网只是在品种数量上做了一些调整。他告诉郑佳丽，到楼上去找刘晋芳开工资、报销电话费。

接着，陈尔力就给盘州张耀轩打电话，问能不能尽快给俄罗斯克拉斯诺亚尔斯克造纸厂发货。

张耀轩说："我尽快派人请车皮。"还问了一下品种、型号和数量上有没有变化。

陈尔力告诉他，一会儿给他发一份传真。并告诉他，立即给他汇款。

放下电话，陈尔力又来到二楼，问刘晋芳现在贸易公司还有多少钱?

刘晋芳说："现在贸易公司还剩下三十一万，那些钱不是汇给上海了吗?"

陈尔力又问："现在地毯厂的入股款有多少?"

刘晋芳看了一下账本，说："入股款共一百三十二万元，一分钱没动，前期筹建地毯厂花的都是公司的钱。"

听了刘晋芳的话，陈尔力吃惊不小，这么控制入股款还进来一百三十二万呢。

陈尔力一算，给盘州的一百六十三万造纸网钱正好够。他让刘晋芳尽快把钱给盘州华星造纸网毯有限公司汇去。

刘晋芳说："这笔钱一旦汇走，公司可就没钱了。"

陈尔力说："没事儿，我马上给河北邯郸、山东临沂和北京的几家印刷厂打电话，把剩余的百分之七十货款催一下。"

由于郑佳丽刚从莫斯科回来，陈尔力说："佳丽，今晚为你接风，正好纳莎和维拉也来了。刘姐、吴玉竹今晚也一起参加。"

刘晋芳一听笑着说："呵呵，今晚更是美女如云了。"

"谁说的，还有苏玉民呢。"陈尔力说着就往楼下走。

来到楼下，他问纳莎在大学里还适应吗?

维拉把陈尔力的话翻译给纳莎。纳莎说，已经适应了，很喜欢三江大学的生活。

正在这时，楚天霖打来电话，他说："尔力，这两车货物都是整车卖的，我给他们优惠点儿，这样也节省了一些费用。我给你汇去四十四万三千三百元。"

"天霖，你真是及时雨宋江啊，我正好犯愁没钱花呢，你就把钱给我汇来了。"说到这里，陈尔力猛然想起了什么，又说，"天霖，这次的两车货你又没留利润哪？"

"这次不留了，知道你着急用钱。听大孟说，你又筹建了一个地毯厂，还招收了一百多名下岗职工？投资需谨慎哪。"

陈尔力说："这个项目好，虽然设备贵了点儿，但产品由他们包销，价格很高。我测算过，利润在百分之三十五以上。"

停了半天，楚天霖才说："外商我倒没听说过，但国内的一些小公司，经常以这种手段高价卖机械设备。"

"不会的，那家加拿大华意公司驻上海办事处很有实力，我跟大孟已经去过。"

"那就好。"楚天霖说完挂断电话。

结束了与楚天霖的通话，陈尔力又给河北邯郸、山东临沂和北京三家印刷厂打了电话，催要剩余的百分之七十货款。

河北邯郸的客户说，货款已经汇出去了，估计这两天就能到。山东和北京的客户说，这几天就汇来。

晚饭还是吃的烤肉，这是郑佳丽提出来的，纳莎和维拉一听说吃烤肉，都高兴得不得了。

在吃饭的时候，郑佳丽说："现在的俄罗斯买卖不像以前好做了，他们变得越来越精明了。"

纳莎在那里突然冒出一句话："都北中国人偏聪明了（都被中国人骗聪明了）！"大家听后一阵哄堂大笑。

刘晋芳抱着纳莎眼泪都笑出来了，她说："我就是喜欢纳莎的直率。"

郑佳丽把刘晋芳的话翻译给纳莎时，纳莎在刘晋芳的脸上亲了一口，弄得刘晋芳脸上油腻腻的。

贸易公司的木浆纸最近销售不太好，有些木浆纸是低于原来定价卖掉的。陈尔力想，要不是为了办地毯厂急需用钱，他一定不会急于出手，因为俄罗斯的木浆纸质量是一流的。

正在用钱之际，省城红星包装彩印厂的华蓥突然来了，他买走了三十吨纸，现钱交易。这让陈尔力非常感动，因此他招待了华蓥一顿海鲜。

没过几天，河北邯郸、山东临沂和北京的客户的货款陆续到了，一下又进账六十一万八千元，加上楚天霖汇来的款四十四万三千三百元，贸易公司的账户上就有了一百一十多万元。陈尔力一看，这点儿钱也不够干啥的，加拿大上海办事处马上就要来安装设备，等调试成功还得支付人家设备款一百五十一万二千元，还差四十多万呢。再者，流动资金目前一分没有，怎么生产地毯？想到这里，陈尔力又给印刷技术协会的陈天明打电话，请他帮忙再销售一些木浆纸。

几天后，上海的毛毯设备和安装的技术人员就到了，又是雇吊车，又是找车辆运输，这几天陈尔力一直在地毯厂忙活着。国有企业干部的亲力亲为传统，在陈尔力身上体现得最为具体，不然也不会曾经发生卸设备撞碎膝盖的事情。

在招待安装技术人员的那天晚上，陈尔力说："不知哪位师傅能帮我们联系一下有名的地毯厂，我们想聘请几位师傅帮我们培训一下上机操作的职工。"

其中一位老师傅说："我能帮你联系到营口一家地毯厂的退休老师傅，他一个人就可以培训各种型号的地毯编织机、喷胶机、烘干机、针刺机、切割机、卷毯机等，只要你们给的报酬合理，他可以留在你们地毯厂做技术指导。"

陈尔力问："这样的技术人员，一个月得多少工资？"

"最低三千，还得包吃包住。"

陈尔力一听，三千相当于五个工人的工资，真是不便宜。但一想，如果没有一个技术指导，出现废品将来会损失更大，于是说：“那就麻烦师傅帮我们联系一下，让他尽快来。”

陈尔力又提前派赵明文联系购买原料，按照加拿大华意上海办事处的产品清单要求，分别购买纯毛、混纺、化纤等原材料，防止设备安装后耽误生产。

三套地毯生产线，再加上各种配套设备，安装起来并不容易，全套设备安装完接近半个月，还得有当地工人配合。这半个月，仅招待费就花去一万元。

安装完毕调试设备时，陈尔力让工人都上岗，算作提前培训。看到在设备调试中生产的产品质量很好，陈尔力一高兴，还请几位安装师傅吃了一顿海鲜。

在安装完设备的第五天，营口地毯厂的初师傅到了。因为没有原料，只能等一段时间。

这里的地毯还没生产，盘州的张耀轩来电话说，三天以后车皮就到，让他们赶紧来。陈尔力告诉苏玉民赶紧买卧铺票，到盘州监督装车。

第二天，陈尔力和苏玉民上了火车，直奔盘州。第三天早上刚下火车就直接去了货场，又是过磅，又是检查质量，又是监督装车，直到中午 12 点才装完车，把陈尔力和苏玉民饿得浑身冒虚汗。

张耀轩一看有些过意不去，就请他们吃了午饭。

吃中午饭时，陈尔力对张耀轩说：“还得麻烦张经理帮我们联系一下，看看能不能再销售些木浆纸。”

张耀轩说：“我尽量帮你联系。”

第二天，陈尔力和苏玉民，又马不停蹄地往回赶，因为家里还有好多事情需要处理。

这几天，赵明文在外地跑原材料也不顺利，因为路子不熟，所以东一头西一头。这时，陈尔力想起了初师傅，让他与营口地毯厂联系一下，看有没有购买原料的渠道。

初师傅说，自己儿子就是供销科的。后来通过初师傅的儿子，才买齐地毯原料。

地毯厂还没等生产，上海的温道尔来了电话，催收设备款。陈尔力告诉他，账面买完原料还剩八十万元。最后经过跟温道尔商量，先给上海汇去八十万，剩下七十一万二千元在半个月内肯定汇到。当时，还把陈尔力感动得够呛。

这几天，陈尔力为钱犯愁，他去银行跑贷款，可是人家说用木浆纸抵押违反规定。

陈尔力又想到楚天霖，给楚天霖打了电话，说明当前所遇到的困境。

楚天霖说："我现在也没有钱，把钱都投在了股票里，手头一点儿钱都没有。"

"天霖，能不能在投资公司想想办法。"

"尔力呀，投资公司你就别打算了，他们要的回报率太高，上次借款一百万，才用了一个多月就要了六十万元的回报。"

没有办法，陈尔力把大孟、大杨和李占祥找来，让他们张罗一些民间借贷给五分利，以解燃眉之急。

可是大孟说："五分利借款可是够吓人的，你算过账没有？七十万元借款每月利息就得三万五，地毯厂能赚多少钱?"

"这不是为了应急吗。"

大杨说："依我看，剩下的七十一万二千元暂时不给，等地毯生产后以货顶账。他们不是包销产品吗?"

李占祥说："我看应该这么办。"

陈尔力一听脑袋摇得像拨浪鼓似的，便说："不行，不行，初次合作就这么不讲信誉，以后还怎么合作?"

最后大家商定，陈尔力以木浆纸作抵押，由大孟、大杨和李占祥出面担保向私人借款。

不到一个星期，七十万元就张罗齐了。把钱汇走后，陈尔力才松了一口气。

地毯厂开始试运行，工人们在初师傅的指导下开始上机操作，当然也出了不少废品。这几天，陈尔力整天泡在地毯厂，他心里着急，希望早些出产品，让温道尔赶紧包销。

为了让初师傅更加卖力，晚上陈尔力请他喝了一顿酒。

初师傅大概喝多了，他说：“地毯厂这些设备一共也没几个钱，顶天六七十万。”

听了初师傅的话，陈尔力心想，自己也知道设备不值二百多万，但不是为了包销产品嘛。再者说，这些设备当初自己也做过市场调查，价格也没有初师傅说的那么低，起码在一百三十万元以上。

眼看流动资金就要没了。这时陈天明打来电话，说安徽合肥有一家专门经营纸张的贸易公司要三车皮木浆纸，最近就到三江市签合同。

陈天明的电话可把陈尔力高兴得够呛，心想，三车皮木浆纸六十多万，先留下二十万作为流动资金，剩余的赶紧还民间借贷。陈尔力等呀盼哪，就盼着安徽客户的到来。

一等就是半个月，终于盼来了安徽客户。因为有陈天明的介绍，合同谈得很顺利，按照付款百分之七十的约定，一下汇来四十六万三千元。

陈尔力让苏玉民抓紧时间请车皮。苏玉民去了一趟省城，车皮不几天就请下来了，装车后发往安徽合肥。这次请车皮之所以下来得这么快，与送了好处费有关，当时铁路跨省运输，一般每个车皮好处费都在三千元左右，而陈尔力他们竟然送了五千元。

送走安徽客人，陈尔力让赵明文赶紧采购原材料，不然地毯厂又要停产。这几天，看到地毯厂生产的产品质量很好，让陈尔力沉重的心情又轻松了一些。

一个星期后，安徽的客户又把剩余款汇到了公司，并打电话告诉陈尔力，木浆纸很受欢迎，希望今后长期合作。

货款到账后，陈尔力打电话叫来大孟、大杨和李占祥，准备商量一下还高息借款的事情。

正当陈尔力跟大孟、大杨和李占祥商量如何还钱时，纳莎哭着来找陈尔力。

陈尔力不知道纳莎为什么哭。维拉告诉陈尔力，说伊万诺夫斯基在莫斯科遭到黑帮绑架，要赎金四万美元。

“伊万诺夫斯基到莫斯科去干什么?”

维拉说：“听说是去开订货会。”

陈尔力冷静一会儿，就给郑佳丽打电话，让她给伊万诺夫斯基打电话确定一下是否真的被绑架。

郑佳丽接到电话，就给俄罗斯克拉斯诺亚尔斯克造纸厂伊万诺夫斯基的办公室打电话，结果没人接听。郑佳丽马上来到贸易公司，问纳莎勒索电话是谁打来的。

纳莎说，刚开始打电话的人不认识，后来是伊万诺夫斯基接的，让纳莎找陈尔力准备赎金。

郑佳丽让纳莎把手机给她，看到上面确实有俄罗斯的电话号码。于是郑佳丽就把电话拨了回去，电话响了几下就有人接听。那个人说，赶紧把赎金汇过来，不然就要伊万诺夫斯基的命。

郑佳丽说，让伊万诺夫斯基接电话，否则一分钱赎金也别想得到。那个人没办法，只能将伊万诺夫斯基弄过来接电话。

据伊万诺夫斯基说，他确实遭到了绑架，让陈尔力救他。

郑佳丽问陈尔力怎么办?

陈尔力说：“要他们的账号，给他们汇款。”

郑佳丽要来账号后，告诉黑帮，不准伤害伊万诺夫斯基。那个黑帮答应了。

陈尔力拿着账号上了二楼，让刘晋芳和吴玉竹赶紧去中国银行兑换美元，马上给俄罗斯汇去四万美元。

陈尔力下楼后，看着大孟、大杨和李占祥，无奈地说：“看看，这事儿咋这么巧，刚刚有钱就出了这么一档子事儿，要是前几天伊万诺夫斯基遭到绑架，还得筹备几天呢。万一黑帮下狠手，伊万诺夫斯基真就没命了。”

大孟说：“没经历过的是不知道啊，俄罗斯黑帮可不讲情面，放枪就跟放鞭炮一样随便。现在想起那次去俄罗斯，头皮都发麻。”

大杨说：“现在看来，生活在中国真是幸福。”

郑佳丽在不断地安慰着纳莎，可纳莎还是在不停地哭泣。

一个小时以后，刘晋芳和吴玉竹回到公司，他告诉陈尔力，款已汇走。

陈尔力让郑佳丽告诉俄罗斯黑帮，钱已经汇走，千万不能伤害伊万诺夫斯基。

郑佳丽拿起纳莎的电话，给黑帮打过去，告诉他们四万美元已经汇走，让他们善待伊万诺夫斯基。

“唉。”陈尔力叹了一口气说，“救人一命胜造七级浮屠。”

“这帮老毛子，咋这么生性？”李占祥说完看了纳莎和维拉一眼，“我没说你们，我说俄罗斯黑帮呢。”

本来陈尔力把三人找来，是想商量完事情，请他们吃饭，但一看纳莎父亲出了这么一档子事都没了心情，于是大孟、大杨和李占祥都走了。

送走他们三个人，陈尔力想，最近不知道怎么搞的，一点儿都不顺。原想办个地毯厂是为了下岗职工能够再就业，没承想，突然资金链断裂，还借了这么多的高利贷。再者，筹建地毯厂不可预料的费用已经大大超出陈尔力的预算。

陈尔力觉得闹心，便走出贸易公司直奔地毯厂，快到下班时间了，工人还在车间里干得很起劲儿。

一看陈尔力来了，郝玉兰走了过来说：“陈厂长，公司那边没事了？”

陈尔力说：“我来看看，不知道现在工人的技术熟练到了什么程度。”

“还算可以，关键是初师傅工作认真，要求严格，所以工人们进步很快。”

听了郝玉兰的话，陈尔力又说：“等过阶段工人技术完全熟练，我们还得实行计件工资制，这样大家能够多赚些钱，还有积极性。”

“我觉得，怎么也得三个月以后吧，那时工人的技术完全熟练了，再搞计件工资不迟。”郝玉兰说。

第十四章　功败垂成

地毯厂试生产已经一个多月，原料又断了，只能停产。账面的几万元钱，陈尔力告诉刘晋芳赶紧给工人开工资，他们也得生活呀。

正当陈尔力一筹莫展时，张耀轩打来电话说，大连的华兴印刷厂要两车皮木浆纸，铜版纸、白板纸、牛皮纸和双胶纸各占四分之一。他还告诉陈尔力，签合同时你就不用来回跑了，由他直接与大连华兴印刷厂签订，发货前由他给陈尔力传真一份货款欠条，等结算后，再由盘州华星造纸网毯有限公司把钱转给陈尔力。

“谢谢张经理帮忙！”

张耀轩说：“陈经理，你知道这批货是谁帮忙订的吗？”

“不知道呀。”

“是三虎给订的。当他听说你买卖做大了，很为你高兴。当听说你有木浆纸急于销售时，他就帮你联系了买家。”

“是吗？三虎还真讲义气，张经理代我谢谢三虎兄弟。”

“谢啥呀，他说还得谢谢你呢，要是没有你当初教育他们，他和二龙也许早就被枪毙了，不会走上正路。”

放下电话，陈尔力心里高兴，他让苏玉民赶紧联系车皮。可是苏玉民说，现在账面没有钱，车皮好处费加上运费就得一万三千多元。

晚上回家，陈尔力问林云裳：“家里还有多少钱?”

林云裳说：“家里还有八千元，你用钱做什么?”

陈尔力说：“现在发货急于用钱。”

“不如这样，回家跟我妈借六千元?”

“我可舍不出那个脸皮，丈母娘还不得担心哪，做这么大的买卖，连几千元钱都没有。”

“我去借，你别管了。”

第二天，林云裳把钱送到了公司。这是林云裳第一次来到贸易公司。

有了钱，苏玉民赶紧去省城请车皮，不到十天车皮就到了货场，装完货发往大连车站。往火车站运送木浆纸的运费还欠着没给呢。

陈尔力清楚，这两车木浆纸货款，是一笔救命钱，有了它地毯厂就能起死回生。

在没有生产原料的这些日子，陈尔力告诉郝玉兰，职工每天必须正常上班，让初师傅对每个生产环节和工艺进行培训，并对产品经常出现的质量问题、应当注意的事项重点讲解。陈尔力的目的是怕人心散了。

这几天培训工人，陈尔力一有时间就去听课，并认真地做着笔记。虽然他在地毯厂像模像样地跟着培训，但心里总是火烧火燎的，安不下心。他在等待着这笔货款回来。

一天，郑佳丽来电话，说伊万诺夫斯基已经被黑帮放了回来，这个阶段他在黑帮那里关押，连折磨带惊吓，回到家里一病不起，现在正在住院呢。

“你问问伊万诺夫斯基，住院有钱吗？没钱说一声，我给想办法。”陈尔力焦急地说。

听了陈尔力的话，郑佳丽笑着说：“呵呵，人家俄罗斯是全民免费医疗，不像咱们中国这样。”

“哦，那就好。”陈尔力说完，自己都笑了。心想，自己现在都什么模样了，还在瘦驴拉硬屎呢。

停了一下，陈尔力又问：“伊万诺夫斯基病了纳莎知道吗？”

“伊万诺夫斯基说了，这件事不让告诉纳莎，也绝不能让纳莎回去看他，就是怕她落入当地黑帮之手。”郑佳丽说。

“那就瞒着纳莎，不告诉她。”陈尔力放下电话，心想，伊万诺夫斯基一旦身体出现问题，这个厂长肯定当不成，从此木浆纸的易货贸易就算彻底泡汤了。

第二天，郑佳丽来到贸易公司，她说，伊万诺夫斯基又患上了脑出血。据他夫人讲，这次绑架伊万诺夫斯基是内外勾结，有人惦记他的厂长位置，所以趁着他出差的机会勾结莫斯科黑帮绑架了他。在被黑帮绑架的这段时间里，伊万诺夫斯基受到了虐待，还把他弄到克拉斯诺亚尔斯克北部靠近北冰洋的地方，扒光衣服在外面冻了两个小时。伊万诺夫斯基被放回来后，医院因为误诊使用活血药物，才使他患上了脑出血。纳莎的母亲怀疑，这也是有人故意做了手脚。

陈尔力一听，俄罗斯的社会治安怎么乱到这个程度，听起来都让人毛骨悚然。

一件接一件的闹心事接踵而至，这几天陈尔力感觉心里堵得慌，连点儿缝隙都没有。资金链断裂，地毯厂停工，伊万诺夫斯基被绑架，木浆纸销售不畅，这一件件烦心事，心情怎么会好？还是挺着吧，父亲曾经说过，男子汉遇到事情就得咬牙挺住，宁可挺断骨头，没有过不去的坎儿。

大连的两车皮木浆纸发走后一个月，张耀轩终于回了信，他说，四十九万五千元的货款已经汇到贸易公司的账户上，让陈尔力收到汇款后，给他打个收条，用传真传过去。

陈尔力接完张耀轩的电话，像打了鸡血一样，立刻来了精神。他给赵明文打电话，让他到地毯厂来一趟。

见到赵明文，陈尔力说：“你明天就去购买原料，路费你自己先垫上，货款马上就到，赶紧进地毯原料。”

赵明文说：“不用那么着急吧，等货款一到，我马上就去签合同，不会耽误生产的。”

陈尔力又告诉郝玉兰，让大家好好接受培训，做好生产准备。等原料一到，就加班加点地生产，等生产够了两车皮的地毯，给上海发过去，这样资金就能正常周转了。

郝玉兰听后说：“原来停产，不是为了培训哪，是因为没钱买原料了？”

听到郝玉兰的话，陈尔力觉得自己有些失言，便说：“主要还是为了培训，这样才能保证产品质量。”

没用多长时间，赵明文就把地毯原材料发了回来，地毯厂又开始了轰轰烈烈的生产。

一看地毯厂又红火起来，相关部门都找上门来，税务局要收税，工商局要收管理费，环保局说锅炉烟筒排放不达标要罚款，劳动局来检查职工劳动合同等，凡是能管到的部门都一拥而上。

这个阶段，陈尔力不得不应付这些部门，他告诉税务局只要地毯销售出去立刻交税。他告诉工商局请他们放心产品销售后有钱就交管理费。他告诉环保局货物卖出去后立即改造锅炉保证达标排放。反正一有部门来检查，陈尔力都要给每个人送一块地毯，请他们多多关照，高抬贵手。

不知道方副书记怎么听说了陈尔力的事情。在一次有关部门会议上，方副书记说：“陈尔力办地毯厂，就是为了让下岗工人有碗饭吃，可是有的部门不但不支持，还处处找麻烦，他的产品还一分钱没卖呢，收税的、收费的、罚款的都上来了，这是干吗呀，怎么一点儿同情心都没有？”

当天开完会，大孟就把这个消息告诉了陈尔力，让他别那么死心眼儿，有时间拿点儿钱去看看方副书记。

陈尔力一听，说：“真的吗？看来方副书记真是好人，这些年来他始终在暗中帮助我，等经济好转一些，一定去看看他。”

“你脑子开点窍好不好，什么叫经济好转，你要搞清楚，方副书记一句话就能让你省去很多麻烦。”大孟有些不理解地说。

陈尔力想了一下说：“还是等一阶段，地毯厂经济全面好转了再去吧，现在这种困境，万一方副书记问起来，我都没法回答。”

这几天，有关部门不来搅和，让陈尔力有了空闲时间，他到地毯厂转了一圈，看到工人们正在加班加点地生产，心里别提有多高兴了。

回到贸易公司，陈尔力给加拿大华意公司驻上海办事处的温道尔打电话，他说：“温总，我们现在生产的地毯质量相当好，你看什么时候往你那里发货呀？”

“你们现在生产了多少产品？”

陈尔力说：“现在已经生产快够两个车皮的地毯，准备生产够两车皮就给你们发过去。”

“是按照合同规定的规格生产的吗？”

“是按照合同规定生产的，一共两大类九个品种，有1.8m×2.7m的、有1.5m×2.4m的、有2.4m×3m的、有2.7m×3.6m的、有3m×4.2m的，有卷毯喷胶2.1m、3.1m、4.1m、6.1m的，有纯毛毯、混纺毛毯、化纤毛毯，都是按照你们要求生产的，一点儿都不差。”陈尔力解释道。

温道尔听后说：“才生产两车皮货呀，那够干什么的？还不够给一个地方用的呢。”

陈尔力笑着说：“温总，不瞒你说，我们小家小户的，资金没有那么充足，两车皮运走后，你把货款打回来我们可以继续生产嘛。”

“至于那么小家子气嘛，按理说起码也得生产十车八车的一起发货呀，这样我们的业务也好处理。”温道尔很豪气地说。

“温总，我们知道自己没有那么大的经济实力，所以看到合同规定的数量才敢签订合同。”陈尔力有些唯唯诺诺地说。

温道尔沉思了一下说：“那你等着吧，我派人去给你们办一下，这么一点儿小事简直是浪费人力资源。”

放下电话，陈尔力想，你看看人家大公司，说话的语气都不一样。

两车皮的地毯，价值一百多万元，在人家公司看来就是小事，还不够浪费人力资源的。

想了一会儿，陈尔力又给赵明文打了个电话，让他联系一下包装，小地毯用包装箱，大地毯用塑料布。并且告诉他，订包装箱时，尽量用牛皮纸交换，现在是经济困难时期，必须想办法节省资金。

几个月来，陈尔力感到就属今天心情好，他设想着，等货物发出去，资金就能盘活，地毯厂就有了希望。

陈尔力心情一好，就想喝酒，今天正好是周日，他想叫大孟、大杨和李占祥，今天好好喝一场。他刚拿起电话，发现纳莎和维拉也来到公司，正好一起招待。

可是陈尔力仔细一看纳莎，好像她刚刚哭过。于是陈尔力问维拉："纳莎这是怎么了？"

维拉说："纳莎的父亲已经瘫痪，他已经不是厂长了。"

"纳莎听谁说的？"

"纳莎给家里打电话，听母亲说的。"

陈尔力一听，纳莎已经知道家里的事情，便劝道："纳莎，不要难过，你父亲会好的，至于他当不当厂长都无所谓，就算不当厂长不是也照样生活吗？"

维拉说："纳莎是担心父亲不当厂长，留学的事情就没法再进行下去。而且她母亲还坚决不让她回去看父亲，说当地黑帮已经盯上了纳莎。母亲最后无奈地说，让她给你打工也不许回俄罗斯。"

陈尔力一听，原来纳莎是为了父亲和留学的事情担忧。心想，说什么也不能让纳莎中途辍学呀，那也对不起良心哪。

于是他说："纳莎，你不用担心留学的事，既然我答应过你父亲，就要为你负责到底，你要安心学习，不要考虑其他事情，一切我会安排的。"

当维拉把陈尔力的话翻译给纳莎时，她又哭了。

陈尔力拿起电话打给郑佳丽，让她来公司一趟。

不一会儿，郑佳丽来了，她看了一眼纳莎和维拉，问陈尔力到底发生了什么事情。

陈尔力说："纳莎已经知道她父亲得病和不当厂长的事情，并且担心自己留学的事不能再继续下去。我觉得，伊万诺夫斯基也正在担心纳莎的留学问题，我想让你传达一下我的意思，不管发生什么变故，纳莎留学的事情我将负责到底，请伊万诺夫斯基放心。再者，问候一下他的病情。"

听到陈尔力的话，郑佳丽向纳莎要了她家的电话，然后用座机打了过去。

陈尔力听到郑佳丽与伊万诺夫斯基在通电话，他们说了好长时间，最后听到伊万诺夫斯基在电话那边哭声很大。

郑佳丽眼含热泪放下电话，她沉静了一会儿，对陈尔力说："伊万诺夫斯基听到你的问候非常高兴，又听说你为纳莎的留学负责到底，当时就感动得哭了。他说，自己这一生不能再与你合作，也不能再为你做些什么，让你看在上帝的分儿上，好好善待纳莎，他会在天堂为你这位忠实的朋友祈祷，愿上帝保佑你！"

陈尔力听到郑佳丽转达伊万诺夫斯基的话，心情也很沉重。可是当他一抬头，看到纳莎和维拉都已哭成了泪人。他本想让郑佳丽好好劝劝纳莎，一看郑佳丽也在那里抹眼泪呢。

屋里一片寂静，谁也不说话。就在这时，刘晋芳从二楼下来，一看这个低沉的场面，她说："都别难过了，纳莎、维拉、佳丽、尔力，我请你们吃烤肉去。"

这顿烤肉吃得也很沉闷，虽然纳莎很少说话，但她一个劲儿地跟陈尔力碰杯，表达对他的谢意。

也许是伊万诺夫斯基的祈祷，也许是老天爷开眼，这几天木浆纸的生意活了起来，一些客户找上门来，你十吨，他二十吨，虽然都不是大客户，但一下子卖了接近三车皮。

地毯厂还在红红火火地生产着，陈尔力让赵明文又去进了五十万元的原材料。原来生产的地毯，也都打包装入库，单等温道尔一来电话，就装车发货。

从上次给加拿大华意公司上海办事处打完电话后，已经过去了一个月，陈尔力想，尽管自己的是小买卖，一个月也该有个结果了吧，于是又给温道尔打个电话："温总，我们的地毯什么时间发货呀？"

"陈总啊，你看我们这个阶段忙的，把你们的事情都给忘了。这几天，我让他们去安排。陈总，我这里又来电话了，回头聊。"温道尔说完，急匆匆地放下电话。

又过了一个星期，陈尔力一看温道尔还没来电话，就把电话打了过去，半天没人接听。他又把电话打到温道尔的办公室，还是没人接听。陈尔力有些急了，在商场混了这么多年，还没听说过谁忙得连接电话的时间都没有，他又把电话打到温道尔的手机里。

这回温道尔接了，他说："陈总，对不起，我太忙了，你的地毯可以暂时发到上海站。"说完，他好像有点儿不满意地说，"就你们这点货，真是麻烦，原来以为你们能一次发来十车皮就可以直接发给人民大会堂，可是这么点儿货怎么发呀？"

"温总，话可不能这么说，我们知道自己经济实力不行，所以签合同时看到每次发货两车皮才敢签字，要是一次性发货太多，我们也不敢签字呀！"

"好了，陈总。我没时间讨论这些，你就往上海发货吧。"

陈尔力刚想说，货款早点儿给我们汇来，可是温道尔把电话挂了。

放下电话，陈尔力告诉苏玉民赶紧请车皮。可苏玉民说，上海车皮比较紧张，要请车皮还得多花两千元好处费。陈尔力说，只要把车皮请下来，多少钱都认。

有钱能使鬼推磨。不到一个星期，车皮就到了货运处，苏玉民开始雇车组织人往货物处运送地毯。一看货物已经卖出去了，不管男工、女工都一起上来装车。陈尔力也和大家一样，又搬又扛，他发现自己真像常人一样，跟没有受过伤似的，心里非常感谢常虹。陈尔力心想，这么长时间没联系她，也不知道她过得怎么样。

两车地毯发走后，陈尔力看到工人们欢欣鼓舞，这让陈尔力很高兴。他想，为了这些朴实的工人，自己操心、费力、受煎熬也是值得的。

一看到了月末，陈尔力让刘晋芳给大家开工资，他原定按照计件工资走，可是工人们都说，先开基本工资就行，等货款回来后，再实行计件工资制。

郝玉兰跟陈尔力说：“现在工人的技术已经熟练，没有必要再给初师傅那么高的工资，可以让他回去。”

陈尔力说：“卸磨杀驴的事，我可干不出来。再说了，初师傅为人忠厚，在培训大家时一点儿没留后手，不然生产的地毯质量不会这么好。”

听到陈尔力的话，郝玉兰也没有再说什么，因为她了解陈尔力，就是这么一个热心肠的人。

一天，赵明文对陈尔力说：“我在外地购买原料时，人家一问咱们的地毯销售价格都非常羡慕，说比同类市场价格都高，你们是出口吧？我说是一家加拿大的公司包销的，他们说怪不得呢。”

陈尔力听后也很高兴，说：“利润在百分之三十五的产品，按照经济规律是不正常的，但特殊时期有特殊时期的经济规律。”

赵明文听不懂陈尔力讲的经济规律，所以也没法继续讨论。

一晃半个月时间过去了，加拿大华意公司驻上海办事处还是没有回音。陈尔力又给温道尔打了个电话：“温总，地毯收到了吗？什么时候把货款给我们汇过来呀？”

“陈总啊，地毯好像已经收到，看我忙得也没顾上给你回个电话。这样吧，我现在到了美国，处理一些对外业务，等我回去就给你们汇款，你放心吧！”说完温道尔挂了电话。

这些天，由于工人加班加点生产，原材料又快没了。那天，陈尔力在车间转了一圈，看着工人们正在热火朝天地生产，心里又有几分沉重。

正在这时，初师傅走了过来，他说：“陈经理，也许有些话我不该说，我看生产完这批产品就停产吧，营口地毯厂都是以销定产，现在市场变化太快，积压这么多产品恐怕不好销售。”

“我们是外国公司包销的。”陈尔力说。

可是初师傅是个认真的人，他说："即使是包销，起码在品种和工艺上也应当有所变化，我觉得咱们的产品种类都是前几年的老样式，你还是问问经销商再生产吧。"

本来陈尔力还想说什么，但一看初师傅说得不是没有道理，所以再也没说什么。

回到公司，有几个人要买木浆纸，苏玉民和他们谈价格。因为陈尔力半路没办法插嘴，于是就来到楼上。刚坐下，就接到郑佳丽的电话，她告诉陈尔力，伊万诺夫斯基去了天堂。

陈尔力一听，脑袋"嗡"的一下，便问："什么时候的事儿？"

郑佳丽说："已经一个星期了。"

"纳莎知道吗？"

"伊万诺夫斯基夫人不让告诉纳莎。"

"唉！"陈尔力叹息一声说，"可惜了，伊万诺夫斯基是个好人。"

"当今这个时代好人和傻人是画等号的，没人欣赏。说实话，我所经历过的对俄贸易中，像伊万诺夫斯基这样傻的人还真是不多。"郑佳丽很有感慨地说。

听了郑佳丽的话，陈尔力一阵沉默。他想，郑佳丽是不是在暗指自己？

停了一会儿，陈尔力问郑佳丽： "伊万诺夫斯基夫人还说了什么？"

"伊万诺夫斯基夫人还说，纳莎就托付给你了，不需要她富贵，只要学业有成，将来能活下去就行，如果有可能，就在中国为她找份工作。"

"没有别的了？"

"没有了。"

放下电话，陈尔力半天没有说话。他在想刚才郑佳丽说过的话。

这时，刘晋芳问："尔力，谁来的电话？"

陈尔力说："郑佳丽来的电话，说伊万诺夫斯基已经去了天堂，不让告诉纳莎。"

一听陈尔力的话，刘晋芳说："这回可完了，伊万诺夫斯基一死，这木浆纸买卖还能做吗？"

"那还做啥呀，这个买卖就算到此结束了。"

"可惜了这个木浆纸买卖，我计算了一下，要不是地毯厂牵扯，起码公司账面能有三百五十万的存款。"刘晋芳说完，接着又说，"纳莎也够可怜的，她还不得回俄罗斯呀？"

"伊万诺夫斯基夫人不让告诉纳莎，就是为了不让她回俄罗斯。"

又过了十天，陈尔力给温道尔打电话，可是手机停机，又往他办公室固定电话打，也是停机。这时，陈尔力脑子都炸了，难道真像楚天霖说的，高价卖机械设备，然后玩儿消失？

放下电话，陈尔力有一种不祥的预感，这个温道尔，大孟原来就怀疑过他，看来自己真的要上当了。陈尔力冷静了一下，不可能吧，这是常虹介绍的，不然自己也不会这么轻易相信哪。想到这里，陈尔力给大孟打电话，让他过来一趟。然后又给郝玉兰打电话，让她明天停产，就说销售商要调整地毯工艺，等待清单到了以后再生产。

大孟来到公司，问陈尔力怎么回事儿。于是，陈尔力就把温道尔的手机和固定电话都停机的事情说了一遍。大孟劝陈尔力别着急，也许手机没信号，也许是温道尔去美国后电话欠费了。

陈尔力问大孟："能不能请假跟我去趟上海？"

大孟说："这个阶段走不开，上级要来检查工作。"

最后一商量，让苏玉民跟陈尔力去上海，大孟在家和赵明文接待客户。决定后，陈尔力给苏玉民打电话，让他速来公司。

苏玉民来到公司后，陈尔力说："你赶紧回家准备一下，我们马上去省城，直接飞往上海。"

陈尔力问刘晋芳："现在账面还有多少钱？"

刘晋芳说："只有十二万多。"

陈尔力让她给自己办个十一万的存折，以备不时之需。

回到家，陈尔力赶紧收拾一下，带上旅行箱就跟苏玉民去了车站。当晚到达省城后，直接去了机场，飞往上海。

到达上海已经是深夜11点半钟，他们打车直接去了浦东区，也没管宾馆贵不贵，便住了下来。

第二天一大早，陈尔力和苏玉民吃完早饭就去了加拿大华意公司驻（中国）上海办事处，到那里一看，才7点多钟，公司根本没上班。他们就在公司大楼门前徘徊着。

不一会儿，一个保安过来问他们找谁。陈尔力说，找第十二销售部的温道尔。保安说，这个骗子已经跑了，这几天有很多人来找他。

陈尔力看了一眼大楼，心想，跑得了和尚跑不了庙。这么大一座楼，我还怕你跑吗？

终于等到了上班时间，这时上班的人都急匆匆地往电梯口处走。陈尔力边往里走，边看着上班的人，可就是不见温道尔。

上了十七楼后，陈尔力一看温道尔的办公室关着门，门牌也不见了。他到别的办公室一打听，原来十七楼不都是温道尔的十二销售部，还有其他公司租用的。当他问起温道尔时，人家都说不认识。

陈尔力心想，不管你们怎么说，反正驻上海办事处的总经理跑不了。他问了一下才知道，办事处的总经理叫滕志远，在三十二楼。

陈尔力和苏玉民一起上到三十二楼，他们找到了总经理办公室。陈尔力一敲门，看到办公室是里外套间，外间坐着一个女孩儿，陈尔力知道她就是秘书，便对女孩说，要找总经理滕志远。

那女孩儿让陈尔力他们先坐下等一会儿。这时里间办公室走出一个工作人员后，秘书走进里间办公室汇报。等了一会儿，她走出来，让陈尔力他们进去。

滕志远是加拿大华意公司驻（中国）上海办事处总经理，一个五十多岁的微胖男人，他见到陈尔力和苏玉民后站起来与他们握手，然后让他们坐在沙发上，问他们有什么事。

陈尔力说："我们是东北的，跟你们华意公司第十二销售部签订了购买地毯设备和包销合同。我们把机械设备也买了，地毯也生产了，货也发到了上海，可是温道尔却不见了人影，我想问问滕总，你看这件事怎么办？"

滕志远不紧不慢地说："又是这个温道尔，你们有合同吗？"

"有，是你们华意公司驻上海办事处的合同章。"陈尔力边说，边把合同递给滕志远。

滕志远拿起合同看了一下，说："这个合同章是伪造的。"

陈尔力一听，脑子都大了，但他很冷静，说："滕总，不对呀，他说是你们加拿大华意公司驻（中国）上海办事处第十二销售部的，并且还在你们办事处的大楼里办公，怎么能说是假合同章呢？"

"是这样，关于温道尔这个人，后来我才了解过，他是租用我们写字楼开展业务，据说他很会钻空子，利用华意这个名字在上海工商局申办了营业执照，全名叫华意公司十二销售部，而不是加拿大华意公司驻（中国）上海办事处的第十二销售部。"滕志远仍然不紧不慢地说着。

苏玉民一听，便说："这下完了，我们被温道尔给骗了。"

陈尔力冷静地说："滕总，我觉得你说的不对，按照工商登记管理规定，不会出现你说的两个华意公司，这样的企业只有挂靠才可能出现这类情况。再者，就算与你们公司是两个法人，但我觉得这么大的一座楼，只有一块牌子，并在一起办公，你们也脱不了干系。"

"他们是租用我们写字楼办公，有什么疑问请找我们的法务部谈。对不起，我还有事要处理。"滕志远不紧不慢地下了逐客令。

"你们不管谁管，诈骗的事就发生在你们这座楼里。"苏玉民有些急了。

陈尔力不让苏玉民嚷嚷，拉起他就走。

出了总经理室，苏玉民说："尔力，你为什么不让我说？我们不能就这么便宜了他们。"

"你在那里吵吵嚷嚷有什么用？如果你再吵人家就叫保安了，根本解决不了问题。"陈尔力说。

出了华意公司，陈尔力说："我们得回宾馆，研究一下这件事该怎么办。"

回到宾馆，陈尔力给楚天霖打了电话，他把上当受骗的事情原原本本地向楚天霖说了一遍。

楚天霖说：“我早就跟你说过，国内一些不法商人就是利用包销手段来骗取客户的信任，然后高价卖给投资者设备。没想到，你不仅被人骗了高价设备款，连货物都被人骗走了。”

“我以为有熟人介绍，他们不会骗我。”

“熟人？谁介绍的。”楚天霖问。

陈尔力说：“是常虹介绍的，她怎么会骗我呢。”

“以我的判断，常虹肯定不会骗你，但不能说明她不会被人利用。你可以给常虹打电话问一下。”

陈尔力一听，忙说：“不能给常虹打电话，即使是她合谋诈骗，我也认了。”

想了一下，楚天霖说：“现在最好的办法是在上海找个律师，到工商局查一下温道尔的营业执照是否与加拿大华意公司驻上海办事处有挂靠关系。”

“我也是这么想的。”放下电话，陈尔力查了上海的电话号码簿，找到浦东新区律师事务所的电话直接打了过去，一位姓徐的律师让陈尔力到律师事务所谈谈情况。

陈尔力和苏玉民，下楼打了一辆出租车去了浦东新区律师事务所，徐律师接待了他们。当陈尔力把事情经过原原本本地告诉徐律师时，他说这个官司有胜诉的希望。

后来陈尔力跟徐律师谈代理费问题。徐律师说：“诉讼代理费按总标的额的百分之十五，但得先支付交通费十万元。”

陈尔力一算计，三百多万的标的额就是四十六七万元，如果官司能打赢，这个代理费他认可，就算给律师一百万代理费他也愿意。可是十万元先期交通费，有点儿为难，因为现在是困难时期。

后来陈尔力与徐律师商量，先期的交通费能不能少交些，等家里把木浆纸卖了再交第二期的交通费？

徐律师说：“那就先交六万元吧，我们签订代理合同的一个月后，再交四万元。”

“徐律师，你觉得这个官司应当先从哪里入手？”

“我得先到工商局查底案，然后再确定官司怎么打。”

陈尔力问：“如果温道尔与加拿大华意公司驻上海办事处有挂靠关系，我们能有几分胜诉把握?”

徐律师说：“作为律师，我只能告诉你有胜诉的可能性。但有一条，即使他们没有挂靠关系，租住在他们办事处而且没有第二块牌子，办事处也是有责任的。”

陈尔力一听，赶紧交上六万元，然后与浦东新区律师事务所签订了全权代理合同。

回到住处，苏玉民说：“这些律师都会说，总是给人以希望，反正他们不做亏本买卖。”

陈尔力跟苏玉民商量，我们住不起这样的高级宾馆，赶紧到其他地方找个便宜的旅馆，还不知道在上海要住多久呢。最后，他们好不容易在浦东区找到一家小旅馆。

第二天上午，楚天霖来电话，问陈尔力请了律师没有。陈尔力告诉他已经请了律师。楚天霖告诉陈尔力，万一有可能尽量调解，能不走法律程序就不要走法律程序，否则会把你拖垮的。

下午，徐律师来电话，说让陈尔力去一趟。

来到律师事务所，徐律师告诉他，已经在工商局查到了注册档案，温道尔第十二销售部，确实是挂靠于加拿大华意公司驻（中国）上海办事处，并把复印件拿给陈尔力看。

陈尔力问：“这个温道尔是加拿大华人吗?”

“是加拿大籍华人。”

“徐律师，你看我们现在应该怎么办?”

“现在有了充分证据，应当向法院起诉。”

陈尔力一听，如果到法院起诉，连起诉费都交不起，便说：“徐律师，我觉得应当到加拿大华意公司驻上海办事处的法务部交涉一下，如果他们能够赔偿，我们尽量不走法律程序。”

徐律师想了想说：“那我们现在就去，明天我还得参加法院开庭呢。”

陈尔力和徐律师、苏玉民一起来到华意公司驻（中国）上海办事处法务部，找到他们法律顾问谈了一番，并拿出证据给他看。

那个法律顾问看了一下工商局复印的证据和合同，说："你们的合同从签订时起，就是无效合同。"

徐律师问："你根据什么说这个合同是无效的？"

法律顾问说："因为合同章纯属伪造，根本不是我们办事处的，不信你们可以去做鉴定。"

"你要这样说，那么我们就要到公安局报案了，这是一个合伙诈骗案件，就会上升为刑事案件，看你们办事处能不能脱了干系？"徐律师胸有成竹地说。

法律顾问一听有些着急，便说："你有什么证据说这是合伙诈骗？"

徐律师也不让步地说："工作时间、办事处的地点，又有挂靠关系，这还不够吗？"

法律顾问一听徐律师的话，语气缓和下来，便说："你们先回去，我们研究出意见再给你们答复。"

回到小旅馆，也许是几天的煎熬，也许是急火攻心，陈尔力嘴上开始起泡。第二天，陈尔力就病了。苏玉民要带着陈尔力到医院看病，可是陈尔力说什么也不去，最后只在附近药店买了点儿消炎药。陈尔力顺便还在书店买了两本《合同法》和《刑法》。

这么多年苏玉民还是第一次看到陈尔力上这么大的火，即使是当年卡玛兹车被封、包装彩印有限公司被卖、他想方设法越级上访，都没像今天压力这么大。苏玉民哪里知道，现在的地毯厂有七十万高息借款、一百三十二万的职工入股、一个月的工人工资，陈尔力能不上火吗？

第三天，陈尔力的病情有些加重，满嘴都是燎泡，而且高烧得稀里糊涂。苏玉民一看这样不行，背起陈尔力打了一辆出租车直奔浦东新区公利医院。经过一番检查，大夫说陈尔力的肝脏有问题，加之着急上火，病情加重，必须住院观察。入住病房，护士给陈尔力打上了点滴。

此时的陈尔力正在发高烧，他半梦半醒，神魂游荡。一会儿看到伊万诺夫斯基一脸笑容地向他走来，见到陈尔力时，一个热情的拥抱，说我可想死你了，愿上帝保佑你。一会儿林云裳向他走来，她似乎有些不高兴地说，尔力，这么多年来，你什么时候考虑过我们母女的感受，对待你的职工比对我们还要上心。说完，林云裳飘然而去，陈尔力拼命地追赶，可是无法追上她。一会儿看到常虹向他走来，她笑盈盈地来到陈尔力面前，挽着他的臂弯默默地走在波士顿的海滨公园的木道上，彼此谁也不说话，似乎在享受这美好的时光。一会儿又看到纳莎，她泪眼婆娑地向他走来，一副委屈的样子，一脸幽怨……

陈尔力出了一身冷汗，他一翻身滚针了，手臂的点滴处立即鼓起大包。苏玉民赶紧叫来护士，又重新给他扎了一针。

一看陈尔力醒了，苏玉民问："你刚才做梦了?"

"稀里糊涂，好像是做了个梦。"陈尔力说。

"刚才，你家弟妹来了电话，听你电话响了半天，以为有什么急事，我就接了。"

"云裳有什么事吗?"

"她只是问了你现在怎么样，实在不行就回来吧，别把人搭在那里。我说，你正在跟公司经理谈事情，没有说你有病的事儿。"

"唉!"陈尔力叹息一声说，"云裳在为我担心呢。"

正说话间，纳莎打来电话，她用生硬的汉语和俄语混合着说。陈尔力听明白了大概意思，她听刘晋芳说了目前的状况，在为陈尔力担心，并说她可以不留学，赚钱养活陈尔力，愿上帝保佑他。

陈尔力告诉纳莎，安心学习，不要想那么多。他也不知道纳莎能否听得懂。

住了三天院，陈尔力觉得精神好了一些，就要求出院，可是医生说还要进一步观察，现在白细胞过高，还没有查明原因呢。陈尔力说，自己有急事要回东北，回家后到当地医院进一步观察。软磨硬泡，后来总算办理了出院手续。陈尔力想，如果再住下去，不等把钱要到手，兜里的钱就花光了，连回家的路费都没有。

出院后，陈尔力和苏玉民来到律师事务所找徐律师，问一下加拿大华意公司驻（中国）上海办事处有没有回音。

徐律师一看陈尔力吓了一跳，看他满嘴都破了，干裂的表皮卷翘着，还结着血痂，就知道他上火不轻。于是说："他们还没有回信，一会儿我再给他们发个律师函，明确告诉他们一个星期再不答复我们就报案。"

一个星期后，加拿大华意公司驻（中国）上海办事处有了回信，说他们已经上报加拿大华意公司总部，正等待回函。

人常说：越闹眼睛就越招苍蝇。陈尔力在上海打官司还没有着落，家里地毯厂所欠的高息借款债主却开了锅。这些人一看，陈尔力不在家还以为逃债跑了，都纷纷去找担保人，要求以木浆纸抵债。

大孟、大杨和李占祥三个担保人坐下来一商量，还是给陈尔力打了个电话，问问这件事该怎么办。

电话拨通后，大孟说："尔力，你在上海怎么样，被骗的钱能追回来吗?"

陈尔力说："现在看来情况不太好，加拿大华意公司驻上海办事处就是采取拖的战术，直到现在也没有明确答复。"

大孟说："这几天，我、大杨和李占祥都被逼上了，地毯厂高息借款债主都来要账，并拿着借条要求以木浆纸抵债，你看怎么办?"

陈尔力考虑一下说："大孟，我看这样，你和大杨、占祥商量一下，连本带利计算一下多少钱，然后用木浆纸抵债吧。"

大孟放下电话，跟大家说了一下陈尔力的意见。可李占祥说："我觉得应该再拖一拖，大家多做一下债主的工作，让他们放弃利息。在木浆纸抵债时，给他们便宜点儿，不同意的就等陈尔力回来处理，反正地毯厂已经破产了。"

大家听了李占祥的话，都觉得有道理。于是，大孟、大杨和李占祥分别做债主的工作，有的同意，有的不同意。李占祥一看时机已经成熟，同意以货抵债的，开始到库房拉货。

原来不同意以货抵债的，一看再过几天连木浆纸都没了，赶紧来取货。就这样，民间高息借款算还清了。

一看木浆纸都还给了民间高息借款，一些“冒名顶替”的投资人，也想以货抵债要回入股款。

大孟还想给陈尔力打电话，可李占祥不让，他说：“都有谁想要木浆纸抵债的，晚上下班后召集到贸易公司，我跟他们说。”

当天晚上，来到公司的有三十多人，这些人不是原印刷厂的职工，而是顶替职工的名字的投资者。李占祥让大孟把每个入股人都投资多少钱，按照签订的合同登记下来。最后刘晋芳一核算，整整九十二万元，说明剩下的四十万元才是真正的职工入股投资款。

李占祥对大家说：“人常说：投资有风险，入股需谨慎。现在地毯厂被骗已经破产，大家就应该风险共担，绝不能炒豆大家吃，砸锅算一个人的。陈尔力通过法律程序正在追讨被骗的钱，请大家少安毋躁，等他回来再统一解决退股款的问题。关于库存的那些木浆纸，大家先不要惦记，打耗子还得有油脂捻呢，打官司更需要很多费用，如果陈尔力把官司打赢，最低能拿回三百五十万元，我敢保证他绝不会欠大家一分钱。”

“陈尔力就吹牛，还说外商包销，百分之三十五的利润，不然谁愿意入股？”

李占祥一看，说话的还是个机关干部，便说：“当初入股时，要求的是原印刷厂的职工，你是原印刷厂的职工吗？要是较起真儿来，你就拿着这个入股合同去法院起诉，恐怕连一分钱都别想拿到。”

听到李占祥的话，大家都不出声了。瞧瞧，别看李占祥这个矮个子，这么大的一件事，就被他轻而易举地给摆平了。

大孟告诉顾主任，一定要看好库房里的木浆纸、地毯和机器设备，千万不能有任何损失。

顾主任说：“仓库那边没问题，有宋大嫂在，谁也别想动一根草一根线。”

又拖了一个月，加拿大华意公司驻（中国）上海办事处法务部，让陈尔力去他们那里商讨一下赔偿的问题。

陈尔力、苏玉民和徐律师来到华意公司驻（中国）上海办事处。

那个法律顾问说：“受滕总的委托，我们华意公司驻（中国）上海办事处，从道义的角度，准备给地毯厂二十万元，从此双方不再追究任何责任。”

陈尔力说：“听你的口气，好像你们华意公司驻（中国）上海办事处没有一点儿责任，只是赏给我们二十万元就想平息此事？告诉你，没门儿！”

“我劝你陈经理，如果你采取报案方式，最后恐怕你连二十万元都得不到。这个温道尔，现在既不在中国，也不在加拿大，最后还是人财两空。”

陈尔力说：“温道尔不在，滕志远不是还在吗？那你们就等着瞧吧，我宁可人财两空，也要报警，告你们合伙诈骗。”

徐律师劝陈尔力说：“陈经理，你先冷静一下，你现在应该提出自己的诉求，你想要多少钱应该说出来，如果华意公司驻（中国）上海办事处不同意，我们再进行下一步。”

陈尔力一想，徐律师说的有道理，便说：“那就三百万吧，零头不要了。”

法律顾问笑了一下，说：“陈经理，你提出的数额根本不可能，还希望你冷静思考。”

“二十万想打发我呀，不可能，我宁可不要这笔钱，也不能让你们逍遥法外。我就不信了，在中国的土地上，岂能允许你们胡作非为！”陈尔力有些激动地说。

徐律师说：“我看这样，就要三百万元，你向上级汇报吧，你们最大限度能拿多少钱？给你们一个星期时间，如果再商量不出结果，我的当事人立马报案。”

说完，徐律师示意陈尔力走。

走出加拿大华意公司驻（中国）上海办事处大楼，徐律师说：“我还有一个解决方案，可以让他们按照三百万分期付款，首次付款最少六十万，以后逐年付清。”

陈尔力已经厌倦这种讨债的煎熬，便说：“这样也可以。”

回到旅馆，苏玉民说：“我看徐律师不想把这个案子打成刑事案件，如果报了警，他就得不到百分之十五的代理费了。”

“我也不想打成刑事官司，要不到钱，我怎么跟大家交代?”

打官司的过程，最为煎熬。陈尔力来上海不到两个月，熬得都没人样儿了。一个四十三岁的人，比六十三岁的人都要苍老，头发白了一半，眉毛也白了几根，脑门的头发都掉得已经谢顶，眼角的褶皱扩散到脸上，怎么看都是一副苦大仇深的样子。这时的陈尔力才真正体会到，为什么伍子胥过昭关一夜白了头，那都是愁的。

在旅馆里，陈尔力正躺着看《刑法》，他在琢磨，温道尔和华意公司驻（中国）上海办事处能否构成诈骗罪。

这几天，常虹在加拿大的渥太华，不知道什么原因总是感觉有些闹心。她在想，是不是国内的父母有什么事情没告诉自己？于是，她往家里打了电话，可是父母的身体都很健康，家里也没出什么其他事儿。

她又担心自己的孩子和先生，可是过了一段时间也没有啥事儿。于是，她打电话问刘晋芳，想从侧面问问陈尔力的地毯厂办得怎么样了。

可是刘晋芳说：“陈尔力被上海的加拿大公司给骗了，不仅骗了高价设备款，还骗了大家一百三十多万元的入股款。”

“这是真的吗?”常虹听后有些发蒙。

刘晋芳说：“那还有假？这个骗子早就跑到国外去了，陈尔力去了上海快两个月也没有追回一分钱。”

常虹听到这里，不知道说什么是好，因此挂了电话。

“喂、喂，常虹你咋不说话?”当刘晋芳发现常虹已经挂断电话，便嘟囔一句，“你看这个人，话没说完，电话就撂了。”

常虹挂断电话，坐在那里发呆，她没想到，本来自己想帮助陈尔力，可是反而把他坑了。

想到这里，常虹再也坐不住了，她拿起电话打给自己的丈夫："你的朋友温道尔到底是个什么东西？把我们的厂长给骗了，还躲到国外人都找不到！"

常虹的丈夫接到电话，有点儿丈二和尚摸不着头脑，他说："常虹，你别发火，有事慢慢说。"

"还说啥呀，你的朋友温道尔不仅骗了我们原来厂长二十七万美元的高价地毯设备款，还骗了四十万美元的地毯款后玩失踪。"

"这个温道尔真不讲信誉。当初我就说过，不让你帮他联系国内客户，可你就是不听。"他停了一下又说，"你别着急，我打电话找找他，实在不行就告他欺诈罪。"

放下电话，常虹这个后悔，自己成了什么人？

晚上下班后，丈夫对常虹说，没有打通温道尔的电话，也问了一些熟悉他的人，都说找不到温道尔。

这一夜，常虹翻来覆去睡不着，她恨自己，好心办了坏事儿。

又过了几天，丈夫告诉常虹，还是找不到温道尔，他已经投诉温道尔涉嫌欺诈。

这几天，常虹被这件事闹得精神恍惚，她越想越觉得对不起陈尔力，这是她生命中的一个重要男人，一个值得全力付出的人，结果还被自己的热心给坑了。常虹明知道，即使陈尔力被诈骗，他也不会打电话质问自己，因为他太相信自己了。

带着愧疚之心，常虹鼓起勇气给陈尔力打了个电话。电话拨通后，常虹说："尔力，听刘姐说你被我介绍的那个华裔商人给骗了，是真的吗？"

"是真的。"陈尔力有气无力地说。

"这个浑蛋，真不是人！我家先生现在不管怎么打电话都找不到他。看我这件事儿办的，原以为可以帮你，没承想还把你坑了。"常虹气愤地说。

一听陈尔力半天没有说话，她又说："尔力，你不会认为我们合伙骗你吧？”她声音有些滞涩。

“常虹，你想多了。打死我都不会相信你合伙骗我。”陈尔力停了一下，又说，“你对我的恩情这一辈子都报答不完，宁可玩具厂倒闭，也不肯留下一分贷款，让我愧疚终生。”

“尔力，你别说了，你被骗的这件事，才会让我愧疚终生呢。”说完，常虹在电话那头哽咽了。

陈尔力安慰她：“常虹，你别为这件事上火，还是我自己不谨慎，现在想起来当时有很多漏洞，高价设备，超出市场价的包销，都是违反市场经济规律的。说一千道一万，都是我自己的责任，你千万别放在心上。”

不到一个星期，加拿大华意公司驻（中国）上海办事处回了话，让徐律师和陈尔力去谈谈。徐律师知道陈尔力现在已经失去了理智，怕把事情搞僵，于是他自己去了华意公司上海办事处，与法律顾问谈了一番。法律顾问说，自己的最大权限就是五十万。徐律师一听，五十万没法向陈尔力交代，于是要求见见总经理滕志远，结果他们同意了。

见到滕志远，徐律师说：“滕总，地毯厂的陈经理说了，至少首期偿还款六十万元，少一分钱都不行。东北人的性格你不是不了解，宁可鱼死网破，也要争一口气。我觉得，不能在这十万元钱上纠缠，那样大家都会分散精力。”

滕志远说：“就算首期偿还六十万，那么我也有个条件，后期偿还款应当写明，在有经济能力的情况下，逐步偿还。不能今天要，明天要的，哪有精力应付他，还干不干正事了？”

徐律师同意了滕志远的意见。

从华意公司上海办事处回来，徐律师马上给陈尔力打电话，让他到律师事务所来一趟。不一会儿，陈尔力和苏玉民就到了律师事务所。

徐律师跟陈尔力说了今天的商谈经过，当陈尔力听到“在有经济能力的情况下逐步偿还”，他沉默半天没有吱声。

徐律师马上说：“陈经理，我劝你见好就收吧，这个官司如果继续纠缠下去，在财力和精力上都是巨大的消耗，即使我们向公安局报案，腾经理一回加拿大总部到哪去抓他。”

“唉！只能这样了。”陈尔力叹了口气说。其实，他不仅考虑的是后期偿还款问题，他还在考虑这点儿钱回去可怎么办哪？

第二天，徐律师带着陈尔力和苏玉民来到华意公司驻（中国）上海办事处，他拿出两份早已草拟好的合同，让法律顾问看。法律顾问看了一遍，然后去找总经理签字盖章。不一会儿，法律顾问回来了，让陈尔力签字盖章。

徐律师看了一眼偿还欠款协议的签字盖章，然后问法律顾问：“首期偿还款什么时间汇到律师事务所的账户上？”

“你们稍等一下，财务部马上就把支票送来。”法律顾问说。

财务人员将支票送来后，陈尔力、徐律师和苏玉民与法律顾问握手告别。

走出加拿大华意公司驻（中国）上海办事处，徐律师说：“这六十万元扣除诉讼代理费九万元和交通费四万元，剩余的四十七万元，我让财务马上给你们汇走，以便你们早日启程。”

回到旅馆，陈尔力心情并不轻松，虽然要回六十万元，但这次总体费用就花掉二十三四万，这官司打的，肥了律师，瘦了自己。

回到旅馆洗完澡，陈尔力对着镜子看了一下自己。不看不知道，一看吓一跳。镜子里那个又矮又谢顶又沧桑的人，难道是陈尔力吗？看到镜子中的自己，他有些顾影自怜，生活中的风刀霜剑没有使自己颓废，而严酷的经济市场，却把自己打得落花流水。他也在总结，在经济浪潮中，自己究竟败在哪里，是良知？是道义？是信任？是担当？这传承千年的儒家思想精髓，却在当今世界遭到了挫败。

又过了两天，徐律师让陈尔力到律师事务所看一下汇款的票据。陈尔力一看汇款单都对，告别徐律师以后，陈尔力决定马上买火车票回家，逃离这个让他既羡慕又伤心的大都市。

经过十八个小时火车，陈尔力和苏玉民到达了省城，由于当天没有去往三江市的火车，只能买第二天的车票。在省城，陈尔力与苏玉民来到玉林商场，给林云裳、娜娜、苏大嫂、侄儿、刘晋芳、吴玉竹、大孟、大杨、李占祥、赵明文、顾主任、宋大嫂、郝玉兰和郑佳丽都买了一些东西，还给纳莎和维拉买了一些礼物。陈尔力想，奔奔波波这么多年，全靠这些人支持自己，也许从今天起，自己将会一无所有，不能再亏待这些身边的人。

回到三江市，陈尔力把大孟、大杨、李占祥、赵明文、刘晋芳、顾主任、郝玉兰、郑佳丽和宋大嫂召集在一起吃饭。

大家一看到陈尔力苍老的样子，都感到很吃惊。刘晋芳见到陈尔力都不忍心看，马上把头转向别处。

吃饭的时候，陈尔力说："今天晚上把大家聚到一起，算是贸易公司和地毯厂的散伙饭吧！尔力感谢大家一直以来，对我的深情厚谊！这个阶段，出现了一些大家不愿意看到窘境，我在外面奔波两个多月，去追讨被骗的钱款，把家里的烂摊子都扔给了大家，真诚地感谢我的这帮哥们儿，把家里的事情处理得这么妥当。还有刘大姐、吴玉竹、赵明文、顾主任、郝玉兰都在尽心尽力地维护着贸易公司和地毯厂，不管尔力成败与否，大家始终没有抛弃我。特别是宋大嫂，诚心诚意地为尔力把守库房和地毯厂，不让那里缺少一根线一根草。说实话，让尔力无比感动，无比惭愧，无地自容。今天在这里，尔力真心实意地谢谢大家！"说着，他站起来给大家深深地鞠了一躬，然后举起酒杯一饮而尽，眼泪和着酒水从嘴边流了下来。

听到陈尔力的话，大家都沉默地低下头，有的已经泪眼模糊。

陈尔力沉默一下接着又说："从明天开始，陈尔力就要处理一些棘手的事情，大家愿意帮我的，就留下来，但我要说明，我没钱再给大家开工资，最后还不知道要欠多少外债呢。可我陈尔力向大家保证，绝不欠工人的一分钱，就算砸锅卖铁，卖房卖地，也要对得起生死与共的工友们。"

李占祥接过话茬说："尔力，依我看你也不用那么悲观。我想，我们原印刷厂的这些职工，都会毫不保留地支持你。人心都是肉长的，大家心里清楚，你在易货贸易上做得好好的，为什么还要费劲巴力地筹建地毯厂，不就是为了让更多的下岗职工有碗饭吃吗？今天出现这样的结果，谁也没有预料到，但你的善心日月可见。”说完，他很激动地把一杯酒干了。

陈尔力说：“不求别的，只求大家理解我的心意就够了。说明陈尔力所做的一切，对得起自己，对得起大家，对得起良心就行。”说完，他把酒也干了。

大孟说：“尔力，依我说你也别那么教条，占祥说的对，投资有风险，入股需谨慎。特别是那些冒名顶替的入股人，按比例退股就算够意思了，钱不够可以不给。”

“我不想对不起江东父老，即使他们是冒名顶替，但也都是家乡人，当初入股投资时，也是相信我陈尔力的人品和能力，我不能以入股风险来推脱自己的责任。”

酒喝到高潮时，苏玉民忍不住了，他说：“尔力为了职工，才会有今天的处境。你们都不知道呀，这次去上海讨债，看他都熬成什么样儿了，满嘴起泡，干皮挣裂，都渗出了血，着急上火一下就病倒了，是我背着他去的医院，到那里吊瓶都打上了，他还烧得说胡话呢。当时我真害怕了，就怕他出现万一可怎么办！当时我就在想，尔力到底图的是什么？如果只做对俄贸易，可以讲这三百多万元够他生活一辈子了，为什么还要建一个地毯厂？这回倒好，三百万都搭进去也不够，还差点儿搭上了小命。”说着，他掉了眼泪。

大家听到了苏玉民的话，都沉默不语，几个女人都扭过脸擦眼泪。

大孟说：“这么多年来，陈尔力所做的一切，大家都有目共睹，不管是当年出生入死到俄罗斯倒卖卡玛兹和印刷机，还是今天所建地毯厂，都是为了给咱们印刷厂的职工开工资和让大家有碗饭吃，没有一件事是为他自己。楚天霖说的对，这就是陈尔力，否则他就不是陈尔力了。今天我给大家透露一件你们都不知道的秘密，八年前，楚天霖就劝陈尔力以他自己的名义把印刷厂租赁下来，让工人下岗，减轻企业负担，然后进行买断，以固定资产抵押大量向银行贷款，再把最先进的几台德国‘海德堡’印刷机运到深圳重新开办印刷厂，以安排他的退路。可以说，卢清波玩儿的那套路子，陈尔力早在他五年前就会，可是他没有这么做，就是为了我们厂的职工有碗饭吃。这回大家都知道陈尔力是个什么人了吧？这样的人当今太少了！”说完，他也很激动，端起酒杯一扬脖干了。

刘晋芳说：“尔力，姐入股的两万元钱不要了，你也不用还我。”

郑佳丽说：“陈经理，我手头还有五万元，如果你急用可以拿去，有钱就还，没钱就不用还。”

大杨说：“尔力，我们几个都是挣工资的，也没有多少存款，万一你的钱打点不开，我们都会全力支持你的。”

陈尔力说：“大家有这份心意就够了，这比钱更重要，但我要说明一下，我绝不能因为你们是我的朋友，就把大家拖入深渊，尔力会挺住的。”

李占祥一听，说：“别说那些不愉快的，今天晚上就是喝酒。不管怎么说，尔力和苏玉民从上海平安回来，不管要回多少钱，官司总算赢了。来，我带头把酒干了。”说着，他一饮而尽。

尽管大家都在不停地喝酒，但心里始终像有什么东西堵着。

大家吃完饭，陈尔力打开旅行箱，拿出送给大家的礼物，他说：“以前愧对大家了，很少给大家送礼物，也许今生再也没有这个能力送给人家什么了。这次我在上海算是想明白了一件事，人的一生，能做到的就应当马上去做，等没能力时，想做也是惘然。”

大家收到陈尔力的礼物都很高兴，它不仅是礼物，更是一份情义。陈尔力也把送给纳莎和维拉的礼品放在刘晋芳那里，让她有机会送给她们。

得知陈尔力从上海回来了，一些“冒名顶替”的入股人和一部分入股职工都找上门来。陈尔力理解他们，特别是一部分入股的职工，钱都是向亲戚朋友借的。这几天，贸易公司人来人往，好不热闹，陈尔力一遍又一遍地向大家解释。

一看陈尔力也没要回什么钱，一些“冒名顶替”的入股人，要求以木浆纸抵债。

一天，陈尔力把这些人都集中到贸易公司，他说：“目前追讨被骗的钱款，还没有全部追回来，要以木浆纸抵债也可以，但只能按照入股款的70%偿还，因为库存的木浆纸不够百分百抵债，同意的就办理手续。”

这几天，签还款协议，去库房拉木浆纸，一阵忙碌。苏玉民、顾主任、宋大嫂在库房把守，陈尔力和刘晋芳、吴玉竹在贸易公司这头履行手续。

本来一些地毯厂的职工也来要入股款，可当他们一看到陈尔力苍老的样子，都不忍心说出口，便默默地离开。陈尔力看在眼里，感激之情油然而生。

三天时间，木浆纸处理完了。陈尔力看到空空荡荡的库房和一个车间，心里也空落落的。当初十六车皮的木浆纸装满了仓库和一个车间，那时的心情是何等的喜悦。

陈尔力又走进地毯车间，看着这些崭新的设备和一些成品，心里又多了一层愁云。回头他对苏玉民和赵明文说：“看看有没有门路，把地毯卖出去，就算卖半价也行啊！”

陈尔力从上海回来的一个星期后，汇款到了。陈尔力让刘晋芳给地毯厂工人做一个半月的工资表，给贸易公司的人做两个月工资表，并嘱咐她别忘了给营口的初师傅邮去一个月的工资。

刘晋芳一听有些急了，便说：“给工人开半个月工资已经够意思了，也不欠他们的，干吗开一个半月的工资？初师傅已经回到营口，干吗还要追着给人家送钱？”

陈尔力说：“刘姐，多给地毯厂工人开一个月工资，这是法律规定的，再说也没开给别人，都是自己的工友。对于初师傅，我们得讲良心，他来到地毯厂以后，一直勤勤恳恳、任劳任怨，一点儿都不保守。看到他，让我想起了宋大哥，我们谁都可以对不起，但不能对不起一个好人。”

给地毯厂工人开工资用去十一万八千元，再加上给贸易公司的人开两个月工资一万三千元，这样上海汇来的钱还剩下三十三万九千元。

本来，陈尔力想让刘晋芳给纳莎存起来三年的学费和生活费七万元，不辜负伊万诺夫斯基的托付。可是这三十三万九千元，就算不给纳莎存学费也不够偿还职工的四十万入股款。

当天晚上回到家里，陈尔力问林云裳：“咱们家这栋楼房能卖多少钱?”

林云裳一听明白了，便说：“咱家的楼八万元好卖，现在的楼房都已涨价了。”

“把楼房卖了，我们去租平房怎么样?”

林云裳很平静地说：“如果你不再折腾，就算租住平房我也认了。你没有工资我养着你，上海的钱咱不要了，看这两个多月你都被折腾成什么样了。”说完，她落下眼泪。

听了林云裳的话，陈尔力沉默半天没吱声。这个家就是这样，当陈尔力风光时，似乎忘了这个家；每当走投无路时，都要回到家里想办法。

第二天，陈尔力给大孟打电话，让他帮助卖楼房、租平房。大孟一听说：“非得这么做吗？不行大家凑一凑，也不至于卖楼呀!”

“我说过，不能把我的朋友都拖入深渊，你别声张，去办吧!”陈尔力坚定地说。

晚上回到家中，林云裳说：“要不咱们就别租平房了，搬到我父母家里住。”

“这可不行，那样会让老人为我们担心的。”陈尔力说完，又对娜娜说，“娜娜，去爷爷奶奶家和姥爷姥姥家可不能说咱家把楼卖了。”

娜娜说：“爸爸，我懂，保证不说。”

“你懂什么呀，小人精。”陈尔力摸着娜娜的头说。

这个阶段，大孟帮助陈尔力卖楼，同时给楚天霖打电话，说了陈尔力目前的处境，弦外之音是想求楚天霖帮助陈尔力一把，尽量不要卖楼房。

可是楚天霖却说：“你帮他把楼卖了吧，也许这样他会安稳一些。”

放下电话，大孟有些不理解，以往陈尔力一遇到困难，楚天霖都会毫不犹豫地出手相助，可是今天却这样冷漠，也许人是会变的。

没用几天，陈尔力的楼就卖了，一家人也搬到了租住的平房里。搬家的那天，大孟跑前跑后，又是找车，又是搬东西。

等平房里的家具都安顿好后，陈尔力说："质本洁来还洁去……"

"强于污淖陷渠沟。"林云裳接了过来。

大孟一听，有些哭笑不得，都窘迫到了这个地步，这两口子还吟诗作对的，想想也够心酸的。

就在这个平房里，陈尔力倒上墨汁，铺开宣纸，用行楷写下了："质本洁来还洁去，强于污淖陷渠沟。"以表示此时的心境。

有了卖楼房的八万元钱，陈尔力让刘晋芳通知所有的入股职工，都来退股。

刘晋芳问："你哪来的钱？"

陈尔力说："找朋友借的。"

刘晋芳一听急了："没见过你这样的，还借钱给职工退股，你傻呀？"

"我说过，绝不欠职工的一分钱。"

"没见过你这么傻的人，不愿意理你。"刘晋芳生气地说。

"刘姐，咱不是共产党员嘛。"陈尔力的话把刘晋芳给气乐了。

刘晋芳说："给营口的初师傅打电话要存款单账号，可是初师傅说，陈尔力是好人，这个月工资他不要了。"

"那怎么能行，把电话号码给我，我来跟他说。"

刘晋芳把初师傅的电话号码给了陈尔力。陈尔力把电话拨了过去："初师傅，你身体可好啊？我听说你不要这个月工资，那可不行。初师傅，你是好人，看到你让我想起了宋大哥，我陈尔力谁都可以亏待，就是不能亏待你这样的好人。"

初师傅刚开始还不知道是谁打来的电话，可是听了几句话就知道是陈尔力，便说："陈经理，你没有亏待我这个老头子。在地毯厂时，大家说过你很多事儿，所以我老头子非常敬重你。地毯厂已经黄了，你现在肯定很困难，就别为这三千块钱费心了，这个月工资我不能要。”

“初师傅，一码是一码，我绝不能欠你的辛苦钱。赶紧把存折号码给我，要不然我天天打电话。”陈尔力执着地说。

初师傅实在没办法，就把存折号码告诉了陈尔力。抄下号码和存折名，陈尔力递给刘晋芳，让她马上给初师傅把钱汇过去。

这两天，来贸易公司取入股款的人出出进进，大家都感谢陈尔力。

陈尔力说：“我已经对不起大家了，如果这次地毯厂不是上当受骗，起码年底还能给大家分红，现在连一分钱利息都没有，我心里挺惭愧的。”

第三天，不见一个人来取入股款，还有七万多元没有取回去。陈尔力拿起退股表一看，有三千的，有五千多的，七千八千上万的都有，最大的一笔入股款就是刘晋芳的两万元。

“刘姐，你赶紧把入股款取回去，陈尔力没钱也不差你的两万元。剩下没取的，是不是你没通知到啊?”

这时，吴玉竹说：“都是我通知的，有些人知道你现在的处境，当时就表示入股款不要了。”

“这年头怎么还会有这样的人？一般来说，一听说地毯厂破产，唯恐入股钱拿不回去，赶紧来要。”陈尔力又对吴玉竹说，“还有你吴玉竹，你赶紧跟刘姐都把钱领回去，别让我不高兴。”

陈尔力跟刘晋芳商量，明天让吴玉竹一家一家地送，不要不行。

退股款都有了着落，陈尔力今天高兴，他让刘晋芳给纳莎和维拉打电话，晚上请大家吃烤肉。

纳莎和维拉自从陈尔力去上海后，一直没有见过面。在陈尔力去上海时，纳莎和维拉来过两次，是刘晋芳请她俩吃的饭。

下午，纳莎和维拉来了，她们来到贸易公司盯着陈尔力看了半天，她们一看陈尔力，满头华发，一脸憔悴，当时都哭了。

陈尔力看着她们俩，只是笑了笑，不知道怎么安慰纳莎和维拉。这时，刘晋芳从二楼走下来，她听到纳莎和维拉来了，便说：“纳莎、维拉，你们怎么好长时间没来了，都干什么呢?”

维拉说：“纳莎一看陈经理陷入了困境，她在担心自己的留学还能不能进行下去，所以不愿意来给他增加压力。”

刘晋芳听后，笑着说：“我就喜欢你们两个姑娘的直率。”

陈尔力说：“纳莎，你不用担心留学问题，我向你父亲保证过的。你要好好学习，将来我把郑佳丽辞了，让你们给我当翻译，我还要跟俄罗斯做买卖呢。”

听了陈尔力的话，维拉笑了，当她把陈尔力的话翻译给纳莎时，纳莎用中文说：“谢谢!”

不一会儿，刘晋芳回到楼上，把陈尔力给纳莎和维拉买的礼品拿到一楼，这回她们俩没有像以前那样高兴得手舞足蹈，而是把礼品轻轻地放在桌上，沉默不语。

刘晋芳看看纳莎和维拉，又看看陈尔力说：“这两个姑娘懂事了，她们知道你在这么困难的时候还给她们买礼物，心里难过。”

快到下班时，陈尔力往库房打了个电话，让宋大嫂来吃饭。

宋大嫂到了以后，大家都到隔壁烤肉店。朴英善一看到陈尔力，惊讶地说：“尔力，这段时间没见，你咋变得这么老呀？我都不敢认了。”

陈尔力笑了笑，说：“朴大姐，你的生意还好吧?”

“托你的福，现在生意可火了！尔力，你的事我已经听说了，没啥了不起的，要是没啥干的你就回来，咱姐俩还继续开烤肉店。”朴英善说。

听了朴英善的话，陈尔力欣慰地笑了笑。

上了二楼单间，大家坐下后，刘晋芳对陈尔力说：“尔力，你真有艳福，看看又是一帮美女陪着你。”

听了刘晋芳的话，宋大嫂说：“我可不是美女，你们才是美女呢。”大家听后都笑了。

又过了一个星期，苏玉民和赵明文外出回来了，他们说，咱们的地毯样式已经过时，一半价格都没人要。

陈尔力说："如果有人要，再便宜点儿也行。"

一天，陈尔力一个人在贸易公司，他想把租的房子退回去，可是房主说，房租已经交到年底不能退。陈尔力一想，不能退就不退吧，等年底再说。这个阶段，刘晋芳和吴玉竹因为没有业务都回家休息了。只有陈尔力一个人，有事没事来转一趟。

在公司待了一会也觉得没意思，陈尔力刚想起身回家，就在这时办公桌上的固定电话响了。陈尔力拿起电话问："你好，请问你找谁？"

电话那头说："请问你是陈经理吗？"

"我是，您是哪位？"

那个人说："可算把电话打通了，我是初师傅的儿子初明胜。"他接着说，"前阶段我家老爷子整天说，让我帮帮你，说你是好人。我故意气他说，这年头好人都没有好报。他还把我给骂了一顿。"

陈尔力说："初师傅是个朴实的人，还热心肠。"

"可不是，我家老爷子，直到现在地毯厂的人都念他的好。"初明胜接着又说，"这几天我给你们公司打了几次电话，就是没人接。我给你们联系了一个厂家，准备把你们的设备卖掉，但价格不高才给三十六万，不知道你同不同意。"

初明胜一听陈尔力没出声，又说："陈经理，按照我父亲说的品牌，你们这几套生产线，官价就在五十八万左右，而且还包安装。我跟他们已经说过，三十六万让他们自己去拆卸运输，你什么都不用管。"

陈尔力说："谢谢你兄弟，我同意卖。另外还想请你帮个忙，我们还有一些成品地毯，都帮我卖了吧，初师傅知道规格和品种。"

"好，我可以帮你联系一下。对了，你把手机号给我，找你方便。"

于是，陈尔力就把自己的手机号码告诉了初明胜。

放下电话，陈尔力心里高兴，这时他才真正体会到，什么叫好人有好报。如果当初不是追着初师傅发工资，也许就不会有今天这件好事。

初明胜真办事，赤峰的买家没几天就到了三江市。来的两个人，一看崭新的机器，又看了一下生产的成品质量，当时就签了合同。买家只要求陈尔力帮助雇吊车、汽车，再雇几个懂设备的人，一切费用都算他们的。

两天后，赤峰又来了五个技术人员，交完款后，他们开始拆卸地毯设备。这几天，陈尔力让苏玉民和赵明文积极配合赤峰的买家。

有了钱，陈尔力又把刘晋芳叫来，要给印刷厂职工以外的投资人退股。

刘晋芳一听又急了，她说："我说陈尔力，看来你真是傻透腔了，那些冒名顶替的入股人，给他们退百分之七十的股份已经很够意思了，你还要给他们再退剩余的百分之三十股份？"

"他们虽然不是职工，但他们也是父老乡亲啊！"

刘晋芳一听，气得把账本往陈尔力面前一摔，说："我不管了，你自己爱咋整就咋整。"说完走了。

刘晋芳说是不管，第二天他又来到贸易公司，把二十七万元钱从账户中提出来，又帮助陈尔力通知了那些入股人，将入股款全部退了回去。

退完款，刘晋芳回家了。陈尔力坐在公司里刚松了一口气，大孟来电话，他说："尔力，告诉你一个特大好消息，市委、市政府已经作出决定，你们这些没有安排的企业领导，全部纳入财政开支。"

"什么，你说的是真的吗？"

大孟说："当然是真的，文件就在我手里，我正看呢。"

放下电话，陈尔力坐在那里一动没动。他心里高兴，这些年来，市委、市政府终于给这些曾经为全市经济做过贡献的企业领导一个公平对待。他刚想给林云裳打电话，告诉她这个振奋人心的消息，可是李占祥的电话打了进来。

李占祥说："祝贺你呀，尔力！终于有了好归宿。其实前天的常委会刚开完，我就知道了这个消息，但没下正式文件，我就没敢告诉你。一会儿，我叫上他们几个人，我请客，必须祝贺一下！"

“还是我请你们吧，一会儿都来公司。”

陈尔力刚放下电话，大杨的电话也打了进来。他说，他为陈尔力高兴。

不一会儿，刘晋芳也打来电话，她说：“尔力呀，真是好人有好报，原来我都不信，现在我信了。”

陈尔力故意气她，便说：“谁让咱是共产党员呢？”

“你就气我吧。刚才占祥来电话说要聚聚，我一会儿就到。”刘晋芳说完挂了电话。

这顿晚饭大家吃得热火朝天，与陈尔力从上海回来那次形成了鲜明的反差。今天大家真是高兴，都没少喝，把陈尔力喝得肋部疼痛。

酒桌上，大孟说：“尔力的人品让人敬佩得五体投地，为了还清职工的入股款，他把楼房都卖了，现在租平房住呢。”

“什么？”听了大孟的话大家都很惊讶。

刘晋芳说：“我说呢，那八万元钱是哪来的，原来你把楼卖了。”

陈尔力说：“无债一身轻，平房以前也不是没住过。”

这顿酒，一直喝到半夜，大孟、大杨和李占祥把陈尔力送到家，各自散去。

第二天早晨，陈尔力对林云裳说：“我们这些原来没有分配的企业领导，都纳入财政开支，我也终于有了落脚的地方。”

林云裳说：“市领导终于想起了你们，也算有了最好的结果。”

“过几天稳定一下，我就去上海，再要回一些钱我们好买楼房，从此过安稳的日子。”陈尔力说。

林云裳看了陈尔力一眼，说：“我宁可租住在平房里，也不让你再去上海要钱给我买楼房，你看看自己，一趟上海都把你折磨成了什么样子了。再说，你们的还款协议都写着呢，‘有经济能力的情况下，逐步偿还’，这不是明摆着嘛，是想拖黄这笔债务。”

陈尔力想了想，林云裳说的不是没有道理。

事隔几天，大孟对陈尔力说：“我有个朋友，两口子都去韩国打工已经好几年了。新装修的房子，新买的家具，还有电器一应俱全，都在那儿闲着。朋友说，让我给找个看屋的住着，一分钱不要。”

“不给房租怎么行？但租这样的房子也有问题，他们回来怎么办?”陈尔力说。

大孟说：“他们两口子已经取得了绿卡，孩子也跟着去了韩国，据我所知，以后回来的可能性不大。”

“那他们为什么不把楼房卖掉？放在那里还得找人看房。”

“人家不差钱呗。”

第二天，大孟领着陈尔力去了他朋友的房子。陈尔力一看，屋子挺大，虽然已经装修好了几年，但没怎么住过人，屋子还挺干净的。

大孟说：“朋友去韩国后，都是我帮助打扫，也够麻烦的。”

就这样，陈尔力一家搬进了租住的楼房。

人常说：好事来时接二连三。一天，陈尔力接到初明胜的电话，他把成品地毯介绍给了大连的客户，说这几天客户就到三江市洽谈签合同。他还说，让陈尔力别要价太高，卖个原材料价就行了。

放下电话，陈尔力很高兴，他计算一下，就算比原材料价再低点，也能卖个十七八万元，有了这笔钱，自己可以花十万元买个面积大点儿的楼房，再给纳莎存起来七万元的三年学费和生活费，这样也算了了一份心思。

过了五六天，大连的客户到了三江市。陈尔力领着他们看了库房里的地毯。客户一看产品质量很好，便说，可惜不够一个车皮。经过协商，陈尔力让了点儿利，卖了十七万三千元。大连客户改用汽运。

汇款打到账户上，陈尔力给大孟打电话，让他帮助联系买个新楼房。大孟一听陈尔力要买新楼，放下电话就来到陈尔力家。

大孟进屋后，他对陈尔力和林云裳说：“原来不想告诉你们，现在听说你们要买新楼房，我不得不说实话，其实你们现在住的楼，就是楚天霖给你们买的，他不让我说。”

“这个楚天霖，当初我为了还款都急得火上房了，他也不说拉我一把。等我把楼卖了，他又给我买楼，真不知道他是怎么想的?”陈尔力好像是在埋怨楚天霖。

大孟说："正因为楚天霖太了解你了，所以才会这样做。本来他不同意你还清入股款，但他怕劝不住你。楚天霖说，把楼房卖了也好，大家一看卖房子卖地，就没人再逼他了，可是没想到你把内外股份全还清了。"

听到这里，陈尔力像傻了一样，心想，楚天霖也太了解我了，他简直就是住在我肚子里的精灵。

林云裳一看陈尔力有些发呆，便说："尔力，你还不打电话感谢一下楚天霖。"

"哦，对、对、对，我给他打电话。"

陈尔力拨通楚天霖的电话，可是他什么都知道，就连陈尔力纳入财政开支他都一清二楚。陈尔力知道这都是大孟告诉他的。两个人闲扯了一会儿，其中也提到了常虹，两个人都认为她不会骗陈尔力的。

放下电话，陈尔力问大孟："这个楼房连带家具和电器花了多少钱?"

"十万零八千。"大孟又说，"这个房子真是我朋友的，他装修完没住几天就去了韩国，房子真不错，知根知底。"

陈尔力坐在那里半天没说话，他在想，有这些朋友在，自己的一生值了。

第二天，陈尔力把刘晋芳叫去，要给公司里帮忙的人再开一个月工资。还让她给纳莎办个存款折，存上七万元作为三年的学费和生活费。

然后，陈尔力给纳莎打电话，让她和维拉来一趟，请她们吃饭。

下午，陈尔力和刘晋芳正在公司闲聊，纳莎和维拉到了。当着大家的面，陈尔力把七万元的存折交给了纳莎，让她安心读书，将来学业有成。可是纳莎看着存折哭了，她要把存折放在陈尔力那里。

刘晋芳上前安慰纳莎，她说："陈尔力的意思，是想让你拿着存款折更加安心地学习，免得担心留学的事。"

当维拉把话翻译给纳莎时，她用汉语说："我懂。"

"懂你还哭什么?"刘晋芳问。

维拉告诉刘晋芳，纳莎是感动得哭了。

陈尔力问纳莎和维拉，晚饭想吃什么？她们俩异口同声地说："吃烤肉。"把陈尔力和刘晋芳笑得前仰后合。

晚饭吃的烤肉，陈尔力和纳莎还是喝的白酒，刘晋芳和维拉喝的是啤酒。喝着喝着，陈尔力感觉肋部疼痛，他哈下腰，豆大汗珠往外冒，把刘晋芳、纳莎和维拉吓坏了。挺了一会儿，陈尔力不疼了，大家继续喝，可是纳莎是个聪明姑娘，她再也不敢敬陈尔力酒了，自己倒是没少喝。

尾　声

陈尔力把贸易公司和地毯厂的事情处理完毕，那时中央有规定，不允许党员领导干部及其家属经商。于是，陈尔力就把丰润贸易公司和三江地毯厂的营业执照给注销了。

与陈尔力一起安排的五十八名企业领导，其实就是纳入财政开支，也没有给他们安排具体职务，所以他们跟退居二线人员一样，只拿工资不上班。

陈尔力从小到大，业余时间除了看书没有别的爱好，所以他觉得无所事事。

一天，他跟林云裳说："在家闲着有点儿闷，想到上海散散心，能要回钱就要，不能要回钱就当旅游一次。"

林云裳说："上海的钱咱不要了，如果你去了要不回钱还着急上火，不如你在家里没事出去学钓鱼，还可以修身养性。"

"我才不学钓鱼呢。现在野外环境污染根本没有鱼，到养鱼池钓鱼纯属祸害人，市场的活鱼才三元钱一斤，可是到了养鱼池却是八元钱一斤。有一年，一个主管部门到我们厂来检查工作，检查完就要钓鱼，结果一个下午就钓走了三千元的鱼，我恨这种钓鱼中的腐败。”陈尔力接着又说，“秦厂长要不是因为钓鱼能把命搭上吗?”

林云裳一听，陈尔力还是想去上海，再也没说什么。

陈尔力给苏玉民打电话，问他最近有没有啥事?苏玉民说没什么事情，于是陈尔力就让他跟着去了趟上海。

陈尔力想，现在的生活什么都没有剩下，只剩下了时间，反正也不着急，坐着火车慢慢逛吧！去省城转车到北京，又从北京转车到上海。

到了上海，陈尔力没有急于去加拿大华意公司驻（中国）上海办事处，而是逛了东方明珠、外滩、城隍庙、史馆街、一大会址、茅盾故居和青浦朱家角古镇。

第五天，陈尔力和苏玉民才去了加拿大华意公司驻上海办事处，接待他们的还是那个法律顾问。

陈尔力说：“这么长时间过去，你们是不是应该再给一部分钱呀?”

法律顾问答复说：“我们在偿款协议中写得很清楚，在有经济能力的情况下，逐步偿还。可是现在我们上海办事处经济非常困难，没能力偿还你们的欠款。”

陈尔力一听，说：“什么叫经济非常困难，你们这么大个公司，没有多还没少吗?”

“这件事，我做不了主。”法律顾问似乎很为难。

“你做不了主，那好，我就去找你们滕志远总经理，看看他能不能做主。”说着，陈尔力就要上楼。

“你不要去找腾总，他现在很忙。你等一下，我们再研究一下。”说着，法律顾问走了出去。

苏玉民劝陈尔力：“咱们来要钱的，不是来生气的，你不是说咱们就是来玩的吗?”

不一会儿，法律顾问和财务人员回来了，他们给了陈尔力一万元现金，说办事处就剩这些钱。

陈尔力看到这一万元钱，立刻火了：“你们打发要饭的呢?”说着就要上三十二楼找滕志远。

就在这时，苏玉民一看门口站着四个保安，他拿起那一万元现金就跟了出去。他看到保安拦着陈尔力不让上楼，陈尔力更火了，他嚷着，为什么不让上楼？可是保安不急不躁，一个劲儿解释，这是他们的工作。最后陈尔力和苏玉民还是被保安给请出了大楼。

回到住处，陈尔力心里这个窝囊。他给徐律师打电话。徐律师说，他也没有更好的办法。

当天晚上，陈尔力感觉肋部疼痛难忍，豆大汗珠从脸上滚落。苏玉民一看害怕了，又把他送到了浦东新区公利医院。

经过一番检查后，大夫对苏玉民说，患者的情况不太好，黄疸已经高达五百多。我马上给你们联系东方肝胆医院，不过你还得在这里治疗几天，控制一下黄疸指标。因为肝胆医院的入院得排号。

苏玉民一听，有点儿蒙了，怪不得他看着陈尔力的脸那么黄呢。于是说：“求你快点儿帮助我们联系一下肝胆医院。”

过了三天，苏玉民带着陈尔力转入东方肝胆医院。入院后，又是一系列的检查。

陈尔力问专家：“我到底得了什么病?”

专家说：“现在还不能确诊，等检查结果出来才知道。”然后叫苏玉民到医生办公室去一趟。

苏玉民走出病房，来到医生办公室。

专家说：“你的朋友基本确定是肝癌晚期，你得有个思想准备。”

苏玉民一听，有些发蒙，便问：“下一步该怎么治疗?”

专家说：“最好的治疗方法就肝移植，但得等到检查的各项指标出来后，才能制订手术方案。”

没承想，就在这时，陈尔力已经悄悄地走进医生办公室，他站在那里半天了，已经听到了专家的话。便说：“即使确定为肝癌，也没有什么可怕的，人活一百岁也是死，四十三岁也是死，我觉得自己活得已经很有意义了。”陈尔力的出现，让专家都没有想到。

陈尔力接着又说：“大夫，如果做肝移植手术有多大的成功率？费用需要多少？能多活几年？”

专家说：“手术的成功率很高，多活几年得根据自身的情况，以及有没有排异现象。手术费和肝源费用大约需要五十万，前三年的维持费用每年大约四十万。”

“什么时候能够做肝移植手术？”苏玉民急切地问。

专家说：“这个不好说，得等待肝源。”

陈尔力听到专家的话有些蔫儿了，此前的慷慨陈词也不见了，心里甚至有些恐惧。

等沉静下来，陈尔力觉得怕也没用，所以决定马上回家，并告诉苏玉民为他保密，千万不能告诉林云裳。

苏玉民说：“即使决定回家，我们也要等到检查结果全部出来吧，七天以后再决定也不迟。”

住院的几天里，陈尔力被转到重症病房，每天都要花掉五千元的费用，这可愁坏了苏玉民。他实在没有办法，就去找浦东新区律师事务所的徐律师，看看加拿大华意公司驻（中国）上海办事处能不能再给点儿钱救命。

可是当苏玉民和徐律师来到加拿大华意公司驻（中国）上海办事处要钱时，滕总经理说：“生病和经济纠纷是两回事，不能因为你们的人生了病，我们就随便给钱。实在不行你们该起诉就起诉，该报案就报案，我们等着。”

“你们都是一群什么人，怎么一点儿同情心都没有？”苏玉民气愤地骂道。

徐律师一看骂人解决不了问题，于是拉起苏玉民走出大楼。

回到肝胆医院，苏玉民实在没有办法，就给大孟打电话，让他找楚天霖借钱。两个小时后，楚天霖给陈尔力打来电话，告诉他安心治疗，钱的问题不用考虑，让他把银行卡号告诉他。

陈尔力听后一惊：“天霖，我有病的事是谁告诉你的？”

楚天霖说："是大孟听苏玉民说的，你就别管这些了，赶紧把银行卡号告诉我。"

陈尔力说："天霖，我哪有什么银行卡呀，有个存折还在林云裳手里。"

这时，苏玉民抢过电话说："天霖，我看这样，明天我去找徐律师要卡号，你把钱打到他那里。"

"好吧，我等你电话。"

苏玉民挂断电话，陈尔力问："不是让你保密吗，你怎么告诉了大孟?"

苏玉民说："我实在没有办法，每天五千元的住院费用，我们已经没钱了。"

陈尔力听后没有吱声。

这两天，楚天霖汇来二十万元，大孟、大杨、李占祥、刘晋芳和吴玉竹分别汇来五千元。

第二天，吴玉竹给苏玉民打电话，说在深圳的齐丽汇去五万元，姜岚也汇来十万元，但不准告诉陈尔力。苏玉民听后很受感动，因为谁都知道齐丽和姜岚在深圳夜总会当小姐也不容易。

苏玉民问："齐丽和姜岚怎么知道尔力得病的?"

"是我跟齐丽打电话闲聊，无意中说出去的。"吴玉竹说。

"唉!"苏玉民叹了一口气。此时他的心情很复杂，通过齐丽和姜岚给陈尔力汇钱的事，他没法瞧不起她们。

东方肝胆医院医术真是厉害，四天后陈尔力的黄疸已经降了下来，只有一百二，但还是比正常人高。

七天后，各种检查结果都已经出来了，经过专家会诊，癌症已经扩散到肺和胃部，无法做肝移植手术，但专家建议介入治疗。

陈尔力一听，说啥要回家。他说，这种病治不好，就是白花那个冤枉钱。经过陈尔力的软磨硬泡，医院同意陈尔力出院，但专家偷偷地给了他一个电话号码，让他找这个人买药。后来才知道，这是印度仿造美国的抗癌靶向药。

出院后，陈尔力和苏玉民直奔机场。路上，陈尔力告诉苏玉民，这些人汇来的钱，你负责全部还回去。可是苏玉民说，已经不够还了，连住院带买印度药已经花了十万多。最后陈尔力说，只把楚天霖的钱留下，其他人的钱都还回去。

回到三江市，陈尔力这几天很少说话，总是心事重重的。他看到妻子女儿有些不舍，娜娜还小，什么事都不太懂。直到现在，他才真正感觉到家的珍贵。

以前，陈尔力除去工作就是工作，不是企业就是职工，却很少考虑家庭的事情，总认为自己还年轻，有的是时间，就算到了退休年龄，再享受天伦之乐也不晚。可是现在觉得，人生匆匆，生命短暂，一切都晚了。

在这个世界上，让他留恋的东西很多，他也为此操碎了心。他有求生的欲望，但他清楚，这种病治愈率太低，最后还是人财两空。

此时，陈尔力想尽量弥补对家庭的愧疚，所以这个阶段他不是买菜做饭，就是陪着娜娜学习，有时还带着娜娜到江边散步，父女俩还互相对诗。娜娜长高了，虽然身材纤细，但比这个矬爸爸也矮不了多少。

陈尔力的殷勤，让林云裳反倒不适应，她感觉，陈尔力去了一趟上海，像受了什么刺激，跟变了个人似的，变得让她不敢相信。

吃完晚饭后，林云裳问："这次去上海要到钱了？"

"嗯，就给了一万元钱。"陈尔力显得很平静。

看到陈尔力淡然的表情，林云裳感觉他对钱似乎没有一点儿兴趣。不像以前整天为钱发愁，不是考虑给职工发工资，就是为企业流动资金奔波，甚至不惜冒着生命危险到俄罗斯当倒爷。在侯三把卡玛兹和印刷机弄走后，他整天提心吊胆地睡不着，一会儿担心侯三现在到了什么位置，一会儿又担心侯三昧了良心从此消失，把工人的工资卷走。当后来得知侯三把卡车和设备安全送到楚天霖那里时，他兴奋得像个孩子，嘴里不停地说，有了这笔钱就能给职工开四个月工资了。看看，钱对陈尔力来说是何等的重要，可是今天他却把钱看得那么轻描淡写。

在林云裳的印象中，陈尔力除了钱以外，把权力和荣誉也看得很重。改革时大刀阔斧，手段近乎残忍，让工人无法接受。为了权力和荣誉，他不惜得罪人，换取了劳模和提升，还差点儿被人一棒子打死。即使他跟工人一起下了岗，也不消停，自称为荣誉而战，不惜牺牲个人前途命运与杜志抗衡，还越级上访，被人抓回后拘留。林云裳有时真不理解，本来贸易公司买卖做得很好，可是他非要投资建一个地毯厂，招收一百多人，以给工人开资为荣。在他的脑海里，似乎自己永远是企业的领导，一个救苦救难的观世音菩萨。可今天看来，权力和荣誉对他来说也是那么淡然，不知道这次去上海遇到什么事情让他大彻大悟。

这年夏天，陈尔力的病情不断加重，满脸焦黄，人也渐渐消瘦。有时疼得大汗淋漓，家人还以为是天气热的原因。林云裳看到陈尔力的脸色黄得可怕，就劝他到医院看看，可是他说，就是犯了胆囊炎，吃点儿药就没事儿了。他刚开始用去疼片顶着，后来就去药店买氨酚待因片，后来实在挺不住就拿着上海的诊断去医院开吗啡片。

医生认识他，便说："陈经理，还是到外地住院吧，也许有治愈的可能。"

陈尔力说："你看有几个癌症晚期治愈的，最后还是浪费资源，人财两空。"

疼痛不断加剧，有时陈尔力一夜一夜地睡不着觉。林云裳一看不行，就请假准备跟他去检查身体，可他就是不去。

林云裳有些急了，她去找陈尔力的父亲陈启功，结果硬是把陈尔力弄到了医院。

到了医院，没等检查，大夫就说："赶紧转院吧，陈尔力已经确定为癌症晚期，都在医院开了一个月的吗啡止痛药了。"

为了治疗陈尔力的病，家里人开始联系北京佑安医院。陈尔力本来不想去，可是他看到亲人们一双双期盼的眼神，实在不忍心就去了北京。

因为陈尔力是癌症晚期，只能采取介入治疗，从股动脉将管子伸入肝脏，在病灶处注射大量的药物，让陈尔力感到腹部鼓胀难忍。

听说陈尔力得了病，一些原来印刷厂职工找到了刘晋芳，有的拿三百，有的拿五百，有的拿一千、两千，有的拿五千、一万，架不住人多，大家一凑合就集了二十六万元。在这些人中，有的还在下岗待业，有的已经成了个体，有的成为小老板，大家的钱都来得不容易。那几天，刘晋芳自己忙不过来，就让吴玉竹帮助记账收钱。

自从陈尔力外出治病起，大孟、大杨和李占祥也经常来贸易公司，他们看到印刷厂的职工都在关心陈尔力，心里很受感动。

不知道纳莎怎么知道了陈尔力生病，他找到刘晋芳，要把留给她的学费拿去给陈尔力住院，刘晋芳不接纳莎就哭。

大孟一看，说："刘姐，你把钱先收下，放在你那里不要动，等尔力回来再说。"

楚天霖在大孟那里得知陈尔力在北京住院，他甩了二十万股票，给大孟汇了过来。并说，钱不够再告诉他。

这些钱集中后，大孟给陈尔力打电话，当时陈尔力药物反应刚吐完，是林云裳接的电话。大孟告诉她，大家一听说陈尔力住院，知道肯定缺钱，职工集资二十六万，楚天霖又汇来二十万，就让尔力安心地治疗吧。

此时的林云裳，带来的钱都已经用完了，正当她为钱发愁时，没想到大孟打来电话。救人要紧，所以林云裳也没客气，就把银行账号告诉了大孟。并一再说，让大孟代陈尔力谢谢大家！

说来奇怪，身在加拿大的常虹，这几天无缘无故地闹心，而且还经常发脾气，弄得丈夫和孩子都躲着她。

这几天，常虹经常追问她家先生，有没有温道尔的消息？可是丈夫告诉她，温道尔就像人间蒸发一样，杳无音信。

常虹始终觉得心里空荡荡的，于是她拿起电话给刘晋芳打了过去，让刘晋芳在陈尔力面前为她解释解释，说自己不是故意的。

可是刘晋芳告诉她，陈尔力病了，是肝癌晚期。常虹听后，脑子

“嗡”的一下，人也瘫坐在沙发上。常虹认为，陈尔力的病是由自己造成的，因此更加自责。

常虹稀里糊涂放下电话后，突然想起了什么，她又把电话打了过去，让刘晋芳给她一个账号，要给陈尔力汇五万美元治病。她还说，让刘晋芳为她保密，不要说是自己汇的钱。

陈尔力在北京佑安医院经过一个疗程的治疗后，回到三江市静养。

在陈尔力回来的那天，大孟、大杨、李占祥、刘晋芳、吴玉竹、纳莎和维拉都到车站接他。下了火车，陈尔力看到大家心里非常高兴，他还开玩笑地说：“在去北京住院那天我就在想，‘风萧萧兮易水寒，壮士一去兮不复还。’没想到今天还能见到大家。”

陈尔力的话，大家听了心情都很沉重。因为是这种场合，大孟没好意思说，要是换到平时陈尔力没生病的时候，大孟早就说了：“命都要没了，还在那里吟诗作赋的，酸不酸?”

听说陈尔力回到三江市，原来印刷厂的职工都想来看望他，但又怕影响他养病。有的工人在他家楼下转悠，就是不好意思上楼。

李占祥在陈尔力家看到楼下有一些职工转悠，便说：“不好拂了大家的面子，这些人都是真心实意地关心尔力，才主动为他捐钱治病。我看这样，现在已经进入秋季，外面不冷不热，还不如找个时间把大家集中到广场，让尔力和大家见一面。”

陈尔力说：“占祥说的对，我正想见见大家呢，也好当面谢谢他们。”

林云裳说：“你的身体行吗？就算见面了你也不许激动。”

“我身体没事儿，就是感觉到浑身没劲儿。”

在一个秋日的下午，原来印刷厂的职工都聚集在广场，有四五百人。一些不明真相的人一看到广场聚集了这么多人，还以为是工人要聚众闹事呢，便打了110。公安局非常紧张，最后汇报到方副书记那里，方副书记派秘书去问问是怎么回事。

秘书回来后告诉方副书记：“是陈尔力得了癌症在北京住院刚回来，印刷厂的职工都想看看他，所以就聚集在广场集体见面。”

方副书记说："你告诉公安不要出动，我也到广场去看望一下陈尔力。"

方副书记来到广场时，陈尔力还没有到。不一会儿，一台车拉着陈尔力来了，大孟、大杨扶着陈尔力下车，李占祥在后面跟着。大家一看陈尔力到了，自然闪到两侧，中间留出一条道。

就在这时，方副书记走过去与陈尔力握手。陈尔力一看到方副书记，便说："方副书记，你咋来了？"

"我听说职工都想见你，所以我也来看看你，怎么样，身体还能挺得住吗？"

"谢谢方副书记，谢谢大家！我陈尔力何德何能让大家这样关心。"

"大家都惦记你，说明你在工人心目中的地位。"

"方副书记，其实我也没有做什么，只是觉得对得起自己的良心就行。"

方副书记说："好了尔力，今天你是主角，我先撤了，有什么困难让小林去找我。"

走出人群，方副书记对秘书说："人们常说，金杯银杯不如百姓口碑，金奖银奖不如老百姓夸奖。我方志强将来要是能像陈尔力这样受人爱戴，也就心满意足了。"

"你一定能，方书记。"秘书说。

方副书记看了一眼秘书说："马屁精。"说得秘书满脸通红。

在陈尔力和大家见面时，有人看到他那么消瘦，那么苍老，当时就落泪了。也许受到了彼此的感染，有人竟然哭出声来。

陈尔力也很激动，他说："谢谢大家了！在尔力危难的时候，大家没有抛弃我；在尔力生病的时候，大家惦记着我；在尔力生命垂危时，大家倾囊资助我。尔力无以回报，只能在这里真诚地谢谢大家了！"说着，给大家连连鞠躬。

大家听后，都默默地流泪，有的哭声很大。

一看大家这个表情，陈尔力笑着说："大家都别哭了，等送我上路时再哭不晚。”

听到陈尔力的话，气氛有些轻松。

“我也代陈尔力谢谢大家了！大家都回去吧，尔力也得回去休息了！”李占祥说话声音高亢，远处都听得一清二楚。

有人小声嘀咕：“矬老婆高声。”

没承想被李占祥听到了，他说：“谁说的矬老婆高声？你站出来，站出来肯定比我个头高。”

听到李占祥的话，大家一阵哄堂大笑。这样一个难过的场面，就在一片笑声中结束了。

天渐渐地凉了下来，陈尔力的病情也渐渐地加重。在一个深秋的雨夜，陈尔力在医院里走完了他四十三个春秋。

噩耗传出，有人为他惋惜，有人为他感叹，有人认为他不值。

楚天霖得知陈尔力去世的消息，当天就和侯三坐飞机直飞省城，转车来到三江市，他想最后送送这位老朋友。

一些在外地打工的原印刷厂职工，有的也正往回赶，他们要与陈尔力做最后的告别。

也许是心灵感应，在陈尔力去世那天，常虹心绪烦乱，她在惦记着陈尔力的病情。她曾经想过，实在不行宁可不要脸面给林云裳打电话，让陈尔力去美国治疗。可是又一想，尽管是初恋，可是中国的传统和风俗不允许她这样做，于是她给刘晋芳打电话，问一下陈尔力现在的情况。

当刘晋芳告诉她陈尔力已经病故时，她再也忍不住，当时就哭了。

放下电话，她告诉丈夫，自己要回国一趟，原来的厂长去世了。

常虹急赶慢赶，从渥太华二十五小时飞到北京，又从北京转机飞到省城，坐火车赶往三江市。

在陈尔力去世的第二天晚上，楚天霖和侯三到了三江市。在夜深人静时，楚天霖拿着一个板凳坐在陈尔力的身旁，他在心里说：尔力呀，人都说文人不能经商，因为他们太正统、太心软，往往会在商场中落败。可是看到你的今天，让我转变了看法，人还得走正路，信誉、责任、担当、道义，虽然为当下人所不屑，但它是值得传承的精髓。别看当今的市场经济鱼龙混杂，一些人靠歪门邪道取得了利益，可是将来一旦走向正规，还得讲信誉、讲责任、讲担当。金山银山不过是数字而已，谁也不能把钱带到坟墓里。通过你所做的一切，也让我明白了一个道理，人生不能以金钱多少论成败，也不能以权力大小论英雄。

楚天霖继续在心里说：尔力，曾经有人说过，只要你心中装着别人，到了关键时刻别人才会想着你。从这次你生病就可以看出，一些下岗工人都在为你捐款，三百元钱，那可是一个普通家庭的一个月的生活费呀，可是为了医治你的病，他们毫不犹豫地捐出来，我觉得你的一生值了。尔力呀，你就放心地走吧，我知道你最牵挂的就是娜娜，请你放心，作为你一生的朋友，我将会负责到底，直到她走向社会……

楚天霖在那里默默地待了好半天。大家都知道楚天霖虽然在那里默不作声，但那是在跟陈尔力说着心里话。

到了后半夜两点，大孟让楚天霖和侯三回宾馆休息，因为他们连续乘坐飞机和火车已经非常劳累了，可是楚天霖还想留在殡仪馆，硬被大孟给送回宾馆。

出殡的那天，秋雨绵绵，为陈尔力送行的人有七八百人，告别厅根本装不下，外面还站着很多人。这些人中，有的职工是一家子一家子地前来为陈尔力送行，有的是亲朋好友前来送行，有的是在外地打工不能回来让亲属代为送行的。大家似乎都有一个想法，好像不为陈尔力送行心里过意不去似的。

在殡仪馆，给陈尔力送花圈的人很多，屋里堆放满了，就摆到外面，而且层层叠叠堆积如山。这些花圈，有的是机关单位送的，有的是亲属送的，但大部分都是原印刷厂职工送的。挽联上大部分写着：“好人好走”“好人好报”“好人慢走”“尔力走好”“一路保重”。工人们都没什么文化，写的都是大实话。

告别仪式上，李市长来了，方副书记来了，当年一起参加省劳模会的人来了，还有大孟、大杨、李占祥、刘晋芳、苏玉民、赵明文、顾主任、吴玉竹、郑佳丽、宋大嫂都来为陈尔力送行。纳莎和维拉因为信仰不同，始终站在陈尔力身旁为他祷告。

从追悼会开始，到告别仪式结束，人们出出进进就用了一个多小时。哀乐声、哭泣声、惋惜声、叹息声交织在一起，那场面好不凄凉。

最让人感动的是，告别之后，大部分印刷厂职工都没走，他们要送陈尔力一程又一程，有的穿着雨衣，有的打着雨伞，有的开车，有的骑着摩托，有的骑着自行车，他们想把陈尔力送到火化场，再送到公墓。最后看着陈尔力入土为安。

起灵时，身材单薄的娜娜，身穿被雨水打透的孝服，显得更加羸弱。在大人的指挥下，她跪在冰冷的泥水里，磕灵头，摔泥盆，扛灵幡。她一路哭哭啼啼，泪水和着雨水，在瑟瑟的秋风中冻得浑身发抖，让人好不心疼。

本来林云裳哭得死去活来，家人不让她参加陈尔力的葬礼，可是她心疼娜娜的弱小，不断地克制自己的悲伤，始终伴随在娜娜左右。娜娜哭的时候，她就为娜娜擦去眼泪，娜娜冻得浑身颤抖时，她就抱着娜娜取暖。这对孤儿寡母，让人看了好不心酸。

火化后，陈尔力的骨灰被装进骨灰盒里，然后又启灵送往西山公墓安葬。送行的路上，一些人开车跟着，一些人骑着摩托车随着，一些人骑着自行车拼命地追着，一路上都是人。

凄凄的秋雨洒落西山，似乎要洗尽人间铅华、功名荣辱；瑟瑟的秋风荡尽西山，似乎要吹去世间虚伪，寻找质朴真情。

真没想到，来西山为陈尔力送行的人真不少，除亲属外，有三百多位印刷厂的工人纷纷赶来。大家默默地站在那里，注视着陈尔力的墓穴，雨水和泪水似乎冻结在睫毛上。看到满地被雨水打湿的落叶，看到刚刚立起的墓碑，看到这一副副悲伤的面孔，让人感到无比凄凉。

远处的半山坡上，有位身着一袭黑衣，站在半山凉亭里的人，默默地望着陈尔力的坟墓，眼泪就像这飘洒的秋雨，纷纷落下。她下车后去了殡仪馆没有赶上告别仪式，她又追到火葬场也没有赶上火化，最后她赶往西山墓地。因为怕引起误会，她只能远远地站在那里，为一生的初恋送行。

烦琐的下葬仪式结束后，人们再一次向陈尔力鞠躬告别，人群中不时传出人们悲切的哭声。安顿了陈尔力的灵魂，人们陆续离开了西山，离开了陈尔力的墓地。

这时，天空慢慢放晴，几束强烈阳光穿透云层直射在西山上，被秋雨刚刚漂洗过的树叶，随着微风闪着亮丽的光泽，仿佛那是人性的光辉，毫无保留地展示在世人的面前。

回来的路上，天空渐渐晴朗，回头望去，山野之间，一片耀眼的五花山色。

后　记

写完这部小说，心中久久不能平静，完稿半个月，也没有从故事中解脱出来，直到现在仍然压抑着……

记得，改革开放的前十年，东北老工业基地作为新中国宠儿、时代娇子，似乎对改革开放无动于衷。看到深圳等沿海开放城市迅猛发展，就像看西洋镜似的，好像与己毫无关系。改革开放的第二个十年，东北的一些国企开始了“伤筋动骨”，恰巧这时又遇到了（1997 年）亚洲金融危机全面爆发，致使东北老工业基地的国有企业职工纷纷下岗。当时的社会和家庭，都被这突如其来的下岗大潮打晕了。我有几个邻居，都是全家一起下岗，每到夜晚我都会听到他们呼天抢地、凄苦哀嚎，简直没法活了！

可是，一段时间过去，我发现都还活着。又过了一段时间，发现他们还活得挺精神，有的骑着“倒骑驴”拉运输，有的开着三轮车搞出租，有的摆摊卖早点，有的开起了小卖铺。又过了几年，一不留神，发现他们有的换成了大汽车跑运输，有的换成了出租车，有的开起了饭店、工厂，有的在商场有了一席之地。

又一个不留神，六七年过去，我的那些下岗邻居都已搬走，住的是高楼大厦，开的是私家轿车。只有我们这些没下岗的，还在平房里住着。

时代在发展，社会在前进。不管你承不承认，身边的变化都在日新月异、目不暇接；不管你愿不愿意，时间都会从昨天走向今天，再从今天走向未来。

一部作品的出炉，看似一个人在努力，实则得到了许多我访问过的人的帮助。他们所讲的故事，比小说更精彩。在此，对你们衷心地感谢！

景文玺

2018 年 4 月于北大荒第一稿
2018 年 7 月于北大荒第二稿